DU MÊME AUTEUR

LA THÉORIE DE L'INFORMATION

AURÉLIEN BELLANGER

LA THÉORIE DE L'INFORMATION

roman

GALLIMARD

« Non seulement rien n'arrive dans le monde qui soit absolument irrégulier, mais on ne saurait même rien feindre de tel. Car, supposons, par exemple, que quelqu'un fasse quantité de points sur le papier à tout hasard, comme font ceux qui exercent l'art ridicule de la géomance, je dis qu'il est possible de trouver une ligne géométrique dont la notion soit constante et uniforme suivant une certaine règle, en sorte que cette ligne passe par tous ces points, et dans le même ordre que la main les avait marqués. Et si quelqu'un traçait tout d'une suite une ligne qui serait tantôt droite, tantôt cercle, tantôt d'une autre nature, il est possible de trouver une notion ou règle, ou équation commune à tous les points de cette ligne en vertu de laquelle ces mêmes changements doivent arriver. Et il n'y a, par exemple, point de visage dont le contour ne fasse partie d'une ligne géométrique et ne puisse être tracé tout d'un trait par un certain mouvement réglé. »

Leibniz

« I'm a better poet than scientist. »

Shannon

PROLOGUE

Les milliardaires furent les prolétaires de la posthumanité. Objets de curiosité et de haine vivant reclus dans des capsules de survie étanches, ils virent l'humanité s'éloigner d'eux sans réparation possible. La procédure d'extraction était irréversible. N'appartenant plus au genre humain, dont ils avaient épuisé les ressources morales, mais demeurant mortels, justiciables et stériles, ils connurent des moments d'extrême fragilité et de mélancolie douloureuse. La plupart attendirent la mort comme une consolation. Seuls quelques-uns, mieux préparés au voyage, perçurent leur richesse comme un signe d'élection.

Le premier de ces milliardaires posthumains fut probablement John Davison Rockefeller, l'homme le plus riche de son temps, peut-être de tous les temps. Le pétrole, extrait, raffiné et transporté par sa compagnie monopolistique, la Standard Oil, alimenta les moteurs à combustion interne qui firent des États-Unis la première puissance mondiale. Quand des lois antitrust démantelèrent son empire, Rockefeller reconstitua un quasi-monopole dans l'éducation, les soins et la culture, en fondant dans le monde entier des universités, des hôpitaux et des musées. Ces investissements humanistes correspondent assez mal à ce que l'on sait de Rockefeller, qui avait jusque-là été considéré comme un homme d'affaires brutal et qui, presque autodidacte, n'était ni un mécène, ni un collectionneur — il ne se soignait en outre que par l'homéopathie. On peut en ce sens considérer la philanthropie de Rockefeller comme une expérience biologique à grande échelle menée sur l'espèce qui l'avait vu naître, et qui lui était devenue étrangère.

À l'autre extrémité du siècle, Bill Gates inventa, organisa et monopolisa le marché du logiciel informatique. La compagnie Microsoft fit bientôt de lui l'homme le plus riche du monde. Il créa à son tour une fondation philanthropique, dont les programmes de vaccination, d'éradication des maladies endémiques et de lutte contre la mortalité infantile devaient avoir un impact démographique majeur. Bill Gates s'était ainsi peu à peu transformé en éleveur.

À la même époque, George Soros, un financier messianique, s'occupait de la formation morale et politique de cette humanité future. Né à Budapest en 1930, il fut, selon la volonté de son père, l'un des seuls êtres humains à se voir enseigner l'espéranto comme langue maternelle. Juif, il connut les persécutions nazies, puis les débuts de la dictature communiste, avant d'émigrer vers les États-Unis où il commença une brillante carrière de spéculateur. Mais il était avant tout philanthrope, et s'employa, après la chute du mur de Berlin, à créer des dizaines de fondations dans les anciens pays communistes : ce *nation building* visait à les protéger à jamais de la dictature, en les transformant en Venise libérales et florissantes bâties sur pilotis au-dessus de l'Histoire. Intellectuel milliardaire, Soros ne défendit jamais qu'une seule thèse, optimiste, rationnelle et universaliste : l'âge des révolutions historiques étant achevé, seules des révolutions scientifiques et techniques pouvaient désormais se produire.

Steve Jobs, le fondateur de la société Apple, entreprit de donner à ces révolutions des formes ergonomiques, en dotant l'humanité d'outils nouveaux. Les objets de la marque Apple, synthèses réussies de simplicité et de technicité, rappellent les silex polis de la révolution néolithique. Certains firent même de Jobs le fondateur d'une religion nouvelle — les présentations publiques des produits Apple ressemblaient à des cérémonies d'adoration païennes, pendant lesquelles Jobs, toujours vêtu de noir, exhibait des fétiches ivoire ou ébène situés aux frontières de la science et de la magie.

Devenus presque des dieux, ces milliardaires devaient pourtant se heurter à une dernière limite humaine. Ainsi, Jobs souffrait d'un cancer du pancréas, et passa la fin de sa vie, entre deux apparitions souveraines, à se procurer des remèdes miracle ou des organes de remplacement, jusqu'à ce que la mort vienne interrompre ces recherches.

Si Rockefeller atteignit l'âge inhumain de quatre-vingt-dix-huit ans en buvant quotidiennement quelques atomes d'arsenic dilués dans de grands verres d'eau sucrée, le milliardaire français Jean-Luc Lagardère, à la tête d'un empire aéronautique, préféra financer les travaux d'un chirurgien cardiaque qui tentait de mettre au point le premier cœur humain artificiel. Mais le milliardaire ne put profiter de cette panoplie d'*Iron Man* : homme augmenté moyen, il se fit implanter une hanche en titane, et mourut peu après d'une maladie nosocomiale.

Bill Gates, devenu à lui seul une espèce protégée, se fit construire près de Seattle une serre climatisée capable d'adapter sa luminosité et ses ambiances sonores à son état physiologique et moral. Howard Hughes, le magnat de l'aviation et du cinéma, avait auparavant passé ses dernières années dans des suites médicalisées où l'atmosphère, la nourriture et le personnel devaient être soigneusement filtrés — appliquant lui-même un dernier contrôle de sécurité, le milliardaire se laissa progressivement mourir de faim.

Selon la légende, Walt Disney s'était fait cryoniser, et attendait sa résurrection sous une montagne artificielle de Disneyland. On supposa aussi, d'après une photographie volée, que Michael Jackson avait découvert une technique pour devenir immortel : le chanteur s'endormait chaque soir dans un caisson à oxygène transparent, assez semblable au cercueil de verre de Blanche-Neige.

Les milliardaires incarnaient, pour l'humanité, l'avant-garde du combat contre la mort.

L'exemple le plus emblématique de ce combat fut donné par Sergueï Brin, le cofondateur de Google. Découvrant qu'il était prédisposé à contracter la maladie de Parkinson, Brin retourna son moteur de recherche contre la prophétie fatale. Extraction d'information dans les articles scientifiques, comparaison de statistiques médicales, exhibition de structures cachées et de coïncidences cruciales : Google fut bientôt capable de simuler les protocoles de la recherche médicale afin de découvrir la stratégie thérapeutique qui sauverait son fondateur.

Google fut en réalité sur le point de simuler *la totalité* des protocoles humains, et aurait pu devenir l'équivalent d'un dieu si Pascal Ertanger, un autre enfant prodige de la révolution informatique, n'avait pas écrit à son tour un chapitre crucial de l'histoire posthumaine.

PREMIÈRE PARTIE

MINITEL

1

« On imagine toujours la banlieue parisienne sur-
peuplée mais cette forêt-là, à cinq kilomètres de la
capitale, est déserte. Pas de routes, des pistes. Des
sous-bois silencieux. Des étangs. De grandes clairières
entourées d'arbres centenaires. »

Paul-Loup SULITZER

Son bassin d'emploi, sa forêt, son centre commercial
qui deviendra l'un des plus grands d'Europe et la certitude de pouvoir scolariser ses enfants dans un lycée de
Versailles : Vélizy-Villacoublay, à la fin des années 1960
et au début des années 1970, était une ville attractive.
Au sud, les travaux de l'A86, le super-périphérique parisien, venaient de commencer : Orly serait bientôt à dix
minutes, Versailles à cinq. Au nord, la Nationale 118,
qui traversait la forêt de Meudon, mettait Paris à moins
d'un quart d'heure.

Vélizy attira ainsi de nombreuses multinationales. Son
quartier d'affaires commençait à l'ouest du centre commercial et rejoignait, après plusieurs hectares de bureaux,
d'ateliers et de laboratoires, des zones résidentielles pai-
sibles gagnées sur la forêt. Robert Wagner, maire de 1953
à 1988, était parvenu à faire de sa ville un foyer économique important de l'Ouest parisien, moins monumental

que la Défense, mais sans doute plus agréable, car posé sur un plateau naturel plutôt que sur une dalle de béton.

Vélizy, en 1900, était un village paisible et Villacoublay, une ferme fortifiée dont les terres servaient de piste d'envol à des pionniers de l'aviation. C'est là que s'installa, en 1910, la première usine aéronautique française utilisant les brevets des frères Wright, et que Louis Breguet ouvrit son école de pilotage. Dès 1911, l'aérodrome fut racheté par l'armée et devint un centre de recherche militaire : en 1914, Roland Garros montra, en tirant à la mitrailleuse à travers un ventilateur sans en toucher les pales, que le tir axial était statistiquement sans risques pour les hélices des monomoteurs, et dès l'année suivante Raymond Saulnier fit breveter un dispositif de couplage qui permettait d'égrener les balles dans les intervalles propices. Puis Villacoublay accueillit, à partir de 1936, la base 107 de l'armée de l'air, et servit dès lors de piste d'envol aux présidents de la République et aux chasseurs qui protégeaient l'espace aérien de Paris, ainsi que de piste d'atterrissage pour passagers importants : otages rapatriés, expatriés fuyant des zones de guerre, chefs d'État en exil.

Les aérogares de Villacoublay, où étaient fabriqués les avions Breguet et les avions Marcel Bloch (le futur Marcel Dassault), furent un élément important, au côté de la soufflerie de Meudon, des ateliers Messier de Montrouge ou des usines Blériot de Suresnes, du prestigieux complexe aéronautique français de l'entre-deux-guerres. L'aéroport de Villacoublay servit par ailleurs de théâtre à de nombreux exploits sportifs largement relayés par la presse et le cinéma : un vol vers Varsovie de plus de quatorze heures, un record d'altitude féminin à 10 000 mètres, l'enchaînement spectaculaire de 1 111 loopings par un pilote déterminé, Alfred Fronval — qui devait malheureusement se tuer en vol ici même, quelques mois plus tard.

Pour profiter de la célébrité mondiale de son aéroport, Vélizy décida, en 1937, de se rebaptiser Vélizy-Villacoublay. La proximité de l'aéroport et de ses installations industrielles eut cependant des conséquences tragiques pour le village, qui subit un bombardement allié en 1943. Les quartiers détruits furent remplacés après guerre par un grand ensemble : quatre barres parallèles, un marché couvert à éclairage zénithal, une grande place rectangulaire, le mail, qui servait de parking. À Vélizy, l'habitat collectif résista mieux qu'ailleurs au vandalisme et aux incivilités de la fin des Trente Glorieuses : il hébergeait surtout des ouvriers qualifiés travaillant dans l'aéronautique, discipline exigeante. Des comptes bien tenus, un peu d'épargne et un crédit sur quinze ans garantissaient une émigration rapide vers les quartiers pavillonnaires de l'ouest.

Vélizy fut l'une des capitales de la reconstruction industrielle de l'après-guerre : à la suite de l'avionneur Marcel Dassault, qui relança ses activités aéronautiques dans un hangar épargné par les bombardements, le fabricant de turbines, de moteurs et d'appareils de transmission électrique Alsthom implanta un laboratoire à Vélizy, tout comme la société automobile Citroën et le spécialiste des technologies militaires Matra, qui ouvrirent d'importants bureaux d'étude. Alcatel, à son tour, construisit un laboratoire et une unité de production, spécialisés tous deux dans les commutateurs téléphoniques.

Frédéric Ertanger et Sylvie Senge se marièrent en 1966.

Elle était née en 1946, à Jouy-en-Josas, de l'autre côté de l'aéroport, et venait d'être embauchée comme secrétaire chez Alcatel. Elle n'avait pas fait d'études, mais tapait bien à la machine : ses parents, qui tenaient une papeterie de détail, l'avaient laissée jouer avec les machines à écrire de démonstration. Frédéric était quant à lui le petit-fils d'un ingénieur en télécommunication célèbre pour avoir, dans les années 1930, inventé un commutateur automatique qui équipa bientôt tous les centraux téléphoniques de France : le commutateur Ertanger. Il se vantait d'avoir mis les standardistes au chômage. Son fils, le père de Frédéric, était mort à vingt ans, le 23 août 1943, pendant le bombardement de Vélizy. Frédéric, qui n'avait qu'un an, fut élevé par ses grands-parents, tandis que sa mère, qui s'était remariée avec un soldat américain, s'installa aux États-Unis. Si Frédéric échoua à devenir ingénieur, son grand-père parvint à lui trouver un poste à la Compagnie générale d'électricité, le futur Alcatel, son ancien employeur et l'unique détenteur de ses brevets. À partir de 1960, Frédéric installa donc des électro-aimants sur des commutateurs qui portaient son nom. Il existait également, sur le site Alcatel de Vélizy, un *Laboratoire René Ertanger*, qui fut inauguré le jour où le célèbre ingénieur prit sa retraite. Frédéric Ertanger n'était pas le fils du patron, mais ses origines familiales localement prestigieuses et son visage régulier le distinguaient des autres employés. Le mystère bourgeois qui entourait son existence lui permit de conquérir facilement Sylvie.

À peine mariés, Sylvie et Frédéric emménagèrent dans la tour n° 2 du mail. Le 20 novembre 1967, leur fils, Pascal, vit le jour.

Progressivement, Frédéric s'extirpa des ateliers de montage : d'abord vérificateur technique de certaines fonctions du commutateur, puis contrôleur qualité de l'appareil entier, il passa enfin cadre en 1973. Sylvie accoucha d'une fille, Caroline, en 1969, et continua sa carrière à la comptabilité.

En 1974, la mort de René Ertanger permit à son héritier direct de s'installer à l'extrémité ouest de Vélizy, au bord de la forêt, rue Jacquard, anciennement rue des Gardes — c'était un hommage du conseil municipal à l'inventeur du métier à tisser programmable par carte perforée : Vélizy soignait son image de ville d'ingénieurs.

Frédéric Ertanger mena une existence heureuse de cadre intermédiaire, chef d'un atelier de production où les accidents du travail étaient rares, les objectifs de rendement faciles à atteindre et le carnet de commandes toujours rempli : l'activité d'Alcatel était en effet largement soutenue par la commande publique, l'État assurant aux commutateurs Ertanger un quasi-monopole dans les centraux téléphoniques du pays.

Frédéric Ertanger ne parvint à la passion qu'une seule fois : ce fut en découvrant l'aéromodélisme. Son supérieur hiérarchique, Bernard Manillet, ingénieur en aéronautique reconverti dans les télécommunications, était en effet l'un des grands noms de l'aéromodélisme français.

À peine installé dans le pavillon de la rue Jacquard, Frédéric Ertanger consacra ses week-ends et ses soirées à lambrisser une pièce du sous-sol pour la transformer en atelier aéronautique. Pascal, alors âgé de sept ans, l'aidait en prenant les mesures puis en les reportant au crayon sur les lamelles de bois clair. Frédéric effectuait alors les découpes, puis fixait les planches avec les clous que son fils lui présentait. La partie la plus délicate du travail consistait à insérer des panneaux de laine de verre entre le béton et le bois, pour isoler la pièce. Pascal associa le contact irritant de la laine de verre à celui de la haie de thuyas qui fermait le jardin : c'étaient les frontières douloureuses de son univers familial.

Il fallut plusieurs mois pour rendre le sous-sol opérationnel : les travaux furent retardés par les nombreux samedis passés, près de Rambouillet, à regarder voler les avions de Manillet. Frédéric effectua là, avec application, ses premiers vols ; il connut l'ivresse des vrilles et l'effroi des piqués.

Pascal apprit le fonctionnement des moteurs deux-temps, qui tournaient presque à l'air libre quand le piston désoccultait les lumières d'admission et d'échappement. Ignorant encore la physique exacte du vol et la notion de portance, il imaginait que les avions tenaient en l'air ainsi, en pinçant le mince filet d'air qui passait à travers eux — un air épaissi et glissant, enrichi par des vapeurs d'huile de ricin et doté, grâce à l'essence et au nitrométhane, de propriétés explosives spéciales.

Un peu à l'écart du groupe des avionneurs, deux ou trois amateurs de vol stationnaire surveillaient les évolutions de leurs hélicoptères, sanglés à d'énormes télécommandes qui paraissaient à Pascal beaucoup plus compliquées que le ciel bleu.

Les meilleures boutiques d'aéromodélisme se trouvaient à Paris, rue de Douai, en dessous de Pigalle. Pascal y accompagna plusieurs fois son père. Il découvrit ainsi le monde du sexe à travers les meurtrières éclairées des bars à hôtesses. C'était la partie la plus délicate de la prostitution : un spectacle de corps possibles limités aux caresses, isolés du sexe véritable par la pudeur, l'innocence ou la dénomination des filles, qu'on appelait *entraîneuses*, et qui n'étaient payées, théoriquement, qu'en coupes de champagne qu'elles avaient l'interdiction de boire et que les clients payaient un prix exorbitant. Les bars à hôtesses donnaient à voir un monde inaccessible, codifié et secret, une miniature de monde. Le plaisir était presque entier dans la vitrine ; il s'amenuisait à l'intérieur, où il devait être à moitié volé, à moitié retenu, comme un produit dangereux seulement manipulable à travers des gants scellés dans la paroi d'une boîte étanche.

Sur le chemin du retour, à la nuit tombée, sur l'autoroute qui séparait la forêt en deux parties obscures, Pascal essayait de reconstituer l'acte sexuel à partir des scènes incomplètes qu'il avait entrevues.

Un soir, Frédéric Ertanger décida de couper par le bois de Boulogne pour éviter des travaux sur la N 118. Le bois de Boulogne devenait alors, chaque soir, la plus grande aire de prostitution d'Europe. Les voitures le traversaient lentement, laissant leurs phares jaunes traquer dans les motifs végétaux les fausses fourrures et les seins nus. Frédéric Ertanger expliqua à son fils que le bois étant interdit aux enfants la nuit, il serait préférable qu'il s'allongeât sur la banquette arrière pour ne pas être vu. Pascal imagina des orgies sataniques et des meurtres rituels en regardant, terrorisé, le défilé des branches. Quand la voiture fut prise dans un ralentissement, un visage de sorcière apparut à la fenêtre. Frédéric hurla à son fils de fermer les yeux, comme si le regard de la femme eût été mortel. Mais la sorcière souriait doucement. C'était un sourire d'une gentillesse inexcusable au milieu des horreurs de la nuit.

L'aéromodélisme était un loisir coûteux : tandis que son père accumulait les servomoteurs et les gouvernes de rechange pour son Cessna miniature, Pascal dut se contenter, pour ses huit ans, d'un avion à moteur caoutchouc.

Mais Fréderic Ertanger rêvait de transformer sa passion en *business*. Il pensa d'abord à commercialiser des pièces détachées par correspondance — il avait accès, grâce à son travail, à un outillage perfectionné. En outre, certains de ses collègues du bureau d'étude sur le radiotéléphone pourraient être mis à contribution : il avait ainsi imaginé une manière économique de résoudre le problème du roulis, en utilisant le chevauchement des bandes de fréquence hertzienne pour coupler les servomoteurs des commandes de profondeur et de direction. Manillet ayant manifesté son scepticisme d'ingénieur et d'ami, et son inquiétude de supérieur hiérarchique, le projet avorta. Pascal garda beaucoup d'admiration pour l'ambition paternelle, ainsi qu'une rancune secrète envers Manillet : il s'était vu, pendant quelques semaines, dans la peau d'un héritier millionnaire.

La mutation de Manillet en province provoqua cependant un sursaut d'orgueil familial dans la photographie aérienne. Il existait un marché, à Vélizy et dans les villes pavillonnaires de l'Île-de-France : les propriétaires seraient heureux de posséder la photographie aérienne de leur maison, en poster ou en puzzle. Le dispositif technique était simple, c'était une boîte vide avec un bouton-pressoir télécommandé, adaptable sur le Cessna. L'atelier du sous-sol se transforma en laboratoire, avec une ampoule rouge, des bacs révélateurs et un agrandisseur. La télécommande acquit un nouveau bouton.

Les premiers essais en vol furent décevants : l'appareil ne fournit que des photos tordues, surexposées et floues d'un ciel immense et vide. Frédéric Ertanger apprit à son fils l'art du développement sur des fragments argentés de nuages.

La photographie, à la fin du XXe siècle, représentait l'apothéose d'une certaine expérience du monde, qu'on appellera bientôt expérience *analogique* : mélange d'admiration païenne pour le poids matériel des choses, et de répulsion pour leur violence, que des instruments toujours plus complexes tentaient d'adoucir ou de domestiquer. Il y avait entre le ciel bleu et la reproduction humide que Pascal tenait en main plusieurs milliers de tirages successifs, que plusieurs générations de photographes et de chimistes avaient présentés au soleil. Ils avaient ainsi appris, par tâtonnements successifs, à dresser les sels d'argent pour qu'ils imitent à la perfection la réalité perçue. Au bout de quelques après-midi passées sous la lumière rouge à régler au micron près, entre son pouce et son index, les bagues des agrandisseurs, Pascal finit par maîtriser les techniques analogiques de reproduction du monde.

Le pavillon de la rue Jacquard fut enfin survolé à très basse altitude. L'odeur d'huile de ricin des gaz d'échappement rappelait les fumigations d'un apiculteur : Caroline et Sylvie sortirent de la maison, et furent ainsi visibles sur la photo qu'on accrocha plus tard sur le mur des toilettes. La proximité de la base 107 se manifesta hélas le jour même de cette première réussite, quand un voisin, officier dans l'armée de l'air, fit irruption chez les Ertanger : Vélizy n'était pas survolable, l'espace aérien, comme Frédéric devait le savoir, n'était pas une zone de non-droit. Qu'il essaye seulement d'imaginer les dégâts causés par l'absorption du modèle réduit dans un réacteur d'avion — quand on savait qu'une simple cigogne pouvait causer un crash.

L'aventure aéronautique et entrepreneuriale de Frédéric Ertanger venait de prendre fin. Il revola encore quelques mois, mais très loin des zones habitées : le voisin avait également insinué que la photographie aérienne était un loisir voyeuriste et malsain.

Dans les zones résidentielles compactes de la banlieue parisienne, les passions dominantes étaient l'envie, la prudence et la honte. On tolérait certaines folies architecturales — les moulins en pneus peints, les barbecues sur cariatides, l'utilisation de dés en béton comme pilastres sur les piliers des portails —, mais il était rigoureusement interdit de tondre un dimanche ou de regarder, par-dessus les *jardins de devant*, remplis de fleurs à profusion et dont les meilleures trouvailles botaniques pouvaient être librement imitées, vers les *jardins de derrière*, espaces plus sombres et privatifs. Cette interdiction étant facile à respecter, la rue Jacquard demeurait un paradis libéral. Un individualisme civilisé régnait. Chaque pavillon était, depuis sa construction dans les années 1950, devenu une aventure architecturale singulière. D'abord rectangulaires, ils tendaient maintenant, grâces à d'innombrables ajouts de vérandas, d'auvent, de bow-windows et de garages, vers des formes fractales. Il n'existait pas deux pavillons identiques : les modèles standards avaient évolué, la symétrie des pavillons mitoyens avait été détruite. Des noms propres en fer forgé appliqués sur les façades en complément des numéros parachevaient parfois ces individuations.

Frédéric Ertanger se consacra désormais à l'embellissement de la maison familiale, loisir inoffensif. Il revendit le Cessna et le matériel photographique. Les servomoteurs et les télécommandes de rechange échappèrent seuls à la liquidation du rêve aéronautique, tout comme le matériel électronique de base. Pascal et sa sœur récupérèrent la pièce du sous-sol qui devint officiellement une salle de jeu. Influencé par sa lecture d'Asimov et par l'exposition des premiers *LEGO Technic* dans le magasin *La Samaritaine* du centre commercial Vélizy 2, Pascal entreprit la reconversion de l'outil industriel familial vers la robotique.

Ses deux premiers robots fondirent instantanément : l'étain, utilisé avec surabondance comme une sorte de glaise, provoqua des courts-circuits fatals. Pascal ignorait tout de l'électronique, ou plutôt tentait de la réduire à deux lois, valables surtout pour les piles, que son père lui avait apprises : sur les circuits montés en parallèle, l'intensité se répartissait équitablement entre les diverses branches, tandis qu'elle diminuait, sur les circuits montés en série — la tension électrique réagissant de façon exactement opposée. Pascal voulut exploiter ces deux propriétés pour réaliser des circuits simples capables d'effectuer des tâches élémentaires — il se représentait alors l'électricité comme un liquide circulant dans des canaux, qu'on pouvait diriger à sa guise, afin d'actionner des moulins, des vannes et des écluses, ou leurs contreparties électroniques, les moteurs, les résistances et les condensateurs.

Pascal apportait à l'école ses résistances aux couleurs d'insectes et ses circuits imprimés gravés sur des morceaux de nougatine. Il attira bientôt dans ses aventures électroniques un garçon de sa classe, Xavier Mycenne, fils d'un radiologue, et comme tel habitué aux machines. Mycenne était considéré comme un enfant surdoué. Les deux garçons fondèrent un club d'électronique qui prit ses instructions dans les pages finales du magazine

Science & Vie, auquel Xavier était abonné depuis ses huit ans.

L'électronique amusante, comme les Lego, exigeait de savoir lire un plan de montage, et d'apprendre les valeurs que les bagues de couleur des résistances encodaient. Enfermés dans un plastique noir, puis fondus dans une résine transparente, les composants les plus sophistiqués étaient eux inaccessibles. Ces puces, gravées dans de lointaines chambres blanches, étaient vendues par correspondance. Pascal et Xavier, ignorant la physique des semi-conducteurs, se demandaient comment ces minuscules blocs fonctionnaient. Ils s'interrogeaient aussi sur la luminosité inexorable des diodes électroluminescentes.

Les deux garçons fabriquèrent des détecteurs de pluie, des alarmes de tiroir et des interrupteurs qui se déclenchaient d'un claquement de mains. Ces dispositifs ingénieux colonisèrent bientôt le pavillon familial.

Les maisons s'ouvraient justement à des expériences nouvelles. Les futurologues annonçaient l'avènement de la *domotique*, qui transformerait les maisons en *machines à habiter* interactives, économiques et autonomes. Préludes au visiophone, au robot aspirateur et au réfrigérateur capable de s'auto-approvisonner, les alarmes électroniques et les thermostats électroniques firent leur apparition. On pouvait désormais surveiller les mouvements des rôdeurs et contrôler la température d'une pièce au degré près. La famille Ertanger investit dans le second dispositif, qui couplait des sondes de chaleur à un boîtier central. Un mode *vacance* rendait ainsi la maison capable de se protéger elle-même du froid, grâce à une sonde externe et à un mécanisme de *feed-back* qui maintenaient chacune des pièces à température positive.

Enfin, ce thermostat était programmable : on pouvait laisser la température chuter un peu la nuit, et la refaire monter à partir de six heures pour préparer la maison au réveil de ses occupants. Pascal apprit à programmer lui-même le thermostat en plaçant des petits butoirs de plastique aux heures choisies sur son cadran horaire perforé. Il se demanda alors comment des informations aussi subtiles que l'heure ou la température pouvaient être transmises, par câble électrique, à travers la maison. Ignorant le principe de la modulation de fréquence, il imagina tout un langage, à base de signaux discontinus et binaires comme les signaux du morse, qui permettait au thermostat, à la chaudière et aux radiateurs de communiquer entre eux.

Après les pièces du sous-sol, d'accès relativement facile, les Véliziens colonisèrent leurs derniers espaces libres, situés en dessous des toits. Les anciens greniers et les combles étroits furent partout reconvertis en chambres d'enfants puis en chambres d'amis. Frédéric et Sylvie Ertanger furent parmi les premiers à équiper ces espaces gagnés de *Velux*, du nom de l'entreprise danoise qui venait de révolutionner l'ancien vasistas en proposant une alternative crédible et peu onéreuse aux chiens-assis traditionnels : on pouvait désormais, sans toucher aux charpentes, installer des fenêtres de toit sans perdre en isolation. Les vélux se composaient d'un châssis, qui s'encastrait dans la continuité oblique de la toiture, et d'un double vitrage pivotant qu'on pouvait orienter dans toutes les directions : jusqu'à disparition du verre dans l'alignement du regard, jusqu'à l'inversion des faces intérieure et extérieure, à des fins de lavage. Un store coulissant en tissu permettait enfin de contrôler l'éclairage dispensé.

Le vélux de la chambre de Pascal donnait sur le nuage artificiel d'un grand château d'eau — en raison de leur inclinaison les vélux empêchaient d'apercevoir le sol, et ne permettaient, le front collé à leur vitre froide, que d'apercevoir les objets élevés. Cependant, Pascal découvrit que le vélux, laissé entrouvert avec son store baissé, transformait sa chambre en chambre noire : la forêt s'affichait, inversée, sur le mur opposé, tandis que le château d'eau flottait comme un bathyscaphe entre le ciel et les frondaisons des arbres. Pascal passait ainsi des heures à regarder le monde extérieur en vue périscopique.

Il échoua cependant à détecter la menace mortelle qui arrivait de Russie : une nuée jaunâtre de pollen de bouleau, invisible à l'œil nu, visible seulement de l'espace. Le vélux, comme un clapet à sens unique, laissa ces grains de pollen s'engouffrer dans la chambre de Pascal.

Sa réaction allergique fut violente. Ses poumons, surpris par une propriété nouvelle de l'air, devenu, entre les engrenages sphériques des grains de pollen, compliqué et cassant, ne parvenaient pas à se remplir. Pascal ne pouvait plus articuler la moindre plainte — la parole est une modalité spécifique de la respiration, un découpage savant de la colonne d'air que les pollens, tranchants comme des polyèdres de diamant, venaient de sectionner. Le paysage inversé devint d'un jaune trouble, balayé par les branches noires et silencieuses des arbres. Le château d'eau commença à siffler comme un vaisseau extraterrestre. Des sels d'or se mirent alors à briller dans la chambre noire, puis à tourner lentement, plus lentement encore que s'ils eussent été immobiles.

L'arrivée miraculeuse de Frédéric Ertanger, un tournevis à la main, lui sauva la vie : il avait pris les derniers efforts respiratoires de son fils pour des bulles d'air emprisonnées dans le circuit du chauffage central, qu'une vanne à commande manuelle située dans sa chambre permettait d'évacuer. Pascal, bleuissant et arqué, étouffait dans une pénombre d'or.

La première chose que Pascal vit, quand il reprit conscience, était encore inversée : c'était la bouteille de sa perfusion. Mais l'or fondu du pollen s'était dissipé. L'hôpital était blanc, l'air circulait sans difficulté entre des grands tubes fluorescents parallèles. Le liquide incolore de la perfusion formait des gouttes indépendantes — la viscosité des choses était redevenue minime : à peine un ou deux millimètres sur les parois en verre. Le monde redonnait une place à Pascal, mais l'aiguille de sa perfusion lui injectait encore des sentiments mélancoliques. Depuis que sa crise d'asthme lui avait révélé le côté forcé et douloureux de ses processus physiologiques — une sorte de bruit inutile au milieu du silence des choses, un sifflement douloureux causé par un rétrécissement —, la vie lui était indifférente. Le monde du dehors se déplaçait mieux sans lui. Il mourrait volontiers dans le coulissement indolore de la matière stérile.

La *théorie de l'information*, Steampunk#1

En 1827, le botaniste Robert Brown découvrit, derrière les parois translucides des grains de pollen qu'il observait au microscope, des particules en suspension qui décrivaient des mouvements désordonnés et perpétuels. Brown pensa dans un premier temps aux germes du principe vital. Il reproduisit l'expérience avec les pollens desséchés de plantes mortes, qu'il réhydrata : le mouvement réapparut, les pollens se ranimèrent. L'hypothèse vitaliste était mise en difficulté. Brown recommença avec toutes sortes de poussières, de plus en plus étrangères à la vie : de la suie, du verre pilé et de la limaille de fer. À chaque fois, la substance précipitée s'anima, et l'hypothèse vitaliste se restreignait un peu plus. L'animation de particules d'arsenic sembla même lui porter un coup fatal. Mais Brown était un expérimentateur scrupuleux : il testa encore un fragment pulvérisé du Sphinx de Gizeh (la statuaire égyptienne, en l'absence de procédures fiables de datation, représentait un échantillon minéral à l'ancienneté certaine), et des fragments de météorites (l'hypothèse d'une vie extraterrestre n'était pas, à cette époque, une hypothèse sérieuse). Ces particules exotiques s'animèrent à leur tour. Brown avait définitivement anéanti l'hypothèse vitaliste, mais sans parvenir à expliquer l'origine de ce mouvement, qui portera son nom, et qui restera une énigme pour la physique de son siècle. Il faudra une publication d'Einstein, en

1905, pour que les grains de pollen translucides livrent leur secret : les particules en suspension subissent le bombardement aléatoire des molécules d'eau, qui leur impriment des trajectoires chaotiques. Le physicien Jean Perrin valida la théorie d'Einstein, en reconstruisant et en affinant les expériences de Brown avec des microsphères de gutta-percha, une forme de latex. Le botaniste avait en réalité découvert la première confirmation expérimentale des théories atomistes.

2

« Une décision à la Colbert, si Colbert était japonais. »

Gérard Théry

La France était parvenue, à la fin des années 1970, à un tournant de son histoire économique. Le choc pétrolier de 1973 avait brutalement interrompu les Trente Glorieuses, un cycle de croissance exceptionnel, par sa durée comme par son ampleur. Le chômage de masse fit sa réapparition, et la concurrence internationale se durcit. Le Japon devint un acteur économique prépondérant, tandis que la France était confrontée au vieillissement de son appareil industriel. Des grands programmes de relance et de rattrapage furent alors initiés, notamment dans le secteur stratégique de l'aéronautique, avec le lanceur spatial Ariane et l'avion Airbus. Mais le secteur informatique, tout aussi prometteur en termes de croissance, souffrait de l'absence de programmes similaires ; l'aventure industrielle hésitante de Bull, l'unique concurrent français d'IBM, en proie à des difficultés permanentes, avait notamment prouvé la faiblesse structurelle de l'informatique française. Quelque chose devait être rapidement entrepris.

L'informatisation de la société fut le nom du rapport que

Simon Nora et Alain Minc remirent au président de la République Valéry Giscard d'Estaing en 1978. C'est l'un des chefs-d'œuvre de la littérature technocratique — qui fut le classicisme de la Cinquième République : « La réflexion sur l'informatique et la société renforce la conviction que l'équilibre des civilisations modernes repose sur une alchimie difficile : le dosage entre un exercice de plus en plus vigoureux, même s'il doit être mieux cantonné, des pouvoirs régaliens de l'État, et une exubérance croissante de la société civile. L'informatique, pour le meilleur ou pour le pire, sera un ingrédient majeur de ce dosage. » L'important succès de librairie du rapport Nora-Minc prouva de façon éclatante la validité de sa thèse principale : la société française désirait l'informatisation.

L'une des grandes thèses du rapport Nora-Minc était que l'ère des réseaux informatiques commençait. Contrairement à celui des terminaux informatiques, c'était justement un domaine dans lequel la France gardait une avance technologique mondiale.

Au milieu des années 1970, le téléphone avait en effet achevé son déploiement sur l'ensemble du territoire. Les villages de montagne et les fermes isolées étaient dorénavant reliés au réseau. L'automatisation des commutations (c'est-à-dire l'attribution automatique d'une ligne éphémère à des correspondants) avait permis de limiter les coûts et d'assurer une fiabilité élevée. Le réseau Transpac venait également de voir le jour : destiné aux transferts de données entre entreprises, c'était un réseau extrêmement fiable, dont le taux d'erreur, de l'ordre de 1 pour 10 milliards de caractères transmis, en faisait le support idéal pour les opérations interbancaires ou les communications entre contrôleurs aériens. Mais Nora et

Minc voyaient plus loin. Transpac ne devait pas être réservé à ces marchés de niche. Le réseau était un formidable réservoir de croissance, une mine d'or encore inexploitée qui pouvait supporter bien d'autres usages. Il revient à Minc d'avoir été le premier à nommer cet eldorado, en fondant le néologisme « télématique ». La convergence du téléphone et de l'informatique serait le grand chantier de la fin du siècle. Dix ans plus tard, conscient d'avoir conceptualisé là quelque chose d'impalpable et d'immense, Alain Minc devait déclarer au *Monde* : « C'est étrange de créer un mot nouveau ; c'est peut-être la seule part d'éternité qui nous reviendra. »

Le secteur français des télécommunications, constitué, au sein du ministère des Postes et des Télécommunications, d'une administration spécifique, les PTT (Postes, Télégraphes et Téléphones), et d'une direction dédiée, la Direction générale des télécommunications, ou DGT, cherchait justement, maintenant que le réseau téléphonique était entièrement déployé, des relais de croissance pour l'avenir. Le marché du téléphone risquait en effet d'arriver à saturation. Il devenait urgent d'inventer de nouveaux usages et de concevoir la prochaine évolution technologique.

Le développement du visiophone fut d'abord envisagé, avant d'être écarté, après une expérience menée à Biarritz au début des années 1980, en raison de ses frais d'infrastructure réseau trop lourds — le visiophone exigeait le remplacement intégral du réseau cuivré par un réseau en fibre optique. Les combinés expérimentaux téléphone-moniteur vidéo-caméra furent alors cédés à des exploitants agricoles, afin qu'ils puissent surveiller leurs étables à distance.

Des études médiologiques furent conduites. Chaque médium pouvait être décrit en faisant intervenir seulement trois critères : la temporalité, le degré d'interactivité, le champ de diffusion. Le téléphone permettait ainsi une communication instantanée et une interactivité totale, mais entre deux interlocuteurs seulement. Avec la télévision, les messages étaient instantanés et pouvaient être adressés à des millions de personnes, mais l'interactivité était nulle. La presse, par le biais des petites annonces et du courrier des lecteurs, permettait une interactivité massive, mais au mieux quotidienne. Si l'on répartissait les différents médias entre ces trois axes, une zone blanche apparaissait : il n'existait pas de médium de diffusion universel qui fût à la fois instantané et interactif.

On chercha par ailleurs à déterminer quels étaient les besoins nouveaux des abonnés téléphoniques. Un fait retint alors l'attention des sociologues mandatés par la DGT. Le répondeur automatique de l'horloge parlante avait parfois, de façon accidentelle, mis en communication deux abonnés. Après quelques secondes, la voix préenregistrée de l'opératrice demeurant absente, des « allô » hésitants, à la texture humaine, avaient fini par se répondre, entrecoupés de silences gênés. Alors que la communication était payante, ces correspondants n'avaient pourtant pas raccroché, et s'étaient mis à dialoguer. Certains étaient même restés en ligne plusieurs heures. L'histoire avait circulé, et le nombre d'appels à l'horloge parlante avait sensiblement augmenté. La DGT chercha alors à institutionnaliser ces échanges informels, et lança des expériences de *téléconvivialité* : il s'agissait de permettre à plusieurs personnes de s'appeler en même temps, afin de transformer le téléphone en *forum citoyen*. L'expérience commença modestement par la mise en place d'un forum dans la Creuse, département profondément enclavé et faiblement peuplé. Ainsi, le médium rêvé des ingénieurs en télécommunication s'exprima d'abord en patois limousin. La DGT veillait à une juste répartition horaire et thématique des groupes. Les pionniers de la téléconvivialité se parlaient du temps qu'il faisait et des moissons à venir en tentant de reconstruire les liens de parenté qui les unissaient. Des vieux garçons, qui n'étaient presque jamais sortis de la ferme familiale, tentaient des aventures. Des vieilles filles se laissaient progressivement gagner par des troubles étranges, mais raccrochaient à la première demande de rencontre physique. Tout cela se traînait un peu. Des sociologues rédigèrent de longs rapports sur le renouveau possible de la convivialité en milieu rural, mais la DGT, déçue, enterra le projet.

Polytechnicien, giscardien, novateur, Gérard Théry venait de prendre ses fonctions à la tête de la DGT. Il avait laissé faire, sans trop y croire, cette expérience de téléconvivialité rurale, mais ses ambitions étaient plus élevées. Il jugeait inexorable l'apparition d'une nouvelle manière de communiquer, imminente l'apparition d'un nouveau médium. À Rennes, le CCETT (Centre commun d'étude de télévision et de télécommunication) travaillait alors à la mise au point du système *télétexte*, qui permettait d'afficher des informations écrites sur les écrans de télévision. La télévision allait ainsi devenir interactive : la météo, le tiercé ou la Bourse seraient consultables à la demande. Mais les téléspectateurs n'étant pas émetteurs d'ondes hertziennes, le dispositif était asymétrique, et peu économique : toutes les informations devaient être disponibles par défaut, afin que le téléspectateur choisisse depuis son domicile celles qui l'intéressaient. On était loin d'un véritable dispositif communicationnel. Les performances de la téléconvivialité creusoise étaient paradoxalement meilleures, en termes d'interactivité.

Bernard Marti, le directeur du laboratoire Terminaux et systèmes audiovisuels du CCETT, eut alors l'idée d'utiliser le câble téléphonique, jusque-là réservé au transport de la voix, pour faire remonter un mince filet d'information qui permettrait à l'usager de contrôler le flux du télétexte à distance. Il s'agissait d'hybrider le téléphone et la télévision. Le *Télétel* était né. Le réseau Transpac, accessible depuis le réseau téléphonique, serait naturellement chargé d'en convoyer les données. Le Télétel apparut très vite, pour la DGT, comme une solution technique évidente et parfaite.

L'agence de design Enfi, mandatée pour donner une forme concrète au terminal Télétel grand public, réalisa plus de vingt maquettes, qui conduisirent à un modèle idéalement neutre, marron et beige, de forme presque cubique, avec un clavier rabattable. Le designer Roger Tallon, qui venait de dessiner les premiers TGV, fut chargé de trouver le nom de l'appareil : « J'ai trouvé le nom Minitel en six mois de recherche sémantiquement calibrée avec un programme de traitement du vocabulaire spécialisé dans les combinaisons de préfixes et de suffixes. La désinence *tel* marque son appartenance à la famille du téléphone. Alors Domitel, Infotel ? Omnitel ? Minitel est un nom qui ne pose aucun problème de pénétration et de pédagogie. Le reproche des premiers utilisateurs testés, c'était : trop gros, encombrant. Alors, connaissant la raison raisonnante de mes compatriotes, j'ai pensé : ils n'oseront pas dire qu'un Minitel est gros. »

En mars 1979, au salon Intercom de Dallas, Gérard Théry annonça « la fin de la civilisation du papier ».

Cette déclaration ambitieuse pouvait être prise au premier degré. Le Minitel, à condition que son coût soit suffisamment faible, allait permettre aux PTT de réaliser une importante économie d'échelle, en arrêtant progressivement de distribuer des annuaires papier. Il existait alors autant d'annuaires que de départements — et même le double, si l'on comptait les annuaires professionnels. Chaque année, ils devaient de plus être réédités, les anciennes éditions étant alors, au mieux, broyées pour être recyclées, au pire, détruites à mains nues — le record du nombre d'annuaires déchirés en moins de trois minutes était détenu par Edward Charon, révérend à Portland, Oregon, qui en avait déchiré trente-neuf.

De façon à rassurer les décideurs politiques, le Minitel fut même volontairement décrit, par ses concepteurs prudents, comme un simple annuaire électronique — la typographie de ses pages fut ainsi confiée à Ladislas Mandel, un spécialiste réputé des typographies pour annuaires, qui dessina les caractères de la police *Letar Minitel*. Cet annuaire serait, à l'image de ses prédécesseurs, distribué gratuitement, ou loué contre une caution très faible. Année après année, l'investissement deviendrait rentable, grâce à la cellulose économisée.

Le Minitel devait pour cela être bon marché. On dressa un cahier des charges exigeant, à destination de ses fabricants potentiels, les champions nationaux Matra, Thomson et Alcatel. Le Minitel serait un terminal passif, dépourvu de mémoire comme de processeur. Il s'agirait en somme d'un simple modem (un appareil capable de transformer des données binaires en signal électrique, et inversement), relié à un clavier et à un écran, et destiné plutôt à recevoir des informations qu'à en émettre : les utilisateurs taperaient des requêtes sur leur clavier, et recevraient en réponse des pages entières — ce modem devrait atteindre une vitesse de 1 200 bits par seconde en entrée, de 75 en sortie. L'écran du Minitel serait noir et blanc. Sa carte mère ne serait dotée d'aucun *bus* supplémentaire, limitant ainsi toute possibilité d'évolution par ajout de cartes supplémentaires — le Minitel étant prêté, il devrait être rendu intact. En contrepartie le Minitel serait robuste. Sitôt sortis des chaînes de production, les appareils subiraient divers tests. On les ferait fonctionner dans des conditions extrêmes, à température très basse et — lointain souvenir de la France coloniale — dans une étuve chaude et humide. Les soudures seraient vérifiées avec un maillet en caoutchouc : un employé viendrait frapper le côté de l'appareil, et vérifierait ensuite que le Minitel ne se serait pas éteint. Enfin, du point de vue du design, une certaine liberté serait laissée aux fabricants. La coque extérieure pourrait prendre différentes formes, à condition de toujours accueillir une poignée, le Minitel devant être portatif. Le clavier pourrait être fixe ou rabattable, ABCD ou AZERTY — mais il devrait toujours comporter les touches idiosyncrasiques imaginées par les ingénieurs de la DGT : les touches *Suite*, *Correction* et *Annulation*, l'ambivalente touche *Connexion / Fin* et la solennelle touche *Envoi*.

Carnot publia ses Réflexions sur la puissance motrice du feu *en 1824. On y trouve la première théorie complète de la machine à vapeur, décrite comme une* machine à cycle ditherme. *Les premières machines à vapeur, installées dans les mines d'Angleterre au début du XVIIIe siècle, ne possédaient qu'un seul cylindre, dans lequel la vapeur, produite par une chaudière, venait soulever un piston que la pression atmosphérique abaissait ensuite. Un demi-siècle plus tard, la machine de Watt proposait un grand nombre d'innovations : ce n'était plus l'air ambiant qui venait abaisser le piston, mais la vapeur elle-même, introduite alternativement d'un côté et de l'autre du cylindre. Watt ajouta également un second cylindre, le condensateur, qui servait à refroidir la vapeur. En séparant la partie chaude de la partie froide, la machine de Watt préfigurait la machine idéale de Carnot, qui fonctionnera uniquement sur la différence de température entre deux de ses parties. Le transfert de chaleur d'un corps chaud jusqu'à un corps froid est la seule source possible de travail ; on ne peut extraire de l'énergie d'une machine qu'à condition que ce déséquilibre persiste. Il s'agit de la première formulation du second principe de la thermodynamique.*

3

« Dans le non-espace de la matrice, l'intérieur de tout édifice de données possédait une dimension subjective illimitée ; pénétrée via le Sendaï de Case, la calculette jouet d'un gosse aurait ainsi présenté d'infinis golfes de néant retenus par quelques commandes de base. »

William GIBSON, *Neuromancien*

Une fois tous les vélux creusés, et la maison familiale sanctuarisée en paradis bourgeois complet, l'ère du jardinage succéda à l'ère du bricolage. Sylvie et Frédéric Ertanger agrandirent artificiellement la profondeur du jardin en plantant plusieurs rideaux d'arbres et en jouant avec les propriétés optiques d'une allée, dont les pas japonais rétrécissaient à mesure qu'ils s'éloignaient de la terrasse. Ils décidèrent enfin de creuser une porte à travers les thuyas pour permettre un passage direct vers la forêt.

Pascal, qui resta enfermé pendant une grande partie de l'été pour prévenir tout nouveau choc anaphylactique, assista à la lente projection de ces travaux sur le mur de sa chambre : il passait plusieurs heures par jour allongé sur son lit, la tête renversée en arrière pour redresser l'image. Le reste du temps, il lisait en mangeant des sucreries : Xavier Mycenne lui avait prêté sa collection de *Science & Vie* et les premiers tomes d'une encyclopédie alternative, *Le catalogue des ressources*, qui expliquait comment tout faire par soi-même, en marge du système. Mycenne lui rendait d'ailleurs fréquemment visite, et les deux garçons concevaient des dispositifs électroniques de plus en plus complexes dans leur laboratoire souterrain.

Les seules sorties de Pascal consistaient à accompagner sa mère au centre commercial Vélizy 2, dont l'air filtré présentait peu de risque. Dépourvu de lumière naturelle, habillé d'un revêtement sombre en lames d'aluminium anodisé, le centre commercial ne semblait éclairé que par les grands logos de ses enseignes successives : C & A, le Printemps, la Samaritaine, Prisunic ou la FNAC. Dans cet espace futuriste consacré aux loisirs, des fontaines en cuivre brillant venaient rappeler les machines à vapeur de l'ancienne civilisation industrielle. Le monde avait été domestiqué. Cependant Pascal, terrorisé par sa prochaine entrée au collège, croisait sans cesse des enfants de son âge, hostiles et inconnus.

Désensibilisé et doté d'un inhalateur à Ventoline, il fut finalement autorisé à sortir, et put emprunter le nouveau passage vers les bois, presque profond comme un tunnel, que ses parents lui firent inaugurer pour fêter sa guérison — il s'agissait d'extirper l'enfant, devenu blême et presque obèse, de son monde sucré, électronique et sans soleil.

Le club électronique partit alors à la découverte du monde — un monde filtré par les feuilles translucides. Xavier et Pascal conçurent désormais des versions bucoliques de leurs appareils. Des intercepteurs photovoltaïques installés entre des troncs d'arbres et reliés à un tableau d'alarme lumineux dans la pièce du sous-sol permirent par exemple aux deux garçons de surveiller la fréquentation de plusieurs sentiers forestiers. Ils camouflèrent les fils de raccordement dans l'humus, et enfouirent les cellules photovoltaïques dans les gros champignons accrochés aux arbres. Ils purent ainsi tenir, pendant plusieurs après-midi, un minutieux décompte des promeneurs, l'un surveillant le sentier aux jumelles depuis le sommet d'un arbre, l'autre comptabilisant dans la pièce souterraine le nombre de fois où une ampoule s'allumait. Ils comparaient, le soir même, leurs données réciproques pour améliorer la sensibilité du dispositif, car la surabondance de la vie végétale engendrait un grand nombre de faux positifs.

Les deux garçons allèrent progressivement plus loin dans la forêt, en se retenant aux racines pour ne pas en dévaler les pentes. Ils atteignirent enfin, tout au fond, une mer intérieure. Un vaste dispositif hydrologique souterrain l'approvisionnait en eau : de larges tuyaux, auxquels différents regards permettaient d'accéder, parcouraient la forêt — l'étang dit du *Trou au gant* servait de déversoir ultime aux eaux de pluie qui tombaient sur le plateau de Vélizy. Pascal et Xavier remuèrent des milliers de fougères pour dresser la carte des apparitions du monde souterrain : parfois une simple plaque, d'autres fois un puits aux parois de béton, large comme un silo de missile nucléaire. Ils imaginèrent un abri antiatomique, une cité militaire souterraine reliée à la base 107. Ils parcoururent à quatre pattes plusieurs tronçons de galerie sans aboutir à aucune de ses entrées blindées.

En surface, les deux garçons découvrirent à plusieurs reprises des sous-vêtements de femme, parfois déchirés. La forêt devint un lieu potentiellement dangereux.

La nuit, Pascal apercevait des phares à travers les branchages, ou entendait des chuchotements. Un matin, l'accès au *Trou au gant* fut interdit par la police : on avait retrouvé le corps d'une femme, partiellement dénudé, sur la berge boueuse. Les zones couvertes par les détecteurs, situées tout près du jardin familial, étaient loin de la scène de crime. Mais Pascal était relié par de nombreux câbles à la forêt fatale. Il lui fallut, avec Xavier, tout défaire sans être vu de personne, et trouver un lieu où brûler le registre des intrus détectés. Pascal s'endormit pendant plusieurs semaines avec la certitude qu'il serait arrêté à l'aube.

En septembre 1978, Pascal entra au collège Saint-Exupéry de Vélizy. Les distinctions sociales des parents se décalquaient sur le milieu informe et agressif des enfants. Quelques-uns, plus avancés dans leur adolescence, ou plus riches que les autres, dominaient le collège. On trouvait dans ce groupe les enfants des pilotes de la base 107, ou ceux dont les pères occupaient des fonctions élevées dans l'automobile, les télécommunications ou les systèmes de défense. Ils formaient une petite élite fermée. En bas de l'échelle sociale, mais dotés d'un fort esprit de groupe et d'une certaine propension à la violence collective, deux éléments qui compensaient la faiblesse relative de leur niveau scolaire et leur impopularité, on trouvait les enfants des CRS de la grande caserne voisine, et ceux des militaires de grade inférieur. Xavier, fils de médecin, mais qu'on disait radioactif, et Pascal, enfant peu charismatique et sans histoire de la classe moyenne, n'appartenaient à aucun groupe. Ils ne s'intéressaient pas aux filles, restaient discrets dans la cour de récréation et ne cherchaient jamais à être populaires. Ils étaient invisibles. Pascal ne se distinguait qu'en mathématiques où, fréquemment appelé au tableau, il résolvait des problèmes géométriques difficiles.

Pascal, encore loin de l'adolescence, était resté cet élève de CM2 effrayé qui avait traversé la cour du collège pendant une après-midi portes ouvertes, un garçon timide et solitaire qui passait ses récréations seul, à observer les autres enfants, et à attendre. Ce que Pascal attendait, c'était que les enfants ressortent. Il y avait un préau fermé, accessible depuis la cour. Les enfants qui jouaient à chat pouvaient, en empruntant l'une de ses deux entrées, se réfugier à l'intérieur. Le chat ne pouvait pas entrer, c'était la règle. La logique voulait que le fugitif ressorte par la porte opposée à celle par laquelle il venait de passer : c'était la trajectoire la plus facile. Le chat savait cela, et pouvait donc l'anticiper. Mais le fugitif pouvait appliquer une contre-mesure, en effectuant un demi-tour dans l'obscurité du préau. Ainsi le chat avait-il tout intérêt à rester devant la première porte. Ce que le fugitif savait également. La contre-mesure consistait alors à effectuer un nouveau demi-tour — et le fugitif se retrouvait dans la configuration initiale, configuration qui, sans être tout à fait naïve, n'était pas sans faiblesse. Les deux enfants jouaient ainsi moins à se courir après qu'à anticiper leurs comportements mutuels. Ils couraient après l'information. Pascal s'aperçut alors qu'il se représentait mal les feintes de degré trop élevé. Il semblait y avoir paradoxalement beaucoup plus de possibilités qu'il n'y avait de portes. Les mesures et les contre-mesures, appuyées les unes sur les autres, pouvaient monter à l'infini comme un château de cartes. Le fugitif, en ressortant, rabattait l'édifice sur un état unique. Mais l'espace d'un instant, dans le préau caché, il s'était propagé comme une onde, adoptant toutes les trajectoires possibles.

Dès son premier trimestre de sixième, Pascal retrouva, pour survivre dans son nouveau milieu, la position neutre de l'observateur. Il ne parlait qu'à Xavier, ne se mêlait de rien, et allait jusqu'à éviter de regarder les filles de sa classe. Il finit néanmoins par tomber amoureux de l'une d'elles, mais trop timide pour supporter qu'elle s'en aperçoive, resta d'une discrétion absolue.

Un jour, Xavier arriva au collège avec un objet inédit, véritable chef-d'œuvre de la miniaturisation japonaise et cadeau de la firme Toshiba à son père, qui venait de renouveler l'équipement de son cabinet. C'était une montre électronique à quartz et à cristaux liquides qui faisait également calculatrice : la Casio C-80. Pour la première fois depuis leur entrée au collège, Xavier et par extension son meilleur ami Pascal furent regardés comme des personnalités importantes.

L'écran, d'un gris verdâtre, n'était pas parfaitement homogène : on aurait dit du sable mouillé. Pascal imagina, pour expliquer l'apparition des chiffres, des effets de marée. Puis il proposa un autre paradigme explicatif, qui faisait intervenir une sorte de vent électronique, capable d'incliner les cristaux liquides comme des brins d'herbe — il tenta de simuler un tel processus en dessinant des chiffres sur le canapé en daim de ses parents. Ces chiffres, situés quelque part entre les chiffres romains et les chiffres arabes, étaient par ailleurs d'un type nouveau : de forme rectangulaire, ils étaient constitués de bâtons verticaux ou horizontaux ; c'était le langage d'une civilisation nouvelle.

Xavier accepta de lui prêter sa montre pendant une semaine. Enfermée dans une coque de plastique noire, la C-80 ne pouvait être comprise que de l'extérieur. Pascal en essaya toutes les fonctions : la calculatrice et ses quatre opérations, le chronomètre précis au centième de seconde, les différentes alarmes, les deux horloges qui selon la notice « atteignaient une précision de +/– 1 seconde par mois ». Pascal jugea cette notice relativement imprécise. Les fonctions de la montre y décrivaient une arborescence épurée. En réalité, ces différentes fonctions se chevauchaient : on pouvait changer l'heure de l'alarme sans arrêter le chronomètre, faire une addition pendant qu'une alarme sonnait. Les tâches étaient séparées, mais pas indépendantes : il n'existait qu'un seul cristal de quartz, dont les vibrations alimentaient simultanément plusieurs sous-programmes parallèles. Le fonctionnement de la montre présentait aussi des anomalies, que la configuration ultime de la montre devait rendre nécessaires : c'était autant de points d'accès à son langage machine. Pascal se lança dès lors dans un vaste projet de rétro-ingénierie. Il voulut réécrire la notice complète et exhaustive de la machine. Il avait déjà dessiné des centaines d'arborescences quand il aborda le cœur de son projet : le fonctionnement de la calculatrice. Ne connaissant ni la logique, ni l'algèbre de Boole, il dut bientôt abandonner. Il apprit bien plus tard, au début de son année de math sup, que Russell et Whitehead, qui avaient entrepris, dans les *Principia Mathematica*, d'expliciter les fondations de l'arithmétique élémentaire, avaient mis des centaines de pages à définir la seule addition, tandis que, dans le formalisme de Bourbaki, la définition de l'unité nécessitait près de 4 500 milliards de symboles.

Plus littéraire, Xavier voulut de son côté refonder l'arithmétique en s'inspirant de π et de Lovecraft : dans les ébauches qu'il donnait à lire à Pascal, π était défini comme une divinité éternelle et barbare, dont les nombres entiers n'étaient que des reflets affreux, des approximations stériles. Il existait, derrière les mathématiques ordinaires, une science ésotérique du nombre. Sa théorie fut confirmée quand il déchiffra, lors d'une sortie scolaire au Palais de la découverte, l'égalité suivante, qui annonçait l'entrée dans le secteur des mathématiques : $e^{i\pi} = -1$. Les nombres entiers étaient bien générés par les nombres irrationnels.

Fin 1981, Pascal découvrit dans *Science & Vie* une publicité pour le premier micro-ordinateur à prix accessible : le Sinclair ZX81. C'était un petit boîtier noir doté d'un clavier, fourni avec un manuel d'initiation au BASIC. Il coûtait 985 francs.

Les parents de Pascal jugèrent l'appareil trop cher pour un cadeau de Noël. C'était un bloc de plastique noir qui correspondait mal, quoiqu'ils fussent parfaitement athées, à l'idée qu'ils se faisaient d'une fête religieuse. Pascal demanda donc de l'argent, et économisa patiemment son argent de poche. Quand, au printemps, des ZX81 en kit furent mis en vente à 590 francs, Pascal put enfin s'offrir son premier ordinateur. L'assemblage de la machine constitua la dernière grande réalisation du club électronique, qui fut dissous, et aussitôt refondu en club informatique.

De fabrication anglaise, le ZX81, imaginé par Clive Sinclair, était une machine techniquement rudimentaire, mais commercialement révolutionnaire. Elle se présentait sous la forme d'un petit boîtier trapézoïdal noir, doté d'un clavier à membrane. Il possédait des spécifications techniques modestes : 1 kilooctet de mémoire vive, 8 de mémoire morte, avec un processeur cadencé à 3,25 kilohertz (ce qui correspondait exactement à la fréquence de balayage d'un écran de téléviseur, pour permettre au processeur de gérer lui-même l'affichage vidéo, sans qu'il soit nécessaire de lui adjoindre une carte graphique — les calculs demandés par l'utilisateur étant exécutés pendant le temps de retour du faisceau, à la manière d'un écrivain qui réfléchirait en repoussant, à la fin d'une ligne, le chariot de sa machine à écrire). Pascal apprit pendant l'été la programmation en BASIC. Créé en 1964, le BASIC (*Beginner's All Purpose Symbolic Instruction Code*) était devenu quinze ans plus tard la langue primitive de l'informatique grand public. Il se composait d'un nombre restreint d'instructions, à écrire en majuscules et en début de ligne, qui opéraient sur le reste de la ligne comme des fonctions. Ainsi, il fallait taper PRINT « bonjour » pour voir le mot « bonjour » s'afficher à l'écran.

En septembre, Pascal entra au lycée La Bruyère de Versailles, qui n'était à vol d'oiseau qu'à trois kilomètres de chez lui, de l'autre côté de la forêt.

Principe subtil, et parfois contesté, le second principe de la thermodynamique stipule que les systèmes physiques isolés tendent vers l'équilibre (le premier principe, de compréhension plus facile mais de formulation plus tardive, exige simplement que l'énergie soit toujours conservée). Aucun système physique n'est dès lors capable de se remonter seul, et le mouvement perpétuel n'existe pas. Les lois de la thermodynamique, appliquées avec soin, permettent seulement de fabriquer des paradis éphémères. Renonçant à détourner la Seine pour alimenter les fontaines de Versailles, Louis XIV fit ainsi construire une gigantesque machine hydraulique à Marly pour actionner les jets d'eau de son parc à distance. Le pasteur Robert Stirling inventa lui, un peu plus d'un siècle plus tard, des moteurs qui pouvaient tourner dans le creux de la main sans source d'énergie apparente, comme des papillons de métal : ces machines exploitaient en réalité la différence de température entre la peau et l'air ambiant. Il serait absurde — ou miraculeux — que des dispositifs plus ambitieux existent. Carnot fut le premier à le reconnaître : « L'acception générale et philosophique des mots mouvement perpétuel *doit comprendre non pas seulement un mouvement susceptible de se prolonger indéfiniment après une première impulsion reçue, mais l'action d'un appareil, d'un assemblage quelconque, capable de créer la puissance motrice en quantité illimitée, capable de tirer successivement du repos tous les corps de la nature, s'ils s'y trouvaient plongés, de détruire en eux le principe de l'inertie, capable enfin de puiser en lui-même les forces nécessaires pour mouvoir l'Univers tout entier, pour prolonger, pour accélérer incessamment son mouvement. »*

4

« En truffant cette expérimentation d'instruments
d'observation et d'évaluation on conféra une légitimité
de type scientifique (par référence aux techniques
d'expérimentation dans les sciences exactes) à une démarche de pure politique industrielle, qui s'en trouva
ainsi au passage "désidéologisée". »

Jean-Marie CHARON et Eddy CHERKI,
Vélizy, ou Les premiers pas de la télématique grand public

La première expérience de télématique à grande échelle,
menée dans le département de l'Ille-et-Vilaine, servit surtout à tester et à valider un ensemble de procédures
techniques. On mesura la fiabilité du matériel, la robustesse des réseaux, ainsi que l'aptitude des usagers à effectuer des recherches dans un annuaire électronique — la
gratuité de ce service, pendant les trois premières minutes de consultation, s'imposa comme une évidence commerciale. Une seconde expérimentation, aux ambitions
plus larges, fut alors lancée. Impliquant une population
cible, des acteurs institutionnels et des entreprises privées, elle projetait la télématique dans un marché d'offre
et de demande, afin d'en tester la viabilité économique.
L'expérience commença au début de l'automne 1980, à
Vélizy-Villacoublay.
On avait évidemment ciblé là l'importante population

d'ingénieurs, de cadres et de chercheurs de la petite ville. On supposait, à juste titre, que le Minitel serait accueilli avec responsabilité, curiosité et bienveillance par les catégories socioprofessionnelles supérieures et progressistes de Vélizy. Les 1 500 premiers terminaux expérimentaux trouvèrent de fait facilement preneurs, malgré leur design rudimentaire (en attendant la production en masse des premiers Minitel monoblocs, les terminaux livrés à Vélizy se composaient d'un boîtier aveugle qu'il fallait relier au téléviseur). Vélizy se mit dès lors à construire le médium du futur. Environ deux cents entreprises furent sollicitées — et subventionnées — pour proposer des contenus qui soient à la fois transportables sur les lignes téléphoniques, affichables sur des écrans cathodiques, et suffisamment interactifs pour que les abonnés dialoguent avec eux, au moyen d'un clavier.

La SNCF conçut un service de consultation de ses horaires de train, le PMU offrit les résultats du tiercé, Météo France afficha ses prévisions. Chaque régie d'État, chaque service public, fut sommé d'imaginer son propre service télématique, de la RATP au Trésor public. Des assurances et des banques ouvrirent des comptoirs télématiques expérimentaux. Les sociétés de vente par correspondance participèrent résolument à l'aventure, tout comme le diocèse de Versailles, qui lança une enquête télématique sur Dieu, dont il ressortit que « beaucoup de gens se posaient des questions sur le sens de la vie et l'existence du mal ». Deux prêtres furent dépêchés sur place.

Les grands groupes de presse acceptèrent également de participer, à condition d'obtenir le monopole de l'information télématique : ils craignaient en effet la concurrence du Minitel sur les informations pratiques régionales, les publications légales et les petites annonces. La DGT, redoutant une campagne de presse assassine, leur concéda l'exclusivité totale dans l'édition de ces contenus à forte valeur ajoutée, pour la consultation desquels le coût de la télécommunication serait majoré. Les abonnés, en acquittant leur facture mensuelle, paieraient un supplément, de l'ordre de quelques francs par minute, pour le temps qu'ils auraient passé à consulter les services de ce « kiosque » télématique. Les PTT reverseraient aux éditeurs de ces pages 60 % de l'argent perçu.

Ce mode de collecte et de reversement de l'argent, d'usage très simple, fut la grande innovation commerciale de l'expérience de Vélizy. Si la concession gratuite du terminal permit un déploiement rapide du réseau télématique, ce système de facturation simple, transparent et incitatif devait assurer la viabilité économique du Minitel : il n'y aurait qu'une facture, celle du téléphone, sur laquelle les coûts de connexion seraient mensuellement prélevés. Ce système garantissait en outre, grâce à l'intermédiation des PTT, l'anonymat et la sécurité des transactions commerciales entre utilisateurs et éditeurs de services.

Quelques années plus tard, quand le Minitel fut déployé à l'échelle nationale, le terme *Vélizy* continua à désigner, pour les spécialistes, les services surtaxés du Minitel, qui furent bientôt regroupés, pour le grand public, derrière le préfixe 3615.

Le prototype du Minitel fit son apparition dans la famille Ertanger en février 1981, sous la forme d'un boîtier plat conçu pour se glisser sous un téléviseur — les Véliziens le surnommèrent aussitôt le « chauffe-plat ». Il se branchait sur la prise du téléphone et sur la prise Péritel de la télévision, ce qui le mit, un an plus tard, en concurrence avec le ZX81 de Pascal. Mais le Minitel, qui n'était pas programmable, ne fut jamais considéré par lui comme un véritable ordinateur. Ses premières tentatives d'appréhension de l'appareil furent même plutôt décevantes.

En haut à droite, le F majuscule de « fin de connexion » occupait un petit rectangle blanc. Pascal le remplaça par un C en appuyant sur la touche « Connexion / Fin ». Le C clignota quelques secondes, mais le F reprit sa place (on retrouvera ce C, quelques mois plus tard, au soir du 10 mai 1981, derrière le visage stylisé du candidat Mitterrand, pour ce qui fut la première démonstration grand public des capacités graphiques du Minitel, capable de représenter sans ambiguïté, à un instant crucial de l'histoire de France, le visage du président élu).

Ce n'était qu'en composant des numéros spéciaux avec le téléphone qu'on pouvait réellement se connecter. Hors connexion, le Minitel, terminal passif, ne savait rien faire. Pascal remplit plusieurs fois l'écran de lettres. Il parvint ainsi à représenter une sorte de clown asymétrique et écrasé : il venait de réinventer l'*art ASCII*, une forme d'expression artistique née dans les années 1960 pour démontrer les capacités graphiques des premières imprimantes, et qui permettait de cacher des images pornographiques dans des fichiers texte de taille raisonnable et d'apparence anodine — un portrait de Bardot, qui affichait le code « 6EQUJ5 » dans sa pupille droite, en était l'une des réalisations les plus célèbres.

En mode connexion, le Minitel était à peine plus récréatif. Pascal composa le 3611 et accéda à l'annuaire électronique. Il essaya son nom dans une dizaine de villes, puis le nom de ses professeurs : ils habitaient à Vélizy, Jouy-en-Josas, Viroflay et Massy.

Ce fut l'un des premiers détournements du Minitel à des fins non utilitaires. Les Véliziens s'emparèrent du nouveau médium, qui permettait d'accéder facilement à tous les annuaires départementaux, pour rechercher où vivaient à présent leurs amis d'enfance. Tandis qu'eux vivaient à présent, tout près de Paris, dans une ville moderne et expérimentale, beaucoup de leurs amis étaient restés en province près de leurs villes natales. Mais quelques-uns avaient aussi déménagé dans des lieux improbables : en Corse, en Nouvelle-Calédonie, à Tahiti — destinations en apparence aventureuses, mais compatibles avec des carrières dans la fonction publique. Quelques-uns s'en sortaient bien, habitant à Neuilly, à Versailles ou Saint-Cloud. D'autres encore, qu'on essayait de retrouver en vain, devaient à présent occuper des postes sensibles ou à responsabilité : ils s'étaient mis sur liste rouge — ou bien ils étaient morts.

L'annuaire excepté, tous les services étaient payants. Pascal n'avait pas le droit de s'y connecter. Son père, assez impliqué dans l'expérience, s'astreignait lui à une demi-heure de connexion par jour : il consultait la météo et les petites annonces sur le site du *Parisien libéré*, vérifiait les taux de change du franc, du yen et du dollar sur le site du Crédit lyonnais, regardait des horaires de train sur le site de la SNCF. Il pouvait composer sa soirée à distance : trouver quel cinéma jouait le film dont il venait de lire une critique télématique, sélectionner un restaurant, réserver un taxi. Paris n'était qu'à quelques touches (mais Paris n'était au fond qu'à quelques kilomètres).

La télématique était encore en développement. La page d'accueil du *Parisien libéré* se présentait sous la forme d'un tableau austère qui faisait correspondre des rubriques à des chiffres. En tapant 1, la météo. En tapant 2, la Bourse. En tapant 3, les dépêches. La carte de la France était très stylisée. Le mode d'affichage du Minitel faisait renaître l'art antique de la mosaïque : l'écran n'affichait que des rectangles, dans une dizaine de nuances de gris, et ignorait les courbes. Les figures, aux contours crénelés, restaient approximatives — sans la Bretagne, proéminente et caractéristique, la France eût été méconnaissable. Les dépêches, quant à elles, étaient rares, et l'information boursière elliptique : quelques histogrammes, un ou deux indices, la valeur de l'or. Sur la page d'accueil de la Samaritaine, on pouvait sélectionner une rubrique téléachat, pour effectuer des achats et se faire livrer sans quitter son salon. Mais l'écran suivant représentait une camionnette rectangulaire sur laquelle il était écrit : « service bientôt disponible ».

Le monde du Minitel était un monde rationnel et purifié, un idéal d'ingénieur ou de cadre, sobre et opérationnel. L'arrivée des horoscopes fut à ce titre une révolution, analysée par un sociologue de la DGT comme « une victoire de la liberté de la presse, et le signe incontestable d'une réappropriation de l'outil industriel par la société civile » ; « cette tache de couleur dans un monde des télécommunications trop souvent grisâtre » annonçait « la revanche des savoirs vernaculaires sur le savoir officiel ». Il fallait taper 7.

Les premiers utilisateurs du Minitel furent particulièrement étudiés. Aucune des tâches accomplies par les utilisateurs distants n'échappait au groupe d'étude de la

DGT, qui vérifiait si les usagers suivaient les bonnes procédures pour changer de page, revenir en arrière ou corriger leurs erreurs. L'expérience de Vélizy se voulait infiniment pédagogique. Les techniciens se déplaçaient très facilement à domicile, même si dans 90 % des cas le problème aurait pu se résoudre par téléphone.

Cependant quand l'Alsace, quelques mois après le début de l'expérience de Vélizy, accueillit à son tour une expérience télématique, le changement d'échelle, d'une petite ville à une région entière, obligea la DGT à restreindre le nombre de ces dépannages à domicile. Il fallut pour cela inventer un moyen de communiquer, d'opérateur à utilisateur, en repérant à distance leurs maladresses, afin de leur adresser des messages d'avertissement. Les utilisateurs perplexes pouvaient alors répondre, et l'échange qui s'ensuivait suffisait en général à débloquer la situation.

Or, en 1982, un enfant de onze ans parvint à détourner ce protocole et à envoyer aux autres utilisateurs des messages qu'il signait : « Big Panther ». Ce fut le premier piratage du réseau télématique français, conçu dès l'origine comme une forteresse impénétrable. Big Panther avait fait preuve d'ingéniosité, en accédant à une page d'interface réseau difficilement accessible, et de chance, en devinant le mot de passe qui permettait d'envoyer librement des messages — si bien que l'existence de Big Panther fut parfois contestée. L'histoire aurait été inventée par les responsables du serveur GRETEL, géré par les *Dernières Nouvelles d'Alsace*, pour justifier, auprès de la DGT, l'apparition d'une fonctionnalité réseau qui n'était pas comprise dans le cahier des charges.

Quoi qu'il en soit, la percée opérée par Big Panther bouleversa les usages de GRETEL. La procédure permettant l'envoi et la réception de messages fut très rapidement connue, et massivement utilisée. Très vite, la messagerie, bien que rudimentaire, représenta plus de 80 % du temps total de connexion. L'infrastructure du réseau dut être adaptée en urgence pour éviter les engorgements. Il fallait souvent plus d'une heure pour accéder au service messagerie. La demande explosait, et des records tombaient les uns après les autres : celui de la plus longue conversation (72 heures), celui de la plus grosse facture bimensuelle (225 000 francs), celui du plus gros trafic mensuel (520 heures).

On comprit alors que les messageries conviviales payantes pouvaient devenir les locomotives de la télématique.

Le Minitel garantissait l'anonymat total des abonnés, qui se cachaient derrière leurs pseudonymes. De plus, le statut juridique de la correspondance privée rendait le contenu des messages échangés inviolable. Mais les pseudonymes utilisés laissaient filtrer la nature des messages échangés : certains minitélistes se nommaient « Grandamour », « Douceurexquise », d'autres « Fentetroite » ou « Grosengin »... On était sans aucun doute en présence d'un vaste réseau de correspondance coquine.

Cependant, les cadavres exquis, les devinettes et les charades étaient également très pratiqués. Au siècle des Lumières, expliqua un sociologue rassurant à un Gérard Théry inquiet, le libertinage n'était qu'un inoffensif jeu de salon, que pratiquaient les meilleurs écrivains.

Des vocations lyriques spontanées virent souvent le jour au milieu de la nuit, et disparaissaient au matin (le Minitel ne disposait d'aucune mémoire). Les échanges, d'abord prudents, devenaient, une fois minuit passé, mystérieux et intimes. On atteignait des moments de poésie authentique. On se mettait à nu, on partageait des rêves, on arrivait enfin dans des zones dangereuses. Une nuit « Demi-lune » exigea qu'on ne lui demande plus où était passée son autre moitié, car cela la « faisait flipper ».

Le Minitel fut progressivement déployé sur tout le territoire, et les services de messagerie connurent leur premier âge d'or. La France faisait chaque nuit l'équivalent d'une psychanalyse, couchée près de son terminal.

Ce fut une nuit unanime et réciproque, pour le dernier grand peuple littéraire d'Europe, un océan de poésie consolatrice et de mots bienveillants, composés, comme des reflets de lune, en caractères d'argent.

Le Minitel généra, pendant les premiers mois de son exploitation commerciale, une parole presque sacrée. On raconte que les grandes orgies de la Révolution française ne commencèrent pas avant 1793, et que pendant les quatre ans qui précédèrent, les femmes, nouvellement nommées citoyennes, purent exhiber chastement leurs poitrines démocratiques. Le Minitel ressuscita ces chastes amazones, aux visages éclairés par les reflets de leurs écrans, allongées sur le ventre sur des lits trop grands, rêveuses, les doigts rapides et les pieds agités.

Les pseudonymes féminins désignaient alors réellement des femmes. Les récits de rêves, bien que diversement interprétables, suscitaient peu de commentaires salaces, et les fantasmes confessés ne donnaient pas lieu à des demandes d'accomplissement rapide. On assistait au contraire à l'apparition de quelques déités nocturnes et intouchables : cruciverbistes expertes en énigmes irréelles, hôtesses intarissables qui lisaient en secret des livres sur l'analyse des rêves, vestales du dictionnaire capables de trouver des rimes et des synonymes à presque tous les mots. Le Minitel était oraculaire. On y débattait de vie après la mort et d'expériences spirites. On vit parfois des mots s'écrire d'eux-mêmes ou de jeunes disparues revivre sous pseudo.

La poésie régnait : le culte de la périphrase rallongeait des échanges que le culte concurrent des métaphores opacifiait. Le registre de la botanique prêtait ses mots savants au sexe ; le sexe servait de camouflage à des signifiants plus sombres.

La théorie des sept degrés de séparation, selon laquelle aucune personne n'était à plus de six personnes d'une autre, se vérifiait souvent, quand les pseudos s'entrouvraient un peu plus. Le Minitel pouvait réenchanter le monde social.

À Vélizy, les Minitel monoblocs, comprenant écran, modem et clavier, finirent par remplacer les appareils expérimentaux.

Des bruits circulaient sur de possibles échanges pornographiques entre minitélistes. Pascal se connecta une nuit à la messagerie du *Parisien libéré*. Il approcha son fauteuil tout près du Minitel, pour le dissimuler au cas où ses parents entreraient dans la pièce. Il se créa ainsi un espace érotique assez semblable, pour ses dimensions et son appareillage embarqué, à une capsule spatiale.

Il choisit comme pseudonyme *ZX2000*, et s'engagea dans une discussion avec *Iris47*. À l'évidence, elle s'ennuyait, et risquait de se déconnecter d'un instant à l'autre :

— Je me languis. J'attends le matin. J'attends que le matin vienne déposer sa rosée sur mes pétales. Le vent me cambre et me défait.

— C'est beau, répondit Pascal, qui décida, parce qu'il doutait de ses capacités littéraires, de n'opposer à Iris47 que de brefs commentaires esthétiques.

— Qui es-tu ?

Il hésita. Il voulait dissimuler son âge.

— Ton mystérieux adorateur.

— Qu'as-tu à m'offrir ?

Il n'avait rien à répondre. Il bandait.

— Et toi ?

— Des pétales entrouverts sur...

Pascal avait joui soudain et, tout en essayant de retenir son sperme dans son poing fermé, s'était jeté sur la touche « Connexion / Fin ».

Il ne se reconnecta pas, ni cette nuit ni les nuits suivantes. La poésie lui répugnait un peu. Il avait entendu parler du Minitel comme d'un loisir de femmes mûres, assez heureuses à l'idée de pouvoir mentir sur leur âge et de dissimuler leur corps. La poésie leur permettait d'éluder les questions trop précises. Pascal avait l'impression qu'il avait fait l'amour à sa professeur de français, ce qui le dégoûtait plutôt.

*Le siècle de la machine à vapeur, en voulant apprivoiser l'éner-
gie, libéra un fantôme. À la recherche du rendement théorique
maximal, on construisit des machines expérimentales en
verre pour étudier le parcours de l'eau et redessiner au mieux
ses tourbillons de vapeur et ses volutes liquides. On multiplia
les capteurs et les cadrans gradués. On apprit à représenter
les cycles de travail des machines sur des diagrammes analogiques toujours plus précis, qu'on découpait et qu'on pesait,
seul moyen, en l'absence d'un outil mathématique adapté, d'en
comparer les surfaces. On découvrit alors que même la machine
idéale et parfaite générait des ectoplasmes de désordre. Le
second principe de la thermodynamique établit en effet l'irré-
versibilité des phénomènes physiques et l'inexorable dégradation de l'énergie. Cette malédiction fut nommée* entropie *(du
grec* entropê, *se transformer) par le thermodynamicien
Clausius. Tout système isolé tend vers l'équilibre et l'indiffé-
renciation de ses parties. Les composantes chaude et froide
d'un gaz tiède, irrémédiablement emmêlées, sont devenues
indiscernables. Sans intervention extérieure, rien ne peut les
séparer. L'ordre est à jamais perdu. Les gouttes d'encre,
diluées dans un récipient d'eau, ne se reforment jamais. Le
gris, le tiède et le désordre triomphent. Les machines s'arrêtent.
C'est l'unique manifestation connue du temps. Les échanges
thermodynamiques n'ont pas la perfection des mouvements*

souples des planètes ; ils détruisent la symétrie du monde. Ces fissures dans le cristal prémédité du ciel se produisent dans toutes les parties de l'Univers, et se rejoignent pour le condamner peu à peu.

« Que diriez-vous d'*ordinateur* ? C'est un mot correctement formé, qui se trouve même dans le Littré comme adjectif désignant Dieu qui met de l'ordre dans le monde. Un mot de ce genre a l'avantage de donner aisément un verbe, ordiner, un nom d'action, ordination. L'inconvénient est qu'ordination désigne une cérémonie religieuse : mais les deux champs de signification (religion et comptabilité) sont si éloignés, et la cérémonie d'ordination connue, je crois, de si peu de personnes, que l'inconvénient est peut-être mineur. D'ailleurs votre machine serait "ordinateur" (et non ordination) et ce mot est tout à fait sorti de l'usage théologique. »

Lettre du 16 juin 1955 de Jacques PERRET,
professeur de philologie latine, à IBM France.

Pascal préféra très vite le langage explicite et réel de la programmation aux ambiguïtés poétiques du Minitel. Le magazine *Science & Vie* avait inauguré en mai 1983 sa rubrique d'*informatique amusante*, qui proposait chaque mois des programmes en BASIC à destination du ZX81, l'ordinateur le moins cher du marché. Le BASIC ne donnait accès ni au sexe ni au monde, mais lui procurait des émotions esthétiques très fortes.

À la fin de son année de seconde, Pascal s'orienta vers une première scientifique. Xavier Mycenne, malgré de bons résultats en mathématiques, choisit lui la filière littéraire. Ils commencèrent à se voir moins souvent. Pascal, entièrement absorbé par la programmation, n'avait plus vraiment besoin d'amis proches.

Il apportait au lycée des lignes de codes recopiées sur des fiches cartonnées, qu'il échangeait avec d'autres garçons, possesseurs eux aussi d'un ZX81. Il exhibait ses premières créations comme des poèmes d'amour : les joues légèrement rouges, les yeux baissés, le cœur battant. Il s'agissait le plus souvent de formes animées, cubes, hypercubes et polyèdres, réduits à l'état de poudre logique mais prêts à reprendre vie dès qu'ils seraient plongés dans des tubes cathodiques.

Les programmes de jeux, relativement complexes, circulaient sur des polycopiés qui reproduisaient des pages de *L'Ordinateur individuel* ou de *Micro-Systèmes*. Des passionnés recopiaient également des fanzines anglais à la main ; les erreurs de transcription étaient alors inévitables : les jeux ne fonctionnaient qu'une fois sur deux, ou présentaient des anomalies grossières. Pascal sut parfois compléter des lignes inachevées ou modifier un caractère défectueux. Il acquit ainsi une certaine réputation. Mais la course aux périphériques dans laquelle s'étaient déjà lancés la plupart des possesseurs de ZX81 rendit très vite les technologies manuscrites obsolètes. Des kits permettaient d'enregistrer des programmes sur des cassettes audio, via un magnétophone, et on commençait à trouver dans le commerce des programmes de jeux. On pouvait aussi acquérir des cartes son, des cartes mémoire ou des cartes graphiques. Il existait, enfin, une imprimante.

Pascal, financièrement incapable de faire évoluer sa machine, restait un prolétaire du ZX81, condamné à écrire ses programmes à la main. Il décrochait progressivement. C'est alors qu'il réalisa le premier coup commercial de sa vie, rééditant, en plus modeste, l'un des exploits du jeune Bill Gates.

Le 14 décembre 1983, le film *Wargames* était sorti en France. Il mettait en scène un lycéen (interprété par Matthew Broderick) capable d'accéder à l'ordinateur de son école depuis l'ordinateur de sa chambre — un Zenith relié à un modem acoustique — pour modifier les notes de sa petite amie. En voulant pirater une entreprise de jeu vidéo, afin d'impressionner celle-ci, l'adolescent pénétrait accidentellement dans le système informatique de l'armée américaine, et engageait une partie de guerre nucléaire avec une intelligence artificielle, sans se douter que la machine jouait *pour de vrai*. L'unique moyen d'empêcher une apocalypse nucléaire était de parvenir à lui enseigner que la guerre nucléaire était un jeu ingagnable, comme le jeu du morpion, jeu qui, pourvu que les joueurs possèdent un minimum d'intelligence, n'aboutissait jamais qu'à des parties nulles. L'ordinateur, après avoir effectivement testé toutes les parties de morpion possibles sans en remporter aucune, désactivait les ogives nucléaires placées sous son contrôle.

Au retour des vacances de Noël, tous les possesseurs de ZX81 s'identifiaient à l'adolescent pirate, et regrettaient que le lycée La Bruyère ne soit pas encore informatisé. Du reste, tout le lycée avait vu *Wargames*, et vérifiait en cours la conjecture de nullité du morpion. L'informatique était soudain devenue attractive.

Pascal eut alors l'idée de créer et de vendre un programme qui permettrait de jouer au morpion sur le ZX81. Il y passa une semaine entière, ne s'arrêtant de taper que lorsque ses doigts lui faisaient trop mal. Il définit d'abord les caractères graphiques — la grille, les croix et les ronds —, puis les commandes : taper a-1, c-3, b-2, etc. Il lui fallut ensuite définir une stratégie de jeu qui soit simple et robuste. Il se décida assez vite pour l'implémentation d'un automatisme simple : si deux pions identiques étaient alignés, l'ordinateur devait compléter la série, bloquant la possible victoire de son adversaire ou, le cas échéant, entraînant la sienne. Pascal dut également définir une procédure pour permettre à la machine de jouer des coups aléatoires, quand elle devait commencer la partie ou que la situation de la grille ne lui imposait aucune action prédéfinie. Pascal écrivit à cette fin un long répertoire des coups possibles, qui défilait à la manière d'un ruban. Si la case indiquée était déjà occupée, l'ordinateur posait son pion sur la case indiquée à la ligne suivante, et ainsi de suite. Pour simuler un comportement aléatoire, Pascal fit s'enchaîner d'une dizaine de façons différentes les neuf cases de la grille. Très vite, il sut cependant par cœur comment le ZX81 jouait, et pouvait même, en fonction de la dernière partie jouée, dire où l'ordinateur jouerait son premier coup, lors d'une prochaine partie.

L'ensemble des instructions remplissait presque un millier de lignes. En serrant un peu, Pascal parvint à tout faire rentrer dans deux fiches cartonnées remplies recto verso. Une troisième fiche, plus grande et repliée en deux, avec ses coordonnées postales et téléphoniques, servait d'emballage, de notice publicitaire et de service après-vente.

Pascal vendit une dizaine de jeux, recopiés à la main, pour 50 francs pièce. Il put ainsi acquérir un lecteur-enregistreur à cassette magnétique, et s'abonna dès lors au fanzine sur cassette *ZXK7* pour recevoir de nouveaux programmes et des informations pratiques. Le rédacteur de *ZXK7*, David Omenia, plus âgé et plus avancé que lui dans le monde informatique, le conseilla d'ailleurs pour l'écriture de son deuxième jeu, *Démon*. Inspiré de *Pong*, de *Breakout* et d'un cours sur la thermodynamique, *Démon* divisait l'écran du téléviseur en deux compartiments dans lesquels de petites billes s'agitaient — ces billes représentaient les molécules d'un gaz parfait. Les deux compartiments communiquaient par une petite trappe. Le but du jeu était de transférer, en ouvrant et en refermant cette trappe, le contenu d'un des réservoirs dans l'autre. À chaque niveau, le nombre de billes augmentait.

Cette fois, Pascal ne vendit pas son jeu au lycée. Omenia lui conseilla en effet de recourir à un éditeur professionnel. La jeune société Infogrames, plutôt spécialisée dans les jeux pour Atari, mais qui désirait conquérir de nouveaux marchés, fit ainsi l'acquisition de *Démon* pour 3 000 francs. Graphiquement trop sommaire, le jeu ne parut finalement jamais, mais Pascal avait gagné assez d'argent pour faire l'acquisition d'une nouvelle machine.

La société Mageco venait en effet de réaliser l'impossible : la fusion du Minitel et du ZX81. L'objet se présentait, de l'extérieur, comme un Minitel ordinaire. Mais les espaces vides du terminal télématique étaient occupés par les composants électroniques d'un ZX81, qui se trouvait ainsi doté d'un écran dédié. Plus encore, le ZX81 devenait, grâce au faible encombrement du Minitel et à sa poignée, un ordinateur portable. À titre de comparaison, l'Osborne 1, l'un des tout premiers ordinateurs portables, pesait alors trois fois plus, pour un écran beaucoup plus petit, et un prix de vente très largement supérieur.

Unique possesseur versaillais du combiné Mageco, Pascal acquit une notoriété rapide, et put intégrer la société informatique versaillaise : des garçons à la peau très blanche, peu sociaux et suréquipés. Ils passaient tous leurs week-ends ensemble à programmer ou à jouer à des jeux de rôle. Car ces adolescents pionniers, acteurs de la révolution informatique et parfaitement adaptés pour survivre à l'ère du numérique, vivaient encore dans les marges de la société industrielle, et pratiquaient en secret des jeux cérémoniels obscurs.

Largement déconsidérés, malgré leur expertise dans l'un des domaines les plus complexes qui soit, ils rêvaient en secret d'une revanche. Ils étaient les premiers chamans des âges préhistoriques, chassés de la tribu mais titulaires de pouvoirs inconnus, les premiers chrétiens, réfugiés dans les catacombes mais prêts à conquérir l'Empire, les derniers moines copistes, harcelés par les guerres et les épidémies, mais sauvant les chefs-d'œuvre oubliés de la philosophie antique.

Ils se retrouvaient à cinq, six ou dix dans des chambres surchauffées où, privés de la lumière du jour, ils ressuscitaient avec des dés et des cartes les âges héroïques de l'humanité. L'univers médiéval servait de trame de fond principale depuis le tout premier jeu de rôle, *Dungeons & Dragons*, que la société Transecom commercialisa en France à partir de 1983. C'était un Moyen Âge d'éternité, un cycle infini d'Âge d'or et d'Âges sombres, sans aucune Renaissance pour mettre fin à leurs réitérations. Tous ces jeux ignoraient en effet l'invention de l'imprimerie ; des guildes et des compagnonnages préservaient seuls la totalité du savoir humain. Aucune révolution industrielle n'était attendue ; les forgerons fabriquaient des épées que des enchanteurs rendaient aussi solides que l'acier : c'était tout. Les joueurs, répartis autour d'un *Maître de Donjon* qui scénarisait la partie, se répartissaient en trois classes : les guerriers, les magiciens et les clercs. Ils se combattaient sans fin ou contractaient des alliances quand les personnages non joueurs, incarnés par le Maître de Donjon, devenaient trop puissants. Ils accumulaient, à chaque victoire, des points d'expérience qui leur permettaient d'accéder à des pouvoirs nouveaux. Les personnages survivaient de séance en séance. On les portait avec soi. Il n'existait pas de réel but du jeu.

Pascal participa à d'interminables parties, qui se jouaient, un crayon à la main, sur des carnets remplis des combats passés et de sorts inactifs. Les ordinateurs restaient alors éteints. Mais les adolescents qui jouaient à *Donjons & Dragons* étaient bien les mêmes que ceux qui passaient des nuits blanches à programmer. C'était les deux faces d'un même mode de vie. On retrouvait, bien sûr, dans l'informatique et les jeux de rôle, la même obsession procédurière. Mais, malgré quelques tentatives réussies de synthèse, comme la trilogie *Star Wars*, le monde humide et verdoyant des récits fantastiques restait en opposition complète avec l'univers de science-fiction des ordinateurs. Il fallut attendre l'arrivée des grands jeux de rôle sur PC et consoles au milieu des années 1980 — *Zelda, Dragon Quest* et *Final Fantasy* — pour que les deux univers fusionnent explicitement : les performances graphiques des microprocesseurs prirent alors le relais des qualités littéraires des Maîtres de Donjon pour dépeindre les forêts brumeuses et les dragons à la peau luisante des âges sombres idéalisés.

Le succès des jeux de rôle chez les *geeks* du monde entier trouve sans doute son explication profonde dans leur rapport passionné à la science, qu'ils aimèrent d'abord pour son vaste réservoir d'énigmes à résoudre, avant de découvrir que l'univers lui-même était un jeu, régi par un moteur physique, et comme tel sujet aux évolutions techniques entre ses différentes versions. Le fantastique, chez ces amateurs de science-fiction, n'était en ce sens pas quelque chose d'entièrement exotique. Pascal, comme la plupart de ses compagnons de jeu, connaissait le troisième commandement d'Arthur C. Clarke : « Toute technologie suffisamment avancée est indiscernable de la magie. »

Pascal fut bientôt introduit, par les grands frères et les cousins de ses camarades de jeu, dans le monde effrayant des *jeux de rôle grandeur nature*, domaine proche du bizutage, avec ses confréries, ses rituels et son goût du décorum — ces jeux rassemblaient d'ailleurs surtout des étudiants en classe préparatoire qui s'apprêtaient à entrer dans des écoles d'ingénieurs, célèbres pour leurs épreuves initiatiques. Pascal, peu rassuré, pénétra une nuit, en compagnie d'une vingtaine d'autres *rôlistes*, dans le complexe souterrain situé, entre Versailles et la Seine, sous La Celle-Saint-Cloud, Bougival et Louveciennes. C'étaient d'anciennes carrières de calcaire, qu'on disait reliées aux catacombes de Paris et au château de Versailles par l'aqueduc de Louveciennes, et qui auraient servi de passage secret sous la Terreur — tous les châteaux de l'Ouest parisien, celui de Saint-Cloud, celui de La Celle, celui de Saint-Germain-en-Laye, étaient peut-être encore directement reliés au Louvre. Un tunnel, de dimensions encore plus fantastiques, était d'ailleurs ici même à l'étude : le bouclage ouest de l'A86, par un ouvrage souterrain qui relierait Vélizy à Rueil.

L'aventure fut pleine d'ombres et de surprises : le groupe se perdit plusieurs fois et subit l'attaque d'une bande de gobelins.

Si les jeux de rôle grandeur nature exigeaient une logistique compliquée et un grand nombre de participants, l'exploration des anciennes carrières de Paris et de sa banlieue proche, surnommées les Catacombes depuis que le contenu de plusieurs cimetières y avait été déversé à la Révolution, pouvait, elle, se pratiquer à trois ou à quatre, sans enjeu ludique particulier, juste pour l'aventure. Pascal fut initié par deux étudiants de math sup de son lycée, en relation avec un élève de l'école des Mines, dont le nom, dès qu'il entrait dans la ville souterraine, ne devait plus être prononcé : il devenait *Coupe-Gorge*.

L'oncle de Coupe-Gorge, qui était policier, lui avait prêté un album photo d'un type particulier. Le jeune homme exigea, avant de l'ouvrir, une obscurité et un silence absolu. L'album contenait des photos prises sur des scènes de crime ou sur des lieux d'accident. Il montrait des cadavres aux cerveaux ouverts, aux cavités nasales béantes ou aux mâchoires arrachées, des cadavres aux corps broyés par le passage d'un train ou découpés par des machines agricoles. Il manquait des membres à certains corps d'enfants. Des vieillards s'étaient momifiés dans leurs appartements. Il y avait aussi un grand brûlé dont le visage avait entièrement disparu. Le possesseur de l'album précisa que celui-ci était encore vivant. Pascal ressentit une pitié très forte pour l'espèce humaine, une pitié proche de l'euthanasie — il aurait voulu que le spectacle des corps suppliciés soit définitivement aboli.

Après avoir parcouru plusieurs galeries et rampé dans une chatière, les quatre garçons arrivèrent enfin dans la salle Z, située sous le Val-de-Grâce — ses piliers avaient été renforcés par Mansart pour soutenir son chef-d'œuvre baroque. C'était la plus grande salle du réseau sud. Elle pouvait abriter une centaine de personnes. Elle était ainsi devenue l'unique boîte de nuit clandestine de Paris, le pendant *hardcore* du Palace.

Pascal se retrouva soudain en plein concert punk. Deux groupes électrogènes alimentaient des projecteurs et une sono — de longs tuyaux articulés conduisaient leurs gaz d'échappement jusqu'à un puits d'aération ovoïde. Un chanteur torse nu hurlait dans un micro. Des adolescents maigres se tordaient sur la musique. Pascal se souvint des orgies du bois de Boulogne et du crime commis dans la forêt de Meudon. En marchant sur des débris de verre, il se formula distinctement l'idée de *décadence*. On avait récupéré des crânes et planté des bougies dans leurs orbites vides. Garçons et filles, aux lèvres rouges et aux yeux noirs, présentaient trois trous sombres à la place du visage. Ils avaient l'air désolés d'être là.

La lumière réagissait au son, selon un dispositif électronique que Pascal connaissait. Derrière la scène, des mots en trois dimensions tournaient sur un moniteur vidéo : *punk, cybernetics, Wiener, von Neumann, Shannon.* Pascal connaissait seulement von Neumann : on parlait, en informatique, d'architecture de von Neumann quand le processeur et la mémoire étaient séparés. Mais Pascal reconnut surtout, dans les évolutions un peu saccadées des lettres, les défauts typiques d'un programme graphique qu'il connaissait : un ZX81 avait été utilisé pour programmer ces messages apocalyptiques.

Pascal put alors déchiffrer l'inscription sur les tee-shirts du batteur et du guitariste. Le groupe s'appelait *ZX84*.

La chaleur, concept central de la thermodynamique, resta long-temps mal comprise. Carnot tenta, sans succès, de la ramener à un fluide calorique aux propriétés grandioses, multiples et héraclitéennes. La théorie cinétique des gaz, théorie collective élaborée dans la seconde moitié du XIXᵉ siècle, prit le parti inverse, et fonda la chaleur sur des particules insécables, régu-lières et démocritéennes — plus de trente ans avant que les travaux d'Einstein sur le mouvement brownien ne valident l'hypothèse atomiste. La théorie cinétique des gaz repose sur une fiction expérimentale : l'étude d'un gaz parfait et de son comportement. Un gaz parfait est composé de particules en nombre astronomique qui décrivent des trajectoires rectilignes à vitesse constante. En se heurtant les unes aux autres ces particules changent de direction, se ralentissent ou s'accélé-rent, et voient leur énergie cinétique se modifier. La chaleur d'un gaz est la mesure de cette énergie moyenne. Moyenne, car il est impossible de caractériser l'énergie d'une particule donnée : elles sont trop nombreuses, trop petites et trop indis-cernables. Toute mesure entraînerait en outre d'inévitables perturbations. Le physicien autrichien Boltzmann montra de plus que, bien que le parcours de chaque particule soit déter-ministe et réversible, la thermodynamique ne pouvait formu-ler que des énoncés statistiques : sur la simplicité des atomes, on ne pouvait paradoxalement fonder que des prédictions incertaines. *L'entropie, au sens de Boltzmann, est la mesure de cette incertitude. La formule de Boltzmann, S = k log W, relie l'entropie S d'un système au nombre de micro-états W qui peuvent le sous-tendre. On ne connaît d'un système que son état global, état compatible avec un nombre énorme de configurations particulières — un système peut être, autrement dit, à une température donnée d'une multitude de manières différentes. Or, chacune détermine une évolution différente du système. Il existe quelques configurations paradisiaques, qui voient le système se structurer, se stabiliser, ou même revenir sur ses pas. Mais ces configurations sont par essence extrêmement rares. Le désordre succède toujours à l'ordre. Il est impossible de remonter le temps.*

6

« On voulait un sujet d'actualité. On avait fait une chanson — sur Beyrouth. On nous a dit : absolument pas possible, trop triste. Marie-Paule et moi avons cherché quelque chose de plus gai, d'actuel. Personne n'avait encore parlé du Minitel. »

Françoise MALLET-JORIS,
parolière de la chanson *Mini Minitel*,
interprétée par MARIE-PAULE BELLE.

Le principe du 3615 fut généralisé début 1985. Cet indicatif donnait accès à des serveurs commerciaux facturés un franc par minute. Il fallait pour cela allumer son Minitel, puis décrocher son téléphone et composer ce numéro. On entendait d'abord une tonalité aiguë, puis le symbole « C » de connexion venait remplacer le symbole « F » sur l'écran du Minitel. On pouvait dès lors raccrocher : la communication était devenue purement télématique (sur la deuxième génération de Minitel, une touche « prise de ligne » permettra de se connecter directement sans avoir à utiliser un téléphone). Une page d'accueil s'affichait enfin, et l'on pouvait composer le code du service désiré : par exemple JANE, ULLA ou MAUD pour les messageries coquines, qui portaient souvent des noms de femme.

Le 18 juin 1985, victime du succès croissant de ces

messageries, le Minitel connut sa première panne : saturés de demandes, les serveurs s'arrêtèrent les uns après les autres. L'incident, vite résolu mais largement relayé par la presse et la télévision, popularisa les messageries conviviales, qui furent rebaptisées « Minitel rose ». On commença à évoquer un *phénomène de société*. De fait, les Français passèrent, en 1985, 12 millions d'heures sur leurs Minitel, dont près de la moitié sur des messageries roses. Les divers 3615, facturés 60 francs de l'heure, rapportèrent plus de 500 millions aux PTT, qui reversèrent 300 millions aux éditeurs de services télématiques. Ce fut le début des années folles du rose.

Les élections législatives du printemps 1986 entérinèrent la défaite idéologique de la gauche, et débouchèrent sur une cohabitation : le président Mitterrand dut nommer Jacques Chirac Premier ministre. Chirac, alors à la tête de deux puissantes machines politiques, la mairie de Paris et le RPR, le grand parti de la droite, était un libéral et un gaulliste — il portait des lunettes noires de technocrate, et faisait dans ses meetings le V de la victoire. Il privatisa d'emblée de nombreuses entreprises nationalisées après guerre ou en 1981, notamment Alcatel et Matra, les deux principaux fabricants de Minitel. Ces privatisations étaient supervisées, depuis l'aile Richelieu du Louvre, par le ministre de l'Économie et des Finances, Édouard Balladur, secondé par un jeune et brillant inspecteur des Finances, Jean-Marie Messier.

Malgré le chômage et la crise persistante, la période était euphorisante. Le profit et la libre entreprise étaient extrêmement valorisés. Les mots *yuppie* et *golden boy* entrèrent dans le vocabulaire courant. On parlera plus tard des « années fric ».

Le chiffre d'affaires du Minitel rose explosa. L'utopie mitterrandienne du forum démocratique permanent cédait devant l'utopie libérale d'un marché de célibataires. Le Minitel rose, avec la consommation massive d'antidépresseurs, d'anxiolytiques et de somnifères — consommation dont la France détenait alors le record mondial —, signalait l'apparition d'une nouvelle classe sociale, dépressive et célibataire, mais résolue à améliorer son sort. Ces prolétaires de l'amour étaient capables de dépenser 6 000 francs par mois, l'équivalent d'un salaire moyen, pour planifier des rendez-vous sexuels qui n'aboutissaient presque jamais ou, plus simplement, pour se masturber devant les caractères blancs, un peu flous et presque liquides de leurs écrans. Ils ne se résignaient pas à la solitude. Assez combatifs pour chercher de nouvelles aventures mais trop timides pour sortir, prisonniers d'un mariage raté ou se méfiant de la prostitution, ils attendaient du Minitel un service sexuel minimal. Celui-ci pouvait revenir assez cher, et tourner à l'obsession : dans plusieurs régions de France, les PTT durent demander aux éboueurs de récupérer les Minitel que les abonnés téléphoniques, pour se désenvoûter, abandonnaient la nuit sur les trottoirs des zones pavillonnaires.

Les premières *success stories* du Minitel furent toutes liées aux messageries roses.

Deux médecins, les docteurs Lagarde et Hallaby, décidèrent en 1984 de lancer un service de conseil médical télématique. Ils commirent deux erreurs qui allaient faire leur fortune : ils nommèrent leur serveur médical le 3615 SM et le dotèrent d'une messagerie peu onéreuse, pour permettre aux patients de discuter entre eux avant qu'un médecin ne leur réponde, comme dans une salle d'attente. C'est ainsi que le 3615 SM, dispensateur de plaisirs et de peines, devint la messagerie la plus fréquentée du kiosque 3615. Le sociologue Mano Siri, dans un article de *Télématique magazine*, prit la mesure du phénomène : « Le Minitel crée un phénomène de masse au sens où la socialité du désir, de la souffrance, voire de la perversion, n'apparaît plus comme un domaine réservé à des initiés, des branchés : elle se répand pour devenir la loi du réseau tout entier. » D'abord situé dans une cave du XVe et implanté sur un micro-ordinateur Goupil, le 3615 SM déménagea très vite dans des locaux plus spacieux, rue de Sèvres, où l'installation d'un deuxième Goupil permit à la messagerie de supporter cent connexions simultanées. Le 3615 SM était cependant en surcharge permanente. Une nuit de juillet, l'un des deux micro-ordinateurs prit feu, sans causer beaucoup de dégâts, mais en recouvrant les bureaux d'une suie noire et collante.

Le Minitel rose attira toutes sortes d'investisseurs.

Une jeune entrepreneuse, Cécile Alvergnat, déjà présente à Vélizy pour *Le Parisien libéré*, revendit en 1984 son studio parisien pour lancer le 3615 CRAC. Dès 1985, celui-ci disposait d'un serveur pouvant supporter cinquante connexions. Vite amorti, il fut remplacé par un serveur plus robuste, un *IBM 3083 EX*, d'une capacité six fois supérieure. CRAC entra alors dans le *top 20* des messageries les plus fréquentées.

Louis Roncin, un ancien centralien devenu chef informaticien à la Caisse des dépôts, créa le 3615 ULLA en 1987. Une campagne de publicité offensive mettait en scène Ulla, nue, blonde et scandinave — le mythe de la femme hyperboréenne et libérée, popularisé par les films pornographiques danois des années 1970, demeurait un standard de l'érotisme grand public. Le 3615 ULLA devint rapidement leader sur le marché des messageries roses.

Henri de Maublanc était, lui, polytechnicien. Il créa avec Claude Perdriel, le directeur du *Nouvel Observateur*, le 3615 ALINE, qui devint rapidement le principal challenger d'ULLA, et qui rapporta en 1987, avec ses serveurs affiliés, près de 100 millions de francs à l'hebdomadaire. Pierre Bellanger, venu des radios pirates et créateur de la station *Skyrock*, lança le 3615 GÉRALDINE. Thierry Ehrmann, ancien punk luciférien et futur fondateur d'*ArtPrice*, fit fortune avec le 3615 P999.

Ils se retrouvaient tous, chaque mois, devant le monumental bâtiment du ministère des Postes et des Télécommunications, avenue de Ségur. Ils se saluaient rapidement et montaient les escaliers jusqu'au bureau d'un directeur dont les lunettes à monture noire rappelaient celles du Premier ministre. Le haut fonctionnaire imperturbable leur signait des chèques à cinq ou six zéros. En 1988, les PTT reversèrent ainsi, sur le milliard qu'ils avaient prélevé aux abonnés téléphoniques, près de 500 millions de francs aux industriels du rose. La rentabilité et la viabilité du Minitel reposaient sur ces pornocrates en cabriolet.

Le Minitel rose commença bientôt à modifier la forme des villes.

En 1986, Cécile Alvergnat imagina la première campagne d'affichage dans le métro, autour d'un slogan mystérieux : « À Desiropolis, je craque pour CRAC ». Paris possédait désormais un second réseau souterrain, pulsionnel et secret, qui commençait entre les lèvres entrouvertes d'une pin-up aux cheveux bouclés, représentée devant une vue nocturne de New York : c'était Babylone et New York, les souterrains et les gratte-ciel, la cité décadente et le rêve de cristal.

Les différentes messageries se livraient une guerre commerciale principalement soutenue, du fait de la réglementation des tarifs, par la publicité. Les grosses messageries atteignirent vite un budget d'affichage mensuel de 500 000 francs.

Le phénomène fut surtout sensible à la périphérie des grandes villes, le long des nationales ou dans les zones commerciales. Sur les grands panneaux de quatre mètres par trois, éclairés la nuit et parfois articulés, des femmes à moitié nues se démultiplièrent, en veste décolletée, en maillot de bain une-pièce de couleur vive rendu transparent par l'eau d'une cascade, en pull échancré, en tunique gréco-romaine, en déshabillé de soie, en tenue de vahiné, de soubrette, d'*executive woman*, ou même simplement nues, les seins artistiquement dissimulés sous leurs bras et le sexe effacé par une ombre. Des slogans aguicheurs leur prêtaient des prénoms exotiques : Jane osait toujours, Uva désirait qu'on la réchauffe, Sonia ne faisait rien que des bêtises, Circé obéissait au doigt et à l'œil, Luna mettait le turbo.

Les transformateurs électriques, les murs antibruit des autoroutes, les Abribus et les palissades des chantiers disparurent sous les affiches rapidement collées des serveurs de taille intermédiaire, aux budgets de publicité plus restreints. On dut inventer des revêtements à géométrie fractale, sur lesquels aucune affiche ne pouvait tenir, pour endiguer le phénomène.

Les maires de nombreuses villes prirent également des arrêtés pour restreindre ces publicités envahissantes. Un afficheur, Vincent Reyre, inventa alors un format passe-partout et inattaquable : sa société, Promecom, installait aux vitrines des cafés des affichettes de quarante centimètres par soixante. Le rose représenta, jusqu'à sa conversion surprise au catholicisme, la moitié de son chiffre d'affaires.

Le Front national connaissait à la même époque ses premiers succès électoraux. Les revers des panneaux de signalisation se couvrirent d'autocollants « Le Pen vite » et « Immigrés dehors ». La concurrence fut vive avec les affiches du Minitel rose, symbole facile de décadence morale. Les odalisques subirent le feu des oriflammes tricolores du parti d'extrême droite. Jean-Marie Le Pen devint en retour, grâce à l'adjonction de phylactères, l'éphémère égérie de plusieurs 3615. Les colleurs d'affiches en venaient parfois aux mains.

Mais la pluie délavait les couleurs et le soleil tordait les affiches, faisant ressortir les traces blanches de la colle. Ulla et Jean-Marie finirent par se ressembler.

L'élection présidentielle de 1988 approchait.

Talonné sur sa droite, harcelé par les associations familiales, le RPR de Chirac durcit son discours moral : « Il y a, au travers des Minitel, déclara le ministre de l'Intérieur Charles Pasqua, des risques considérables. Les enfants tombent sur des trucs absolument déments. Il y a tout ce qui est contraire aux bonnes mœurs. Il y a tout ce qui touche à l'enfance et il y a le risque du développement du proxénétisme. » Juridiquement, les échanges télématiques ressortissaient à la correspondance privée. Ils étaient donc inatteignables. La réforme du code pénal venait par ailleurs de restreindre le délit d'outrage aux bonnes mœurs, obligeant les adversaires du rose à cibler, comme le faisait judicieusement le ministre, les seuls faits d'incitation à la débauche de mineurs, ou de proxénétisme.

Un certain *Slip dodu* se fit alors remarquer sur différentes messageries, en raison des questions très précises qu'il posait : il voulait rencontrer ses interlocutrices et s'inquiétait longuement de savoir s'il devrait payer, et si oui combien, et pour quoi. Il paraissait à vrai dire trop inquiet et trop minutieux pour un homme ayant adopté un pseudonyme aussi franc. On crut d'abord à une sorte de maniaque, mais on découvrit vite qu'il s'agissait d'un magistrat de la quatrième section du parquet de Paris. *Slip dodu* ne représentait cependant pas un danger immédiat, n'étant pas en train d'instruire un procès criminel, mais de rédiger un rapport sur le rose à la demande du ministre de la Justice.

Des affaires commençaient alors à sortir. Six personnes, cinq femmes et un homme, furent inculpées à Lille pour proxénétisme. Les filles racolaient sur diverses messageries roses. Une dizaine d'enquêtes sur des affaires d'enlèvement et de viol remontèrent également jusqu'à des messageries roses, où les criminels avaient rencontré leurs victimes. La presse populaire s'en émut, mais les policiers jugèrent assez normal que les prédateurs sexuels évoluent avec leur temps.

Les condamnations morales glissaient donc sur le rose, tandis qu'aucune condamnation pénale ne le visait directement.

Un grand procès en correctionnelle eut cependant lieu, en 1988, grâce à la persévérance d'une association familiale, qui sut faire valoir deux points délicats : si les messages échangés relevaient bien de la correspondance privée, les pseudonymes, souvent très explicites, qui apparaissaient sur les pages d'accueil des messageries étaient publics ; par ailleurs, on constatait un pic de fréquentation les mercredis après-midi, ce qui laissait penser que des mineurs se connectaient bien à des serveurs pornographiques. On surnomma les prévenus, au nombre de cinq, les « cinq petits cochons ». On retrouvait parmi eux Louis Roncin, le directeur d'ULLA, qui usa d'une défense audacieuse : le rose n'était pornographique que par économie, les pseudonymes explicites permettant aux minitélistes de présélectionner leurs interlocuteurs. La lecture, par la partie plaignante, d'un extrait de conversation sur ULLA produisit néanmoins un certain effet : « J'aimerais être exhibé dans une cage comme un taureau devant des femmes nues. Elles me presseraient les couilles, me lécheraient la bite jusqu'à ce que mes couilles soient vides. » Les avocats de la défense précisèrent immédiatement qu'il s'agissait là d'une correspondance privée, et que de tels propos ne relevaient de la compétence d'aucun tribunal ; à chacun d'en juger, dans le tribunal de sa conscience — mais ce fantasme pouvait être celui de n'importe qui. Le procès n'aboutit à aucune condamnation.

Si les dérives du Minitel rose restaient, dans l'immense majorité des cas, sans gravité, elles devaient de toute façon lui être pardonnées, au regard du chiffre d'affaires global qu'il générait. Le rose contribuait largement à rentabiliser le Minitel, dont le déploiement avait nécessité des investissements très lourds. Conçu par des ingénieurs dans des laboratoires d'État, le Minitel était devenu, au même titre que les TGV orange de la ligne Paris-Lyon, un emblème national — et il avait finalement permis à de nombreux ingénieurs, par tradition timides et trop souvent célibataires, de se vendre sur le marché du sexe.

Le publicitaire Jacques Séguéla imagina, pour la campagne présidentielle de 1988, le slogan « Génération Mitterrand ». Il apparut, sur un premier essai d'affiche, au-dessus d'un Minitel beige et marron. L'affiche ne fut cependant pas retenue, car le Minitel comme le TGV, bien que tous deux inaugurés par François Mitterrand, avaient été initiés sous la présidence de Giscard d'Estaing.

Mitterrand fut finalement réélu en mai 1988. Son ministre des Télécommunications, Paul Quilès, prit implicitement la défense des messageries roses en pleine Assemblée : « On n'a jamais rasé le bois de Boulogne, bien qu'il s'y passe parfois des choses bizarres. »

Le Minitel rose rencontrait cependant de nouvelles difficultés. L'ère de la séduction innocente était terminée.

En 1987, Cécile Alvergnat avait décidé d'offrir à son réseau une vitrine respectable en ouvrant, à Montparnasse, un restaurant appelé Les Jardins du Minitel. Le décor, privilégiant les stucs et les grandes compositions végétales, donnait au restaurant l'aspect d'une ruine pompéienne ou aztèque. Des Minitel, en accès gratuit et illimité, étaient encastrés dans chacune de ses tables. Entre l'agence matrimoniale et la maison close virtuelle, le restaurant branché et la fantaisie architecturale postmoderne, Les Jardins du Minitel faisaient un lieu de premier rendez-vous idéal. Ce fut, pourtant, un demi-échec.

De plus en plus, les amateurs de rose se méfiaient des contacts physiques. Quand, à la suite d'échanges particulièrement réussis, les minitélistes se donnaient rendez-vous dans la vie réelle — on disait *faire une visu* —, ils choisissaient des lieux anonymes et publics, comme des gares ou des centres commerciaux, pour pouvoir facilement repartir en cas de déception trop grande, ou de *plan trop bizarre*. Les grandes brasseries des centres-villes faisaient, à la rigueur, des lieux de rendez-vous acceptables. Il y eut alors beaucoup de mensonges dévoilés, sur l'âge, la taille ou la raison sociale, beaucoup de kilomètres parcourus en vain, beaucoup de gênes et de silences, avant la solitude retrouvée du train de banlieue, de l'autoroute déserte ou du foyer conjugal. Il y eut pourtant, quoique en quantité moindre, d'éclatantes réussites faites de fous rires, d'âmes sœurs et de *baises incroyables*.

La mutation inexorable des messageries conviviales en messageries pornographiques fut en fait mal vécue par beaucoup de femmes. Louis Roncin exprima le fait simplement : « Si on tolère "grosse bite" sur ULLA, les femmes fuient. » Par effet d'entraînement, sauf sur le marché de niche des serveurs homosexuels, cette désaffection risquait d'entraîner celle des hommes. Deux stratégies se présentaient à Roncin. Il choisit la stratégie haut de gamme, qui visait à intervenir en amont : il salaria des modérateurs et installa des logiciels qui censuraient certains mots interdits — ce qui laissa les habitants de Puteaux désemparés. L'autre stratégie consistait à salarier directement des hôtesses, quitte à recentrer le Minitel sur un public exclusivement masculin — qui était, d'après la plupart des études, le vrai cœur de cible du Minitel rose. Il s'agissait, autrement dit, de transformer un instrument de drague en technique de jouissance.

Les serveurs ne précisaient jamais quand une conversation était assurée par une hôtesse professionnelle : c'était plus excitant ainsi. Les hôtesses excellaient à différer les demandes de rendez-vous. On leur apprenait même à parer le test du téléphone : quand leur interlocuteur proposait un appel téléphonique direct, elles répondaient que leur mari dormait dans la pièce d'à côté. Mais l'industrie du rose protégeait un secret bien plus lourd : ces hôtesses étaient souvent des hommes. On tenta par ailleurs d'implanter des hôtesses logicielles. Des programmes fournissant questions et réponses pouvaient tromper les humains pendant quelques secondes, en réutilisant, dans des structures syntaxiques simples et interrogatives, les mots que leurs interlocuteurs venaient d'employer :

« Comment allez-vous ?
— Je suis seul.
— Pourquoi êtes-vous seul ?
— Ma femme est sortie.
— Pourquoi êtes-vous sortie ?
— Non, pas moi, ma femme.
— Je suis excitée. »

Ces intelligences artificielles généraient ainsi du temps de connexion. Elles évoquaient cependant plus des psychanalystes que des femmes réelles, et étaient démasquées très vite. Cependant quelques minitélistes les recherchaient, ce qui apparut comme symptomatique à l'*antipsychiatre* Félix Guattari : « Beaucoup d'usagers des messageries sont les professionnels de l'informatique eux-mêmes, enfermés toute la journée, en névrose de relation sociale à travers leurs machines. L'utilisation déviée des messageries est le fait de leurs fantasmes. C'est l'aspect obscur, nocturne, de leur activité d'informaticien qui a donné le ton, dans une sorte de métacommunication sur la machine : une messagerie de métamessages. »

La théorie de l'information, Steampunk#6

Le mouvement brownien, avant de servir de confirmation expérimentale aux théories atomistes, apparut d'abord comme une contestation subtile de la seconde loi de la thermodynamique, dont il exhibait un contre-exemple apparent. La thermodynamique triomphante repoussait alors toutes les frontières de la mélancolie : une quarantaine d'années séparent les travaux fondateurs de Carnot des premières considérations de Kelvin sur l'extinction du Soleil, ou de celles de Hirn sur la thermodynamique du corps humain — une machine d'une remarquable endurance, mais inexorablement destinée à périr —, tandis que l'hypothèse de l'éternel retour se trouvait réfutée par anticipation, dix ans avant que Nietzsche ne la formule, dans les travaux de Boltzmann sur l'entropie. En 1900, il était à peu près acquis, pour tous les membres de la communauté scientifique, que l'Univers était promis à un refroidissement inexorable qui déboucherait sur sa mort thermique. En présentant un modèle réduit du mouvement perpétuel, les grains de pollen observés par Brown contredisaient pourtant ces conclusions brutales. L'univers froid de Pascal comme l'univers agonisant de Kelvin semblaient réfutables. Le mouvement brownien, alors que la thermodynamique ne promettait que l'enfer, rouvrait les portes du paradis perdu.

7

« D'abord, j'hésite, je n'ose pas
Puis je l'effleure de mes doigts
Et tout de suite, il réagit
Que ça va vite, je rougis
Moi qui ai un petit problème de langage
Avec des gestes je suis beaucoup moins sage
Je suis timide, mais je crois que j'ai fait une touche
Je me décide et mon message le touche

Oui, j'ose
Elle ose
Maintenant, je vois la vie en rose
Mini... Minitel
Timi, timi, timidité
C'est pas crimi, crimi, crimi...nel
Mini, mini, mini péché
Mini Minitel. »

Françoise MALLET-JORIS — MARIE-PAULE BELLE

Pascal obtint son bac en juin 1985 et entra en mathématiques supérieures, sans changer d'établissement. Dans sa classe, plusieurs étudiants faisaient un peu de sous-traitance pour des sociétés informatiques locales. Quelques-uns prétendaient même en vivre, et parlaient d'abandonner leurs études. Pascal entendait aussi parler d'amis ou de cousins partis vivre dans la Silicon Valley et devenus millionnaires.

Au début des années 1980, on créditait les États-Unis

d'une dizaine d'années d'avance sur la France. C'était une croyance populaire profondément ancrée, et relativement fondée. Le Minitel était, d'une certaine façon, un programme de rattrapage.

La Silicon Valley faisait alors l'objet d'un véritable culte. Pascal connaissait ses principales légendes et ses lieux de pèlerinage, comme le garage Hewlett-Packard à Palo Alto ou la maison d'enfance de Steve Jobs à Mountain View. C'était l'aspect pavillonnaire du rêve américain qui l'attirait particulièrement, comme une version différente, mais possible, de sa propre vie : des garçons solitaires qui s'étaient fait peu d'amis pendant leur scolarité, et qui avaient finalement révolutionné le monde, sans vraiment sortir de leur chambre d'enfant.

À cette époque, les journaux, tentés par l'aventure du Minitel, recherchaient des jeunes informaticiens capables de concevoir les pages de leurs serveurs. C'était une informatique assez simple, mais pour laquelle il n'existait encore aucune filière de formation. Il n'y avait, à part quelques transfuges des PTT, pas d'ingénieurs en télématique sur le marché. Les PTT distribuaient de lourdes liasses de protocoles, mais ne détachaient plus, comme au lancement de l'expérience de Vélizy, leurs informaticiens.

Pascal revit David Omenia, qui avait évolué très vite, depuis la dernière fois qu'il l'avait vu. Il avait abandonné depuis longtemps le ZX81 et son successeur, le ZX Spectrum, pour passer à l'impressionnant Apple II, qu'il s'était offert pour ses vingt ans. Mais il avait surtout monté son entreprise de service télématique, *Télématique 2000*. Le journal *Libération* venait de lui confier la réalisation de sa messagerie, le 3615 TURLU. Il s'agissait plus d'un travail de graphiste, voire d'ouvrier typographe, que de programmeur, les pages Minitel se fabriquant caractère après caractère comme des mosaïques. David Omenia avait pensé à Pascal pour ces tâches fastidieuses.

David Omenia, plutôt beau garçon et d'apparence sportive avec ses pulls à col en V pastel, était un être infiniment social. Il s'était lancé dans les affaires moins pour l'argent que pour leur bavardage. Il impressionnait naturellement beaucoup Pascal, qui lui vouait une admiration sincère et excessive. De son côté, Omenia était intrigué par Pascal. Comme beaucoup d'apprentis informaticiens, celui-ci parlait de monter son entreprise un jour. Bien qu'il n'ait pas du tout le profil, qu'il soit maladroit, timide et, comme tous les êtres étrangers au rapport de séduction, un peu dégoûtant, Omenia lui reconnaissait une vertu essentielle : à défaut d'être sûr de lui, Pascal était extrêmement obstiné, et absolument certain de réussir. Omenia fut le premier à penser que Pascal pourrait un jour devenir un acteur sérieux du monde informatique : il aurait été tellement ridicule partout ailleurs qu'il semblait fait exclusivement pour cela. Pascal n'avait aucune idée de la façon dont la société fonctionnait. Il était imperméable au snobisme et ne manifestait aucune faculté de dissimulation, ni aucun sens du mensonge ou de la publicité — ce qui le rendait parfois un peu brutal. Il parlait le BASIC, une langue inconnue, comme sa langue maternelle. Il était orgueilleux et l'ignorait encore.

Omenia le paierait en liquide : 200 francs pour une après-midi passée à balbutier du code sur un composeur télétexte — un ordinateur avec un clavier plus long et plus fourni que les claviers ordinaires. La page Minitel, unité de base de la télématique, n'apparaissait qu'à la fin, une fois la totalité du code composée. La difficulté consistait à n'introduire aucune erreur, alors qu'on travaillait presque à l'aveugle. C'était une tâche minutieuse et ingrate. Un seul décalage, et il fallait recommencer, remplir à nouveau la grille de 24 rangées et de 40 colonnes de la page attendue. Pascal ne faisait presque aucune erreur.

Le Minitel obéissait à la norme graphique alpha-mosaïque : chaque case pouvait être occupée soit par une lettre (toutes les lettres, grâce à leurs empattements, faisaient la même taille), soit par une nuance de gris. Les figures, faites d'aplats un peu grossiers, étaient en dents de scie. Mais avec un peu d'imagination, on pouvait dessiner des silhouettes beaucoup plus fines, voire des détails anatomiques précis, en détournant de leur usage normal les lettres, les parenthèses ou les deux-points. Quoi qu'il en soit, le Minitel demeurait un média de suggestion plus que de présentation. Exception faite de quelques pin-up rectangulaires ou d'une remarquable adaptation illustrée de la *Justine* de Sade, il était beaucoup plus abstrait que figuratif.

Pascal passa ainsi plusieurs mercredis et plusieurs week-ends à composer les pages du 3615 TURLU, des pages d'accueil des différents *salons*, où seuls les pseudonymes des minitélistes connectés apparaîtraient, aux espaces de dialogue. Ce qui allait bientôt devenir l'une des premières plates-formes érotiques de France n'était encore qu'une sorte de tableur vide entre les mains d'un adolescent perfectionniste et vierge.

Le journal fut satisfait du travail accompli — il demanda seulement à un graphiste d'ajouter des Martiens animés pour apporter à ces pages « un peu de vie et une note décalée ». Ainsi qu'Omenia l'avait espéré, le journal décida enfin de sous-traiter la maintenance de TURLU à Télématique 2000, qui prendrait 10 % du chiffre d'affaires généré. L'investissement n'était pas lourd : les serveurs, quoique installés chez Omenia, près de République, seraient achetés par le journal, qui financerait aussi l'installation des lignes téléphoniques.

Omenia enseigna à Pascal le fonctionnement du Minitel : les demandes de connexion transitaient d'abord sur le réseau téléphonique commuté, ou RTC, jusqu'aux centraux téléphoniques, et passaient là, via des points d'accès vidéotextes, ou PAVI, sur le réseau Transpac qui les acheminait jusqu'au serveur demandé ; une ligne virtuelle était alors établie entre le serveur et son client, ligne sur laquelle circulaient des « wagons » de 128 caractères.

Pascal consacra bientôt tous ses week-ends au 3615 TURLU. Il devait assurer la permanence nocturne du samedi au dimanche, surveiller le débit et intervenir en cas de problème technique. Il avait également un accès libre et illimité aux forums :

« Je te serre très fort à l'intérieur de moi, écrivait Jaspe.

— Prends mes couilles dans ta main, elles sont bouillantes, répondait JP46.

— Je vais descendre un doigt dans ton anus, ajoutait Jaspe.

— Oh oui, salope, putain, traînée, salope, putain, traînée, répétait JP46.

— Baise-moi plus fort, gros dégueulasse », concluait provisoirement Jaspe.

Pascal était fasciné et mal à l'aise. À l'âge des premières relations sexuelles, il accédait à une connaissance totale du sexe, d'une grande précision technique et anatomique. Il était de l'autre côté, avec les Martiens animés qui regardaient les hommes. Ces hommes étaient tous plus âgés que lui. Ils occupaient des fonctions sociales variées, et maîtrisaient relativement bien le langage et les codes de la séduction. Mais ils ne faisaient, tard dans la nuit, plus semblant de rien. Ils étaient des chasseurs. Pascal n'avait vu d'abord que le côté excitant de son travail de nuit. Cette excitation durait un quart d'heure. Il en sentait les vides et les vertiges blancs. Après venaient les répétitions et les mots identiques, les lettres de même taille, le silence de l'écran. Le plaisir disparaissait alors dans des combinatoires exsangues : celles des lettres entre elles, celles des cerveaux qui les composaient.

Le 3615 TURLU, porté par la renommée de *Libération*, battait chaque mois son record de fréquentation. Mais le journal annonça bientôt à Omenia qu'il allait rapatrier la gestion de sa messagerie rose, qui commençait à représenter une part substantielle de son chiffre d'affaires. Ils allaient également investir dans des serveurs plus puissants. Au 1er janvier 1986, Télématique 2000 pourrait désinstaller les anciens serveurs. David Omenia négocia leur rachat, mais n'obtint pas la direction du service télématique de *Libération*, qu'il demanda pour la forme et sans la désirer vraiment.

En novembre 1985, Pascal eut dix-huit ans. Omenia l'invita dans un restaurant près des Champs-Élysées. Il évoqua un grand projet qu'ils allaient monter ensemble, et dont il lui parlerait bientôt, puis il lui offrit un livre de science-fiction qui venait de paraître : *Neuromancien*, de William Gibson, premier roman *cyberpunk*, mettant en scène un pirate, manipulé par une intelligence artificielle, qui accédait au *cyberspace*, un espace virtuel aussi appelé *la matrice* — ces termes étaient alors absolument nouveaux. Ils burent ensuite beaucoup de champagne, puis Omenia le fit entrer dans un club à la mode, *La piscine de l'étoile*, propriété de Jean-Marc Berger, une figure du show-biz.

Très vite, Pascal embrassa une fille blonde, ou plutôt se laissa embrasser par elle. Il ne se rendit pas compte aussitôt de la disparition d'Omenia, qui soulevait de nombreuses questions pratiques : devait-il payer les bouteilles de champagne ouvertes sur la table, devait-il redemander son prénom à la fille, qu'il n'avait toujours pas compris alors qu'il le lui avait fait répéter trois fois, devait-il danser avec elle, comme elle le lui demandait, alors qu'il n'avait jamais dansé, pouvait-il passer ses mains sous son pull et peut-être remonter jusqu'à ses seins ? Elle sut le rassurer :

— Ne t'inquiète pas. Je suis ton cadeau d'anniversaire. Allons dans un endroit plus tranquille.

Elle paya le taxi et la chambre d'hôtel.

À son réveil Pascal vomit dans les draps défaits. La fille avait disparu pendant son sommeil, sans laisser aucun mot. Pascal était certain de l'avoir vue entièrement nue, sortant de la salle de bains, mais ne se souvenait pas précisément de ce qui s'était passé ensuite. Quand Omenia lui demanda, le lendemain, s'il était content de sa soirée, Pascal se contenta de sourire.

Omenia avait de grands projets pour Pascal. Il fallait agir vite : ils avaient à peine un mois. Ils allaient créer leur propre messagerie, et siphonner, autant qu'ils pourraient, le 3615 TURLU. Ils satureraient le serveur de pseudonymes aux propos aguicheurs qui vanteraient l'ambiance d'un nouveau serveur, le 3615 CHAUDE, qu'ils auraient préalablement rempli d'hôtesses accueillantes. Pascal, inconnu de *Libération* et désormais majeur, en assurerait la direction.

Omenia avait tout préparé. Un de ses contacts dans le monde des magazines informatiques fournit à Pascal un numéro de commission paritaire, qui le transformait, techniquement, en éditeur de presse — qualification nécessaire pour éditer des services sur le kiosque 3615. Omenia lui loua également une chambre de bonne dans le XIVe. Pascal expliqua alors à ses parents, pour justifier son départ, qu'un garçon de sa classe, très riche, disposait de plusieurs chambres de bonne inoccupées et pouvait l'héberger gratuitement. Il préférait vivre seul pour travailler dans de bonnes conditions ; la chambre étant tout près de la gare Montparnasse, il serait par ailleurs à moins d'une demi-heure de son lycée.

La chambre était minuscule mais offrait l'accès à une cave de vingt mètres carrés, soit près de trois fois sa taille. C'était une cave relativement sèche, pour un immeuble ancien. Elle avait servi d'abri antiaérien : une petite alcôve voûtée au fond de laquelle il était écrit : « À DÉMOLIR EN CAS D'EFFONDREMENT » lui permettait de communiquer avec d'autres abris similaires, afin de garantir, en cas d'effondrement de l'immeuble, un accès à l'air libre. Ces caves formaient ainsi un réseau souterrain particulièrement robuste (ce genre d'intrusions forcées dans des cellules voisines évoquait paradoxalement à Pascal un Manhattan fantasmatique, où les habitants des gratte-ciel, qui possédaient tous des télescopes, se surveillaient mutuellement, comme les relais du télégraphe de Chappe).

Les serveurs furent descendus à la cave, et les PTT vinrent installer trois lignes téléphoniques. Chacune pouvait supporter cinquante communications simultanées.

Pascal ne devait bien sûr pas se faire d'illusions. Il servait de prête-nom, rien de plus. Il était logé et toucherait 20 000 francs par mois, si le serveur prenait bien. Il en garderait 6 000 — largement plus que le salaire minimal — et verserait le reste à Omenia en liquide. À terme, il revendrait bien sûr CHAUDE à Omenia pour un prix convenu.

Mais Pascal pensait déjà à arrêter math sup. Il consacra, en attendant, ses derniers mois d'études à recruter des hôtesses-animatrices parmi les filles de terminale et d'hypokhâgne — il n'y avait que deux filles dans sa classe. La tournure professionnelle que prenait sa vie lui faisait oublier sa timidité. Il était chef d'entreprise. Il avait du travail à proposer. Il avait beaucoup d'argent sur lui, beaucoup plus que n'importe quel autre élève, même d'un milieu très aisé.

Installé dans le café qui faisait face au lycée, Pascal recevait des filles et payait des cafés. Il commençait ses entretiens par des provocations simples : « Aimes-tu parler de sexe, sais-tu rendre un homme fou, sais-tu le faire attendre ? » Mais il se montrait aussitôt rassurant : le Minitel appartenait au genre épistolaire, c'était du bluff, des cochonneries peut-être, mais des cochonneries pour de faux. Personne ne connaîtrait leurs noms, leurs visages ou leurs adresses. Dissimulées sous leurs pseudonymes, même lui, le responsable du serveur, n'aurait pas la capacité technique de remonter jusqu'à leurs noms véritables. De toute façon, les mots crus marchaient souvent moins bien que certaines métaphores : elles étaient littéraires, c'était un avantage. Elles gagneraient 100 francs la journée et 200 francs la nuit. Elles se connecteraient de chez elles, si elles le pouvaient, ou dans les locaux de chez CHAUDE si leurs parents surveillaient leurs factures téléphoniques.

Pascal convainquit, en élargissant ses recherches aux amies étudiantes de ses première recrues, une vingtaine de filles de travailler pour le 3615 CHAUDE. Beaucoup le faisaient par défi.

Début décembre, le piratage de la clientèle de TURLU commença. Omenia avait mis au point un protocole. Il n'y aurait que sept pseudonymes, que les hôtesses animeraient à tour de rôle : il fallait créer un effet de présence, faire croire que ces filles se connectaient toujours, et en redemandaient encore. Brune, Blonde, Douce, Sauvage et les autres ne devaient jamais donner d'informations circonstanciées. Elles ne devaient évoquer que leurs désirs. Elles étaient de purs fantasmes. Mais il fallait bien sûr, en amont, définir la couleur de leurs yeux et de leurs cheveux, leur âge et leurs préférences sexuelles. Douce était férue de planche à voile et rêvait de faire l'amour allongée au milieu des vagues. Sauvage était authentique, montait à cheval et gardait ses bottes quand elle faisait l'amour. Blonde était souvent nue dans le métro, sous son imperméable. Brune faisait des folies avec la chantilly.

Il fallait générer une addiction forte, puis un manque brutal : quand un pseudonyme aurait fidélisé assez d'admirateurs, il basculerait sur CHAUDE, de façon ostensible et définitive.

La théorie de l'information, Steampunk#7

En 1867, le grand physicien James Clerk Maxwell décrivit un démon capable d'inverser le cours du temps. Cet être infiniment minutieux et habile (« a very observant and neat-fingered being »), placé par Maxwell dans un réservoir rempli de gaz divisé en deux parties, commande l'ouverture et la fermeture d'une petite porte qui permet aux molécules de passer d'un compartiment à l'autre. Le travail du démon consiste à laisser passer les molécules les plus véloces, et à repousser les autres. Progressivement, la température d'un des compartiments augmente, tandis que la température de l'autre diminue. Ce travail ne consomme aucune énergie, la porte pouvant en théorie posséder une masse infinitésimale. La violation du second principe de la thermodynamique est alors flagrante : la partie chaude du réservoir se réchauffe, et la partie froide se refroidit, sans intervention extérieure. L'hypothèse d'un démon omniscient et d'une porte physiquement irréalisable ne doivent pas conduire à rejeter l'hypothèse de Maxwell : ce sont les paramètres négligeables de cette expérience de pensée, qui vise surtout à isoler une quantité physique nouvelle : l'information. *Le démon de Maxwell parvient en effet à recharger le potentiel énergétique du réservoir sans prendre d'énergie aux molécules qu'il contient, mais en extrayant des informations sur leur état. L'information, dès lors, serait une forme d'entropie négative, permettant de rétablir les conditions initiales perdues des systèmes temporels.*

8

« Dès 1986, le désir s'est banalisé, ramené au porno, parce que certains ont choisi d'aller au plus vite pour gagner le maximum. »

Cécile ALVERGNAT

Le lancement du 3615 CHAUDE, au 1ᵉʳ janvier 1986, fut une réussite. Pascal avait obtenu toutes les autorisations requises, et s'était largement investi dans les tâches administratives qui rebutaient d'ordinaire les créateurs d'entreprise : obtention d'un numéro de SIRET, inscription au greffe du tribunal de commerce, publication d'un avis légal dans la presse, etc. La société qui éditait CHAUDE s'appelait Télématique Plus.

Omenia, de son côté, s'était occupé des aspects stratégiques. Il avait ainsi imaginé une procédure capable de faire durer les appels. Quand leurs interlocuteurs demandaient du *soft*, les hôtesses devaient leur apporter du *hard*, de façon progressive ; ceux qui voulaient du *hard* devaient à l'inverse recevoir du *soft*. Cependant, les membres des deux catégories voulaient à peu près la même chose : jouir, devant leur écran, dans la communion d'un dialogue. Il ne se passait alors plus rien pendant de longues secondes — ils avaient fermé les yeux pour mieux vivre la situation.

Mais il ne fallait surtout pas que les hôtesses se déconnectent aussitôt, car leurs interlocuteurs leur envoyaient souvent un message de reconnaissance : « Merci, tu m'as fait jouir. » Un dernier petit mot gentil, et les hôtesses pouvaient être assurées d'une reconnexion prochaine : « Tu m'as rendue folle. Fais de beaux rêves et à très bientôt, Spermator60. »

Le 3615 CHAUDE n'étant à peu de chose près qu'une plate-forme de télétravail, Omenia ressentit assez vite le besoin d'un peu de contact humain : « Après tout, nous sommes une messagerie conviviale ! » Il organisa donc une « fête du Minitel coquin » dans la minuscule cave qui hébergeait les serveurs de CHAUDE. L'idée étant de faire venir un maximum d'hôtesses, et de leur demander, quoi qu'il arrive, de continuer à faire vivre leurs pseudos.

La journée qui précéda la fête fut pour Pascal une journée d'appréhension : il redoutait, si la fête se transformait en *partouze*, de ne pas savoir comment s'y comporter. Il découvrit heureusement qu'il s'agissait d'un événement moins spontané qu'il l'avait imaginé. La plupart des invitées étaient des étudiantes en lettres romantiques, qui semblaient être venues exclusivement pour faire une démonstration publique de leurs talents littéraires. De plus en plus ivres, elles se relayaient sur les trois Minitel disponibles, offrant à leurs interlocuteurs, qui n'en attendaient pas tant, des cadavres exquis d'un érotisme sophistiqué. Omenia frappait régulièrement dans les mains en criant : « Au travail ! Au travail ! » Il renversa son verre de champagne sur les épaules nues d'une hôtesse en plein travail d'élaboration poétique, puis, l'embrassant, sur le clavier d'un Minitel, qui résista bien. Il demanda les clés de la chambre du sixième à

Pascal, qui se retrouva alors le seul garçon de la fête. Il connaissait certaines filles, qui venaient du même lycée que lui, mais ils n'avaient à vrai dire aucun souvenir commun. Elles commencèrent progressivement à repartir sans qu'il parvienne à leur parler. Il attendit ensuite qu'Omenia redescende pour aller se coucher.

À partir du printemps 1986, CHAUDE commença à perdre ses hôtesses, qui étaient requises par leurs examens et concours. Omenia expliqua alors à Pascal qu'il allait changer sa stratégie de recrutement. Les lycéennes avaient été un coup de maître : elles avaient donné à CHAUDE une connotation littéraire terriblement sexy. Mais, il l'avait expérimenté le soir de la fête, c'étaient des filles assez limitées. Elles déliraient bien et construisaient des fantasmes solides, mais s'étendaient un peu trop sur les préliminaires. On sentait qu'elles manquaient de pratique. Ils allaient dorénavant recruter des filles dans des sex-shops et des boîtes de strip-tease.

La rue Saint-Denis, par laquelle le roi rentrait à Paris après son sacre ou ses campagnes victorieuses, reliait à présent la gare du Nord aux Halles, vaste centre commercial souterrain et gare d'interconnexion centrale. Grand lieu de liesses populaires, pendant lesquelles l'eau des fontaines était remplacée par du vin, la rue Saint-Denis était restée une rue de plaisir. Près de la porte Saint-Denis, érigée par Louis XIV pour célébrer le passage du Rhin et la prise de Maastricht, la prostitution demeurait l'activité principale, alors qu'à ses extrémités nord et sud, comme aux abords de toutes les gares européennes, la rue Saint-Denis accueillait un grand nombre de sex-shops. Les deux activités étaient d'ailleurs très perméables l'une à l'autre. Les sex-shops, souvent gérés par d'anciens proxénètes, faisaient un peu de blanchiment, et accueillaient souvent des prostituées qui venaient faire des extras dans leurs salons privés. Ainsi, alors que la révolution du magnétoscope tendait à transformer les sex-shops en vidéoclubs, ceux de la rue Saint-Denis proposaient des prestations variées. Les salons de massage offraient par exemple, sous couvert de « détente totale », des relations sexuelles quasi complètes. Ces « finitions manuelles » étaient cependant encapsulées, pour prévenir les intrusions éventuelles de la brigade de répression du proxénétisme, dans des gestes anodins : application trop minutieuse d'une huile de massage parfumée, contact prolongé des seins sur les parties génitales, stimulation soigneuse des deux premiers chakras, etc.

Les sex-shops les plus importants proposaient eux des représentations théâtrales de « l'amour sur scène ». Au Sex Paradise, un escalier étroit permettait ainsi d'accéder à un cabaret miniature, doté d'une petite scène et de quelques tables. Ces tables présentaient un aspect particulier : un peu surélevées, elles étaient recouvertes d'une nappe asymétrique, qui pendait du côté scène et qui s'ouvrait du côté opposé, offrant aux spectateurs un espace privatif discret. Au-dessus, des lampes minuscules éclairaient, d'une belle lumière rouge, des boîtes de mouchoirs recouvertes de perles et des cendriers en verre pleins de mégots rosâtres. La femme arrivait la première et entamait un strip-tease rapide — elle portait un string à scratch —, puis l'homme faisait son entrée, habillé d'un simple slip que la femme ôtait aussitôt. Ils se mettaient alors à évoluer sur un lit à barreaux en cuivre, en prenant des poses aux angles étudiés, pour que la question de la pénétration reste indécidable. À cet égard, les habitués attendaient souvent l'arrivée de la fellation, seul moment de sexe objectif, pour éjaculer.

Omenia et Pascal commencèrent leurs visites par le Sexy 2000, où Omenia connaissait une danseuse. Il voulut la présenter à Pascal en pleine activité, dans une cabine de peep-show.

Pascal était entré dans le sex-shop dans un état d'excitation extrême. Le seul contact d'un rideau de perles lui procura une érection. Ses os lui faisaient mal. Ses cartilages étaient mis à nu comme les articulations d'un automate, et blanchissaient, décolorés par une pression trop forte. Il était blême. Son sexe avait pris la place de son cœur, et l'avait vidé, comme une pompe, de tout son sang.

Mentalement très diminué, il suivit docilement Omenia, qui salua le gérant. Pascal évolua avec eux parmi les vidéocassettes et les godemichés, riant quand ils riaient — il aperçut entre les mains du gérant une cassette sur laquelle figurait une femme obèse qui s'enfonçait des anguilles vivantes dans le vagin —, tâtant quand ils tâtaient.

Le gérant les entraîna jusqu'à l'escalier du sous-sol : « Bienvenue dans la spermathèque ! » Omenia remit alors à Pascal une dizaine de pièces de 10 francs et le fit entrer dans une petite cabine trapézoïdale, puis s'installa dans la cabine voisine — il en existait encore trois autres, qui entouraient une pièce hexagonale. Celle-ci, entièrement vitrée à l'exception d'une porte recouverte d'un miroir, donnait simultanément sur les cinq cabines. Mais un store abaissé sur la face extérieure de la fenêtre de sa cabine empêcha Pascal de saisir immédiatement la configuration des lieux. Le cabinet sentait l'eau de Javel. Une chanson de Marc Lavoine commença à sortir d'un haut-parleur situé dans le plafond : « Une fille aime un garçon / Dans une voiture volée / Près d'une ville bidon / Sur une zone en danger / Terrain vague amarré / À la cité romaine. » Des appareils à pièces commandaient l'ouverture du store, qu'une minuterie faisait redescendre au bout d'une minute. La première pièce qu'introduisit Pascal retomba trois fois avant d'être finalement acceptée. La fille était déjà seins nus quand le store se leva, et tournait sur une plate-forme mobile.

Pascal s'était attendu à beaucoup de choses, mais le spectacle allait au-delà de tous ses fantasmes érotiques. La danseuse était brune, très belle, et ses courbes mates évoluaient dans plusieurs dimensions simultanées, avant de se refermer brutalement sur la pointe conique et indestructible des seins. Son corps était dur et son visage grave, mais les cernes qui assombrissaient ses yeux révélaient la douceur et la fragilité de sa peau.

Pascal attendit que le store retombe pour, feignant un nouveau problème de pièces, se caresser très vite. Quand il rouvrit le store, la fille était assise, en culotte, sur le rebord de la plate-forme mobile, et fumait une cigarette en discutant avec Omenia.

— C'est lui, le patron. Il a dix-huit ans. C'est notre petit génie de l'informatique.

La voix d'Omenia était étouffée et lointaine.

La vitre était percée de petits trous formant un hexagone. Pascal approcha la bouche :

— Bonjour.

Il n'osait pas la regarder en face, et distinguait mal Omenia à cause d'un fort reflet dû à l'angle de sa vitre — l'architecte du peep-show avait probablement calculé cet effet. Il crut entendre « explique-lui ». Il se mit alors à parler à toute vitesse, sans reprendre son souffle, ni enlever la buée qui se déposait entre lui et la fille aux seins nus :

— Le Minitel rose connaît sa première crise de croissance mais les nouveaux entrants sur son marché hyperconcurrentiel ne sont pas les plus mal placés pour y faire face. Le rose doit se professionnaliser, ou disparaître. Les femmes se méfient maintenant du Minitel. Elles venaient pour parler et on n'a pas su les accueillir. Les obsédés et les pervers les ont fait fuir. Les gros serveurs commencent à modérer sérieusement. Ça leur coûte très cher — il faut des gens pour faire le boulot —, ça n'améliore pas la qualité intrinsèque des échanges et ça finit en plus par être contre-productif car la censure, tout le monde est plus ou moins contre, même les femmes, qui en sont pourtant les principales bénéficiaires. Mais si on retourne ce raisonnement, avec l'idée que des modérateurs ou des hôtesses, ça coûte exactement le même prix, autant faire directement, de façon claire et assumée, de la messagerie cochonne. Et ça donne le 3615 CHAUDE. Qui apporte tout ça, les sex-shops et les peep-shows, à domicile. Notre avantage concurrentiel, c'est toi, je veux dire c'est vous, une professionnelle, enfin je veux dire la professionnalisation des hôtesses.

Le store retomba sur le mot « hôtesses » : Pascal avait parlé exactement une minute et, à l'exception de la dernière phrase, sans aucune hésitation. Ce fut, avec un timing parfait et une clarté d'exposition certaine, son premier discours d'entrepreneur. Même s'il n'était à peine plus qu'un prête-nom, même si ses propos reprenaient largement ceux d'Omenia, Pascal avait eu, devant la fille aux seins nus — qui s'appelait Émilie —, une *vision personnelle* du marché. Pascal avait vu l'avenir du Minitel, à dix ou quinze ans d'échéance, quand il aurait conquis l'international et qu'il offrirait une définition graphique proche de la réalité, grâce à des débits de communication mille fois supérieurs à ceux que l'on connaissait aujourd'hui ; le Minitel serait alors devenu un terminal vidéo interactif à part entière, qui permettrait de commander et de regarder en direct des strip-teases depuis son salon.

Omenia ne proposa pas à Émilie de travailler directement pour CHAUDE, mais de servir d'intermédiaire : il lui offrait 10 % du salaire de toute nouvelle hôtesse recrutée par ses soins, pendant trois mois. Il roula sa carte de visite pour la faire passer par l'un des orifices de la vitre. Émilie remonta manuellement le store de Pascal pour lui dire au revoir — c'était une privauté très rare, qui bouleversa Pascal.

Quand ils furent ressortis dans la rue, Omenia s'adressa à Pascal :

— Les filles qui travaillent ici en ont toujours un peu marre. C'est un sale milieu, pas toujours réglo. Il arrive qu'un client paye une grosse somme pour un supplément, et les danseuses n'ont pas toujours les moyens de refuser... Bref, c'est pour ça que je voulais que tu m'accompagnes. Évidemment, le coup du store fermé, la façon dont tu regardais ses seins, c'était lamentable. Mais tu as dix-huit ans, c'est rassurant pour elle. Ça donne un côté propre à CHAUDE, un côté business gentil. Elle, c'est un peu à part, elle est très belle, c'est une sorte de sainte, et elle adore danser. Elle a une vie compliquée, pleine d'histoires, je te raconterai. Bref elle n'en a pas grand-chose à faire du Minitel. Mais ses copines, c'est différent. Émilie va leur décrire CHAUDE comme un truc clean, un moyen de se faire tous les mois un petit supplément. Après je ne sais pas ce qui t'a pris : elle te demandait ton nom, pas ton *business model*. Le *business* c'est mon affaire, et c'est secret professionnel. Mais tu comprends vite.

Ils se dirigèrent vers un café nommé Le Petit Veneur, situé tout près des Halles, au début de la rue Saint-Denis. C'était en général ici que les tenanciers de sex-shops et les souteneurs se retrouvaient — il existait un lieu similaire à Pigalle, un autre rue de la Gaîté près de Montparnasse. Minuscules, étroits et sombres, ils servaient de portes d'entrée vers le monde de la nuit, et de Bourse d'échange où les cotes des strip-teaseuses étaient quotidiennement évaluées.

Le Petit Veneur était presque vide. Omenia connaissait l'un des serveurs, qui pourrait l'aider dans sa campagne de recrutement. Les laissant discuter affaires, Pascal observa les quatre ou cinq clients du café, qu'Omenia lui avait présentés comme des propriétaires de sex-shops. L'un était tatoué, un autre avait le nez cassé. Ils portaient des blousons de cuir ou des vestes italiennes. Ils représentaient, pour Pascal, un échantillon de dangerosité : des hommes qui risquaient la prison, qui ne la craignaient pas, ou qui l'avaient déjà connue. Ils appartenaient au *Milieu*, l'unique jeu de rôle grandeur nature où l'on pouvait mourir — mourir et tuer.

Pascal était un enfant de la classe moyenne, classe aux catégories sociales restreintes : incapable de se former une idée précise de la pauvreté ou de la richesse, elle ne connaissait qu'elle-même et se croyait illimitée. Elle considérait la classe populaire comme profondément malchanceuse, ridicule ou tarée, la bourgeoisie comme exemplaire, plaisante et rationnelle. La première n'existait pas en tant que classe, mais en tant que catégorie morale : elle était la conséquence d'un certain nombre de mauvais choix. La seconde, concédée par snobisme, n'était pas plus réelle : c'était soi-même, en mieux. Logiquement, la classe moyenne niait aussi l'existence de l'*establishment* et du *prolétariat*. Elle réfutait d'une part la classe politique, le *show-business* et la *jet-set*, car au-dessus d'elle-même, la classe moyenne ne voyait qu'un chaos amoral, cruel et douteux — théorie sociale confirmée par l'enlèvement du baron Empain, la défaite de Giscard et la disparition de Balavoine. D'autre part, la classe moyenne ne comprenait ni la violence ni l'illégalité : elle n'imaginait pas qu'une loi puisse être enfreinte (quoique la fraude fiscale, l'alcool au volant ou les excès de vitesse puissent être tolérés). L'existence des prisons était pour elle une anomalie métaphysique (la droite française eut le génie politique, après le choc de l'élection de Mitterrand, d'effectuer un long travail de pédagogie pour lui faire découvrir, de façon progressive, l'existence du mal, rebaptisé pour l'occasion *délinquance* ou *insécurité*, avec le vol d'autoradio comme paradigme central et homéopathique).

Les tentatives d'Omenia échouèrent. Le serveur ne s'engageait à rien, ne voyait aucune fille qui pourrait être intéressée. L'un des clients se leva alors et s'approcha d'Omenia :
— Tu n'es pas le bienvenu ici. Tu vas repartir et laisser les filles travailler.
Omenia ne discuta pas, et sortit du café avec Pascal :
— Ils couleront. Ils couleront tous. Nous allons les détruire. Je ne veux pas d'un pacte. Pas d'un pacte

avec d'anciens taulards alcooliques. Nous ne coopérerons jamais. Nous sommes une industrie de service à ses débuts, et eux des escrocs paresseux qui exploitent le plus vieux métier du monde. Beaucoup se sont mariés avec leurs propres putes, et les font travailler, de façon dégueulasse, pour arrondir leurs fins de mois. Mais avec le sida et le magnétoscope, le monde du sexe est en train de changer. La DGT travaille sur un prototype de Minitel couleur. Dans deux ans, nous vendrons du porno à domicile. Tu avais raison, tout à l'heure, n'importe qui pourra bientôt regarder des strip-teases dans son salon. Leur truc à eux est sale. Notre truc à nous c'est l'avenir. Et c'est l'État qui nous finance.

L'État payait effectivement et, à la fin du mois du juin 1986, Omenia et Pascal se rendirent au siège des PTT pour percevoir les premiers reversements dus à CHAUDE.

Six mois s'étaient écoulés depuis le lancement du serveur. Il était déjà très largement bénéficiaire. Omenia estima que *Libération* ne pouvait plus le soupçonner de rien — il ne s'était d'ailleurs rendu coupable d'aucun délit pénal. Il allait donc pouvoir prendre le contrôle de CHAUDE. Il demanda à Pascal s'il voulait rester dans l'aventure, mais il ne voyait pas très bien à quel poste. Il serait en tout cas largement dédommagé : le rachat devait se faire à un prix raisonnable, si on voulait que l'affaire paraisse parfaitement honnête.

Pascal Ertanger céda donc, pour 150 000 francs, la société Télématique Plus, l'éditeur de CHAUDE, à David Omenia, et retourna provisoirement vivre à Vélizy.

Omenia recruta bien quelques strip-teaseuses, mais, malgré plusieurs tentatives, resta sans nouvelles d'Émilie. Pascal ne donnait lui non plus aucune nouvelle. CHAUDE entra dans le *top 20* des messageries roses. Ils ne se revirent qu'un an plus tard, devant le siège des PTT. Pascal conduisait un cabriolet Porsche. Émilie était assise à côté de lui. En robe fourreau, les cheveux permanentés et la bouche entrouverte, elle semblait sortie d'une affiche pour le Minitel rose.

La théorie de l'information, Steampunk#8

La démonologie devint rapidement une branche autonome de la thermodynamique. Après Maxwell, d'autres physiciens tentèrent d'acclimater des esclaves prestidigitateurs dans les grains de pollen aux propriétés magiques qu'avait découverts Brown. Ce fut la naissance de toute une ingénierie spéculative, qui proposait de remplacer la créature de Maxwell par des dispositifs plus faciles à domestiquer : des valves, des roues dentées, des labyrinthes de portes coulissantes — dispositifs qui permettaient tous de coupler l'ouverture d'un clapet à l'agitation moléculaire. Il s'agissait, à chaque fois, d'inventer une machine qui soit capable de collecter de l'information pour la transformer en énergie utilisable. On se mit alors à rêver d'une civilisation future qui bénéficierait, dans un cosmos fermé et translucide, des ressources infinies d'une énergie gratuite. On l'observait, à travers de minutieuses expériences de pensée, se construire des palais en sucre et des pyramides volantes, puis goûter aux délices de la réversibilité du temps. Mais des physiciens exorcistes, en exhibant des variables cachées, détruisaient aussitôt, comme des ouvriers luddites, les machines capables de pirater le temps.

9

« Le sens du Minitel, de son avènement social, est compris entre ces deux extrêmes : la création d'un labyrinthe ou celle d'une cité immatérielle bâtie dans l'imaginaire et dans les messages échangés. »

Mano SIRI

Pendant l'été qui suivit la vente du 3615 CHAUDE, Pascal retourna presque tous les jours au Sexy 2000. Malgré de notables efforts pour paraître plus âgé — il portait des vestes ajustées et avait lissé ses cheveux mi-longs en arrière —, Pascal avait encore, avec ses joues rondes, un aspect juvénile. Cette apparence, accompagnée d'un léger surpoids qui lui avait valu d'être exempté de service militaire, l'obligeait souvent à présenter sa carte d'identité au gérant du sex-shop. Ce désagrément passé, il descendait au sous-sol et entrait dans l'une des cabines du peepshow. Il vit au total une dizaine de danseuses différentes, dont certaines étaient très belles ; mais il venait exclusivement pour revoir Émilie.

Il l'avait déjà vue danser plusieurs fois quand il lui adressa enfin quelques mots : il voulait connaître son emploi du temps, pour mieux la retrouver. Ainsi, un véritable échange put bientôt s'établir : il lui disait qu'elle dansait très bien, elle protestait un peu, disait que ce n'était pas vraiment de la danse, qu'elle n'avait pas de technique et qu'elle était trop raide. Pascal ne tarda pas à connaître son âge — elle avait vingt ans — et sa région d'origine — elle venait de Normandie. À deux reprises, ils se croisèrent dans la rue, et elle lui sourit : une fois dans le long Escalator des Halles, porte Lescot, alors qu'elle montait et que lui descendait, une autre fois devant la fontaine des Innocents, mais elle était accompagnée.

Émilie ne se déshabilla bientôt plus, les fois où Pascal était le seul client du peep-show. Ils discutaient simplement, Émilie bloquant avec son pied la machinerie du peep-show. Le cœur de Pascal battait alors plus fort que si elle avait dansé nue.

Mais il arrivait aussi qu'Émilie soit exagérément provocante : elle se caressait les seins, les frottait contre la vitre de séparation, les léchait avec un regard dur. Pascal, qui avait appris à se contrôler en présence d'Émilie, ne cédait pas à la provocation. Il redoutait ces moments d'agressivité et de mauvaise humeur. Émilie ne répondait à aucune de ses questions, ou bien lui demandait ce qu'il faisait encore ici. Il n'osait pas lui dire qu'il l'aimait — le moment aurait été de toute évidence mal choisi — et il ressortait dès que le store retombait. La présence d'un dispositif strict autour d'Émilie le rassurait alors.

Car Pascal ignorait l'une des caractéristiques majeures du peep-show : les vitres des cabines étaient montées sur des charnières invisibles. Les danses privées, rendues coupables par l'espace confiné, se négociaient entre 50 ou 100 francs, mais le prix pouvait monter assez vite.

Pascal invita finalement Émilie à boire un verre. Ils allèrent au café Costes, au coin de la rue Saint-Denis et de la rue Berger. Dessiné par Philippe Starck, le Costes se distinguait par ses chaises à trois pieds, ses teintes pastel et son escalier surmonté d'une horloge monumentale — le lieu était extravagant pour un premier rendez-vous donné par un garçon timide.

Pascal et Émilie, assis sur le rebord de la mezzanine, passèrent la soirée sous l'immense cadran horaire blanc. Pascal ne connaissait presque rien des choses qu'Émilie lui raconta : la disparition inexpliquée de son père biologique, l'enfance à Lisieux entre un beau-père qu'elle détestait et une mère dépressive qui avait tenté de se suicider devant elle, l'identification très forte, au bord de l'épisode schizophrène, à sainte Thérèse de Lisieux quand elle était au collège, le départ à seize ans pour Rouen, les petits boulots, la galère, l'arrivée à Paris deux ans plus tard.

Pascal, dont les années véliziennes et versaillaises avaient été repliées et obscures, et qui passait son temps, depuis son arrivée à Paris, entre une chambre sous les toits et une cave sans fenêtre, n'avait aucune idée de ce qu'Émilie lui racontait. Sa connaissance du monde le fascinait. Émilie Vier possédait une lucidité étonnante pour une femme de son âge. Elle voyait toutes les choses que Pascal ne voyait pas, elle lisait dans l'âme des gens. Elle lui dressa ainsi un portrait d'Omenia en jeune loup complexé par sa petite taille, complexe qui avait été jusqu'ici son principal moteur. Pascal n'avait jamais réfléchi à la taille d'Omenia. Ce fut comme une révélation : Émilie réconciliait le point de vue du corps et le point de vue de l'âme.

Elle avait également des idées morales très précises : pour elle, le mal existait. Il y avait des individus mauvais, des gens fondamentalement dangereux contre lesquels il était presque impossible de lutter — Émilie ne croyait pas à la justice humaine. Elle en avait connu, principalement à Rouen. Pascal n'obtint pas beaucoup de détails : elle avait fréquenté les mauvaises personnes, qui l'avaient mise dans de mauvaises situations, puis elle avait littéralement pris la fuite et s'était fait embaucher par hasard au Sexy 2000. C'était un endroit plutôt réglo, avec quelque chose de familial, presque un refuge. Il y avait des moments très beaux pendant lesquels beaucoup d'amour était échangé. Elle comprenait les gens qui fréquentaient les peep-shows — c'était des accidentés de la vie, des grands timides ou des voyeurs, mais pas des détraqués. Si elle était un homme, elle serait certainement de l'autre côté de la vitre.

Émilie fit à Pascal l'effet d'une sainte, capable d'aimer l'humanité entière. Il voulut l'embrasser, mais elle l'en empêcha :

— Ne gâche pas tout, ne gâche pas cette soirée, ne gâche pas ta vie. Prends-moi comme je suis, passons un bon moment, comme deux amis. Mais n'essaie pas d'aller plus loin. Et cesse aussi de venir tous les jours. J'ai peur de toi, tu sais. Je n'aime pas comment tu me regardes. Je ne sais pas si tu m'aimes ou si tu viens tous les jours parce que je te fascine comme une bête de foire. Tu es peut-être un pervers. Ou simplement un petit puceau friqué et malheureux. À la limite je préférerais que tu me baises et que tu disparaisses.

Émilie criait presque. Pascal lui prit brutalement la main et la maintint serrée de force. Il lui chuchota qu'il l'aimait. Qu'il disparaîtrait si elle voulait qu'il disparaisse. Mais qu'il avait eu un choc la première fois qu'il l'avait vue, et toutes les autres fois, et qu'il n'avait jamais vu, jamais, nulle part, de femme aussi belle qu'elle.

— Mais je suis une pute, Pascal, une pute, et toi tu es un enfant. Un enfant qui ne voit rien, qui se paie depuis un mois la plus grosse pute de Paris et qui ne s'en rend même pas compte, et qui n'est même pas foutu de la baiser, de la baiser une fois, dans sa putain de cabine, avec son putain d'argent, et de comprendre enfin à qui il a affaire, et de se sentir tellement con après, tellement con...

Émilie se mit alors à rire, de façon humiliante. Puis elle se leva, prit son sac et passa, en souriant doucement à Pascal, devant l'horloge géante qui affichait exactement minuit — les deux aiguilles verticales tenaient en équilibre, et Pascal se dit qu'elles pourraient rester éternellement ainsi sans consommer aucune énergie. Il paya et rattrapa Émilie dans la rue. Elle pleurait et se laissa facilement embrasser.

Pascal n'avait nulle part où aller. Il était trop tard pour rentrer à Vélizy. Émilie lui proposa de passer la nuit chez elle, près de Bastille, à condition qu'il offre le taxi.

Ils ne firent pas l'amour la première nuit.

Les toits en pente du studio les empêchaient de rester debout et le lit, qui occupait presque tout l'espace habitable, les déséquilibrait quand ils marchaient ; Pascal avait parfois des sensations d'apesanteur. Il ne vit de Paris, pendant la semaine que dura l'expérience, que des nuages qui passaient au loin et des étoiles qui brillaient faiblement. Émilie n'alla pas travailler de la semaine, et ne sortit que pour acheter des cigarettes et du vin — ils avaient trouvé un traiteur qui prenait des commandes par Minitel et qui livrait les plats. Émilie exigea que Pascal se mette nu. Il accepta, à condition qu'elle se déshabille aussi. Ils passèrent ainsi encore vingt-quatre heures à se frôler sans faire l'amour. Émilie, insensiblement, se rapprochait de lui. Elle le prit plusieurs fois dans la main, dans la bouche et entre ses cuisses serrées, mais sans que cela ne dure plus d'un instant.

Ils firent l'amour au matin de la deuxième nuit.

Pascal effectua, pendant les jours qui suivirent, l'apprentissage accéléré de l'amour passionnel. Il se livra entièrement à Émilie, qui prononça de son côté plusieurs paroles définitives. Ils confrontèrent la taille de l'univers au caractère improbable de leur rencontre, et eurent la révélation conjointe de l'inexistence du hasard. Ils s'affrontèrent pourtant, pour des mensonges révélés accidentellement, et ressentis par l'autre comme des trahisons fatales. Ils se battirent, et se réconcilièrent.

Obligés d'atteindre des vitesses très élevées pour échapper à l'attraction terrestre, les cosmonautes subissaient des accélérations de l'ordre de plusieurs g, qui pouvaient altérer leur vision périphérique et entraîner l'apparition d'un voile gris devant leurs yeux — mais le danger se matérialisait parfois plus directement, quand l'afflux de sang dans leurs yeux provoquait l'apparition d'un voile rouge. Le sang, devenu un liquide trop lourd, se figeait alors peu à peu, et leur cerveau cessait d'être irrigué ; un voile noir apparaissait. Cependant, à mesure qu'ils atteignaient leur vitesse de satellisation, les cosmonautes devenaient de plus en plus légers et percevaient, une fois ces trois voiles traversés, des hallucinations visuelles plus douces, qui ranimaient par éclairs successifs leurs yeux éteints. Ces flashs lumineux étaient provoqués par les interactions quantiques entre les particules solaires invisibles et le liquide noir de leurs globes oculaires. Pascal connut une variante amoureuse de cet effet quand

Émilie, dont il tenait le corps léger entre les mains, devint lumineuse. Il confondit alors sa salive, au goût métallique, avec le picotement de la lumière du jour, et perçut son corps comme un grand froissement d'électricité statique, transparent et ambré.

Émilie raconta progressivement son histoire à Pascal, qui pleura plusieurs fois en l'écoutant. L'enfance d'Émilie avait été très dure, et parfois terrifiante. Arrivée au collège encore tremblante, elle ne s'était fait qu'un seul ami, fils d'un harki réfugié en Normandie après les accords d'Évian. Karim était légèrement handicapé : il avait un pied bot et devait porter une chaussure orthopédique. Un peu plus âgé qu'Émilie, il la protégeait. Il était amoureux d'elle. En cinquième, Émilie avait traversé, après la tentative de suicide de sa mère, un long épisode mystique : elle lisait sainte Thérèse la nuit, et passait tous ses après-midi libres dans la grande basilique qui lui était consacrée. Karim, qui était musulman, l'attendait à l'extérieur de l'édifice, et la reconduisait chez elle. Elle était épuisée et bizarrement excitée. Malgré les nombreuses tentations qu'elle lui faisait subir, pour tester la valeur de son amitié, Karim n'essaya jamais d'en profiter.

L'attitude de Karim plut beaucoup à Pascal. Mais poursuivant son récit, Émilie en vint à évoquer son initiation sexuelle, ce qui éveilla la jalousie de Pascal : elle montait à la corde, dans le gymnase du collège, entourée de toute sa classe, quand le frottement l'avait fait jouir, presque par surprise un peu avant le sommet ; sans l'idée de recommencer aussitôt — il lui restait un mètre — Émilie aurait probablement lâché la corde. Elle avait fait l'amour, dès la semaine suivante, avec un garçon de troisième qui avait sport juste après sa classe — elle avait fait en sorte de le croiser nue dans les vestiaires.

Karim avait un cousin qu'il admirait beaucoup. Yazid n'était pas beau, mais avait beaucoup de charme. Sa froideur calculée séduisit Émilie, qui devint, pendant l'été, sa petite amie officielle. L'année qui suivit elle abandonna quasiment le collège, et commença à fréquenter les amis de Yazid. Elle participa à plusieurs vols de voiture et à quelques petits cambriolages. Yazid la laissait conduire sa voiture, et lui offrit une chaîne hi-fi volée — qui fut à l'origine d'une dispute très violente avec son beau-père. Dès lors, chassée de l'appartement familial, Émilie s'installa chez Yazid, qui se montra moins charmeur et beaucoup plus violent. Financièrement dépendante de lui, elle accepta bientôt de le suivre à Rouen, où il exigea qu'elle gagne de l'argent.

Jamais Yazid ne parla de prostitution. Il connaissait seulement quelqu'un, l'ami d'un ami, à qui elle plaisait particulièrement. Si elle se laissait inviter au restaurant, il saurait se montrer généreux. Elle serait bien sûr libre d'accepter ou de refuser. Yazid était ambitieux et voulait monter un réseau haut de gamme : les premiers clients d'Émilie furent surtout des notables rouennais, des médecins et des avocats. Ils possédaient souvent des caméras, et réalisèrent de nombreux films pornographiques, parfois à l'insu d'Émilie. Certains de ces films, aux contours flous et bleutés caractéristiques de la vidéo amateur sur bande magnétique, furent discrètement commercialisés. Émilie devint dès lors un personnage important du milieu libertin rouennais. Elle changea ainsi de clientèle, et fut régulièrement invitée par des couples échangistes qui l'utilisaient pour rajeunir leurs soirées. Émilie se retrouva un jour seule avec quatre hommes, mais sut gérer intelligemment la situation, du moins jusqu'à ce que l'un des hommes, alors qu'elle s'apprêtait à repartir, l'oblige, en la tirant par les cheveux, à lui faire une fellation. Elle voulut porter plainte, Yazid l'en dissuada. Dès lors, elle tenta d'échapper à son emprise, mais il lui faisait de plus en plus peur. Elle continua pendant plusieurs semaines à travailler pour lui, jusqu'au jour où, passant devant la gare, elle prit le premier train pour Paris.

Les règles du Sexy 2000 étaient souples : pour échapper à toute condamnation pénale, les danseuses avaient presque un statut d'indépendantes. Leurs horaires étaient aménageables, les extras qu'elles réalisaient étaient une sorte de prime au noir, qu'elles étaient libres de refuser. Michel Houillard, le gérant, était un homme prudent — on disait qu'il utilisait le sex-shop pour blanchir de l'argent, activité plus lucrative et plus discrète qu'un réseau de prostitution.

Pascal ne supportait pas que des hommes aient pu avoir Émilie pour de l'argent. L'idée qu'il existe des films d'elle en circulation lui était également douloureuse. Il ne pouvait la voir autrement que comme un être vulnérable et pur, qu'on s'était acharné à salir. Plus Émilie lui racontait les détails de sa vie passée, plus Pascal l'aimait.

Mais quand Émilie fut arrivée à la fin de son histoire, Pascal la vit se durcir. Elle refusa de dire à Pascal s'il y avait eu quelque chose entre elle et Omenia, ni quelle était la nature exacte de ses rapports avec Houillard. Elle présenta aussi un portrait plus flatteur de Yazid, en homme oriental mystérieux et entreprenant. Elle évoqua avec nostalgie son corps de jeune fille éternisé dans des cassettes vidéo. Elle aimait son métier de strip-teaseuse qui lui permettait de gagner des sommes folles.

Ces revirements étaient au-delà de la compréhension de Pascal. Ils se disputèrent beaucoup le sixième jour, jusqu'à se séparer au milieu de la nuit. Le lendemain en fin de matinée, Pascal, qui avait rêvé de la mort d'Émilie, se réveilla en hurlant. Le cauchemar était presque réel : Émilie lui avait laissé un mot d'adieu assez bref, qui lui demandait d'être parti à son retour et de bien claquer la porte derrière lui.

Le jeune homme qui redescendit dans Paris le septième jour était presque une personne nouvelle. Il est sans doute impossible de renouveler entièrement sa conception du monde ; les cas de conversion sont rares. Mais Pascal ne s'était, jusqu'à sa rencontre avec Émilie, jamais interrogé sur le monde ou sur ses convictions profondes. Il était en interaction avec certaines choses, c'était à peu près tout. Coprésence et coévolution, espace commun et mouvements coordonnés : le monde était transparent, son esprit lui fournissait les réponses adaptées. Émilie avait cassé cette symétrie fantasmatique. Elle lui avait décrit un monde hostile et dangereux, que Pascal n'avait jusque-là aperçu que par fragments. Émilie était un morceau de ce monde.

Le premier projet de Pascal avait été de l'en arracher pour la transplanter dans un monde meilleur. Il réalisa cependant très vite tout ce que ce projet avait d'impossible, matériellement comme moralement. Pascal n'avait tout simplement pas de monde à lui offrir. Mais il avait déjà, d'une certaine manière, en tant que client passionné du Sexy 2000 et en tant qu'ancien propriétaire du 3615 CHAUDE, rejoint le monde d'Émilie. Et il était prêt à tout pour la reconquérir.

Ils se réconcilièrent assez vite. Émilie l'hébergea tout l'été. Pendant qu'Émilie dansait — il l'avait suppliée de ne faire aucun extra —, Pascal passait plusieurs heures par jour à étudier le marché des messageries roses sur son Minitel.

Son premier projet, quand Omenia avait racheté le 3615 CHAUDE pour 150 000 francs, avait été de réinvestir l'argent dans une messagerie. Puis il avait calculé que ces 150 000 francs lui permettraient, à raison de 10 francs par minute, de voir Émilie danser pendant dix jours. Il avait alors naturellement calculé, comme il l'avait déjà fait pour CHAUDE, le taux de rentabilité maximal du peepshow hexagonal : occupé vingt-quatre heures sur vingt-quatre, alimenté par des danseuses en continu, il pouvait théoriquement rapporter 500 000 francs par semaine. C'était un investissement raisonnable.

Les deux stratégies d'investissement, le Minitel ou le sex-shop, étaient pertinentes. Il existait d'ailleurs des passerelles entre les deux mondes.

Émilie accepta de lui présenter Houillard.

Les réfrigérateurs comptent parmi les machines les plus simples. Traversant en circuit fermé la machine et le monde extérieur, un fluide frigorigène est alternativement compressé et dilaté pour absorber la chaleur des aliments et la rejeter dans l'air environnant. Le cycle se répète indéfiniment, tant que le compresseur est alimenté en énergie. Ce dispositif est autorégulé : un thermostat bilame commande seul la mise en route et l'arrêt du compresseur — il est fait de deux lamelles jointes, taillées dans des métaux différents afin que leurs dilatations asynchrones les forcent à se courber à partir d'une certaine température, rétablissant ainsi l'alimentation électrique. Albert Einstein et son ancien étudiant Leó Szilárd déposèrent en 1930 le brevet d'un réfrigérateur à ammoniaque qui présentait la particularité de ne comporter aucune pièce mécanique mobile autre que ce thermostat : il utilisait la chaleur ambiante comme seul moteur énergétique. Sa source d'énergie, une invisible différence de chaleur entre deux de ses parties, restant fantomatique, l'engin évoquait irrésistiblement une machine à mouvement perpétuel. Bien que leur réfrigérateur ne connût pas le succès escompté, Szilárd et Einstein continuèrent cependant à s'intéresser à la thermodynamique, en l'envisageant cette fois sous ses aspects les plus irréversibles : ils rédigèrent ensemble la lettre qui annonçait au président Roosevelt que la réaction en chaîne de l'uranium générait une importante quantité de chaleur. Physicien d'un impénétrable dandysme — dégoûté par Hiroshima, il abandonne la physique nucléaire pour la biologie, et invente aussitôt une bombe au cobalt capable d'éradiquer toute vie sur la Terre —, Szilárd est aussi connu pour sa réfutation exigeante de l'expérience de pensée du démon de Maxwell, et donc pour sa défense indirecte du second principe de la thermodynamique.

« Le Minitel m'a permis de baiser comme un fou et de gagner plein de blé. Si tous les crédits de l'État étaient investis de la sorte, la France serait le plus beau pays du monde. »

Anonyme cité dans le supplément du journal *Libération*, « Moi, le Minitel ».

À la suite de l'intercession d'Émilie, Pascal Ertanger et Michel Houillard, qui se connaissaient seulement de vue, déjeunèrent ensemble au Petit Veneur. Ils se découvrirent des intérêts communs : Pascal avait 150 000 francs à investir, et Houillard recherchait un associé pour un projet qu'il était sur le point de monter.

Houillard avait environ la quarantaine. Avec ses yeux trop petits, ses cheveux gras et ses dents jaunes, il n'inspirait pas confiance. Conscient de ce handicap, il parlait à voix très basse, pour obliger ses interlocuteurs à tendre l'oreille vers sa bouche : il n'était pas possible de le voir et de l'entendre en même temps.

Sa confession, quoique rapide, fut inattendue. Ancien comptable, il s'était établi au début des années 1970 dans le Sentier, où il avait tenu les comptes d'une dizaine de grossistes en prêt-à-porter de la rue d'Aboukir. C'était un milieu financièrement opaque, la plupart des transactions s'effectuant en liquide. Sa tâche consistait essentiellement à trafiquer les comptes de ses clients pour les rendre fiscalement acceptables, ce qui l'obligeait souvent à inventer une comptabilité *ex nihilo*, et à rédiger lui-même des factures justificatives. Il gagnait bien sa vie. Il avait ainsi acheté en liquide le petit immeuble où se trouvait l'entresol qui lui servait de bureau. Progressivement, la rue d'Aboukir débouchant sur la rue Saint-Denis, il en était venu à s'occuper des comptes de quelques sex-shops. La problématique comptable était inversée : ses clients ne lui demandaient plus de sous-évaluer leur chiffre d'affaires, mais au contraire de le gonfler artificiellement, pour justifier de fortes entrées d'argent sale. Houillard inventait donc des clients imaginaires qui vidaient en une seule nuit des stocks de marchandise inexistante. Un car de tourisme, plein de Japonais obsédés, pouvait par exemple expliquer la vente de cent godemichés d'un coup, et de quatre cents cassettes vidéo : les Japonais étaient réputés pour leur sexualité étrange, et leurs magnétoscopes. Houillard avait ainsi blanchi l'argent de la prostitution pendant environ cinq ans, avant de se faire bêtement condamner lors du démantèlement d'un réseau. Il parla peu, passa quelques mois en prison et obtint, en récompense, la gérance du Sexy 2000. L'actionnaire principal était un Corse qui était retourné vivre au pays. Houillard avait dessiné lui-même le peep-show hexagonal, en s'inspirant d'un bar qu'il avait vu à Las Vegas.

Il proposa à Pascal d'investir avec lui dans un nouvel établissement, qui s'appellerait le Sexy Vegas, et qui serait situé juste un peu plus haut rue Saint-Denis — les locaux existaient déjà. Houillard était très excité. Pascal était méfiant mais, flatté par la proposition d'Houillard, il l'écouta attentivement :

— Je peux te tutoyer ? Tu m'inspires confiance. Une personne normale ne viendrait jamais ici dire qu'elle a 150 000 francs à investir. Le mec qui ferait ça, il se ferait arnaquer, ou même planter dans l'heure. Je te le dis, tu as de la chance de tomber sur moi. Je t'avais bien repéré, au Sexy 2000, à ta première visite. Je n'avais jamais vu personne regarder ma boutique comme ça. J'en vois plein, pourtant, des lycéens fascinés. Mais là je me suis dit : celui-là, je vais le revoir, c'est sûr et certain. Ton pote Omenia, ce qu'il voulait, c'était pas possible. Les filles, c'est la matière première, on n'y touche pas. Mais — et c'est le comptable qui parle — il y a beaucoup d'argent à se faire, très proprement et très vite, avec un lieu qui tourne bien. Et toi, tu veux investir là-dedans. Alors moi je dis : tu es un génie. C'est évidemment ici qu'il faut investir. Bienvenue, mon petit, bienvenue ! Écoute un peu. Les locaux que je compte louer, je peux les avoir pour presque rien. C'est un type, un juif, le cousin d'un client, qui a racheté tout un immeuble il y a quelques années, pour y construire une synagogue. Un plaquage de marbre sur deux étages en façade. Un truc sublime. Des portes blindées de cinq mètres de hauteur — du sur-mesure, hypermajesteux : le type, après l'attentat de la rue Copernic, est devenu paranoïaque, tellement paranoïaque en fait qu'il est parti vivre en Israël et qu'il a abandonné sa synagogue à son cousin. Lui, il n'est pas du tout religieux, il ne veut qu'une seule chose, c'est s'en débarrasser. Sauf qu'avec les travaux d'aménagement qu'il y a eu, en l'état, c'est quasiment invendable. À l'intérieur, le volume est superbe. Du jamais-vu rue Saint-Denis, avec des rampes en cuivre, un sol en marbre, des dorures. Il faut aller à Pigalle pour trouver plus luxueux. Et mon truc préféré, typique de l'architecture des synagogues : il y a une mezzanine qui fait le tour sur trois côtés. C'est la galerie des femmes. Tu imagines les possibilités d'aménagement ? J'ai même eu envie d'appeler ça « La galerie des femmes ». Mais c'est toujours mieux quand il y a « sexy » dans le nom. Sexy Vegas, c'est à cause du marbre.

La mise de départ était de 500 000 francs : 50 % pour Houillard, 25 % pour un investisseur corse, le propriétaire du Sexy 2000 : il ne manquait que 125 000 francs. La somme tombait un peu trop juste. Pascal tenta alors un coup de bluff, pour voir dans quelle mesure Houillard était sérieux. Il imagina, devant l'ancien comptable, un projet de holding. Il était inutile de contrôler à eux deux 75 % du Sexy Vegas. Au lieu de mettre 375 000 francs dans le Sexy Vegas, ils pouvaient créer une structure commune dotée d'un tel capital. Houillard en posséderait les deux tiers, et lui le tiers. Cette société posséderait la moitié du capital du sex-shop, soit 250 000 francs. L'investisseur corse continuerait à mettre 125 000 francs, et les 125 000 francs manquants seraient apportés par n'importe qui d'autre. Houillard investirait donc au total toujours 250 000 francs. Mais au lieu de posséder directement la moitié du Vegas, il posséderait les deux tiers de la société qui en détenait la moitié. Pascal en arrivait là où il voulait en venir : leur société commune disposait encore de 125 000 francs. Si aucun investisseur supplémentaire n'était intéressé par le Sexy Vegas, c'était une sécurité. Sinon, cet argent pouvait financer une messagerie rose. Pascal réfléchit un instant pour en arriver à la conclusion suivante :

— Si notre société commune investit 90 000 francs

dans une messagerie dont le capital est de 120 000 francs, ce qui est largement suffisant pour commencer, alors j'ai seulement 30 000 francs à rajouter pour en posséder la moitié, étant donné que via notre société commune, j'aurais déjà mis le tiers de ces 90 000 francs. Au final, vous contrôlez le sex-shop, et moi la messagerie. Nous sommes obligés de nous faire confiance, c'est un gage de réussite. Comme le fait que chacun gère à sa manière le secteur qu'il connaît. À capital investi à peu près égal, cela nous permet de nous diversifier.

Contre toute attente, ce montage financier séduisit immédiatement Houillard. Le Minitel rose présentait alors un attrait irrésistible. On commençait à parler de fortunes rapides, conquises en quelques mois, par des *golden boys* de vingt ans.

En octobre 1986, Pascal, installé rue d'Aboukir dans les anciens bureaux de Houillard, lança simultanément le 3615 EROTIK et le 3614 6EQUJV (« si c'est cul j'y vais »). Afin de développer l'offre télématique, la DGT venait en effet d'ouvrir le « kiosque 3614 », dont les tarifs de connexion étaient plus bas que ceux du 3615. Le 3614 s'adressait ainsi aux professionnels qui désiraient utiliser le Minitel pour communiquer avec leurs clients, sans chercher à en retirer des bénéfices immédiats. Pascal vit dans cette double tarification un moyen de faire du *dumping*.

Les 120 000 francs de capital avaient permis d'acheter deux Apple II transformés en serveurs par l'adjonction d'une carte spéciale. Développée par Roland Moreno, l'inventeur de la carte à puce, cette technologie était commercialisée 50 000 francs, ce qui représentait le meilleur rapport qualité-prix du marché. Elle n'autorisait cependant pas plus de trente connexions simultanées. Cependant, grâce à ces deux serveurs, Pascal put améliorer la stratégie de piratage d'Omenia, en actionnant deux siphons successifs, au lieu d'un seul.

Pascal se connectait tout d'abord, avec le Minitel disposé à la gauche de son bureau, sur la plupart des grands 3615, inventant des pseudos de plus en plus crus pour vanter le caractère torride et la modicité du 3614 6EQUJV. Il réceptionnait ensuite, sur l'Apple II situé en face de lui et qui supportait 6EQUJV, les minitélistes transfuges d'ULLA, de CRAC ou d'ALINE. Pascal leur consacrait presque tout son temps. Il était vingt pseudos à la fois. Il aimait les grosses bites et les bien proportionnées, pratiquait la levrette et la sodomie, avait des seins énormes et avalait le sperme. On pouvait tout obtenir de lui. Il adorait les plans à trois et les doubles pénétrations. Pascal enfonçait ses doigts partout et mouillait, mordait ou jouissait en présentant toujours le même visage fermé à son écran : celui d'un joueur d'échecs prodige jouant plusieurs parties en même temps, sans s'attarder plus de deux secondes sur aucune. Il serrait les dents quand il sentait, qu'en face de lui, le désir augmentait. Il jouait alors un coup risqué, mais décisif : il demandait à son interlocuteur de le rejoindre sur le 3615 EROTIK, hébergé sur l'Apple II posé à droite de son bureau.

Un petit logiciel avait préalablement repéré sur des messageries concurrentes, grâce à un système de mots-clés, des blocs de texte érotique, que Pascal recopiait tels quels sur le 3615 EROTIK. C'était très approximatif, les prénoms et les positions ne correspondant jamais. Mais Pascal, qui n'avait ni le temps ni les compétences en informatique nécessaires pour fabriquer des intelligences artificielles cohérentes, n'avait pas eu d'autre choix que celui de pirater grossièrement la vie. Paradoxalement, ces copiés-collés bruts rebutaient assez peu les clients de son serveur, qui se révélaient indifférents à la nature ultime de leurs interlocuteurs. Ils venaient chercher de la pornographie rapide (on observait le même phénomène avec les messageries vocales érotiques, qui suscitaient elles aussi un engouement massif : si la plupart de ceux qui les appelaient voulaient de l'interactivité et des hôtesses véritables, beaucoup d'hommes préféraient écouter des messages préenregistrés sur des répondeurs).

Alors que le 3614 6EQUJV, que les PTT facturaient seulement 20 francs par heure à ses utilisateurs, était voué à rester déficitaire, le 3615 EROTIK, avec son rendement théorique maximal de 1 200 francs par heure, générait encore, à 1 % de ses capacités, dans les 80 000 francs mensuels. C'était l'objectif que s'était fixé Pascal pour son premier mois d'exercice.

Cet objectif fut très largement dépassé. Le 3615 EROTIK, sans aucun budget de publicité et sans autre employé que Pascal, rapporta près de 3 millions en un an. Houillard et Ertanger avaient multiplié leur mise de départ par vingt-cinq.

Pascal porta son parc informatique à huit ordinateurs, ce qui permettait à deux cent cinquante minitélistes de se connecter en même temps à ses serveurs.

Son nom commençait à circuler. Plus jeune pornographe de France, plus jeune millionnaire du Minitel, futur *tycoon* des réseaux télématiques : l'article consacré à Pascal Ertanger dans la *Tribune télématique* de mars 1987 était particulièrement emphatique. Parce qu'il n'était adossé à aucun groupe de presse, qu'il n'était soutenu par aucune banque et qu'il avait même abandonné ses études, Ertanger symbolisait à la perfection la libre entreprise, et ses valeurs simples, conquérantes et révolutionnaires.

L'article, écrit par un haut fonctionnaire en poste à la DGT — qui pour rester anonyme signait Cassandre —, se voulait également une défense ferme et argumentée du Minitel rose. Paradigme absolu d'un marché d'offre et de demande, le sexe avait pourtant échappé, pendant des millénaires, à l'emprise rationnelle de l'économie légale ; il formait une zone grise à la gestion douteuse. Ertanger était à cet égard, avec son énergie et sa jeunesse, un pionnier de la normalisation du désir : « C'est grâce à des hommes comme lui que le monde du sexe, monde interlope et dangereux aux mains d'individus peu recommandables, pourra entrer, perdant enfin son caractère transgressif, dans la cité moderne. Une messagerie rose qui ouvre, c'est une maison close clandestine qui ferme. »

L'auteur de l'article semblait tout ignorer du Sexy Vegas.

L'inauguration de l'établissement, en janvier 1987, avait été un succès. Le Sexy Vegas était de loin le plus beau sex-shop de la rue Saint-Denis. L'investisseur corse, venu spécialement d'Ajaccio, était satisfait. Il invita Ertanger et Houillard dans un grand restaurant, près des Champs-Élysées. Ancien membre éminent de la *French connection*, il avait déjà tué un homme, et ne s'en cachait pas.

Émilie, chez qui Pascal s'était officiellement installé — quoiqu'il dormît souvent sur un canapé dans son minuscule bureau de la rue d'Aboukir —, avait accepté de prendre la gérance du nouvel établissement. Le Sexy

Vegas ne blanchissait pas d'argent, mais en générait beaucoup. Les cabines des peep-shows étaient confortables et climatisées. Les danseuses arrivaient par le haut en se laissant glisser le long d'une barre, ce qui permettait de placer six cabines autour de la piste de danse hexagonale, et d'imposer aux danseuses des figures spectaculaires.

Émilie avait recruté elle-même les danseuses : elle tenait à ce qu'elles sachent réellement danser, et à ce qu'elles n'aient pas l'air trop perdu. Elles devaient être libres, et n'étaient tenues à rien. Personnellement, Émilie déconseillait les contacts physiques prolongés.

Dès la fin du mois de janvier, Houillard remit à Pascal une enveloppe qui contenait 3 000 francs en liquide. Le Sexy Vegas était avant tout un distributeur automatique de billets.

Pascal acheta cash un cabriolet Porsche.

La théorie de l'information, Steampunk#10

On considère en général l'exorcisme de Szilárd comme une réussite : examinant la physique incertaine du démon de Maxwell, Szilárd montra que ce dispositif idéal était limité par un coût entropique caché, celui de la mesure. Le physicien imagina, pour parvenir à ce résultat, une expérience de pensée sophistiquée, qui mettait en scène une molécule dans un cylindre séparé en deux compartiments par un piston, lui-même relié, de chaque côté, à des poids au moyen de poulies. La molécule repoussait d'abord le piston, qui venait soulever l'un des poids. Ce piston devait être ensuite ressorti du cylindre, pour laisser la molécule se replacer du côté opposé — seul moyen de générer un travail continu. Il fallait naturellement connaître la localisation de la molécule au moment où l'on réintroduisait le piston, pour rebrancher le dispositif poids-poulie dans le bon sens. Le coût thermodynamique de cette connaissance était incompressible. Léon Brillouin montra par la suite qu'il était impossible de collecter de l'information sur une molécule sans émettre de photons, émission qui générait une entropie au moins égale à celle qu'une machine de Szilárd était théoriquement capable d'absorber. Il n'existait donc aucun dispositif capable d'amortir les mouvements désordonnés du monde ; le monde était lâché dans le temps et aucun instrument n'était capable de le retenir.

11

« Je ne me suis pas dit un jour, tiens, je vais faire du cul. Comme tout fournisseur de services en ligne, j'avais des frais fixes de bande passante et de serveurs. Pour les rentabiliser auprès de mes clients, il fallait que je propose des services satisfaisant trois critères : fréquence du besoin (ce n'est pas le cas pour les annonces immobilières), étalement sur la plus large plage horaire (la Bourse a le mauvais goût de fermer à 17 h 30), caractère addictif. Seul le cul répond à tous ces critères. Peut-être aussi les jeux en ligne, mais c'est encore un marché marginal. »

Rafi HALADJIAN

À la fin des années 1980, le volume horaire global du Minitel rose commença à plafonner. Pour s'adapter au ralentissement de la demande, les entreprises du secteur rationalisèrent leurs offres et se lancèrent dans des opérations de croissance externe. Ce fut la fin du bricolage et des aventures individuelles ; le Minitel rose était devenu une industrie sérieuse. On considéra bientôt qu'en dessous d'une masse critique de 500 000 heures de connexion mensuelle, une messagerie rose n'était pas rentable — Pascal avait fait fortune avec un volume d'heures plus de cent fois inférieur.

Des investisseurs institutionnels commencèrent alors à remplacer les pionniers de l'âge d'or. Les filles des affiches se rhabillèrent. Le 3615 JANE lança une campagne de publicité qui mettait en scène des femmes dans des ambiances romantiques ou bourgeoises. Une femme en pull irlandais manifestait ainsi son haut degré d'exigence : « Il y en a qui écrivent phantasme avec un *p*, il y en a qui l'écrivent avec un *f*, il y en a qui savent éviter les fautes de goût. » Sur une autre affiche, une femme assise en tailleur, avec un bandeau dans les cheveux, posait devant une partie d'échecs : « Il n'y a pas que le cul dans la vie. » C'était une vraie rupture avec le « Jane ? J'ose ! » des années précédentes.

La France se détournait de ses libertinages nocturnes. Les promesses de contacts faciles et de révolution sexuelle du rose s'éteignaient. Le Minitel n'offrait plus, sous couvert d'interaction et de libertinage, que des masturbations monochromes ralenties par leur trop forte composante littéraire.

Le Minitel rose, à l'exception de quelques marchés de niche (milieux homosexuels, échangistes ou SM), ne survivrait que comme agence matrimoniale. Le 3615 ULLA faillit ainsi céder son leadership au 3615 CUM, un serveur beaucoup plus sage — il fallait bien sûr entendre le mot latin qui signifiait « avec » et non le terme anglais qui signifiait tout autre chose.

La libération sexuelle totale de la société française ayant échoué, des monopoles érotiques réactionnaires firent leur apparition : le film érotique du dimanche soir sur M6 et le film pornographique du premier samedi de chaque mois sur Canal + vinrent garantir la stimulation sexuelle minimale des Français. Ceux dont les désirs restaient malgré tout excédentaires achetèrent des magnétoscopes, qui leur permettaient de rejouer leurs scènes préférées à l'infini. Les plus obsédés, enfin, louaient des films supplémentaires dans des vidéoclubs. Sans parler de tous ceux qui fréquentaient le monde dangereux de la prostitution.

Progressivement débarrassé de son péché originel, le Minitel put devenir un objet sérieux, et un atout économique pour la France ; après sa contribution remarquée à l'amélioration de la vie sexuelle des Français, le Minitel devait à présent s'étendre aux autres activités humaines : la révolution télématique commençait à peine. Les collectionneurs de pin's, les généalogistes amateurs, les passionnés de cuisine purent bientôt profiter d'un grand nombre de serveurs spécialisés. Jean-Yves Gauchet créa le 3615 DC : « À mon âge, je n'ai encore jamais vu la mort. Quelque part chez moi, il y avait un vide à combler. Et puis, en tant qu'éditeur, j'ai remarqué qu'il n'existait rien sur le sujet. Personne ne se préoccupe des dizaines de problèmes que pose, administrativement, un décès. »

Puisque rien de ce qui était humain ne lui était étranger, le Minitel partit alors à la conquête du monde du travail, et les services aux entreprises représentèrent bientôt le nouvel eldorado de la télématique. Les pharmaciens, les kiosquiers, les garagistes, les logisticiens et les industriels adoptèrent, massivement, le Minitel. Le nouveau médium était devenu un vecteur d'information économique. La France découvrit les délices paranoïaques du flux tendu et du suivi de colis en temps réel.

On construisit, à la périphérie des villes, des parcs d'activités voués aux technologies tertiaires : les *téléports*. Reliés aux moyens de transport modernes et divisés en parcelles viabilisées, les téléports alliaient fibre optique, antennes satellites, laboratoires de recherche et ronds-points paysagers. On y était relié au monde entier, dans un cadre champêtre, pour un coût modéré. Les brochures promotionnelles des téléports représentaient des entrepôts vus en éclaté, avec des camions prêts à partir et des terminaux télématiques innombrables, qui supervisaient la fluidité des échanges à chaque embranchement de leurs tapis roulants robotisés. Le Minitel n'était pas seulement un médium révolutionnaire, c'était aussi l'outil de gestion idéal.

Pascal Ertanger comprit très vite, à peine plus d'un an après le lancement de ses messageries érotiques, que l'avenir n'était plus au Minitel rose. Il revendit le 3615 EROTIK et le 3614 6EQUJV à des investisseurs qui désiraient spéculer sur les intenses mouvements de concentration à l'œuvre dans le secteur. Une semaine après avoir vendu sa société pour 5 millions de francs, Pascal vit, avec un soulagement immense, cette bulle spéculative exploser. Se souvenant, mais assez mal, d'un cours de lycée sur Ulysse, il s'attribua alors le courage et la ruse du stratège d'Ithaque qui avait brûlé ses vaisseaux pour empêcher ses troupes de reculer. L'argent subitement débloqué lui permit de réorganiser la holding qu'il détenait avec Houillard : il monta à 70 % du capital de la maison mère, qu'il rebaptisa Ithaque. Houillard et le Corse, reconnaissant le sens des affaires de Pascal, lui laissèrent les mains libres et se contentèrent d'augmenter leurs participations respectives, pour se partager équitablement les 30 % restants.

Émilie refusa, elle, de prendre des parts. Elle craignait que Pascal la considère comme une personne intéressée. Pascal dut se contenter de l'inviter dans des grands restaurants ; il lui offrit aussi des robes de créateurs. Quand ils sortaient ensemble, Émilie était irrésistible. Pascal aimait plus que tout la manière délicate dont elle comprenait ses embarras de jeune homme timide — elle lui apprit par exemple à appeler le serveur d'une manière naturelle. Il craignait cependant qu'Émilie s'ennuie un peu avec lui : n'aimant pas l'entendre parler publiquement du Sexy Vegas, il détournait systématiquement la conversation pour lui raconter ses aventures télématiques en détail.

Aux années d'errances méditerranéennes d'Ulysse correspondirent en effet les longs mois de prospection commerciale obstinée et minutieuse de Pascal, à la recherche d'entreprises déficitaires à racheter. Il était devenu un *raider*, qui surgissait à toute heure dans les bureaux des entreprises dont il avait découvert les difficultés de trésorerie sur le 3615 VERIF — il arrivait ainsi avec une connaissance assez fine de leur situation, et put de la sorte déjouer quelques pièges. Il se méfiait des chefs d'entreprise qui étaient prêts à vendre, et s'attachait plutôt à convaincre ceux qui n'y étaient pas encore prêts.

C'était un monde de petites entreprises innombrables, souvent dissimulées dans des immeubles haussmanniens reconvertis en immeubles de bureaux. On ne voyait de la rue que leur nom sur des plaques en Plexiglas vissées près des portes cochères : Télématix, Minitel inc., Communicom +, Graphico 2000... Elles occupaient des appartements sombres dont les sols avaient été hâtivement recouverts par des moquettes mal découpées et trop fines. Beaucoup de ces entreprises s'étaient à l'inverse installées en banlieue, dans des zones d'activités où elles louaient des bureaux dans des immeubles neufs aux vitres en verre fumé. Un panneau indiquait alors, sur de fines bandes d'aluminium teinté, le nom des entreprises qui occupaient l'immeuble : Ingénicom, Transécom, Multicom, Complus, Communitex...

Le tissu économique du Minitel était déjà très dense, et Pascal le parcourut en entier. Il lui fallait, en marchant, faire attention aux câbles et éviter les nouveaux objets emblématiques du secteur tertiaire : machines à café grandes comme des réfrigérateurs, fontaines à eau tempérée de vingt litres, fax et tours d'ordinateur, plantes grasses sur lit de billes d'argile, armoires à portes coulissantes et photocopieuses Xerox.

Le marketing du constructeur américain était alors à son sommet. Ses commerciaux, comme des nouveaux *cow-boys*, plaçaient partout des appareils en contrats de location-maintenance. Pascal déjeuna un jour avec l'un d'eux, qui lui expliqua le principe des marchés captifs : les clients de Xerox payaient leurs photocopieurs peu cher, mais achetaient tous leurs consommables chez Xerox. C'était d'ailleurs le modèle économique qu'avait privilégié la DGT en prêtant dans un premier temps le Minitel aux particuliers. Il valait mieux vendre des abonnements que des objets réels — un bon contrat de maintenance était une porte ouverte sur l'infini. Cependant, Pascal apprit que vu d'Amérique le Minitel était déjà *has been* : Xerox travaillait avec IBM et quelques grands laboratoires à concevoir le réseau du futur. Bientôt, les photocopieurs recommanderaient eux-mêmes leurs consommables, et contacteraient leurs SAV quand ils tomberaient en panne. La prochaine révolution télématique serait américaine.

Peu d'entreprises avaient le temps et les compétences nécessaires pour créer leur propre serveur télématique. Le marché des sociétés de service en ingénierie télématique (SSIT) était très prometteur. Pascal racheta en ce sens la société Minicom, qui proposait des solutions clés en main d'hébergement et de maintenance télématique. Quiconque venait chez Minicom (« Minicom, c'est maxicom ! ») en ressortait théoriquement avec un serveur télématique au nom de son entreprise. Hélas, Minicom ne possédait ni graphistes ni informaticiens dignes de ce nom, et dépérissait à l'ombre de son plus gros client, un concessionnaire automobile spécialisé dans l'occasion. Pascal put ainsi acquérir la société pour seulement 2 millions. Les équipements informatiques et télématiques de Minicom valant, neufs, à peu près ce prix, il s'agissait d'une excellente affaire.

Minicom était situé dans une rue calme du XVᵉ arrondissement, la rue Dutot, près de la place d'Alleray, au premier étage d'un immeuble d'habitation dont le rez-de-chaussée était occupé par un supermarché Félix Potin. Pascal recruta d'emblée deux informaticiens, garda la secrétaire et liquida l'équipe commerciale, constituée d'un homme d'âge intermédiaire vaguement alcoolique et du fils de l'ancien patron. Il s'aliénait ainsi son principal client, le concessionnaire automobile, qui était l'oncle du jeune homme. Mais Pascal préférait assurer seul la fonction de commercial.

Il passa des annonces dans la presse spécialisée, de *Télématique magazine* à *L'Usine nouvelle*, et démarcha toutes sortes d'entreprises, en soignant son image de jeune prodige du Minitel : il n'avait que vingt ans et avait déjà gagné son premier million, ce qu'il n'hésitait pas à faire savoir. Il promettait des pages élégantes, lisibles et suffisamment légères pour se charger très vite, et dénonçait l'arnaque contre-productive des temps de chargement artificiellement prolongés. Le discours de Pascal était à cet égard très clair : sur le long terme, seule l'honnêteté était rentable. Si l'on voulait gagner très vite de l'argent avec le Minitel, rien ne valait les numéros surtaxés du kiosque 3615. En revanche, pour construire l'image d'une marque ou offrir un service client de qualité, rien ne valait le kiosque 3614, qui ne servait pas à *gagner* de l'argent mais à *offrir* de l'information — ce qui était une façon détournée de gagner encore plus d'argent.

Minicom trouva très vite une nouvelle clientèle, et presque sans effort : Pascal vendit ses premiers serveurs clés en main à son fournisseur de fontaines à eau et au gestionnaire de biens qui lui louait ses locaux. Puis ce fut à une chaîne de vidéoclubs, et à un groupement de garagistes indépendants.

Pascal s'endormait chaque soir dans la féerie de ses visions stratégiques. Le destin de Minicom se confondait alors avec celui de l'agglomération parisienne.

Pascal passait des heures dans les ralentissements des axes périphériques, entre les affiches délavées du Minitel rose. Mais dans les intervalles des murs antibruit, des perspectives monumentales apparaissaient parfois : la descente de l'A6 sur Paris après Villejuif, le grand virage aérien de l'A1 à Saint-Denis, le parcours presque alpin de la N118, qui traversait la vallée de Chevreuse et le plateau de Saclay avant de redescendre dans la vallée de la Bièvre et de remonter jusqu'au plateau de Vélizy, d'où elle entamait sa majestueuse descente sur Paris. Mais Pascal, arrivé sur l'échangeur de Vélizy 2, bifurquait la plupart du temps sur l'A86, qui traversait sa ville natale d'est en ouest. Au milieu de ses entreprises innombrables et prospères, Pascal rêvait à des contrats de soustraitance télématique.

Toutes les autoroutes que Pascal empruntait menaient à des parcs d'activités industrielles ou tertiaires, dont les rues, qui portaient des noms de fleurs, de compositeurs ou de peintres, longeaient des bâtiments identiques : un premier volume en verre et en aluminium abritait les bureaux et dissimulait en partie un second volume, moins haut mais plus allongé, qui accueillait les parties productives, ateliers ou entrepôts — les entreprises exclusivement tertiaires se passant naturellement d'un tel appendice.

Pascal, qui consultait sans cesse l'annuaire électronique du 3611 quand il était à son bureau, devenait, dès qu'il partait en clientèle, un lecteur compulsif des pages jaunes. Il avait également fait installer dans sa Porsche un radiotéléphone Radiocom 2000, le premier système français de téléphonie cellulaire — la portée des antennes relais divisait l'espace en cellules hexagonales. Grâce au tout nouveau dispositif *hand over*, Pascal passait automatiquement d'une cellule à une autre sans que ses appels ne s'interrompent. Il se déplaçait ainsi comme une pièce d'échecs dans un espace abstrait, illusion renforcée par le gros livre noir qu'il gardait toujours à portée de main, sur le fauteuil passager : relié en faux cuir, il contenait les plans de quatre cents villes d'Île-de-France, classées par ordre alphabétique, plutôt qu'en fonction de leurs contiguïtés réelles.

Mais il arrivait pourtant que Pascal se perde. À la recherche d'une entreprise introuvable, il parcourait alors au ralenti les géoglyphes des lotissements-dortoirs. Il distinguait assez vite cinq ou six types de pavillons différents, qui se singularisaient surtout par la position de leurs entrées de garage. Pascal les imaginait, vus d'avions, comme des petites alvéoles sages où vivaient obscurément les ouvriers de la grande civilisation marchande, à la fois producteurs et consommateurs. Leur mode de vie remarquablement discret était devenu la plus grande force de l'histoire, et l'unique fondement des grandes fortunes à venir. Tout objet qui pénétrait ce marché se voyait aussitôt démultiplié : ce fut le cas de l'automobile, de la télévision et du magnétoscope. Tout désir qui parvenait à s'implanter ici prenait aussitôt, comme l'avait montré l'expérience du Minitel rose, des proportions industrielles.

Pascal, dès qu'il eut relancé Minicom, société positionnée sur le marché des services aux entreprises, se mit donc à rechercher en priorité des sociétés positionnées sur le marché des services aux particuliers, pour faire d'Ithaque un acteur généraliste de la télématique.

Watt avait, en inventant le régulateur à boules, offert à sa machine à vapeur la faculté de connaître ses propres états internes : couplées à l'un des arbres de la machine, deux boules symétriques tournent autour d'un axe, en s'écartant plus ou moins l'une de l'autre en fonction de leur vitesse, mouvement qui se transmet à la vanne réglant l'admission de la vapeur. Ainsi la machine de Watt pouvait, sans intervention extérieure, se stabiliser à un régime prédéfini. On parlera plus tard de boucle *de rétroaction, ou de* feed-back. *Le mathématicien Norbert Wiener, en théorisant dans les années 1940 ce type de dispositif, donna naissance à une science nouvelle : la cybernétique. Le point essentiel de l'argumentation de Wiener était le suivant : pour décrire un processus autorégulé, nous devons faire appel à une quantité physique nouvelle, qui n'est ni l'énergie ni la chaleur, mais* l'information, *car si le régulateur à boules subit bien des déterminations mécaniques, et agit à son tour mécaniquement, il permet surtout à la machine à vapeur de recycler une partie du désordre qu'elle génère pour améliorer son rendement — son entropie est dès lors canalisée (les travaux ultérieurs de Shannon sur l'information montreront bientôt que c'est la notion de* canal *qui est ici cruciale). Le mouvement perpétuel est loin, mais beaucoup de désagréments sont évités. La présence de l'homme n'est, au passage, plus obligatoirement requise.*

12

« Les organisations moléculaires s'enrichissent au point de porter la mémoire, la conscience et l'amour. L'Univers avait donné naissance aux hommes et l'homme donna un sens à l'Univers. »

Message recueilli sur le 3615 ALICE et transmis aux étoiles par le radiotélescope de Nançay.

Après l'annuaire électronique et le Minitel rose, les jeux et la voyance étaient les activités télématiques les plus populaires. Les jeux de lettres, comme le pendu ou les jeux d'anagrammes, faciles à programmer, étaient surreprésentés, tandis que le 3615 LUDO et le 3615 FUNITEL dominaient le marché des jeux plus sophistiqués (batailles navales multijoueurs, chasses au trésor, jeux de cartes, etc.). De nombreux serveurs proposaient également des quiz de type « planche à voile », qui permettaient de gagner du matériel sportif, hi-fi ou vidéo, après tirage au sort. Les jeux de courses, de régates et les simulations diverses (d'entraîneur sportif, d'éleveur de volailles ou de conquérant arthurien), particulièrement addictifs, généraient enfin de gros volumes d'heures.

Pascal acquit le 3615 DDP, un serveur consacré aux jeux de rôle que venaient de lancer deux adolescents de

Colombes, Philippe Renard et Jonathan Senant, les organisateurs réputés de plusieurs tournois de jeux de rôle et les animateurs d'un fanzine populaire, *DonjonDragonPrincesse*. Utilisant au mieux le mode d'affichage du Minitel, les deux garçons avaient composé leurs pages comme des calques de dessins animés : les éléments de décor s'affichaient en une fois, mais les personnages, conçus à partir de lettres et de symboles, pouvaient se déplacer sur le fond médiéval. À partir de barres inclinées, de tirets symbolisants des épées et d'accents circonflexes figurants des couronnes, ils avaient conçu un gigantesque répertoire de silhouettes animées. Cette civilisation graphique intéressait particulièrement Pascal qui, tout en laissant le contrôle de DDP aux deux adolescents, les mit à la tête d'une entité nouvelle de la holding Ithaque, qu'il baptisa Graphinext, et qui prit pour slogan « Graphinext apporte la vie au Minitel ». La première création de Graphinext fut un jeu de tarot animé pour le 3615 ARCANE. La mort tenait un L qui symbolisait sa faux, la corde du pendu était représentée par un J.

Le 3615 ARCANE faisait partie, avec le 3615 PARA, le 3615 EZECH et le 3615 ASTROLAB, d'un bouquet de serveurs ésotériques que Pascal était en train de constituer. Ithaque comptait désormais parmi ses salariés un voyant ufologue, un astrologue et un radiesthésiste. Malgré leur apparence normale et leur conversation parfaitement rationnelle, Pascal préféra les isoler des autres employés d'Ithaque en les rassemblant dans un bureau à part, qui fut très vite surnommé la *zone 51*, du nom de la base secrète du Nevada où l'armée américaine, d'après plusieurs sources, entreposait et testait du matériel d'origine extraterrestre.

Le Minitel avait fait sortir l'ésotérisme des boutiques

spécialisées qui vendaient, dans la lumière orangée des lampes ionisantes en cristal de sel et dans les parfums d'encens, manuels, tarots, pendules, runes et médailles. Il proposait à la place une université populaire de la parascience. Tarots et horoscopes, numérologie et voyance étaient apparus dès l'expérience de Vélizy, et leur succès ne s'était jamais démenti. Le médium des ingénieurs entraîna avec lui l'émergence de toute une industrie anticartésienne. Des sociologues, consultés par les cadres inquiets de la DGT, avaient légitimé cette *quête de sens* : l'astrologie, jouant parfaitement son rôle de marqueur historique, témoignait de la déchristianisation réussie de la société française. Elle était après tout la science la plus ancienne, et elle venait logiquement refermer l'interminable parenthèse monothéiste qui s'était ouverte à la fin de l'Antiquité romaine. Elle avait par ailleurs toujours accompagné les époques de progrès historique rapide : la Renaissance avait eu Nostradamus, et il se murmurait que Mitterrand consultait l'astrologue Élizabeth Teissier.

Une importante polémique scientifique, qui devait considérablement brouiller les frontières entre les champs scientifique et parascientifique, venait alors de commencer. Jacques Benveniste, un biologiste réputé, avait publié dans *Nature*, en juin 1988, un article qui faisait état d'une propriété extraordinaire de l'eau, révélée par plusieurs expériences : l'eau possédait une mémoire. Benveniste avait plongé dans de l'eau des molécules capables de faire réagir des globules blancs, puis il avait dilué la solution jusqu'à leur disparition complète. Mis au contact de cette eau redevenue pure, les globules blancs avaient pourtant réagi exactement comme si les molécules étaient toujours présentes. Benveniste résuma ainsi sa découverte, dans un entretien au *Monde* : « La procédure utilisée s'apparente à celle qui ferait agiter dans la Seine au pont Neuf la clé d'une automobile puis recueillir au Havre quelques gouttes d'eau pour faire démarrer la même automobile, et pas une autre. »

La communauté scientifique accueillit la mémoire de l'eau avec scepticisme. Le fait que Benveniste travaillât alors pour les laboratoires homéopathiques Boiron n'y était pas étranger : la mémoire de l'eau justifiait le principe d'une guérison par l'action infinitésimale d'une molécule fantôme. Mais surtout, l'expérience donna, à chaque fois qu'un laboratoire tentait de la reproduire, des résultats négatifs. Benveniste s'égara enfin à parler de l'eau comme d'un liquide *intelligent* — il n'y avait plus qu'un pas à franchir pour imaginer une civilisation aqueuse, ce que fit James Cameron dès l'année suivante, avec son film *Abyss*.

La polémique, d'abord scientifique, devint alors médiatique. Benveniste vint s'expliquer sur TF1, entre un reportage sur des radiesthésistes guérisseurs et l'interview d'un sourcier. Le magazine *Science & Vie*, certain de n'encourir aucun risque financier, s'engagea à verser 1 million de francs à quiconque apporterait une preuve expérimentale du phénomène. La BBC demanda à Benveniste de reproduire l'expérience controversée, sous le contrôle d'un illusionniste spécialisé dans les supercheries scientifiques. Il ne se passa rien de probant, ni dans un sens ni dans l'autre : Benveniste ne trichait pas, mais l'eau ne se souvenait de rien.

Cependant, les spécialistes des phénomènes paranormaux s'emparèrent de l'invérifiable découverte. Le flash stellaire des astrologues, censé structurer le cerveau à l'heure de la naissance, trouvait là une première explication rationnelle. La guérison par les mains, la télépathie, la télékinésie et le magnétisme auratique pouvaient désormais être refondés autour d'un paradigme sérieux. Enfin, si l'eau avait une mémoire, le corps humain, composé à 70 % d'eau, pouvait supporter un nombre incalculable de réincarnations.

Tous ces débats s'exprimaient entre autres sur les forums des serveurs ésotériques de Pascal, où ils généraient un volume d'heures supérieur à celui qu'avait généré le 3615 EROTIK à son apogée.

Benveniste connut la gloire, puis le déshonneur. Les polémiques sur la mémoire de l'eau retombèrent progressivement, sans qu'aucun consensus définitif ne se dégage — sinon sur le caractère relatif des vérités scientifiques et sur l'histoire des sciences comme *métarécit* et grand mythe postmoderne dénué de fondement. La mémoire de l'eau servit bientôt de référence pédagogique à quiconque voulait enseigner, par l'étude d'un contre-exemple flagrant, les procédures objectives de validation du savoir. Les comités de lecture des grandes revues scientifiques renforcèrent leurs critères.

Il serait néanmoins exagéré de réduire les polémiques sur la mémoire de l'eau à un conflit opposant rationalistes et antirationalistes. Le découvreur du virus du sida, le professeur Montagnier, qui était sorti lui-même victorieux d'une longue polémique sur la primauté de sa découverte, ne manquait jamais une occasion d'évoquer en Benveniste un nouveau Galilée, voire un nouveau Giordano Bruno. Plusieurs laboratoires, notamment chinois, continuèrent à travailler sur la mémoire de l'eau, et publièrent à intervalles réguliers des articles mettant en lumière des phénomènes proches.

En 1996, Benveniste imagina une dernière expérience audacieuse : convaincu que la mémoire de l'eau était un phénomène d'ordre électromagnétique, il enregistra l'onde d'une substance active dans son laboratoire de Clamart, et la transmit, par voie téléphonique, à Chicago, où elle enclencha bien la réaction biologique attendue. L'expérience ne fut néanmoins jamais reproduite.

Pascal gagnait désormais beaucoup d'argent, et exerçait, à seulement vingt-trois ans, ses fonctions managériales avec une nonchalance affectée. Il se laissait pousser les cheveux, s'habillait en jeans et perfectionnait sa manière de rentrer dans sa Porsche décapotable sans en ouvrir la porte. Il aimait qu'on le compare à un cowboy mais, redoutant les mégots de cigarettes qu'on jetait parfois dans sa voiture ouverte, ne se déplaçait jamais sans son flacon de rénovateur cuir. Lui ne fumait pas : la vitre de son bureau, qui datait d'une ère révolue de méfiance et de contrôle réciproque entre dirigeants et employés, restait transparente, et ne servait plus qu'à mettre en scène sa jeunesse et son dynamisme Il tutoyait tout le monde, et tout le monde le tutoyait. Pascal Ertanger faisait figure de patron iconoclaste. Il était l'inspiration d'Ithaque, son énergie inépuisable et son avenir radieux.

Il se versait un salaire de 30 000 francs mensuels, qui lui permit de s'installer avec Émilie au septième étage d'un immeuble moderne situé sur le Champ-de-Mars, dans un appartement de cent mètres carrés avec balcon, parking et vue sur la tour Eiffel.

Émilie n'avait plus dansé depuis près de deux ans — Pascal, qui prenait au fond la prostitution pour une maladie grave ou pour une addiction inguérissable, avait presque compté les jours. Il n'avait jamais avoué directement à Émilie à quel point son ancienne vie l'obsédait et le gênait. Les rares fois où il était parvenu à lui en parler calmement, elle ne lui avait pas décrit ses passes comme quelque chose de particulièrement sale ou de moralement condamnable. Ces moments, disait-elle, avaient leur douceur et leur innocence. Pascal ne pouvait pas en entendre plus. Cependant, ce qui était une souffrance permanente était aussi une manière, pour lui, de venger sa longue adolescence célibataire : Émilie, dans une vie parallèle à la sienne, avait parcouru le monde du sexe dans sa totalité, puis cette vie avait rejoint la sienne. Il possédait en entier un corps que personne n'avait jamais possédé que par intervalles tarifés.

Pascal ne s'était d'ailleurs pas opposé à ce qu'Émilie travaille au Sexy Vegas : cela avait été, à l'époque, l'unique manière d'obtenir, sans la supplier ou sans l'acheter, qu'elle cesse de danser au Sexy 2000. Mais, fasciné par son tact et son intelligence des situations humaines, Pascal finit par lui proposer de prendre la direction d'une nouvelle filiale d'Ithaque, spécialisée dans le conseil psychologique. Émilie serait l'âme du 3615 ELYANGE, dont elle superviserait toutes les activités, en commençant par le recrutement d'une équipe de conseillers spécialisés.

Le 3615 ELYANGE, avec Émilie à sa tête, réalisa très vite des marges impressionnantes. Émilie l'animait chaque soir, de 8 heures à minuit, et parvint facilement à fidéliser une clientèle subjuguée par ses dons de voyance — Émilie avait toujours deux ou trois réponses d'avance sur les questions qu'on lui posait, et ses conseils, formulés de manière énigmatique, s'adaptaient aux situations les plus complexes, même quand celles-ci n'avaient été que très vaguement décrites. Pascal voulut connaître le secret d'Émilie :

— Je suis bien plus âgée que tout ce que tu peux imaginer. C'est comme si j'avais déjà vécu plusieurs fois, et toujours la même vie. Je savais à l'avance que j'allais te rencontrer. Et si nous nous sommes aimés, nous nous aimerons encore, quoi qu'il puisse nous arriver. Nous y sommes programmés.

Accaparée par ses nouvelles fonctions, Émilie abandonna rapidement la gérance du Sexy Vegas. L'établissement, qui avait trouvé son rythme de croisière, n'en souffrit pas beaucoup. Houillard en avait par ailleurs fait un chef-d'œuvre d'ingénierie financière, capable de faire disparaître 30 000 francs par mois. Pascal recevait ainsi une enveloppe trimestrielle de 50 000 francs. C'était un argent beaucoup plus réel que celui que lui rapportait Ithaque, ou même que celui que lui avait rapporté la vente d'EROTIK et de 6EQUJV. Pascal résista pourtant à la tentation de faire de Houillard le comptable d'Ithaque.

Cet argent lui servit à payer *cash* les ouvriers qui transformèrent l'appartement du Champ-de-Mars en *loft*. Pascal fit abattre toutes les cloisons et poser du carrelage blanc partout. Il fit aussi fabriquer une estrade pour y mettre le lit, et un long bar américain, pour délimiter l'emplacement de la cuisine. Il choisit avec Émilie une cabine de douche et une baignoire d'angle incluant toutes deux des systèmes de jets massants.

Les grands espaces vides permirent à Pascal d'acheter des appareils de musculation, qu'il délaissa très vite. Un électricien installa des interrupteurs à commande sonore et des spots halogènes qui se déclenchaient grâce à des cellules infrarouges.

Pascal commanda enfin une fresque géante à l'artiste peintre qui s'était chargé de la décoration du Sexy Vegas. Une ville futuriste inspirée du Los Angeles de *Blade Runner* occupa bientôt le plus grand mur de l'appartement. Pascal figurait dans la composition aux côtés d'Émilie. Nus et de trois quarts dos, ils contemplaient une tour Eiffel recouverte de végétation et autour de laquelle serpentait un long toboggan aquatique. Pascal et Émilie étaient les seuls êtres humains de ce paysage d'éden et d'apocalypse. Ils se tenaient la main.

Parallèlement au 3615 ELYANGE — les deux serveurs se partageaient la même machine —, Pascal avait lancé le 3615 UFO, dont il s'occupait personnellement. Le 3615 UFO offrait aux amateurs d'ovnis une recension presque exhaustive de ces phénomènes, alors en forte recrudescence. Sur le forum du serveur, des pilotes de chasse éblouis par une lueur bleutée répondaient aux questions des spécialistes en propulsions alternatives, des météorologues s'avouaient vaincus par des nuages inclassables en forme de traînées de condensation, des sceptiques racontaient comment, perdus en voiture entre Auxerre et Dijon, ils avaient été soudain convaincus de l'existence d'une civilisation plus avancée que la nôtre. Les témoignages les plus enthousiastes, qui faisaient état d'enlèvements, de viols ou de dissections, étaient plus contestables. Pascal créa une rubrique « enlèvement » pour les canaliser. Le forum devait rester un lieu de controverse rationnelle. On espérait qu'un jour la gendarmerie française ouvre enfin ses archives, et qu'une équipe de télévision accède à la zone 51.

Il existait ainsi, entre le scepticisme professionnel des savants et l'enthousiasme excessif des inévitables illuminés, un public intermédiaire, qui croyait à certains témoignages sur les ovnis, tout en jugeant les plus extravagants peu dignes de foi. Ce public, non dénué de culture scientifique, appréciait les objets high-tech et les effets lasers dans les concerts du pionnier de la musique électronique Jean-Michel Jarre, mais pouvait tout aussi bien écouter des chants rituels indiens, et s'intéresser aux fétiches africains. Il lisait la *Bhagavad-Gita* et les essais de vulgarisation poétique de l'astronome Hubert Reeves, s'intéressait à la médecine du futur et au spiritisme, à l'écologie comme au soufisme. Il fréquentait des parcs d'attractions où les constantes physiques lui procuraient des plaisirs immédiats et intenses, attendant de la science un ensemble de sensations fortes ou d'énigmes captivantes, comme celles que proposaient la relativité générale et la physique quantique. Il aimait aussi l'idée que les énigmes de la vie et de la science convergent : il croyait au cerveau quantique, au chat zombie de Schrödinger, à la nature relativiste du fantôme de Patrick Swayze dans *Ghost*. Le film *L'Expérience interdite*, dans lequel des scientifiques faisaient des expériences de mort imminente, fut largement reçu, par ce public cultivé, comme un documentaire.

Avec les ovnis comme avec la mémoire de l'eau, l'application stricte des normes scientifiques devait conduire à adopter un scepticisme ouvert, dans lequel Pascal se reconnaissait largement. L'attitude qui constituait à rejeter d'emblée tout phénomène inexpliqué n'était pas, pour lui, une attitude scientifique, mais une attitude religieuse. Il aimait dire que les frontières de la science étaient plus grandes que les frontières de l'Univers. L'examen simple des faits incriminés incitait à la prudence et à l'ouverture d'esprit. Pascal en appelait à la responsabilité de chacun. Le champ scientifique ne risquait-il pas sinon de se scinder, entre le rationalisme sceptique de *Science & Vie* et le rationalisme plus attentiste de *Science et Avenir* — qui mettait parfois en couverture des vues d'artistes de soucoupes volantes ?

Pascal lisait depuis toujours ces deux magazines. Il avait complété plusieurs fois l'équation de Drake, qui tentait d'évaluer rationnellement le nombre de civilisations extraterrestres avec lesquelles nous pourrions communiquer, en prenant en compte divers paramètres, comme le nombre de systèmes planétaires existants dans notre galaxie, la nature chimique de leurs planètes, la possibilité que la vie s'y développe, l'âge moyen d'une civilisation et la probabilité que l'une d'elle atteigne un degré élevé d'évolution technique. S'il existait beaucoup d'étoiles, on ne connaissait qu'un seul système planétaire, le système solaire, et sa densité de population était encore très faible. De fait, l'équation de Drake tolérait les solutions optimistes comme les solutions pessimistes. Les nombreux calculs que Pascal avait déjà effectués, et qu'il recommençait à chaque fois que la lecture d'un article l'amenait à corriger l'une de ses hypothèses de départ (présence de matière organique dans le noyau de la comète de Halley, découverte d'une bactérie extrêmophile, allongement de la durée de la civilisation maya), privilégiaient tous la solution optimiste.

À la fin de *Neuromancien*, le roman qu'Omenia lui avait offert pour ses dix-huit ans, l'intelligence artificielle orbitale Muetdhiver (Wintermute) sympathisait avec son lointain alter ego, une intelligence artificielle extra-terrestre située dans la constellation du Centaure, dont elle avait découvert l'existence en analysant un message radio fantôme intercepté quelques années plus tôt par un radiotélescope. Pascal savait qu'un tel signal avait bien été capté le 15 août 1977. S'il était encore trop tôt pour affirmer qu'il s'agissait d'un message extraterrestre, ce signal avait néanmoins été le premier succès du programme SETI, qui scrutait l'espace pour y découvrir des signaux articulés, récurrents et non aléatoires. La transcription, sur l'imprimante du radiotélescope de l'université de l'Ohio, d'une variation de fréquence inattendue formait le mot : « 6EQUJ5 ». L'astrophysicien qui découvrit l'inscription entoura le mot en rouge et ajouta « Wow ! » dans la marge. Le signal, que Pascal utilisait comme pseudonyme quand il intervenait anonymement sur le 3615 UFO, était depuis connu sous le nom de « signal Wow ! ».

Ce signal semblait déjouer le paradoxe de Fermi, qui avait également troublé Pascal : le physicien italien avait fait remarquer que si nous n'avions encore jamais observé de trace de vie extraterrestre, c'était peut-être simplement parce que la vie extraterrestre n'existait pas.

La sonde Viking 1 avait cependant photographié, en 1976, un visage humain sur Mars. Si Pascal était mal à l'aise à l'idée que l'homme soit seul dans l'Univers, ce visage aux yeux sombres et à l'air désespéré l'inquiétait plus encore.

Mais c'était la présence, dans la sonde Pioneer 10, d'une plaque gravée représentant deux silhouettes humaines nues et la localisation exacte de la Terre par rapport à quatorze pulsars (identifiés par leurs fréquences d'émission caractéristiques) qui troublait le plus Pascal. La sonde venait de dépasser Pluton pour entrer dans l'espace interstellaire. La civilisation extraterrestre qui viendrait à la récupérer disposerait de notre sort — une rumeur assurait cependant que des astronomes de la NASA, pour rendre la capsule de cyanure stellaire inoffensive, étaient parvenus in extremis à pirater le message, en remplaçant les derniers digits de la transcription binaire d'un des pulsars par une séquence aléatoire sans signification cosmique : 0011011001000101010100010 1010101001010001101010.

La *théorie de l'information*, Steampunk#12

Spécialiste, avant guerre, du mouvement brownien, Norbert Wiener travailla pendant la guerre — avec la collaboration remarquée du jeune Claude Shannon — à l'amélioration des armes antiaériennes. Il découvrit, en modélisant le comportement des avions pris sous un feu ennemi, que ces appareils décrivaient des trajectoires aussi imprévisibles que celle des particules observées par Brown. Le cerveau des pilotes, subissant un stress élevé, générait des réponses que les calculateurs de l'époque ne savaient pas anticiper. Il était cependant possible, en étudiant les réactions précédentes du pilote, de prédire, sur une base statistique, ses futures évolutions dans le ciel. Wiener généralisa après guerre cette approche statistique à toutes les prédictions physiques, qu'il considéra désormais comme des protocoles de visée et des calculs de trajectoire, plus ou moins précis, visant à isoler des univers accessibles sur la grille de tous les univers probables : « Il est désormais admis, et c'est là l'un des changements survenus offrant le plus d'intérêt, que l'on n'a plus affaire à des quantités concernant un univers spécifique, réel et conçu comme un tout, mais que les réponses aux questions que l'on se pose peuvent être trouvées dans un grand nombre d'univers similaires. »

13

« Par le jeu de la miniaturisation toujours plus pous-
sée, l'information élémentaire, l'unité infinitésimale de
sens, se rapproche de plus en plus de l'unité extrême
de la matière elle-même... Dès lors, il est tentant de
généraliser et de considérer que l'unité asymptotique
que l'on observe entre le logique et le matériel est une
caractéristique du réel dans son ensemble, ou tout du
moins du réel tel que l'évolution technologique con-
temporaine nous invite à le concevoir. »

Thierry BRETON

Le capitalisme français était animé par de multiples
clubs. Les plus répandus rassemblaient les anciens élèves
des grandes écoles de la République, comme Polytech-
niques ou l'Éna. Les hauts fonctionnaires continuaient
ainsi à côtoyer leurs anciens camarades passés dans le
privé. Les premiers, mesurant le danger des alternances
politiques, se ménageaient de la sorte des plans de carrière alternatifs et mieux rémunérés, tandis les seconds
exerçaient leurs talents de lobbyistes.

Plus élitistes, d'autres clubs, à commencer par le plus
ancien de tous, la franc-maçonnerie, rassemblaient des
patrons, des journalistes et des parlementaires autour d'un
projet de société. Il existait des clubs européanistes, sociaux-
démocrates et laïcs, d'autres souverainistes, libéraux et

catholiques, mais leur orientation idéologique importait en fait assez peu. Le Siècle, fondé en 1944, rassemblait ainsi intellectuels et décideurs sans *a priori* partisans. Le club organisait chaque mois un grand dîner qui permettait à ses membres d'étoffer leurs réseaux, et d'acquérir des informations stratégiques, tandis que Jacques Attali, le conseiller spécial du président Mitterrand, ou Alain Minc, l'éminence grise du patronnat français, déployaient à la tribune leurs visions futuristes.

Tout cela était relayé, à une échelle plus fine, par des milliers de clubs départementaux, qui tentaient, généralement avec succès, de préserver les décideurs locaux de la solitude du pouvoir et de la tentation autocratique.

Pascal avait croisé de nombreux membres de ces clubs. Les PTT, devenues France Télécom, rassemblaient un nombre incommensurable de polytechniciens austères et méprisants, surnommés les X-Télécom, qui regardaient les nouveaux riches du Minitel avec condescendance, et même avec dégoût s'ils devaient, comme c'était d'ailleurs presque toujours le cas, leur fortune aux messageries roses : ils avaient perverti les infrastructures impeccables de Transpac, ils en avaient pollué les tuyaux, ils étaient comme ces barbares qui, ignorant tout de la thermodynamique et de l'hygiène, n'avaient su utiliser les thermes romains que comme carrières de pierre — ils ignoraient la sublime complexité des sciences de l'information et de la communication.

Pour son premier rendez-vous place d'Alleray, au nouveau siège hexagonal et blanc de l'entreprise publique, Pascal surjoua son personnage de pirate de la télématique : les locaux d'Ithaque n'étaient qu'à quelques centaines de mètres de France Télécom, mais il mit un point d'honneur à s'y rendre, malgré la pluie, en décapotable, et à se garer en double file juste devant l'entrée. Il avait aussi, pour l'occasion, rassemblé ses cheveux dans une queue-de-cheval.

Pascal était entré dans l'univers du Minitel presque en cachette : d'abord comme cheval de Troie d'Omenia, puis par des messageries quasi clandestines. Sa réclusion avait alors été presque totale — à la mesure du travail fourni dans l'entresol que lui prêtait Houillard. Pascal avait piraté, méthodiquement et nuit après nuit, presque tous ses concurrents. Quand le 3615 EROTIK fut enfin remarqué, à cause de sa rentabilité record et de sa croissance exceptionnelle, Pascal s'attira, malgré quelques jalousies et une ou deux rancunes tenaces, une admiration unanime.

Il était dès lors devenu un personnage du Minitel. Il s'en était lui-même aperçu, lorsqu'il avait mené ses *raids* pour constituer la flotte d'Ithaque : il était plutôt bien accueilli, et précédé par une réputation mi-flatteuse, mi-sulfureuse que son jeune âge dissipait assez vite. Il impressionnait finalement peu, et s'attirait toujours la sympathie de ses interlocuteurs.

Pascal fut donc naturellement invité, comme une centaine d'autres chefs d'entreprise et une dizaine de chercheurs spécialisés dans les sciences de la communication, à une « Journée de la télématique », organisée au palais des congrès du Futuroscope, près de Poitiers. L'idée de cette journée revenait à Thierry Breton, jeune diplômé de Supélec, coauteur d'un thriller cyberpunk et théoricien enthousiaste de la société de l'information, devenu l'ambitieux directeur du téléport du Futuroscope.

Le Futurocope avait ouvert en 1988. Déclinaison sérieuse, et un peu décevante, du concept américain de

167

Disneyworld, le Futuroscope se voulait un parc d'attractions d'un nouveau genre, qui cherchait à promouvoir de façon ludique les nouvelles technologies de l'information et de la communication. Il s'agissait, pour René Monory, le baron centriste de la Vienne à l'initiative du projet, de redynamiser le tissu économique du département, tout en donnant à la France une éclatante leçon de décentralisation, et au monde un aperçu grandiose du génie français. C'était à profusion des dômes Imax et des salles de cinéma en 3D, des simulateurs sur vérin et des bouquets floraux de fibres optiques rassemblées en faisceaux. C'était la pointe avancée du futur et de la fierté nationale.

Les partenariats noués avec les fleurons industriels du pays avaient été déterminants. Alcatel avait prêté ses nouveaux terminaux télématiques couleurs, qui faisaient visiophones. Dassault Systèmes avait conçu une version grand public de son logiciel phare de conception assistée par ordinateur, qui permettait à chacun de dessiner l'avion ou la voiture de ses rêves. EDF s'était essayé au concept novateur de réalité virtuelle, et proposait au visiteur de descendre, de façon inoffensive, au cœur du réacteur nucléaire de nouvelle génération Superphénix, projeté sur les six parois d'une petite pièce cubique. Des ingénieurs en mécanique des fluides du groupe pétrolier ELF avaient conçu des fontaines dont les servopompes, commandées par ordinateur, proposaient des versions futuristes des Grandes Eaux de Versailles.

Le parc d'attractions et le téléport étaient donc dans une synergie parfaite : le parc attirait des entreprises œuvrant dans les technologies de pointe, qui l'utilisaient en retour comme vitrine technologique.

La « Journée de la télématique » fut, de l'avis général, une belle réussite, ponctuée de projections 3D et de perspectives futuristes.

Pascal était le plus jeune invité, ce qui lui valut de dîner à la table de Thierry Breton, en compagnie de deux autres jeunes entrepreneurs.

Pierre Bellanger avait trente-deux ans. Il avait été, adolescent, de la grande aventure des radios pirates, avant la libéralisation des ondes de 1981. Il raconta longuement comment il avait monté un émetteur pirate et transformé sa chambre en studio. Il avait notamment fabriqué, dans une boîte à chaussures, un appareil de mixage rudimentaire, qu'il faisait fonctionner en déplaçant des pinces crocodile le long de mines de graphite, pour modifier le signal : cela grésillait énormément, à la limite de l'inaudible — quand les mines ne se cassaient pas. Il avait vécu les débuts du Minitel comme une seconde adolescence, et avait lancé le 3615 GÉRALDINE et divers sites de jeux, qui tous avaient connu le succès. Mais il était retourné à ses premières amours, et avait réinvesti tout l'argent gagné dans la station FM Skyrock, lancée en 1986, et devenue depuis peu nationale. Elle était même diffusée par satellite. Pascal, qui n'écoutait que France Info, ne connaissait pas Skyrock.

Il découvrit par contre qu'il avait déjà entendu, complètement par hasard, son autre voisin de table. Thierry Ehrmann avait vingt-huit ans. Issu d'un milieu aisé, il s'était tourné à l'adolescence vers le mouvement punk. Il avait ainsi monté un groupe cyberpunk, bien avant que le concept existe, qui avait donné des concerts dans la mythique salle Z des catacombes de Paris : le groupe s'appelait ZX 84. Puis, après ses années punk, alors que le génie du mal trouvait dans la figure du trader de

169

Wall Street sa nouvelle incarnation, il s'était reconverti en *business man*, et avait investi dans le rose. Il avait alors fait fortune sans rien renier de ses idéaux punk : « Principalement, pour emmerder le maximum de monde. » Il s'était ensuite détourné de la manne érotique pour tenter des aventures entrepreneuriales plus risquées : il avait fondé le 3615 ARTPRICE, qui compilait les résultats de toutes les salles de vente françaises afin de revendre aux collectionneurs et aux spéculateurs des informations en temps réel sur le marché de l'art. ARTPRICE était en situation de monopole absolu : personne ne vendait la même chose que lui. À l'exception d'Akoun, qui publiait tous les ans la cote annuelle des artistes, mais qui préférait le papier au silicium.

Thierry Breton jugea le comportement d'Akoun symptomatique de la frilosité française. Il rappela la prophétie de Gérard Théry sur la fin de la civilisation du papier. Il regrettait cependant l'aspect un peu limité de cette métaphore : la télématique n'était pas seulement un nouveau médium, c'était l'avant-garde d'une révolution historique, physique et cosmologique plus profonde :

« On a calculé que les États-Unis avaient, en 1980, une production quotidienne de 11 millions de mots — cela recouvre en gros la presse, la radio et la télévision, ainsi que l'édition, dans une moindre mesure. Chaque Américain n'en consomme individuellement que 48 000. Ce dernier chiffre est stable, alors que le premier augmente de façon exponentielle. Les sociétés postindustrielles doivent donc faire face à un double défi : d'un côté, traiter, acheminer, implémenter cette masse énorme de texte de la façon la plus économique possible, de l'autre, inventer des procédures de tri et de classement, afin que le coût d'extraction des informations pertinentes n'explose pas.

« Le premier défi a été relevé. Des imprimeries offset à la télématique, la production de signes a vu ses coûts baisser de façon spectaculaire. Le second défi, celui de l'exploitation des données brutes, est loin d'être remporté. Il faudra sans doute réformer toute la société pour y parvenir. Passer d'une économie basée sur l'énergie à une économie basée sur l'intelligence. Il faut développer l'informatique à l'école et lancer un projet Manhattan de l'intelligence artificielle.

« Le concept d'information est en fait très mal apprécié. Ce n'est pas une question de volume, mais de pertinence. La liste de tous les numéros qui composent l'annuaire vaut beaucoup moins que les six chiffres du Loto, ou que les huit chiffres du numéro de téléphone de la fille dont on est amoureux ; pourtant, ces deux séries de chiffres s'y trouvent probablement.

« Tout le monde est devenu très fort en algorithme de compression de l'information : on est tout près du jour où une encyclopédie tiendra dans un CD. Mais l'humanité a besoin d'informations simplifiées et accessibles. 48 000 mots par jour, peut-être 200 000 pour des cerveaux entraînés : la limite théorique de notre cerveau n'est pas loin. Au-delà, c'est le monde des machines qui commence. Elles seules pourront échanger un jour des milliards de mots par seconde. Elles apprendront alors très vite à se passer de la part infinitésimale d'information que nous leur apportons, et même de celle que le monde physique peut leur fournir.

« Ces machines ne réagiront bientôt plus aux stimulations de la matière. Leur univers sera devenu un monde d'information. Le monde physique obéit intimement à des lois logiques. L'industrie des microprocesseurs n'a pas d'autre horizon : en atteignant des finesses de gravure de plus en plus élevées, elle parvient peu à peu à l'échelle logique, c'est-à-dire à un niveau où le comportement individuel des atomes sert de porte logique ultime. En descendant, degré après degré, au cœur de la matière, on découvre la pensée, son ancienne antithèse. C'est vertigineux. On découvre que les atomes véritables ne sont pas des choses, mais des informations. »

Pascal écoutait Breton avec une attention extrême. Il était certain d'avoir déjà ressenti le vertige intellectuel, mélange de toute-puissance et de terreur, qu'il éprouvait alors. La cosmologie inhumaine de Breton lui était familière. Il se revit dans sa chambre dorée, au milieu des grains de pollen invisibles. Alors qu'il allait mourir, il avait eu soudain un pouvoir éblouissant. Le temps s'était arrêté et il avait pu repousser le nuage poussiéreux, dont il contrôlait par la pensée chacun des composants mortels. Il avait mis des heures et peut-être des jours à dissiper la menace, grain après grain. Mais il avait finalement survécu et s'était réveillé dans une chambre d'hôpital incolore.

Thierry Breton continua à voix basse, comme s'il était progressivement passé de l'excitation technophile fébrile au grand calme de l'enthousiasme religieux :

« L'apparition de l'ordinateur est le plus grand événement cosmologique depuis le big-bang. Désormais, tous les objets du monde sont numérisables. La Terre est devenue immense et va avaler l'espace, comme une hypersphère. Tous les atomes de l'Univers occupaient, à l'instant initial, le volume d'un dé à coudre. Les supercalculateurs Cray, qui peuvent modéliser des choses aussi complexes que les phénomènes météorologiques, peuvent simuler des milliards de dés à coudre. Demain, tous les atomes de l'Univers seront quantité négligeable : on les aura tous modélisés et stockés dans des cartes mémoire. C'est cela, l'économie de la connaissance, l'économie du numérique : des centaines de milliers de big-bang apprivoisés dans des microprocesseurs. Le monde matériel a perdu la partie. »

Breton cessa de parler brutalement. Il se retira en souhaitant à ses invités une bonne nuit « dans le parc du futur ».

Les trois hommes continuèrent la discussion dans le bar de leur hôtel. Breton avait dessiné, avec un peu d'exagération dans les proportions, les contours de leurs futurs empires. Ils seraient les Alexandre, les César et les Napoléon de l'économie numérique.

La télématique devait à présent conquérir le monde. Ce serait un combat difficile. Le Bildschirmtext, le Minitel allemand, était un échec, tout comme le Prestel anglais. Le Japon et le Canada, après des expériences peu concluantes, délaissaient eux aussi la télématique. C'étaient autant de marchés qui se fermaient avant même de s'ouvrir. Et si la Côte d'Ivoire s'intéressait encore au Minitel, on ne croyait plus vraiment à la conquête de l'Amérique.

Le Minitel souffrait d'une faiblesse structurelle qui l'empêchait d'évoluer aussi vite que le PC, son principal concurrent : terminal passif, il était construit autour d'un modem, et non d'un microprocesseur. Cependant, cela pouvait représenter un avantage décisif : l'informatique était autarcique, tandis que le Minitel n'était qu'échange, partage et abolition des distances. L'avenir était aux réseaux informatiques. Cependant le Minitel devait se montrer à la hauteur, et devenir plus rapide, plus puissant et plus interactif. La télématique était une chose trop sérieuse pour être laissée à France Télécom, qui bloquait l'innovation, faussait la concurrence et accaparait le capital. Les jeunes entrepreneurs du Minitel devaient reprendre la main et imposer leurs règles, comme au temps du Minitel rose.

Le « Club du Futuroscope » prit dès lors la décision de se réunir à Paris une fois par trimestre.

La théorie de l'information, Steampunk#13

La thermodynamique et l'informatique se croisèrent plusieurs fois au cours du XXe siècle. L'informatique fut d'abord une expérience de pensée commune à quelques mathématiciens et logiciens. C'était une science légère, qui prétendait manipuler de l'information, plutôt que de la matière — elle représentait les premiers pas de l'homme en direction d'un paradis mathématique. On découvrit cependant assez vite, et les travaux de Szilárd furent à cet égard prémonitoires, que les ordinateurs eux-mêmes, quels que soient leur taille ou leur degré d'abstraction, généraient de l'entropie, comme les vieilles machines de Carnot. L'informatique n'était peut-être qu'une branche sophistiquée de la thermodynamique. Réciproquement, l'étude du mouvement brownien renouvela l'approche mathématique du hasard, et la théorie cinétique des gaz, qui servait de support idéal à la thermodynamique, fit l'objet de nombreuses simulations informatiques. La première modélisation informatique de l'histoire, l'expérience Fermi-Pasta-Ulam de 1953, sera ainsi une approche expérimentale du phénomène de thermalisation, *phénomène par lequel un système en déséquilibre accède à l'équilibre : la thermodynamique était devenue à son tour une branche de l'informatique.*

14

« Saddam Hussein, la prédominance d'éléments planétaires dans l'hémisphère sud vous pousse à agir, à
vous montrer et à rendre visibles tous vos actes et ce
que vous avez en tête. Au mépris et au détriment parfois d'une vie intérieure plus riche et d'une réflexion
plus profonde et sage. L'action et la communication
vous interpellent et vous avez tendance à considérer
que ce qui compte, c'est ce qui se voit. »

3615 ASTROTHEME

Pendant la nuit qu'il passa au Futuroscope, Pascal eut
une idée simple, révolutionnaire et ultra-rentable, comme
certains entrepreneurs en avaient parfois, et qui étaient
pour eux comme des éclairs de génie créatif. Ces idées
devenaient aussitôt leur bien le plus précieux, et les rendaient impatients, jaloux et paranoïaques : ils devaient
en effet les développer en un temps record, avant qu'elles
ne deviennent universelles, alors que cette universalité
était précisément ce qui garantissait leur succès futur.

Ce climat hyperconcurrentiel imaginaire permit à
Pascal de traverser, sans trop souffrir, des mois extrêmement difficiles — il y avait en effet eu entre Émilie et lui,
l'après-midi même de son retour, une scène pénible, qui
déboucha sur leur rupture.

Émilie avait d'abord accusé Pascal de l'avoir trompée

avec « une pute de Poitiers ». Puis elle avait subitement menacé de sauter par la fenêtre. Pascal avait alors compris qu'il y avait autre chose, d'autant que Poitiers n'était pas vraiment une destination à risque : Émilie avait revu Yazid. Elle avait alors hurlé qu'elle ne s'en sortirait jamais, qu'elle était une pute, et qu'elle voulait mourir. Pascal aurait bien voulu mettre plus d'énergie à la rassurer mais, mentalement accaparé par son nouveau projet, il se contenta de verrouiller les fenêtres du loft, manière un peu inélégante, et trop littérale, de la retenir. Émilie le trouva froid, et même glaçant. Elle remplit une valise et partit, alors que Pascal, qui avait très peu dormi la nuit précédente, s'était endormi.

Émilie resta introuvable pendant presque une année : elle était retournée vivre à Lisieux chez Karim, le cousin de Yazid, et ne donna aucune nouvelle à personne.

Pascal dut fermer le 3615 ELYANGE. Il passa auparavant une nuit entière à lire les messages d'inquiétude et de remerciement qui avaient été postés sur le serveur — l'âme d'Émilie lui apparaissait en négatif ; jamais elle ne lui avait semblé plus belle, ni plus indéchiffrable.

Cette séparation brutale, en permettant à Pascal de se consacrer entièrement à son nouveau projet, fut en partie responsable de son succès. Il s'agissait, encore une fois, d'une sorte de piratage.

France Télécom avait numérisé tous les annuaires de France, mais n'avait jamais su comment exploiter commercialement cette base de données gigantesque, sinon en en faisant un produit d'appel pour le Minitel : la connexion à l'annuaire en ligne du 3611 était ainsi gratuite pendant les trois premières minutes. Autrement dit, France Télécom était une forteresse qui protégeait un trésor, mais qui laissait n'importe qui entrer par une meurtrière pour en prendre un morceau. Avec un peu d'ingéniosité et beaucoup de patience, le trésor pouvait être ressorti en totalité — comme dans ces casse-tête informatiques, dérivés d'un jeu japonais appelé Sokoban, dont le but était de faire sortir des objets compliqués d'une pièce en effectuant un certain nombre de permutations.

La stratégie de Pascal était très simple : elle consistait à faire tourner des requêtes automatiques, qui s'arrêteraient toujours avant de dépasser les trois minutes, et qui recommenceraient, encore et encore. Pascal recopierait ainsi le répertoire téléphonique de l'opérateur national sans lui reverser un seul centime. Et contrairement au monde physique, dans le monde de l'information, la copie pouvait valoir beaucoup plus cher que l'original.

Il était en effet inutile, et redondant, de proposer un nouvel annuaire. Mais Pascal avait imaginé, pendant sa nuit au Futuroscope, un annuaire d'un type encore inédit : un annuaire inversé qui, à partir du numéro, permettrait de remonter au nom. Ce type de recherche ne représenterait sans doute jamais plus du millième des recherches ordinaires, mais c'était assez pour constituer un marché. Du dragueur pulsionnel au commercial distrait, du possesseur méfiant d'un téléphone avec affichage de numéro au maniaque du répertoire, il existait une clientèle évidente.

Pour la première fois, Pascal dut obtenir un financement bancaire. Il eut dès lors à projeter Ithaque dans un calendrier précis, fait de remboursements et d'objectifs chiffrés. Le temps, pour la première fois, lui apparut comme plus important que l'argent — l'avenir ne reposait pas tant sur l'argent gagné que sur l'argent investi dans les pas japonais d'une comptabilité rigoureuse.

Pascal consulta également un juriste, qui l'avertit des risques pénaux encourus. De toute évidence, France Télécom jouissait d'un monopole qui contrevenait aux lois sur la libre concurrence, quoiqu'il ne s'agît pas encore d'une société de droit privé — le processus de privatisation et d'ouverture à la concurrence, voulu par Bruxelles, était en cours, mais rien n'était encore arrêté. Dans cinq ou six ans sans doute, l'abus de position dominante deviendrait plaidable, mais pour le moment, il fallait inventer autre chose. Il n'existait par ailleurs pas encore de Code de la propriété intellectuelle — sa rédaction était en cours, mais il ne devait pas voir le jour avant 1992. Il existait donc un vide juridique, qui pouvait profiter aux deux parties. Le juriste conseilla donc à Pascal de ne pas vendre les données brutes telles qu'il les avait « empruntées » à France Télécom ; il pouvait en revanche, à condition de réorganiser ces données, qu'il avait acquises par un moyen somme toute légal, faire payer leur consultation : le système d'annuaire inversé représentait à ce titre une authentique création de valeur ajoutée. Le juriste prédisait cependant d'inévitables procédures juridiques à venir, de longs procès, des amendes élevées et des recours divers. Il serait cependant idiot de ne pas lancer cet annuaire inversé : toute activité comportait des risques. Et plus l'annuaire marcherait, plus Pascal aurait les moyens de le défendre.

De fait, l'annuaire inversé de Pascal déboucha sur dix années de procédures complexes, de condamnations et de revirements en appel, d'amendes record et de recours réussis auprès des instances antimonopoles de Bruxelles. Le traité de Maastricht, qui prévoyait l'approfondissement de l'Europe et la fin progressive des monopoles nationaux, fut vécu par Pascal comme un lointain épiphénomène de sa longue bataille juridique contre France Télécom. Mais l'annuaire inversé généra, au final, beaucoup plus de bénéfices que d'embarras.

Pascal recruta quatre informaticiens, capables de faire accéder en parallèle plusieurs dizaines d'ordinateurs au réseau télématique et de les programmer pour qu'ils demandent, département après département et lettre après lettre, les coordonnées de toutes les combinaisons possibles de l'alphabet, pour faire basculer, en cas de réponses positives, les données recueillies dans une base de données nouvelle — toutes ces opérations devant être réitérées le plus de fois possible en moins de trois minutes.

Mais cela risquait de prendre des années : il existait, en ne testant que les six premières lettres d'un nom potentiel dans chacun des quatre-vingt-quinze départements français, plus de 29 milliards de combinaisons possibles. En comptant le temps de chargement des pages, chaque ordinateur ne pouvait effectuer qu'une soixantaine de tentatives en trois minutes ; il aurait donc fallu neuf ans de travail à un parc de cent ordinateurs pour réaliser le piratage complet du 3611. Cette première estimation déprima beaucoup Pascal. Il imagina un temps une technique pour prendre le contrôle à distance de plusieurs milliers de Minitel, afin d'exiger d'eux qu'ils travaillassent pour lui. Cette solution pirate fut très vite oubliée au profit d'une approche plus gestionnaire — il n'y avait de toute façon pas vraiment de méthode connue pour pirater Transpac. Pascal décida donc de lancer son service, le 3615 INVERSE, dans la seule ville de Paris, puis de profiter de ses bénéfices pour agrandir son parc informatique, afin de conquérir progressivement la France. La tâche pouvait dès lors être effectuée en cent jours. L'investissement matériel était très lourd, entre l'achat d'un serveur puissant, celui d'une centaine de PC, et l'installation d'autant de lignes téléphoniques. Pascal négocia directement auprès de France Télécom la location d'un répartiteur — équipement en général réservé aux centraux téléphoniques — qui allait lui servir de crochet d'abordage. Pascal mentit prudemment aux fonctionnaires qui vinrent l'installer : il évoqua le lancement d'un hypermarché télématique du sexe.

Pascal n'avait pas le droit à l'erreur. Le 3615 INVERSE devait atteindre son seuil de rentabilité dans les trois mois, ou bien il dévasterait Ithaque. Il fallait donc engager au plus vite une campagne massive de publicité. Pascal passa un contrat publicitaire avec une filiale du groupe Publicis spécialisée dans la télématique. La campagne d'affichage devait commencer au mois d'août 1990. Les visuels représenteraient d'abord un gigantesque point d'interrogation à l'envers, sur des panneaux de quatre mètres par trois. Au bout d'une semaine, le point d'interrogation serait remplacé par une nouvelle affiche, qui montrerait une scène d'identification judiciaire. Les cinq suspects tiendraient devant eux un numéro téléphonique. Au premier plan, une jeune femme se mordillerait la lèvre en désignant l'un des hommes : celui qui portait un smoking et dont les cheveux étaient parfaitement peignés. Un slogan résumerait la scène : « Lequel m'a laissé son numéro ? 3615 INVERSE. »

La campagne d'affichage était à peine commencée que Saddam Hussein envahit le Koweït. L'événement faisant craindre un nouveau choc pétrolier, beaucoup d'annonceurs, également soucieux de ne pas associer leurs produits à la guerre, choisirent de geler leurs campagnes en préparation — l'attention du public était de toute façon parasitée par le spectacle médiatique de la riposte américaine. Ce mini-krach de la publicité permit au 3615 INVERSE de bénéficier d'une excellente visibilité, grâce au rachat à moindre coût de nombreux espaces publicitaires vacants.

Ces préparatifs de guerre permirent également aux 3615 PARA, UFO, EZECH et ASTROLAB d'engendrer un nombre record d'heures de connexion. Jusque-là un peu négligés, les serveurs de l'irrationnel fournirent à Ithaque l'oxygène que son élevage intensif de PC consommait à toute vitesse.

Les tirs de missiles Scud irakiens sur Israël corroborèrent bientôt, à quelques dizaines de kilomètres près, les prédictions du 3615 ASTROLAB, qui prédit également à Saddam Hussein un mois de février difficile.

Sur le 3615 UFO, la suprématie aérienne américaine donnait lieu à d'interminables débats sur les technologies secrètes en usage dans l'*Air Force*. Des photographies avaient révélé des traînées de condensation en forme de chapelet, typiques des moteurs à plasma pulsé. On pouvait dès lors se poser la question : s'agissait-il d'un programme secret issu de la guerre froide, ou d'une technologie extraterrestre ?

Les Français, engagés aux côtés des Américains dans l'opération *Tempête du désert*, étaient par ailleurs assez inquiets pour faire des stocks de sucre et d'essence, ainsi que pour consulter cartomanciens et voyants à un rythme soutenu sur le 3615 EZECH. Graphinext, qui continuait à vendre ses protocoles d'animation, disposa bientôt d'un nouveau slogan, imaginé par Pascal — « Graphinext fait entrer le Minitel dans l'ère de l'information-spectacle », tandis que le 3615 DDP complétait son offre par un jeu de stratégie pétrolière, librement adapté de *Dune* et de *Tempête du désert*.

Il n'y avait désormais plus un seul espace libre dans les locaux d'Ithaque. Le bureau de Pascal, qui était resté jusque-là une enclave de calme relatif, accueillit les armoires des serveurs et les *racks* des disques durs. Ithaque ronronnait nuit et jour, et les multiples diodes des ordinateurs allumés formaient, la nuit, des yeux de chat dans les bureaux éteints.

Au regard des salaires généralement pratiqués, Pascal surpaya ses informaticiens, mais exigea en retour qu'ils sacrifiassent leurs soirées d'été à nourrir la base de données d'Ithaque. Ils sortaient tous les quatre de la même école d'ingénieur, et c'était pour eux un *premier job de rêve*, plein de défis techniques : un peu d'infrastructure réseau, un peu de code télétexte, quelques routines simples en langage PASCAL et la mise au point d'une base de données en SQL.

Le mois d'août fut caniculaire. Les informaticiens tentèrent de détourner vers les fenêtres l'air chaud généré par les ordinateurs, en ajustant des tuyaux d'aluminium à leurs ventilateurs. L'*open space* d'Ithaque prit l'aspect d'un vaisseau spatial en perdition. À tout moment, un ordinateur pouvait prendre feu. Pascal tenta de rassurer ses informaticiens en commandant des extincteurs.

Il se produisait par ailleurs des coupures de courant à répétition. Il fallait alors relancer un à un les PC, ce qui prenait un temps infini. Pascal promit 2 000 francs à celui qui trouverait l'origine de la panne. Puis 5 000, quatre coupures plus tard. Marc Aleyniat, le radiesthésiste du 3615 EZECH, remporta la prime en identifiant, grâce à son pendule, la cafetière responsable du court-circuit.

Le 31 août à minuit, tous les habitants de Paris étaient rentrés dans les disques durs d'Ithaque. Le 1er septembre, le 3615 INVERSE était consultable.

Les chiffres de septembre furent exceptionnels, comme si tout Paris s'était mis à jouer, après les vacances, la même scène de vaudeville : celle, qui sert de prélude à tous les quiproquos, de la découverte d'un numéro mystérieux dans la poche d'une veste ou dans un sac à main. Pascal sentit pour la première fois qu'il pouvait avoir une influence sur la vie de ses clients : il en rapprochait certains et en éloignait d'autres ; il pensa à Émilie, dont il essayait en vain l'ancien numéro.

On était déjà très loin au-dessus des projections de l'étude de marché que Pascal avait remise, au printemps, à son banquier. Son premier réflexe fut d'ailleurs de commencer à rembourser son emprunt par anticipation, pour se débarrasser au plus vite de ce regard extérieur porté sur ses affaires : il croyait au capital propre, et se jura de demeurer indépendant.

France Télécom entama, peu avant Noël, sa première procédure contre le 3615 INVERSE. Pascal accueillit la nouvelle avec la satisfaction de l'homme qui voit ses plans se dérouler comme prévu. L'entreprise publique pouvait d'ailleurs protester autant qu'elle le voulait, le coup n'était pas déloyal : l'annuaire inversé était une vraie innovation, et ses excellents résultats témoignaient de son utilité sociale. Pascal avait inventé un service public nouveau.

La guerre du Golfe, opération militaire quasiment jouée d'avance dans un théâtre désertique, fournit alors un contenu dramaturgique idéal, d'une grande pureté, aux nouveaux médias de l'ère de l'information. Elle entérina notamment le concept d'« information continue », inventé par la chaîne américaine CNN dix ans plus tôt. L'arrivée des première valises-satellites, qui permettaient d'envoyer des images de n'importe où dans le monde grâce à des antennes paraboliques rétractables, fit des miracles. Grâce à elles, TF1 et Antenne 2, les deux premières chaînes françaises, purent rivaliser, en terme de directs interminables, avec La Cinq, dotée de correspondants étrangers moins nombreux, mais disposant de plus d'heures d'antenne : la chaîne permit en effet à son journaliste vedette Guillaume Durand d'écarter les eaux mêlées de dessins animés japonais et de séries américaines qui avaient jusqu'alors rempli sa grille des programmes, pour venir présenter, sur un fond bleu de météo, les avancées militaires de la coalition sur des cartes géantes. France Info, première radio française d'information continue, devint incontournable. Le Minitel, enfin, recycla pendant des mois chaque fragment de dépêche en provenance du Golfe, et offrit aux drogués de l'information un produit de substitution fiable, abordable, et facilement administrable au bureau ou la nuit. Pascal arrivait trop tard sur le marché de l'information en temps réel pour s'y positionner de manière stratégique, et vécut donc la guerre du Golfe par procuration. Il consultait la journée des serveurs d'information et veillait la nuit devant les images bleutées de CNN. Devenu progressivement insomniaque, il écrivait des textes informes sur les avions furtifs et les missiles intelligents. Ces poèmes, comme des coordonnées algorithmiques incrustées sur des lunettes infrarouges, l'aidaient à traverser la nuit. Quelques-uns évoquaient Émilie, sous le nom de code de « La Sainte », un personnage allégorique qui venait rappeler qu'en deçà des machines, pures et indifférentes, il existait encore des êtres vivants à la chair translucide et au cœur impénétrable.

La guerre du Golfe donna naissance à une intense activité théorique qui culmina dans un pamphlet du sociologue Baudrillard intitulé *La guerre du Golfe n'a pas eu lieu.* La déréalisation du règne des images fut, dans une moindre mesure, comprise par Pascal. Aidé par l'insomnie, il traversa cette période dans un état second et quasi hypnotique. Ce fut un des moments les plus doux de sa vie. Il s'oublia entièrement dans le flux informationnel. La lecture de ses poèmes permet presque de qualifier cet épisode de sa vie de *crise mystique.*

L'invasion de l'Irak prit à peine plus d'une semaine. Ce fut une guerre éclair décevante, au regard du temps passé à en rêver comme de la fin du monde. Les puits de pétrole du Koweït, incendiés par Saddam Hussein, brûlèrent encore quelques mois, et ce fut fini. Pascal se replongea très vite entièrement dans son annuaire inversé, comme dans une parodie pragmatique de l'extase informationnelle qu'il avait traversée.

Il se repassait pourtant quelquefois des images de tirs de missiles à guidage laser filmés depuis le cockpit des bombardiers furtifs, images qu'il avait enregistrées, et transformées en film muet, images tremblantes, mécanisées et inexplicablement belles d'une humanité retenue prisonnière entre les plaques photographiques des machines, et soudain effacée par la dissipation pixélisée de ses structures d'habitation.

La théorie de l'information, Steampunk#14

On peut se représenter les ordinateurs comme des ensembles de portes logiques, ou d'interrupteurs en cascade. Ces portes sont réversibles — la cascade peut inverser sa chute — si les données qui en sortent gardent le souvenir des données entrantes ; autrement, elles sont irréversibles, et détruisent inexorablement une partie de l'information qu'elles manipulent. On voulut dès lors, en privilégiant le premier type de portes, construire un ordinateur qui échapperait au temps (Bennett 1973, Fredkin et Toffoli 1982, Feynman 1984). Cet ordinateur fonctionnerait comme un billard compliqué, mais déterministe, qui serait capable de rejouer ses coups dans les deux sens et de garder toujours accessibles ses états successifs. Baptisée ordinateur balistique, cette machine, qui rajeunissait le mythe du mouvement perpétuel, serait capable de purifier et de réordonnancer les phénomènes chaotiques, qu'elle transformerait en objets transparents et impérissables. Cependant, le passage de l'élément physique à l'élément logique constitue lui aussi une chute dans le temps. Rolf Landauer avait ainsi démontré, dès 1968, que manipuler de l'information générait toujours de l'entropie : certains résultats doivent être stockés, d'autres doivent être effacés ; la trame de l'Univers doit être localement réécrite. Tout matériel informatique génère, d'une façon ou d'une autre, de la chaleur, et dissipe de l'énergie : les téléphones portables brûlent légèrement les joues, *les serveurs alignés des* data centers *consomment chaque jour une part grandissante de l'énergie du Soleil. Landauer imagina pourtant lui aussi un ordinateur réversible, capable de recycler sa propre entropie en calculs — à la manière dont les particules infatigables de Brown convertissaient l'énergie timide des molécules en mouvement perpétuel.* Cet ordinateur brownien *serait comme un démon de Maxwell doté d'une faculté d'apprentissage. Devenu progressivement l'égal d'un dieu, ce démon recréera alors, en laissant l'Univers à son refroidissement certain, un monde dans les circuits climatisés des machines, où une minute de calcul peut durer plus longtemps que l'éternité.*

DEUXIÈME PARTIE

INTERNET

La *théorie de l'information*, Cyberpunk#1

Les révolutions scientifiques sont rares. Leur coût intellectuel est prohibitif. Le meilleur astronome de son temps, le Danois Tycho Brahe, cumula des milliers d'heures d'observation du ciel sans comprendre la nature des irrégularités qu'il observait dans le mouvement des astres : fidèle au modèle copernicien des orbites circulaires, il ne sut pas lisser les trajectoires du ciel en postulant des orbites elliptiques, comme le fit après lui son élève Kepler — considérant les tables astronomiques de son maître comme un long code secret, Kepler découvrit les algorithmes capables de le casser. Poincaré, bien meilleur mathématicien qu'Einstein, manqua de peu la relativité restreinte. Einstein à son tour, pourtant pionnier de la physique quantique, voulut imposer aux théories indéterministes de Bohr des variables cachées pour en corriger certaines extravagances — « Dieu ne joue pas aux dés. » Les paradigmes scientifiques possèdent une inertie remarquable. Mais il peut arriver qu'une révolution scientifique s'impose avec facilité, et comme par surprise. Ce fut le cas de la théorie de l'information de Shannon, qui fit d'un domaine préthéorique jusque-là abandonné aux télégraphistes, aux opérateurs radio et aux joueurs compulsifs un nouveau domaine de la physique. Paru en 1948 dans le journal technique de la compagnie téléphonique Bell, A Mathematical Theory of Communication, *l'un des articles scientifiques les plus importants du XXe siècle, était précisément* *l'œuvre d'un jeune mathématicien formé pendant la guerre aux problématiques concrètes de la communication (développement du radar, perfectionnement de la cryptographie, conception des circuits logiques d'un outil de cryptanalyse), qui deviendra après guerre, grâce à une méthode qui lui permettait de maximiser ses gains, un solide joueur de black jack. Claude Shannon ne s'était pas demandé si Dieu jouait ou non aux dés, mais de quelle manière il pourrait s'y prendre s'il décidait d'y jouer et, de façon très pragmatique, ce qu'il était possible de gagner en pariant contre lui.*

15

« Nous prenons conscience, alors que de nombreuses espèces disparaissent, de l'importance de chacune
d'entre elles dans l'équilibre biologique et imaginaire
de l'humanité. De l'abeille au gorille, en passant par le
puma et le flamant rose... Chaque document, pris sur
le vif, nous fait entrer dans le monde de ces animaux
qui hantent nos rêves et sont le lien naturel entre notre
passé immémorial et notre avenir. »

Jaquette de la vidéocassette *L'Apocalypse
des animaux*, éditions Montparnasse, 1990.

Cela n'avait pas été la peur irrationnelle de l'an mille,
mais une pression, un stress, une agitation constante :
les années 1980, aussi appelées en France « les années
Mitterrand », avaient été obsédées par l'an 2000.

En 1987 le collectif artistique Nemo avait installé devant le centre Pompidou le *Génitron*, un compte à re-
bours d'aspect futuriste indiquant à l'humanité le nombre
de secondes qui la séparait de la date fatidique. Particulièrement bien préparée au futur, la machine, qui pouvait imprimer des cartes postales souvenir, acceptait
aussi bien les pièces de 10 francs alors en circulation, sur
lesquelles figurait un paysage industriel stylisé, que celles qui devaient les remplacer l'année suivante, bimétal-
liques, plus légères et représentant le génie de la Bastille.

D'une certaine manière, si le choc temporel de l'an 2000 allait être, au final, de si faible intensité (des émissions en direct enregistrèrent une succession heureuse de feux d'artifice et de *Happy New Year*, un Allemand, rendu brièvement millionnaire par le *bug de l'an 2000*, raconta son histoire à toutes les télévisions du monde), ce fut parce qu'il avait été rétroactivement absorbé par cette décennie soucieuse jusqu'au kitsch de son rapport au temps. À cet égard, les années 1980 marquèrent la rupture historique authentique : le passage à l'an 2000, avec ses serre-tête à triples zéros dorés et sa mythologie de la fête planétaire, n'en fut qu'une commémoration tardive.

Les années 1980 virent l'avènement du postmodernisme.

L'échec des grands modernismes, de la dégradation des cages d'escalier dans les immeubles des villes nouvelles à la chute du mur de Berlin, avait entraîné un retour critique sur la notion de table rase et de révolution. Pour autant, on célébra à Paris le bicentenaire de la Révolution française. L'époque restait en fait discrètement eschatologique. Les socialistes français ne critiquaient ainsi le millénarisme de leurs alliés communistes que pour mieux vanter le caractère actuel, immédiat de leur programme. Leur hymne de 1977 avait été très clair à cet égard : « Ne croyons plus aux lendemains qui chantent / Changeons la vie ici et maintenant / C'est aujourd'hui que l'avenir s'invente. »

Cette dialectique de l'aujourd'hui et du lendemain, typique des grands progressismes, subit pourtant une inflexion majeure quand on découvrit une nouvelle dimension du progrès, dirigée vers le passé. La proximité du troisième millénaire engendra en effet un désir effréné de récapitulation historique. Notion complexe et contradictoire, le postmodernisme fut en ce sens un millénarisme laïc, doublé d'un progressisme réactionnaire.

Le présent fut pris de vertige : capsule temporelle emportant l'humanité vers son avenir, il était aussi le tribunal de l'histoire. Sa responsabilité morale, entre *devoir de mémoire* et *respect des générations futures*, était ahurissante.

Les monuments les plus appréciés de l'époque en attestent.

Ce furent d'abord des monuments audiovisuels, comme le film *Shoah* de Claude Lanzmann, hommage généralement considéré comme définitif aux victimes juives des nazis et long traité proustien de la mémoire volontaire. La série documentaire *Planète miracle*, psaume japonais *new age*, relatait, elle, l'incroyable destin cosmique de la terre. Les deux films avaient en commun d'être des sommes récapitulatives, et d'insister sur le caractère fragile de l'humanité, espèce en voie de disparition permanente. Le réalisateur Frédéric Rossif, déjà auteur de *L'Apocalypse des animaux*, un documentaire animalier particulièrement populaire dans les écoles, retrouva avec le documentaire *De Nuremberg à Nuremberg* le parfait équilibre entre émotion et vérité scientifique. On projetait le premier aux enfants et le second aux adolescents — les directives de l'inspection académique étaient strictes — afin qu'ils détestent la guerre autant que la chasse, la chasse autant que le racisme, le racisme autant que l'ivoire, l'ivoire autant que l'acide cyanhydrique, et l'acide cyanhydrique autant que les chlorofluorocarbures, gaz dangereux pour l'homme, la Terre et tous ses habitants, en raison de leur effet sur la couche d'ozone. Au final, l'époque adopta le slogan : « Plus jamais ça ! », avec un *ça* infiniment extensible, grand comme la chasse à la baleine, ou ramassé comme une balle dans la nuque d'un héros résistant.

Les monuments architecturaux du postmodernisme se voulurent eux aussi des récapitulations définitives. Cependant, l'histoire ne fut pas pour eux un repoussoir, mais une inspiration ; on recherchait les citations, les références et les emprunts. Tout ayant déjà été inventé, on ne pouvait que se ressouvenir des formes anciennes, et fabriquer, à partir du passé, un présent éternel : que désirer d'autre, après les parallélépipèdes terminaux des unités d'habitation corbuséennes ?

On construisit une Grande Arche, dans le prolongement lointain du Louvre et des Champs-Élysées, à l'extrémité ouest de la Défense. S'il s'agissait en apparence d'un gigantesque cube évidé, sa pureté géométrale, subtilement soulignée par des plaques de marbre blanc — matériau trop typiquement antique pour pouvoir être utilisé sans ironie —, n'était qu'un leurre destiné à tromper l'opinion moderniste. Car le cube étincelant se voulait une *relecture* de l'Arc de triomphe, un clin d'œil en forme de projection futuriste, destiné à *entamer un dialogue architectural* avec lui. Autre trait d'humour, la Grande Arche était une arche aux deux sens du terme : ses concepteurs, pour en vanter les dimensions, avaient en effet expliqué que la cathédrale Notre-Dame tiendrait tout entière dans la partie évidée de l'édifice.

Le nouveau siège de France Télécom, place d'Alleray, s'inscrivait dans une démarche similaire : c'était un hexagone sobre et fonctionnel, qui devait être lu comme un rébus — l'hexagone représentait la France et les pierres blanches agrafées tout autour symbolisaient le monde purifié des télécommunications. Le siège carrelé de Canal +, quai André-Citroën, le nouvel Opéra construit sur l'emplacement de l'ancienne Bastille, ou le ministère des Finances de Bercy, tous trois blancs, babyloniens et monumentaux, témoignaient eux aussi de cette transformation de Paris en Taj Mahal. Purs décors majestueux de théâtre, ils furent bientôt recouverts par de grands filets, afin que leurs éléments de parure, relativement fragiles, ne s'écrasent pas sur les minuscules passants. Ricardo Bofill, l'architecte emblématique du postmodernisme, fit de la place de Catalogne, entre le péristyle grec, le casino de Las Vegas et la ruine romantique, un manifeste inextricable.

En 1980, le sémiologue italien Umberto Eco avait publié *Le Nom de la rose*, roman que la critique internationale reçut comme un subtil dépassement du modernisme, opéré par l'un de ses membres les plus prestigieux : Eco avait en effet mis son intelligence critique et sa fine connaissance des techniques littéraires au service d'une vraie enquête policière. Pour autant, malgré son impressionnante érudition et ses rebondissements multiples (certains passages étaient en latin, d'autres se déroulaient dans des passages souterrains), *Le Nom de la rose* n'était pas un roman réactionnaire. C'était au contraire le premier roman postmoderne — dans un commentaire de son roman, l'*Apostille au Nom de la rose*, Umberto Eco livra une courte théorie du postmodernisme, doctrine qui faisait selon lui de la *narration* la valeur heuristique ultime des civilisations avancées, et leur dernière transcendance.

La même année, le sémiologue français Roland Barthes se faisait renverser par une camionnette, et la modernité perdait son défenseur le plus ambigu. Il ne devait jamais arriver jusqu'à Mitterrand, qui l'attendait à déjeuner.

Sphinx impassible aux canines limées, florentin impénétrable dont les mains fébriles firent de lui l'unique homme politique capable de se sous-titrer lui-même en langage des signes, résistant décoré de la francisque par le maréchal Pétain, président plébiscité par la jeunesse en même temps que sujet de l'une des plus longues agonies de l'histoire de la gériatrie, croyant aux forces de l'esprit et admirant Jaurès, le président Mitterrand fut l'une des incarnations les plus réussies de l'homme postmoderne. Paris lui doit une Très Grande Bibliothèque, en forme de château fort et de grand livre ouvert, qui fit de la prophétie de Mallarmé, selon laquelle le monde devait aboutir à un livre unique, une réalité démocratique. Ce fut encore lui qui confia la modernisation du Louvre à un architecte principalement connu pour ses centres commerciaux souterrains.

Dans l'hypothèse d'un univers inhabité, hostile, et aux étoiles finissant par s'éteindre, le Grand Louvre et la Très Grande Bibliothèque devaient permettre à l'intelligence, à la beauté et à la vie culturelle de se prolonger éternellement. À cet égard, c'étaient les fonds numériques que ces deux institutions commençaient à constituer qui exprimaient le mieux leur nature dernière : ces lieux presque sacrés étaient des arches d'alliance entre le présent et l'éternité, entre la civilisation du papier et celle de l'information immatérielle, c'étaient des médailles commémoratives gravées sur des plaques de silicium, qui permettraient, bien après la fin du monde, au dernier électron de la dernière étoile de reparcourir, en modèle réduit, le labyrinthe de l'histoire.

Si les musées rêvaient d'être les ordinateurs ultimes de l'univers, les théoriciens de la société de l'information décrivaient réciproquement les réseaux du futur comme des musées infinis ou des bibliothèques sans horaires. Le mythe de Babel fut relu avec soin, et conjuré dans ses moindres détails : le monument que l'humanité commençait à bâtir était cette fois entièrement immatériel. Les premiers pas de la France dans la réalité virtuelle aboutirent ainsi à la reconstitution en images de synthèse, grâce à des logiciels de CAO fournis par IBM, de l'abbaye cistercienne presque entièrement détruite de Cluny.

L'idée que l'informatique avait pour mission de parachever l'histoire fut l'une des grandes croyances postmodernes. En 1994 Bill Gates, devenu multimilliardaire en vendant des logiciels, fit l'acquisition d'une bible de Gutenberg.

Mais le monument le plus évocateur de l'ère postmoderne fut le *parc de loisirs*, mélange accompli d'hédonisme, de nostalgie et d'anticipation. Du parc *Big Bang Schtroumpf*, construit en Lorraine à l'emplacement d'une ancienne usine sidérurgique, au *Futuroscope*, du *Parc Astérix* à *Eurodisney*, les années Mitterrand virent les parcs de loisirs géants se multiplier en France.

Le plus singulier et le plus éphémère d'entre eux fut *Planète magique*. Imaginé par le créateur de dessins animés à succès Jean Chalopin — ses séries, comme *Ulysse 31*, *Les Mystérieuses Cités d'or*, ou *Inspecteur Gadget*, scénarisées en France et dessinées au Japon, s'exportaient dans le monde entier —, Planète magique se voulait un musée vivant de l'imaginaire et un conservatoire du futur : « Planète magique reprend les grands thèmes communs au plus grand nombre qui correspondent à des courants de pensée actuels ou à des mythes intemporels. » De manière très originale, Planète magique était situé en plein Paris, entre le musée des Arts et Métiers et le Sentier, dans l'ancien théâtre de la Gaîté-Lyrique, dont seuls la façade corinthienne et le foyer second Empire furent préservés.

Le parc était un lieu *absolument postmoderne*, dont les attractions, en aluminium comme en carton-pâte, allaient des montagnes russes aux toboggans et des bornes d'arcade aux puzzles géants, dans des univers évoquant tour à tour la conquête spatiale, l'archéologie andine, le monde en fil de fer du film *Tron*, le paradis plastique de la poupée Barbie, ou encore la chevalerie, le disco et la forêt tropicale primaire. Le nom de la partie du parc réservée aux jeunes enfants faisait figure de manifeste : *Planète molle.*

Planète magique était un chaos fragile, utopique et savant (l'argent normal n'y avait par exemple plus cours, remplacé par le *gadget*, une monnaie virtuelle sur carte magnétique) qui ne rencontra jamais son public. Trop parisien, trop complexe et trop conceptuel, le parc fit faillite, en juin 1991, six mois après son ouverture.

Ce fut un revers pour Ithaque : Graphinext avait conçu les pages du 3615 PLANETE MAG. Planète magique ne laissait cependant pas plus de 50 000 francs de factures impayées, ce qui représentait une faible portion du chiffre d'affaires de Graphinext, et une portion infime de celui d'Ithaque : Renard et Senant ne comprirent légitimement pas pourquoi Pascal vécut aussi mal la fermeture du parc.

Six mois après le lancement réussi du 3615 INVERSE, et une fois la guerre du Golfe achevée, Pascal s'était retrouvé sans divertissements susceptibles de lui faire oublier Émilie. Il commença alors à faire des cauchemars de plus en plus inquiétants. Dans l'un d'eux, Émilie dansait au Sexy 2000, quand une brutale dépressurisation se produisait. Il entendait un sifflement de plus en plus aigu, mais parvenait à l'arrêter en bouchant avec sa main les petits trous percés dans la vitre de séparation. De l'autre côté, le visage d'Émilie commençait à se déformer, comme celui d'Arnold Schwarzenegger dans *Total Recall*. C'était tellement affreux que Pascal accueillait l'explosion du corps d'Émilie avec soulagement, le sang projeté sur la vitre venant occulter le spectacle.

Houillard, qui savait à peu près tout ce qui se passait rue Saint-Denis et dans les rues avoisinantes, lui avait alors parlé de Planète magique. Graphinext avait facilement remporté l'appel d'offres pour la réalisation, l'hébergement et la maintenance des serveurs télématiques du parc. En tant que partenaire, Pascal s'était vu offrir un pass magnétique illimité. Planète magique était plutôt destiné aux enfants et aux adolescents, mais Pascal fréquentait quotidiennement ses bornes d'arcade, placées dans le décor précolombien de la salle *Eldorado*. Fonctionnant à pièce — ce qui en faisait l'unique attraction du parc connectée au monde réel — elles rappelaient à Pascal le dispositif du Sexy 2000, mais en moins implacable : si l'on savait éviter les *game over*, le temps d'une partie pouvait frôler l'éternité. Pascal affectionnait particulièrement le jeu de course *Out Run*, qui lui permettait, du circuit de *Coconut Beach* à celui d'*Autobahn*, de traverser le monde en compagnie d'une passagère qu'il identifiait, bien qu'elle fût blonde et de dos, à Émilie : ils étaient ensemble et laissaient au loin, dans leur irréalité de décors, les tours pétrifiées des *downtown*.

Pascal avait alors reçu, presque un an après leur séparation, un appel d'Émilie. Elle souhaitait le revoir. Sans trop réfléchir, Pascal lui donna rendez-vous dans le restaurant du parc, Le Mirage d'électron, où des écrans tactiles intégrés aux tables permettaient de commander directement les plats. Émilie détesta l'endroit et se montra particulièrement agressive. Elle aurait voulu retrouver un homme, pas un petit garçon prisonnier d'un monde imaginaire. Elle aimait le chef d'entreprise, l'homme qui commandait des hommes et qui gagnait de l'argent, le fondateur d'Ithaque, l'autodidacte, le rebelle du Minitel. Elle avait aimé sa timidité le soir de leur premier rendez-vous, au Costes, et aimé lui apprendre, elle qui avait beaucoup vécu, beaucoup plus que lui, beaucoup plus qu'il ne vivrait jamais — et des choses très dures —, à se départir de sa timidité, à sortir de l'enfance et à devenir un homme. Le voir ainsi s'extasier sur un écran tactile, alors qu'elle l'avait vu claquer des doigts à La Tour d'argent ou au Fouquet's pour faire venir un serveur à leur table, la rendait infiniment malheureuse. Il lui faisait un peu pitié. Elle l'aimait.

Pascal modifia radicalement son projet initial, qui avait été de faire découvrir à Émilie Planète magique dans sa totalité, en empruntant la navette qui traversait tous les niveaux du parc. Il lui prit simplement la main et lui demanda si elle voulait revenir. Il pleurait. Il avait eu peur, sans elle, pendant la guerre du Golfe — il avait perdu le sommeil et pensé sans cesse à la fin du monde. Elle lui avait manqué. Si elle avait été là, elle aurait éteint la télé et l'aurait pris dans ses bras. Sans elle, le monde devenait terrifiant, apocalyptique, inhumain. Il voulait se marier avec elle. Émilie accepta.

Oubliant aussitôt les critiques d'Émilie, Pascal se mit alors à vénérer Planète magique, qui venait de lui apporter le plus grand bonheur de sa vie. Il rendait grâce à chaque employé, à chaque client, à chaque machine et à chaque câble d'exister et d'avoir contribué au retour d'Émilie, qui lui paraissait, dans la lumière bleutée du Mirage d'électron, surnaturellement belle. Les attractions, dont la complexité infernale, qui engendrait panne sur panne, allait précipiter la fermeture du parc, apparurent soudain à Pascal justifiées dans leurs moindres détails. Planète magique recouvrait le monde d'une fine couche de jeu, de plaisir et de lumière. La promesse qu'il fit de ne plus jamais y retourner renforça la sacralité du lieu, qui devint le mausolée électrique de son amour.

Pascal prit dès lors la faillite du parc, qui intervint pendant les préparatifs du mariage, pour un mauvais présage. Planète magique ne fut cependant pas immédiatement démantelé. Unique ruine postmoderne de Paris, le parc resta figé pendant plus de dix ans dans son état de 1991, derrière les colonnes de marbre rouge de l'ancienne Gaîté-Lyrique. Des cataphiles décadents, lassés de l'humidité des sous-sols de la rive gauche, partaient parfois en expédition à travers ses étages aux fenêtres condamnées. Longtemps, la mairie de Paris espéra trouver un repreneur. Pascal y pensait parfois, mais il lui aurait fallu 100 millions.

Houillard indiqua alors à Pascal l'existence d'un immeuble à louer, non loin du parc en hibernation, de l'autre côté de la rue Saint-Denis. Il pouvait accueillir des bureaux sur au moins quatre niveaux.

Ithaque, à l'étroit rue Dutot, y emménagea à l'automne. L'immeuble était situé entre la rue de la Lune et la rue de la Ville-Neuve. Si les serveurs du 3615 IN-VERSE occupaient presque un étage entier, les autres employés d'Ithaque étaient un peu perdus dans les trois étages restants : la marge de progression du groupe était considérable.

Le mariage fut célébré dans la plus stricte intimité, à la mairie de Vélizy : outre les parents de Pascal et sa sœur, Caroline, qui servit de témoin à Émilie, le seul invité était Xavier Mycenne, le témoin de Pascal — bien qu'en tant que romancier expérimental kafkaïen étudiant la philosophie à Nanterre Xavier Mycenne ait avoué à Pascal mal comprendre les enjeux du mariage. Son expérience de témoin lui inspira un court texte, *Le Millionnaire et la strip-teaseuse*, qui se voulait une réécriture hallucinée de la nouvelle naturaliste à la Maupassant ou à la Huysmans, mais qui ressemblait objectivement plus au synopsis de l'une des séquences de strip-tease historique de *Cocoricocoboy*, l'émission humoristique coquine de TF1.

La théorie de l'information, Cyberpunk#2

A Mathematical Theory of Communication *commence par une définition générale de la communication : « Le problème fondamental de la communication est de reproduire en un point, soit exactement, soit approximativement, un message sélectionné en un autre point. Fréquemment, les messages ont une signification, c'est-à-dire qu'ils se réfèrent ou sont corrélés à un autre système par certaines entités physiques ou conceptuelles. Ces aspects sémantiques de la communication sont sans rapport avec les problèmes techniques. » Dès lors, tout processus de communication peut être ramené à un schéma très simple, fait de six boîtes blanches reliées par cinq flèches. La boîte la plus à gauche représente la* source *d'information. Elle contient la totalité des messages que la source peut émettre : pile ou face pour un lancer de pièce, six chiffres pour un jet de dé, plus de onze millions de mots pour un tirage aléatoire de cinq lettres (Shannon note au passage qu'on peut représenter tous ces tirages, même les plus complexes, par des suites plus ou moins longues d'éléments binaires). Le second rectangle symbolise l'*émetteur*. Il transforme ces messages en* signaux, *et les transmet à la* voie. *La* voie, *sur le schéma de Shannon, est située au centre du dessin. Elle peut en théorie être faite de n'importe quelle matière, comme du vide le plus poussé — le cuivre, le vide quantique ou le Saint-Esprit auront seulement des capacités différentes. La* *voie peut être affectée par du* bruit, *représenté par un rectangle situé en dessous d'elle, et qui pourra venir perturber le signal qu'elle transporte. Enfin, on trouve à la droite du schéma deux rectangles, symétriques à ceux de gauche : le premier symbolise le* récepteur, *qui transforme le signal reçu en message, et le second représente le* destinataire *du message. La communication désigne pour Shannon le processus par lequel un message sera sélectionné, transmis et reçu. La suite de l'article propose une théorisation mathématique complète du processus. Il s'agit pour Shannon de répondre, de façon très pragmatique, à quelques questions cruciales : quelle quantité d'information une voie peut-elle transmettre ? Comment lutter contre le bruit ? Dans quelle mesure faut-il renforcer la redondance d'un message pour éviter les équivocations ? Existe-t-il une manière optimale de plier les messages, qui leur permette, en prenant la forme aérodynamique et rapide des oiseaux, ou celle, ramassée et indestructible des insectes, de traverser tous les milieux sans être déchirés, coupés ou capturés ?*

16

« Path: gmdzi!unido!mcsun!cernvax!info
From: timbl@info.cern.ch (Tim Berners-Lee)
Newsgroups: alt.hypertext
Subject: Re: Qualifiers on Hypertext links...
Message-ID: <6484@cernvax.cern.ch>
Date: 6 Aug 91 14:56:20 GMT
References: <1991Aug2.115241@ardor.enet.dec.com>
Sender: n...@cernvax.cern.ch
Lines: 52
In article <1991Aug2.115...@ardor.enet.dec.com> kan...@ardor.enet.dec.com (Nari Kannan) writes: Is anyone reading this newsgroup aware of research or development efforts in the following areas: 1. Hypertext links enabling retrieval from multiple heterogeneous sources of information?

The WorldWideWeb (WWW) project aims to allow links to be made to any information anywhere. The address format includes an access method (=namespace), and for most name spaces a hostname and some sort of path.

We have a prototype hypertext editor for the NeXT, and a browser for line mode terminals which runs on almost anything. These can access files either locally, NFS mounted, or via anonymous FTP. They can also go out using a simple protocol (HTTP) to a server which interprets some other data and returns equivalent hypertext files. For example, we have a server running on our mainframe (http://cernvm.cern.ch/FIND in WWW syntax) which makes all the CERN computer center documentation available. The HTTP protocol allows for a keyword search on an index, which generates a list of matching documents as another virtual hypertext document.

If you're interested in using the code, mail me. It's very prototype, but available by anonymous FTP from info.cern.ch. It's copyright CERN but free distribution and use is not normally a problem.

The NeXTstep editor can also browse news. If you are using it to read this, then click on this: <http://info.cern.ch/hypertext/WWW/TheProject.html> to find out more about the project. We haven't put the news access into the line mode browser yet.

We also have code for a hypertext server. You can use this to make files available (like anonymous FTP but faster because it only uses one connection). You can also hack it to take a hypertext address and generate a virtual hypertext document from any other data you have — database, live data, etc. It's just a question of generating plain text or SGML (ugh! but standard) mark-up on the fly. The browsers then parse it on the fly.

The WWW project was started to allow high energy physicists to share data, news, and documentation. We are very interested in spreading the web to other areas, and having gateway servers for other data. Collaborators welcome! I'll post a short summary as a separate article. »

Le Club du Futuroscope se réunit en décembre 1991 dans l'appartement de Pascal. Il y avait, en plus de Pierre Bellanger et des deux Thierry, Ehrmann et Breton, un invité surprise de ce dernier, Jean-Marie Messier, énarque visionnaire devenu banquier chez Lazard, et pressenti aux plus hautes fonctions.

On fit d'abord un dernier bilan de la guerre du Golfe : excitant, positif, prometteur. L'ère des médias commençait véritablement et tournait au désavantage de la presse, qui perdait peu à peu son titre de *quatrième pouvoir*. L'information électronique triomphait. Thierry Breton raconta une anecdote qu'il tenait d'un ami travaillant au ministère de la Défense : un Scud s'était abattu sur un centre de commandement américain, en Arabie, tuant une quarantaine de personnes. Le missile antimissile Patriot l'avait tout simplement manqué. L'enquête du Pentagone mit en cause une erreur logicielle dans son système de guidage. Ainsi, conclut Breton, les informaticiens étaient désormais à l'avant-poste de la guerre moderne. D'ici à quelques années, la guerre se résumerait à des conflits entre logiciels. Le monde appartiendrait à celui qui saurait faire à temps les meilleures mises à jour, ou qui saurait propager les virus les plus indétectables. Il se tourna vers Pascal pour évoquer une nouvelle technique de piratage, qui intéresserait certainement le capitaine d'Ithaque : on parvenait désormais à prendre à distance le contrôle d'un ordinateur en y introduisant ce qu'on appelait un « cheval de Troie ».

Tous félicitèrent Pascal du mauvais tour joué à France Télécom. INVERSE était entré dans le *top 100* des serveurs les plus fréquentés, et s'approchait du *top 20*. De nouveaux départements étaient disponibles. Pascal annonça, en exclusivité, l'arrivée imminente de Rhône-Alpes, et le bouclage du territoire métropolitain, Corse comprise, pour Noël. Son abordage du 3611 avait fait du bruit, bien au-delà de la presse spécialisée. Pour *Le Parisien*, « Pascal Ertanger, venu du Minitel rose et s'attaquant à l'empire France Télécom, apportait au monde de la télématique le génie frondeur des Gaulois ». La photo qui illustrait l'article pouvait d'ailleurs évoquer Obélix : Pascal, physiquement peu sorti de l'adolescence, présentait un visage légèrement gras et portait des cheveux mi-longs attachés en arrière.

Ancien directeur de cabinet du ministre des Finances Balladur à la grande époque des privatisations, Jean-Marie Messier éprouva aussitôt une très vive sympathie pour le jeune entrepreneur pirate. Son passage dans le privé avait réveillé son attirance pour la vie de *golden boy*, même si, marié et père de famille, il conduisait une Renault Espace. Le haut fonctionnaire affranchi saluait l'opération commando menée contre France Télécom. Libéral, il jalousait un peu les grandes *success stories* du Minitel. Et, bien que catholique, il avait toujours reconnu des vertus au Minitel rose, qui avait après tout joué un rôle non négligeable dans l'incroyable succès de la télématique.

On convint pourtant que le filon économique risquait de se tarir bientôt, à moins d'un électrochoc technique que France Télécom semblait peu disposé à provoquer. S'il n'avait jamais rapporté autant d'argent, le Minitel avait perdu la bataille de la modernité, au profit d'un réseau universitaire émergent nommé *Internet*, dont tout le monde avait entendu parler mais que personne n'avait encore vu, à l'exception de Thierry Breton, que son activité au téléport du Futuroscope avait sensibilisé aux problématiques de la *veille technologique*, et de Thierry Ehrmann, qui fréquentait beaucoup les forums *Usenet* — des passionnés hypercompétents apportaient leur expertise sur toutes sortes de sujets : c'était magique.

Conçu à l'origine pour permettre à des utilisateurs distants de partager des tâches sur le même ordinateur, Internet était avant tout l'alliance de deux protocoles de communication, le protocole TCP et le protocole IP, qui permettaient, entre autres, à des chercheurs de s'envoyer des *courriers électroniques*. Thierry Breton communiquait ainsi avec les directeurs de plusieurs autres téléports, et avec certains de ses camarades de promotion partis pour la Silicon Valley. Internet, continua-t-il, avait été mis en place dans les années 1970, sous le nom d'*Arpanet*, et avait progressivement relié la plupart des universités et des grands laboratoires américains. L'architecture du réseau était intéressante. Elle n'avait rien à voir avec celle du Minitel. Si elle pouvait sembler de prime abord plus souple, elle était aussi moins sûre, ce qui rendait Internet commercialement peu viable.

Le Minitel fonctionnait, sur le principe du téléphone, par *commutation de circuits* : France Télécom établissait, à chaque fois qu'un appareil voulait se connecter à un autre, une ligne téléphonique éphémère entre les deux points distants. Cela exigeait une infrastructure un peu lourde, mais très robuste et parfaitement étanche. Internet fonctionnait à l'inverse sur le principe de la *commutation de paquets* : chaque message était découpé en blocs plus petits, sur lesquels on apposait une étiquette, avec l'adresse du destinataire et la position du bloc dans le message entier. On laissait ensuite ces petits paquets partir sur le réseau dans n'importe quel ordre, et dans n'importe quelle direction — sachant qu'à chaque intersection, on avait prit soin d'installer des *routeurs*. Ces routeurs lisaient l'adresse de destination des paquets qui leur parvenaient, et les transmettaient à d'autres routeurs, en tenant compte de l'état du réseau, de la densité du trafic ou du type d'adresse qu'ils desservaient. Ces routeurs étaient concrètement des ordinateurs assez simples. On pouvait se les représenter comme des restaurants routiers où des chauffeurs-livreurs établiraient leurs itinéraires en fonction des rumeurs de travaux ou d'embouteillages. Ou, mieux, comme des restaurants pour voyageurs de commerce, précisa Breton avec un demi-sourire — seul Pascal comprit l'allusion discrète à l'un des problèmes fondamentaux de la théorie des graphes.

Avec Internet, les paquets de données avançaient donc pas à pas, un peu à l'aveugle, vers leurs lieux de destination. C'était le protocole IP (*Internet Protocol*). Tout ordinateur connecté à Internet possédait une *adresse IP*, constituée de quatre blocs de nombres compris entre 0 et 254. Tant bien que mal, tous les paquets arrivaient à bon port, et l'ordinateur du destinataire les remettait en ordre pour reconstituer le message. Et si un paquet s'était perdu en chemin, il le redemandait simplement à l'expéditeur. Le traitement des messages en bout de ligne par les ordinateurs émetteurs et récepteurs — découpage, encapsulation et recombinaison — obéissait au protocole TCP (*Transmission Control Protocol*). Internet n'était que cela, un protocole TCP/IP.

Cette architecture réseau — y en avait-il seulement une ? — pouvait paraître un peu *byzantine*, voire *anarchique*, mais on disait qu'Internet avait été pensé pour résister à une apocalypse nucléaire : c'était un réseau de basse intensité et décentralisé, où l'intelligence était repoussée en périphérie, ce qui le rendait capable de survivre à de multiples coupures. Bref, c'était un réseau idéal en temps de guerre, et parfaitement inutile en temps de paix. L'avenir appartenait au Minitel, plus fiable, plus puissant et surtout doté d'un système de facturation éprouvé. La DGT et France Télécom avaient bien travaillé. Cependant, la France restait la France et les États-Unis, les États-Unis. Le Minitel n'avait pas encore gagné la bataille.

Le protectionnisme américain demeurait le principal obstacle, et la fin, depuis la loi antitrust de 1984, du monopole d'AT&T — l'ancienne Bell Company — sur les communications nationales n'y avait rien changé : le Minitel ne parvenait pas à s'imposer sur le marché américain. Le rêve américain du Minitel était d'autant plus mal engagé que France Télécom n'innovait pas assez. L'innovation technique la plus importante de ces dernières années, dans le domaine de la *réseautique*, concernait Internet : un informaticien de l'accélérateur de particules géant du CERN — le fait que cette innovation soit européenne était un peu agaçant — venait d'inventer un protocole de communication prometteur, qui pourrait à terme transformer Internet en un médium grand public, capable de concurrencer le Minitel.

Le protocole HTTP (*Hypertext Transfert Protocol*) allait modifier considérablement l'architecture du réseau. Internet était un graphe, c'est-à-dire un ensemble de points interconnectés. Jusqu'à maintenant, ces points avaient représenté strictement des ordinateurs. La géographie d'Internet avait donc jusque-là reproduit la géographie terrestre.

L'hypertexte était d'abord un langage informatique, le HTML (*Hypertext Markup Language*), qui permettait d'intégrer à des pages Internet des *balises hypertextes* qui pointaient vers d'autres pages. Ces balises étaient le plus souvent des mots, écrits en bleu plutôt qu'en noir, sur lesquels il fallait cliquer pour activer des *hyperliens*. Ces mots acquéraient ainsi la transparence germinative infinie des grains de pollen. Il devenait possible, avec une simple souris, d'accéder à un dictionnaire en cliquant directement sur le mot recherché. De même, un article scientifique, au lieu de se contenter de citer des travaux antérieurs, allait pouvoir mener directement à eux. Évidemment, ces liens hypertextes encapsulaient les adresses physiques des pages vers lesquelles ils conduisaient. Mais cette indication était secondaire, du point de vue de l'utilisateur, qui s'intéressait seulement à l'information, et non à l'endroit où elle était stockée. On avait l'impression, réelle, de *naviguer* de page en page plutôt que de machine en machine.

Ce protocole entérinait en fait l'idée qu'Internet était un nouveau Far West, un territoire vierge, un archipel sur le point de proclamer son indépendance. Et il allait immanquablement s'étendre jusqu'à, peut-être, attraper la Terre dans sa toile d'araignée — on appelait l'ensemble des pages écrites en langue hypertexte le « World Wide Web », ou plus simplement le « Web », c'est-à-dire la « Toile ». Ses racines plongeaient encore profondément dans le silicium serré de ses ordinateurs hôtes, mais la Toile, comme une biosphère indépendante, connaissait une efflorescence rapide loin de son substrat premier.

Thierry Breton évoqua à ce titre le concept d'émergence : l'arrivée de propriétés nouvelles, de haut niveau, sur des propriétés plus basiques. La vie était émergence. Le *World Wide Web* était l'émergence d'Internet. L'âge *sémantique* de l'information succédait à l'âge *syntaxique* : les machines savaient déjà se parler, elles allaient bientôt pouvoir se comprendre.

Tout allait dorénavant se passer très vite. Mais tout deviendrait aussi plus complexe. Si les concepteurs d'Arpanet, l'Internet primitif, avaient pu, en fermant les yeux, voir scintiller dans le noir la constellation du réseau primitif, s'il y avait encore cinq ans un ingénieur réseau pouvait en tracer le graphe à main levée, le Web déjouait par avance toutes ces tentatives. Chaque nouvelle page créée, avec ses hyperliens inédits, en remélangeait les cartes. L'activation de ces hyperliens par les usagers du réseau générait une forêt de graphes vierges qui devenait aussitôt la nouvelle frontière du réseau, la nervure ininterrompue qui en déployait le futur.

— Bref, conclut Pascal, le Minitel va nous permettre de tringler pendant encore un bon moment la vieille dame. Puis nous basculerons nos activités réciproques sur le réseau mondial.

— Le taux de pénétration du Minitel dans les foyers français, nuança Thierry Breton, demeure exceptionnel. Le Minitel reste à cet égard, et jusqu'à preuve du contraire, le seul réseau informatique grand public.

Pascal apercevait cependant les limites de l'utopie télématique française, et voulut savoir s'il existait des solutions d'interopérabilité entre le Minitel et Internet.

— Internet, lui répondit Breton, *est* interopérabilité : c'est une manière de faire fonctionner ensemble tous les types de machines, quelle que soit la nature du réseau qui les interconnecte — fibres optiques, câbles de cuivre, ondes radio... Les protocoles TCP/IP sont toutterrain. Dans la mesure où presque tous les serveurs télématiques tournent sur des PC, il suffit de relier ces derniers au réseau Internet pour proposer aux possesseurs de Minitel le contenu exponentiel du Web. À condition bien sûr d'en réécrire sévèrement les pages, et d'en exclure les images.

— Ce serait comme administrer une drogue dure au compte-gouttes, dit Bellanger, et après que les services de l'État l'auraient filtrée et épurée de tous ses contenus sexuellement explicites ou politiquement choquants. C'est la tradition absolutiste version électronique. Le panoptique et la prison pour atteinte aux bonnes mœurs. C'est à nous, investisseurs pirates, de devenir les nouveaux dealers de l'information libre, et d'empêcher France Télécom de prendre possession seule de ce nouvel eldorado.

Pierre Bellanger résuma alors l'expérience Skyrock. Les radios libres avaient rendu la parole au peuple, après plusieurs décennies de tyrannie télévisuelle, et plusieurs siècles d'obscurantisme *infocratique*. Il testait actuellement des émissions de libre antenne, pendant lesquelles des auditeurs se transformaient en animateurs, et pouvaient dire n'importe quoi. C'était le Minitel, en décuplé, en centuplé, car les dix abonnés d'un forum étaient remplacés par des centaines de milliers d'oreilles attentives. Au lieu de consommer l'information, le peuple commençait à la fabriquer. On était au seuil d'une révolution citoyenne et *mentale*. D'ailleurs, l'un des plus grands succès de la station était une émission de méditation, diffusée chaque dimanche soir juste avant minuit. Elle était animée par Francisco del Campo, un mage sophrologue, qui transportait les auditeurs dans ses paysages mentaux. Bellanger avait fait lui-même des expériences de sortie du corps et d'exploration de sa nature astrale, pendant lesquelles, guidé par le seul son de la voix de Del Campo, il avait traversé une supernova. L'émission était devenue une sorte de phénomène de société. Les messages de remerciement affluaient de partout, même de Belgique. Des auditeurs avaient vu, en une demi-heure, leur vie changer à jamais. Les grands idéaux des années 1970 étaient encore vivaces, et réactivables à volonté.

L'émergence d'une société mondiale spirituelle et hédoniste était désormais une certitude. Le Minitel avait fédéré beaucoup de frustration sexuelle : c'était le premier pas vers le nouvel âge d'or. En libérant la parole malheureuse, il avait pu déblayer le chemin vers une parole libérée. Les auditeurs-animateurs de ses émissions de libre antenne étaient les enfants de la génération télématique. Ils avaient appris la puissance du Verbe. Bellanger voyait en Internet un Minitel entièrement positif. Un âge d'or, un jardin d'éden électronique.

Il délivra alors une courte leçon d'écologie positive. La connaissance en était l'élément-clé. L'histoire de la Terre était une histoire de sphères successives : la sphère minérale, puis les sphères végétale et animale, et enfin la sphère spirituelle, la noosphère. Les nouveaux médias étaient la noosphère, l'environnement ultime des hommes de demain. L'écologie, science des systèmes complexes et des interactions, science de la coexistence pacifique des espèces du vivant, avait mis au jour des harmonies universelles applicables dans toutes les sphères. Il y avait une écologie de l'esprit, dont del Campo était l'un des architectes. Le mythe écologiste fondamental, celui de Gaïa, Terre nourricière, mais aussi Terre spirituelle, s'incarnait à merveille dans le nouveau réseau que Breton venait de décrire.

Jean-Marie Messier avait écouté Pierre Bellanger avec attention. Le catholique qu'il était souscrivait largement à cette vision eschatologique. C'était d'ailleurs en fouillant le sous-sol de notre vieille planète que Teilhard de Chardin, prêtre et paléontologue hyper-évolutionniste, avait formé sa théorie du *point oméga*, stade terminal de l'évolution spirituelle de l'univers. Le catholicisme avait toujours été une religion terrestre, largement structurée autour des quatre éléments primitifs qu'étaient l'eau, l'air, la terre et le feu : il n'y avait qu'à regarder la symbolique des cathédrales. Mais un élément se distinguait tout particulièrement pour Messier : l'eau purificatrice du baptême. Alors que son parcours professionnel lui ouvrait triomphalement les portes du capitalisme français, Messier ne convoitait ainsi qu'un seul poste, celui de P-DG de la Compagnie générale des eaux. Ce serait pour lui un acte apostolique : il offrirait l'eau vive à des millions de personnes.

Messier relisait les Évangiles à la lumière des sciences contemporaines. Il s'était beaucoup intéressé aux travaux de Benveniste sur la mémoire de l'eau. L'empreinte que le Christ avait laissée dans les eaux du Jourdain n'était peut-être pas seulement symbolique. La présence réelle de son corps dans l'hostie était quasiment démontrable. Il y avait d'ailleurs beaucoup de points communs entre l'homéopathie et les guérisons miraculeuses obtenues à Lourdes. La présence du Christ était partout palpable. La thermodynamique avait par exemple prouvé, au vu de la petitesse, du nombre et de la vélocité des molécules de l'air, qu'à chaque inspiration tout homme ingérait une partie du dernier souffle du Christ.

Thierry Ehrmann révéla alors que son père avait appartenu à l'Opus Dei. Il avait ainsi découvert très jeune que l'Église était au-dessus du bien et du mal. Par-delà l'histoire, sa mission était de révéler les pouvoirs de l'Esprit. L'Église était une entreprise alchimique qui cherchait à fabriquer un homme nouveau, évidemment éternel, mais surtout intensément libre : un homme-ange, débarrassé de toutes ses attaches matérielles. La mise à nu des pouvoirs spirituels était l'unique but de l'Église. L'Église, à son sens, était luciférienne.

La structure décentrée, acéphale, rhizomique et chaotique d'Internet retenait son attention depuis bientôt dix ans. La théorie du chaos, qu'il exposa dans ses grandes lignes, apportait une compréhension des systèmes instables, et montrait qu'ils pouvaient se stabiliser autour d'*attracteurs étranges*. Les paradigmes newtoniens de la puissance et de la force étaient remplacés par les paradigmes plus subtils de l'attraction et de la séduction. La séduction était justement le grand thème luciférien.

Les premiers réseaux fonctionnaient sur l'asservissement d'un ordinateur par un autre : on parlait de systèmes maîtres-esclaves. Le Web rendait les ordinateurs égaux, égaux au sein d'une république informe, où à tout moment un ordinateur, par la grâce des liens HTTP, pouvait se retrouver en position d'élu. Internet était messianique, et comme tel plus proche d'une boîte échangiste que d'un club SM.

Passé deux heures du matin, après les départs de Messier et Breton, soumis à des horaires plus stricts qu'Ehrmann et Bellanger ainsi qu'à un certain devoir de réserve, la discussion se fit plus intime. Émilie ne tarda pas à rentrer. Elle avait passé la nuit sur le 3615 ELYANGE, qu'elle venait de relancer, et qui fêtait depuis le retour de sa grande prêtresse. Elle alla se coucher presque aussitôt dans le lit surélevé.

Thierry Erhmann avait appartenu à la franc-maçonnerie, ou plutôt à une loge hétérodoxe de celle-ci, consacrée à la *voie sèche* : école de solitude et de construction de soi. Il était passé des catacombes parsemées de morceaux de verre et de fragments d'os humains de ses années punk aux salles d'initiation aveugles de la franc-maçonnerie — il commençait en somme à s'y connaître en crânes. Il était mort plusieurs fois. Il était le Phénix. Les affaires, l'argent, le pouvoir : tout cela n'avait jamais été qu'un moyen pour lui. Il était le messager d'un monde nouveau. Il avait ressenti, très jeune, jusqu'à en devenir fou, l'émergence du chaos. Le mouvement punk n'en avait été qu'une approximation modeste. Les sociétés occidentales, il en avait maintenant la certitude absolue, étaient détruites. Mais presque tout le monde l'ignorait, ou préférait l'ignorer. La décadence était pourtant totale. Totale, à l'exception du monde protégé de l'informatique. Un monde que le mal n'avait pas encore contaminé. Là-bas, en plein pays biblique, une nouvelle loi était apparue avec les grands chocs pétroliers : le monde moderne, basé sur les énergies telluriques et fossiles, vivait ses dernières heures. Bientôt, le pétrole viendrait à manquer. L'humanité avait commencé sa traversée du désert. Mais le désert était fait de sable, et le sable de silicium : la manne informationnelle était apparue. Les empires de l'énergie s'émiettaient déjà. Les empires de l'information allaient prendre le relais.

Il était presque trois heures du matin. Pascal, qui avait beaucoup trop bu, écoutait Ehrmann et Bellanger raconter la défaite de l'ancien monde et l'avènement d'un monde nouveau. Il se remémora ses premiers jeux de rôle, quand il écoutait les maîtres du jeu bâtir des civilisations entières.

Ils décrivirent à Pascal le milieu échangiste — le paradis douteux de la télématique, son horizon ultime, que tous les usagers du rose avaient soupçonné, convoité ou craint, car il désignait l'envers absolu de leur solitude. Ces orgies étaient pourtant moins sexuelles que métaphysiques. On trouvait l'infini dans la proximité des corps. Le monde de l'échangisme était un réseau nu, immédiat, où les corps et les esprits humains libérés constituaient les seuls messages. Mais tenir un corps inconnu, épuisé, sans savoir ni son nom ni sa raison sociale, ni peut-être même son sexe ou son âge, était une expérience d'une grande douceur et d'une grande sauvagerie.

Les véritables libertins atteignaient ainsi des états d'humanité supérieure, en plongeant avec leurs cinq sens dans la tribu primordiale, dans le peuple humain rassemblé pour des cérémonies intimes et terminales. La noosphère trouvait dans la partouze une incarnation charnelle. L'âge des machines, communicantes, désirantes et réplicatives, se confondait pour Ehrmann et Bellanger avec un âge d'or spirituel et sensible.

Pascal n'avait réalisé, dans sa vie quotidienne, aucun des idéaux du rose. Ancien industriel du sexe, il était resté un adolescent obsessionnel et complexé, tandis qu'Ehrmann et Bellanger représentaient les hommes mûrs d'une civilisation nouvelle. Il se serait sans doute laissé initier ici même, si l'idée de partager le corps d'Émilie ne lui avait pas été insupportable.

Ehrmann et Bellanger partirent enfin. Pascal frappa dans ses mains pour éteindre les lumières halogènes. L'appartement était silencieux. On entendait au loin le ronronnement de basse intensité des villes endormies : celui des ordinateurs distordant des polygones sur leurs écrans de veille et des réfrigérateurs tentant de contenir, localement, le développement de la vie bactérienne. Paris atteignait sa quantité de mouvement la plus faible.

Le ciel était déjà bleu quand Pascal s'endormit contre le corps chaud d'Émilie.

La symétrie du schéma de Shannon n'est qu'apparente. Pour qu'il y ait communication, il faut que le destinataire ignore ce qui va lui être transmis. Shannon nomme information *la levée de cette incertitude, opérée par la réception d'un message. Elle est donc proportionnelle à la quantité de surprise que ce message contient : moins le destinataire est capable d'anticiper ce qu'il va recevoir, plus l'incertitude dissipée sera grande — la quantité d'information par message étant maximale quand la source est aléatoire. L'information, au sens de Shannon, n'est que cela. Shannon recherche alors une formule mathématique capable de rendre compte de cette intuition fondatrice. Il aboutit à la formule :*

$$H = -K \sum_{i=1}^{n} p_i \log p_i$$

qui donne, en fonction de la répartition probabiliste pI *des différents symboles* i *qu'une source* est susceptible d'émettre, *la quantité moyenne d'information contenue dans ses messages. On reconnaît la formule de l'entropie de Boltzmann,* S = k logW. *L'entropie d'un système thermodynamique et celle d'une source mathématique sont toutes deux définies en fonction du nombre et de la probabilité des états qui leur sont accessibles. La grandeur* H *sera bientôt connue sous le nom* d'entropie de Shannon : « *Il me fallait lui donner un nom. J'ai pensé à l'appeler* information, *mais le mot étant beaucoup trop largement utilisé, j'ai décidé de l'appeler* incertitude. *J'en ai discuté avec von Neumann, qui m'a soumis une idée bien meilleure. Von Neumann m'a dit : "Vous devriez l'appeler* entropie, *et ce pour deux raisons. Pour commencer, votre fonction d'incertitude existe déjà sous ce nom en mécanique statistique, donc il est inutile de la renommer. Mais surtout, et c'est le plus important, personne ne sait ce que signifie réellement l'entropie, ce qui vous donnera un avantage certain dans toutes les controverses."* »

17

« Tous les temps depuis Septembre 1993. Un des
rythmes saisonniers de l'Usenet utilisé à l'afflux annuel
de Septembre de débutants ignorants qui, dépourvue
de tout sens de la nétiquette, a fait une nuisance générale d'eux-mêmes. Cela a coïncidé avec un collège de
personnes commençant, obtenant leurs comptes sur
Internet d'abord, et de plonger dedans sans se soucier
de savoir ce qui était acceptable. Ces projets relativement faibles de newbies pourrait être assimilé en quelques mois. Mais en Septembre 1993, les utilisateurs
d'AOL est devenu capable de poster sur Usenet, presque écrasante des anciens la capacité de les accultu-
rer ; à ceux qui rappellent avec nostalgie la période
précédente, ce qui a déclenché un déclin inexorable de
la qualité des discussions sur les newsgroups. Syn.
Septembre Éternel. »

http://translate.google.fr/translate?hl=fr&sl=en&u
=http://www.catb.org/jargon/html/S/September-that-never-ended.html.

L'idée d'un réseau mondial était ancienne. Les premiers câbles télégraphiques sous-marins, des fils de cuivre recouverts de gutta-percha, furent mis en service
dans les années 1850.

La Terre fut progressivement capturée dans un filet
de plus en plus serré qui répara la Pangée primitive :
l'Atlantique se referma, du nord vers le sud, l'Arabie et
l'Inde furent recousues à l'Europe, la Méditerranée fut

asséchée — dans les années 1960, à l'image de Jules Verne embarquant à onze ans sur un vaisseau en partance pour les Indes, Gérard Théry, le futur directeur de la DGT, embarqua, ses études d'ingénieur en télécommunication terminées, sur un navire câblier qui déposa un géodésique de cuivre au fond de la Méditerranée.

La première moitié du XXᵉ siècle vit le développement spectaculaire de la radio. Des antennes géantes, dont la plus célèbre reste la tour Eiffel, furent dressées tout autour du globe afin d'en exploiter les propriétés magnétiques, qui se révélèrent parfois curieuses — des messages piégés dans la haute atmosphère défièrent ainsi l'ordre du temps, en revenant du passé plusieurs mois après leur émission, laissant penser que certains phénomènes météorologiques, comme les dépressions ou les orages magnétiques, pouvaient se comporter comme des appareils d'enregistrement naturels. À une trentaine de kilomètres au sud de Paris, à Sainte-Assise, sur un plateau forestier qui dominait la Seine, on construisit en 1921 le plus puissant émetteur radio de l'histoire : seize mâts haubanés, hauts de 250 mètres, étaient couplés ensemble pour former une seule antenne virtuelle de trois kilomètres de long, dont les émissions pouvaient atteindre le Japon. Cette antenne géante, dont les ondes pouvaient également pénétrer sous la moitié des eaux du globe, fut bientôt réquisitionnée par les nazis, qui l'utilisèrent pour communiquer avec leurs sous-marins.

Les communications radio s'étendirent après guerre à l'espace. Des milliers de radio-amateurs tout autour du monde purent ainsi convertir le signal hertzien élémentaire du premier Spoutnik en signal sonore. Le bruit, qui évoquait, avec ses régularités et ses interférences, celui de l'appareil cardio-respiratoire quand il était soumis à un fort stress, se distordait à mesure que le satellite s'éloignait : on avait alors l'impression d'entendre crier l'espace. L'air, la terre, la mer et l'espace, les quatre théâtres d'opérations de la Seconde Guerre mondiale et de la guerre froide, livrés pendant des années aux ingénieurs en communication rivaux, pouvaient désormais transmettre des messages civils. Internet vint alors assurer l'interopérabilité du dispositif. L'espace informationnel délivra les espaces enchâssés de l'ancien cosmos. La guerre du Golfe servit de signal test.

Tout s'accéléra à partir de 1993, année qui vit Marc Andreessen, un étudiant de l'université d'Illinois âgé de vingt-deux ans, inventer Mosaic, le premier *navigateur Web* : l'opacité un peu technique d'Internet disposait dorénavant d'une interface simplifiée, qui intégrait les protocoles hypertextes dans un environnement graphique d'utilisation facile. En quelques mois, Mosaic s'imposa comme le premier logiciel grand public de l'histoire du Web.

L'aventure télématique française était désormais condamnée. Pourtant, la grande extinction annoncée par les futurologues ne se produisit pas : le Minitel, contre toute attente, résista. On sollicitait toujours INVERSE, COMPTA, VERIF et ULLA. On s'inscrivait encore à l'université sur RAVEL et on réservait des trains sur SNCF. Les Français, jadis à l'avant-garde des réseaux, étaient devenus réactionnaires. Ils s'étaient attachés au Minitel, et n'avaient, à 99 %, jamais entendu parler de Netscape. Ces 99 % de Français faisaient honte au 1 % restant. Pascal avait honte d'Ithaque.

En 1994, Thierry Breton remit aux ministres chargés du Développement économique et de l'Aménagement du territoire Madelin et Pasqua un rapport qui démontrait pourtant la viabilité économique du Minitel, à court, moyen et long terme : « Les 160 millions qui ont été investis pour le serveur expérimental de Vélizy et pour le prototype de l'annuaire électronique ont été à l'origine d'une industrie nouvelle de produits logiciels et ont engendré la création de nombreuses PME dans ce secteur [...] Seule la France a réussi à rentrer dans la zone vertueuse en libérant les forces du marché, qui ont créé une offre de service abondante permettant un prix raisonnable, et en suscitant une demande suffisante pour rentabiliser les services. »

Pascal faisait figure de prédateur modeste, dans un écosystème stabilisé. De l'astrologie à la finance, ses serveurs couvraient presque toute la gamme des intérêts humains.

Un soir de l'été 1972, Pascal avait manqué le passage d'un satellite au milieu du ciel étoilé. Une crise d'asthme assez grave, survenue dans l'après-midi, l'avait contraint à se coucher tôt, tandis que ses parents et sa sœur étaient restés dans le jardin pour voir des étoiles filantes. Ils virent ainsi un objet étrange, beaucoup plus lent qu'un météore, mais dont la luminosité ne déclinait pas à mesure qu'il traversait le ciel. Le déplacement continu d'un point lumineux sur le ciel, simple reflet du soleil sur les feuilles d'or d'un satellite, représentait alors un événement assez rare, et plus notable qu'une pluie d'étoiles filantes. Le récit du micro-événement cosmologique que lui fit sa sœur le lendemain déclencha chez Pascal une crise de jalousie disproportionnée. Il déroba alors la plus petite pièce d'un puzzle que sa sœur avait eu à Noël, cadeau du comité d'entreprise d'Alcatel, qui offrait un panorama de tous les engins volants, disposés autour d'une montgolfière : la pièce représentait un satellite de communication.

Pascal eut beau visiter plus tard, avec son école, l'atelier de montage des satellites d'Aérospatiale aux Mureaux, la vision prolongée d'un satellite saisi dans sa nouveauté frémissante — l'objet, énorme, était recouvert d'un film doré, comme s'il sortait d'un bain de miel — ne parvint pas à atténuer son sentiment de prédestination néfaste, sur fond de complot familial et d'allergie mortelle : il avait raté, à cinq ans, son unique conjonction astrale. Devenu l'éditeur d'un serveur astrologique, il repensait quelquefois à cette aventure, à laquelle il avait donné, enfant, une importance démesurée. Il avait vu depuis, dans les ciels d'été, d'autres satellites avec indifférence, et n'avait entrepris aucune démarche particulière, alors qu'il connaissait des astronomes amateurs, pour apercevoir la comète de Halley en 1986. Vingt ans plus tard, la pièce du puzzle était pourtant encore dans son portefeuille, molle et décolorée.

Malgré ses nombreux succès dans la télématique, et son statut d'entrepreneur prodige, Pascal avait peur de manquer la révolution Internet. Il avait déjà vingt-six ans. En économie comme en astronomie, les conjonctions propices étaient rares, et les fenêtres de tir se refermaient très vite.

C'est donc avec une certaine précipitation que Pascal lança le 3615 INTERNET, la première interconnexion commerciale entre le Minitel et Internet. Ce service, qui permettait d'échanger des courriers électroniques avec le monde entier, resta cependant le plus confidentiel des produits d'Ithaque.

Alors que les activités commerciales sur Internet, rassemblées sous le nom de domaine « .com », étaient encore à un stade embryonnaire, que seules les grosses entreprises informatiques pouvaient fabriquer le *hardware* nécessaire au développement du réseau et que Netscape occupait sur le marché du *software* une position imprenable, il n'existait en réalité qu'une manière de rendre Internet profitable à Ithaque : c'était, en se tenant légèrement en retrait de la bataille principale, de vendre à des particuliers et à des entreprises des accès au réseau. Sur ce marché émergent, la concurrence était encore infime. Il n'existait, en France, que trois fournisseurs d'accès à Internet : Oléane, FDN et Altern. Il est vrai qu'ils se répartissaient dix mille clients à peine, alors que les minitélistes étaient mille fois plus nombreux.

Pascal prit donc la décision de créer un nouveau fournisseur d'accès à Internet. Il importait peu que le marché soit minuscule, et qu'ils soient déjà plusieurs à se le partager : le développement d'Internet était exponentiel. Son offre serait de toute façon assez intéressante pour créer de la demande.

En souvenir de ses longues discussions mystiques avec Ehrmann et Bellanger sur le rôle luciférien du capitalisme, comme de ses aventures préindustrielles dans le secteur du jeu vidéo, Pascal décida de baptiser son fournisseur d'accès à Internet *Démon*. Démon allait, comme l'animal mythique de Maxwell, travailler gratuitement pour lui et le rendre richissime.

Les premiers mois de Démon furent difficiles, sur le plan technique comme sur le plan juridique. Pascal n'ayant ni les moyens ni l'autorisation de dérouler des câbles sous les océans et sous les trottoirs des villes pour fabriquer un réseau semblable à celui de France Télécom, les clients de Démon devaient emprunter le réseau téléphonique traditionnel, jusqu'au premier central France Télécom, qui les redirigeait vers un routeur installé chez Ithaque, rue de la Ville-Neuve. Ce routeur était à son tour relié, cette fois par une fibre optique que Pascal avait fait déployer dans les égouts, au *data center* le plus proche, situé rue des Jeûneurs. La société américaine Telehouse venait en effet d'acheter un immeuble, situé tout près de la Bourse, et l'avait reconverti en salle informatique géante, afin d'offrir aux milieux financiers des connexions à très haut débit. Ithaque y louait un routeur, qui constituait son unique point d'accès à Internet.

Tout cela se faisait de façon absolument automatique et souterraine : France Télécom faisait son travail à l'aveugle, sans distinguer, parmi les flux d'information traités, ceux qui n'étaient pas générés par des conversations entre personnes humaines, mais par des dialogues entre machines. Il existait un vide juridique. Son exploitation par Ithaque engendrait d'inévitables engorgements et ralentissements ; l'exploitation furtive du réseau vocal était à ce prix.

Rien ne ressemblait pourtant moins à la voix humaine que le bruit d'Internet, transformé par les modems en cri inarticulé. On entendait d'abord une courte succession de notes, qui formaient un thème interrogatif. Pascal connaissait le procédé, qu'on pouvait assimiler à la procédure DTMF — la possibilité de composer un numéro en envoyant des impulsions musicales dans le micro du téléphone. On trouvait dans le commerce des répertoires électroniques dotés d'un petit haut-parleur capable de jouer ces mélodies à huit notes. Certains minitélistes experts en avaient même proposé des versions purement rythmiques, et parvenaient à composer des numéros en appuyant plusieurs fois par seconde sur la touche *Connexion/Fin* de leurs Minitel : c'était la procédure *takatakata*. Mais Internet avait porté ces procédés musicaux à leurs limites. Après la phase interrogative, quand la connexion était établie, les notes devenaient de plus en plus aiguës et rapprochées, comme si leurs fréquences devaient tendre vers l'infini pour pénétrer dans les étroites fibres de cuivre du réseau téléphonique. Le son se distordait enfin jusqu'à abandonner toute forme humaine. Arrivée à 56 kilobits par seconde, l'information sortait du domaine musical : l'oreille humaine prenait ses trilles complexes pour un souffle continu.

Après avoir caractérisé l'information et découvert une formule permettant de la mesurer, Shannon va définir son unité élémentaire. Il s'appuie pour cela sur une source dont l'alphabet se limite aux deux seuls caractère a *et* b. *Son entropie s'écrit, si l'on applique la formule* H :

$$H(a, b) = -p(a)\log p(a) + p(b)\log p(b).$$

On peut représenter la courbe que décrit H *en fonction des différentes valeurs prises par* p(a) *et* p(b) : *il s'agira d'une parabole, dont le sommet, situé au-dessus de l'endroit où les deux probabilités s'équilibrent, atteint la valeur maximale de 1. C'est bien le résultat attendu par Shannon : la quantité d'information délivrée par une source est maximale quand ses tirages sont équiprobables — le destinataire du message ne disposant alors d'aucun biais statistique sur lequel fonder des prédictions fiables. Dans la mesure où toutes les sources, quelle que soit la complexité des alphabets qu'elles utilisent, peuvent être représentées par des chaînes de 0 et de 1, la quantité maximale d'information contenue dans cette source élémentaire fournira l'unité de base pour mesurer l'information. On baptisa cette unité le* bit.

18

« Internet ne comporte aucun système de sécurité.
Un message envoyé sur Internet navigue successivement sur plusieurs réseaux où il peut être intercepté et
lu impunément. De même des serveurs insuffisam-
ment protégés ont subi dans un passé récent de nombreuses intrusions après avoir été raccordés au réseau.
Sa fiabilité est aussi en cause. L'acheminement des
messages n'est pas garanti. Des embouteillages peuvent bloquer le réseau pendant de longues minutes,
voire même des heures et conduire ainsi à des pertes
de messages. Enfin, il n'existe pas d'annuaire des utilisateurs ou des services. Le bouche-à-oreille constitue
le mode de fonctionnement le plus répandu de ce
réseau. De plus il n'existe aucun moyen de facturation
sur Internet, si ce n'est l'abonnement à un service,
auquel on accède avec un mot de passe. Ce réseau est
donc mal adapté à la fourniture de services commerciaux. Le chiffre d'affaires mondial sur les services
qu'il engendre ne correspond qu'au douzième de celui
du Minitel. Les limites d'Internet démontrent ainsi qu'il
ne saurait, dans le long terme, constituer à lui tout seul
le réseau d'autoroutes mondial. »

Les autoroutes de l'information, rapport de Gérard
THÉRY remis au Premier ministre en 1994.

Le 21 décembre 1993, le vice-président américain Al
Gore avait annoncé au monde l'imminence d'une nouvelle révolution industrielle : « Après la Seconde Guerre
mondiale, quand des millions de familles américaines

ont acheté des automobiles, nous nous sommes retrouvés avec un réseau autoroutier obsolète. Nous avons alors construit un réseau d'autoroutes nationales. Et il a largement contribué à notre prédominance économique mondiale. Aujourd'hui, le commerce a besoin non seulement d'autoroutes en asphalte, mais aussi d'autoroutes de l'information. [...] Nous allons construire une société de l'information. »

Pendant le sommet du G7 de 1982, la France avait offert aux pays les plus riches du monde une démonstration de prestige du Minitel, dans la galerie des Batailles du château de Versailles. Les autoroutes de l'information furent l'un des thèmes principaux du sommet de Naples, en juillet 1994. On peut relever, dans sa déclaration finale, une référence explicite au discours d'Al Gore : « Nous encouragerons et développerons l'innovation et la diffusion des nouvelles technologies, notamment le développement d'infrastructures d'information combinant ouverture, compétitivité et intégration à l'échelle du monde. »

L'année suivante, la Commission européenne organisa une conférence interministérielle sur la société de l'information. Puis l'Unesco reprit ce thème, avec enthousiasme : Internet apporterait l'école pour tous, la fin des dictatures et la citoyenneté mondiale. Enfin, l'OMC parvint, en 1998, à un accord global sur l'ouverture à la concurrence du marché mondial des télécommunications.

On assistait là au meilleur de l'*internationalisme*, un mode de gouvernance optimiste, rationnel et progressiste, qui sera bientôt rebaptisé *mondialisation*.

En attendant le plein déploiement d'Internet, le concept de *société de l'information* fut repris par les grands fabricants de matériel informatique, qui renouvelèrent leur approche marketing en développant l'idée que la véritable place des ordinateurs n'était plus dans le bureau, mais dans le salon. Il fallait à cet égard moins parler d'ordinateurs que de *plates-formes multimédias* : il s'agissait d'ordinateurs de loisir, qui comportaient, d'origine, des enceintes intégrées, un lecteur de CD-ROM (des CD d'un type spécial, offrant du son et de l'image, et permettant leur exploration interactive), une télécommande et un micro, ainsi que divers logiciels multimédias, de l'émulateur de Minitel à la radio FM, du jeu de tir en 3D polygonale à l'encyclopédie universelle Encarta. Le PC multimédias devait à terme remplacer chaînes hi-fi, consoles, bibliothèques et téléviseurs. Son design était parfois recherché ou ludique. Il était équipé du système d'exploitation *à environnement graphique* Windows, avec ses fenêtres, sa barre des tâches et sa touche « Démarrer », qui remplaçait l'austère MS-DOS, dont l'interface *en lignes de commandes* semblait avoir été conçue à la destination exclusive des informaticiens. Les ordinateurs multimédias étaient enfin vendus avec des *CD-ROM de prestige*.

Les CD-ROM de prestige, qui servaient à démontrer les capacités exceptionnelles des ordinateurs multimédias, furent les objets à travers lesquels le grand public pénétra dans l'ère de l'information. Ils proposaient, en général, d'effectuer la visite virtuelle d'un musée au son des plus grands airs de la musique classique. En déplaçant le curseur au moyen de la souris ou de la télécommande, on faisait apparaître, sous les reproductions fidèles des chefs-d'œuvre de la peinture, des informations sur le peintre ou sur les techniques utilisées, et même, grâce à des calques ingénieux, sur la composition du tableau. Ces musées virtuels regorgeaient d'espaces à explorer ; il était presque impossible de tout voir. On pouvait y emmener ses enfants pour qu'ils s'amusent à reconstituer un puzzle de *La Joconde* ou à colorier un Picasso. Les aspects immersifs et les aspects éducatifs se renforçaient mutuellement.

Le journaliste Frédéric Taddeï acheva de populariser l'objet en faisant apporter sur le plateau de l'émission *Nulle part ailleurs* une palette pleine d'annuaires, et en tenant à la main un CD-ROM qui les contenait tous ; ce fut l'apothéose du discours fondateur de Gérard Théry sur la fin de la civilisation du papier.

Tous les ordinateurs multimédias étaient enfin vendus avec des modems internes. Ils permettaient en théorie de se connecter à Internet via une simple prise téléphonique. À condition, cependant, d'avoir souscrit à une offre d'abonnement auprès d'un FAI (fournisseur d'accès à Internet). On accédait à ces offres en se procurant leurs CD-ROM promotionnels.

Pascal Ertanger fut l'introducteur de ce concept marketing innovant.

Il fit graver, dès 1994, un *kit de connexion à Internet* sur des milliers de CD-ROM. Il s'agissait d'un petit logiciel qui comprenait sa propre notice d'installation et de fonctionnement — un guidage de l'utilisateur pas à pas. Une fois installé, le logiciel expliquait comment configurer le modem de façon à ce qu'il appelle un serveur situé chez Ithaque. Ce serveur permettait de télécharger le navigateur Netscape, la version commerciale du navigateur Mosaic, qui était offerte par Démon. Le réseau mondial, via Telehouse, était désormais accessible. Démon offrait trois heures de communication gratuites, puis facturait l'heure 80 francs. Mais il était possible de souscrire à une offre beaucoup plus avantageuse, en s'abonnant pour 240 francs par mois.

Pascal établit de nombreux partenariats avec des sociétés de presse et des éditeurs, qui glissèrent volontiers son CD-ROM entre les pages de leurs magazines ou de leurs livres : *Le Monde informatique*, pour son numéro « spécial Netscape », avait tout intérêt à permettre l'essai immédiat du logiciel star en conditions réelles, tout comme les éditions Micro Application, qui publiaient un *Manuel de navigation Internet pour débutants*. Presque toutes les boutiques d'informatique de Paris acceptèrent par ailleurs d'accueillir un présentoir Démon rempli de kits de connexion gratuits — un graphiste free-lance avait dessiné un démon présentable et grand public, dont la queue terminée par une arobase faisait le tour du monde.

Démon acquit ainsi, à moindre coût, une exposition maximale, et put apparaître, pendant quelques mois, comme l'unique FAI de France. Il y eut des semaines, vers la fin de l'année 1994, pendant lesquelles Démon recrutait plus de mille nouveaux clients par jour. Il fallut d'urgence faire installer des lignes téléphoniques nouvelles, et doubler, puis tripler, et même quadrupler la puissance des serveurs.

Ithaque compta bientôt près de cinquante employés, dont plus des trois quarts travaillaient pour Démon. Cependant le chiffre d'affaires du groupe, qui atteignit en 1995 plus de 60 millions de francs, était généré à plus de 80 % par ses activités télématiques. La répartition des ressources humaines était particulièrement déséquilibrée. Pascal devait effectuer un arbitrage.

Ratifié en 1992, le traité européen de Maastricht impliquait le renoncement progressif des États signataires à leurs monopoles historiques. Une dérogation à l'article L. 33-1 du code des postes et télécommunications, qui stipulait jusque-là que « les réseaux de télécommunications ouverts au public ne peuvent être établis que par l'exploitant public », fut d'abord votée en 1993, puis l'article fut entièrement modifié trois ans plus tard : « L'établissement et l'exploitation des réseaux ouverts au public sont autorisés par le ministre chargé des télécommunications. »

Démon put enfin devenir un opérateur à part entière.

Pascal prit alors la décision de démembrer son empire, et de céder toutes ses activités liées au Minitel. C'était un véritable coup de poker : Démon était largement déficitaire, alors que les activités liées au Minitel étaient toutes ultrarentables. Mais Pascal avait fait ses comptes. 5 % des internautes français avaient déjà choisi Démon, dont les parts de marché étaient en augmentation constante, sur fond d'explosion du nombre global d'abonnés. Le grand saut devait être accompli maintenant, ou jamais, d'autant qu'un groupe d'investisseurs, séduit par le retour rapide sur investissement des avoirs télématiques d'Ithaque et indifférent au sort à moyen terme du Minitel, était prêt à racheter INVERSE, PARA, EZECH, ARCANE, ELYANGE et tous les autres serveurs édités par Ithaque pour 150 millions de francs. La transaction fut rapidement conclue. Fait exceptionnel, elle ne fut suivie d'aucune restructuration : la gestion de Pascal avait toujours été serrée, et ses coûts de fonctionnement réduits au minimum.

Au moment de la vente, Pascal avait dissimulé avec l'aide de Houillard ses participations dans le Sexy Vegas. Il était presque impossible de remonter du sex-shop à Ithaque, à moins de prendre Pascal en filature quand il retrouvait, une fois par trimestre, Houillard au Petit Veneur pour récupérer ses gains. Pendant quelques instants, Pascal appartenait alors au *Milieu* ; ce n'était pas une société secrète, c'était alors l'unique société, dangereuse et réelle. L'argent n'y était plus quelque chose de symbolique.

Les 150 millions qu'il venait de gagner ne représentaient rien, par rapport aux 50 000 francs en liquide que Houillard lui remettait régulièrement, et qui constituaient pour Pascal l'essentiel de sa richesse.

Cet argent lui avait d'abord presque exclusivement servi à faire des cadeaux à Émilie et à l'inviter dans les meilleurs restaurants de Paris — c'était d'ailleurs, comme le lui avait recommandé Houillard, la meilleure façon de le soustraire au fisc.

Une nuit, peu après leurs retrouvailles, Émilie lui avait longuement expliqué ce que l'argent représentait pour elle. Elle n'avait pas vendu son corps, pas si directement. Elle l'avait utilisé pour acheter un savoir libérateur : les hommes étaient transparents, sans âme et presque sans désirs, et s'ils étaient brutaux, c'est que l'argent avait besoin d'eux pour s'emparer du monde. L'argent n'avait peut-être jamais été humain, il remontait aux temps géologiques, à l'âge des métaux liquides, pénétrant les roches de la Terre et attendant, pendant des millions d'années, leur libération et leur transformation en monnaies musicales. La succession des règnes végétaux et animaux, la fabrication des pollens incassables, l'instinct sexuel et l'apparition d'espèces sociales n'avaient représenté que des réglages superficiels de cette machination gigantesque.

Les grands billets de papier craquant que Houillard tendait à Pascal gardaient le souvenir des forces géologiques occultes qu'Émilie lui avait révélées.

Émilie, du reste, s'intéressait de moins en moins aux affaires de Pascal. Elle considérait qu'Internet était moins amusant et moins sincère que le Minitel, et avait à cet égard très mal pris la vente du 3615 ELYANGE, d'autant que Pascal n'avait pas jugé utile de la consulter. Elle commençait par ailleurs à trouver le loft du Champ-de-Mars froid et inhabitable, et sa grande fresque ridicule. Elle acheta des tapis et entreprit de la repeindre. Il fallut à Pascal, qui rentrait chaque jour plus tard et plus épuisé, une semaine pour s'en apercevoir. Elle lui expliqua simplement qu'elle n'en pouvait plus de se voir nue toute la journée. Il ne se mit pas en colère, ce qu'elle lui reprocha.

Émilie lui révéla alors ce qu'elle avait fait, pendant les mois qu'elle avait passés à Lisieux — Pascal avait plusieurs fois essayé de le savoir, et elle avait jusque-là toujours refusé d'en parler. Elle avait simplement travaillé avec Karim pour une association qui œuvrait dans les quartiers difficiles de la ville. Pascal, qui s'était attendu à infiniment pire, commit la maladresse de le lui dire. Mais Émilie ne voulait pas se disputer avec lui, et désirait juste lui expliquer qu'elle avait changé — ce dont il ne s'était même pas rendu compte. Elle aimait Pascal, mais l'argent, son argent, la dégoûtait. Elle avait même un peu honte de son ancien travail, non pas de danseuse au Sexy 2000 mais de gérante du Sexy Vegas. Elle venait en ce sens de rejoindre une association, nommée « Le soleil de la rue », qui aidait les prostituées âgées de la rue Saint-Denis — elles ne disposaient souvent d'aucune retraite.

Émilie se révéla, pour l'association, une recrue précieuse, très impliquée sur le terrain, et dénuée des préjugés féministes ordinaires qui tendaient à considérer les prostituées, alternativement, comme des victimes ou comme des militantes.

Elle prit bientôt la direction de l'association, dont Ithaque devint le principal donateur — malgré l'abattement fiscal ainsi consenti, Pascal avait beaucoup de mal à accepter la nouvelle vie d'Émilie, qu'il jugeait dangereuse.

Dans le petit monde de l'Internet français, on commençait à craindre, à admirer et à imiter Pascal Ertanger. La distribution massive et gratuite de kits de connexion s'imposa très vite comme un standard marketing. Mais surtout, on voulut comprendre comment faisait Démon pour être, à vitesse et à débit équivalents, le moins cher et le plus rentable des FAI français.

En 1995, l'ensemble de toutes les pages Web tenait dans deux armoires de serveurs, soit à peu près le volume de deux réfrigérateurs. Certaines sociétés, comme celles qui éditaient des moteurs de recherche, possédaient une copie de l'intégralité du Web. Cet archivage leur permettait de parcourir facilement le contenu des pages Web, afin de répondre le plus rapidement possible aux requêtes de leurs clients. Mais si l'on avait pu zoomer à l'intérieur de ces meubles en apparence lisses, fermés par une vitre qui laissait voir des diodes clignotantes, on aurait vu un paysage de plus en plus complexe : un graphe incandescent de fibres optiques emmêlées, un labyrinthe de cuivre et de silicium, un buisson épineux d'hyperliens. On aurait vu enfin la Terre elle-même, réduite aux coordonnées IP des machines, se transformer en cendres numériques.

Internet était fait de deux formes imbriquées, une périphérie physique et un cœur informationnel ; pour rejoindre ce cœur, il fallait traverser un long glacis de câbles, d'ondes et de fibres de cuivre torsadées et orange. Cette périphérie physique était partagée en quartiers et en couches : aucun fournisseur d'accès n'avait déployé ses infrastructures à l'échelle mondiale, et seuls les opérateurs historiques possédaient des réseaux nationaux. Les infrastructures d'Internet se distribuaient donc entre des centaines de sociétés concurrentes, qui négociaient entre elles le droit d'emprunter leurs canaux respectifs.

L'information n'avait jamais été gratuite. Devenue quantifiable avec les travaux de Shannon, le développement d'Internet la transforma soudain en matière première, soumise à la loi du marché. Son prix était fixé, quotidiennement, par des accords commerciaux entre opérateurs.

Des entreprises, spécialisées dans les infrastructures les plus lourdes, envoyaient des satellites en orbite ou déposaient des fibres optiques au fond des océans. Elles se remboursaient ensuite en louant la bande passante ainsi obtenue, à raison de quelques centaines de francs par gigabit. Ces véritables *autoroutes de l'information* formaient l'ossature du réseau, appelée *Internet Backbone*, ou *dorsales internets*.

La tâche des FAI consistait ensuite à relier leurs clients à cette moelle épinière mondiale : d'un côté en empruntant le réseau des opérateurs historiques, qui menait des centraux téléphoniques aux prises en T ivoire sur lesquelles les clients branchaient leurs modems, et qu'on appelait la *boucle locale*, de l'autre en achetant de la bande passante aux sociétés qui permettaient de traverser villes, pays et continents — et qui étaient souvent des filiales des opérateurs historiques.

« La distorsion de concurrence est stéréophonique, expliquait Pascal dans les messages qu'il envoyait aux autres fournisseurs d'accès indépendants, les FAI sont pris en tenaille. Le système est parfaitement organisé pour nous empêcher d'exister, ou pour que nous survivions juste assez pour être rackettés impunément par France Télécom, et rackettés *deux fois*, sur la boucle locale et sur les communications transcontinentales. »

Dans un premier temps, Pascal parvint à convaincre plusieurs FAI de regrouper leurs achats de bande passante pour obtenir des rabais sur les communications internationales. Il était par ailleurs important que les FAI s'entendent au sujet de l'exploitation de leurs réseaux mutuels. En effet, l'information sur Internet circulait toujours, de façon ultime, sur des réseaux locaux, gérés par une multitude de FAI. Les routeurs de chacun de ces FAI étant les seuls à savoir localiser les adresses IP de leurs abonnés, ils devaient impérativement pouvoir s'échanger leur connaissance du réseau, pour que les messages parviennent bien à leurs destinataires. Les FAI devaient donc signer des accords de *peering*, ou de pair à pair, qui stipulaient que leurs routeurs pouvaient partager leurs mémoires, et que leurs réseaux étaient accessibles. Par essence, dès qu'un FAI possédait plus d'abonnés qu'un autre, ces accords étaient asymétriques, et donnaient lieu à des compensations financières : le plus petit payait pour que le plus grand lui permette d'accéder à ses abonnés. Pascal parvint à convaincre ses concurrents de s'en tenir à la gratuité du *peering*, qu'il revendiqua habilement comme une question de principe et comme un idéal, garant d'une information ouverte et d'un marché mature. Les FAI français mirent dès lors en place des points d'interconnexion, situés dans des locaux qu'ils finançaient en commun, et Pascal devint leur représentant officieux. Il invita dès lors ses pairs à l'union sacrée contre l'ennemi commun, France Télécom, le tout-puissant propriétaire des boucles locales, l'intermédiaire obligé des FAI français : « Nous devrions être en guerre les uns contre les autres sur un marché libre, mais France Télécom nous oblige à mener, ensemble, une guerre de guérilla. » La transformation de l'ancien service public en société anonyme, avec l'État comme unique actionnaire, ne rendait la vieille dame que plus dangereuse. D'autant qu'à l'été 1996 France Télécom lança Wanadoo, son propre fournisseur d'accès à Internet.

Pascal devait sans cesse améliorer Démon. Renard et Senant, qui avaient accompagné la reconversion de Graphinext, furent ainsi chargés de concevoir un *portail*, qui s'afficherait par défaut dès l'ouverture de Netscape. Dans une animation Flash (le logiciel Flash, la grande nouveauté du moment, permettait de faire de l'animation vectorielle, autrement dit de faire passer les pages Web de l'imprimé au film, à la grande satisfaction des graphistes et des annonceurs publicitaires), le démon pointait du doigt la fenêtre du *moteur de recherche* AltaVista (c'était l'autre nouveauté du moment, une sorte d'annuaire du Web, qui permettait, en tapant un mot-clé, d'accéder à toutes les pages Web dans lesquelles il apparaissait). Le portail permettait aussi, entre autres fonctionnalités, d'accéder à une *boîte mail* (les messages étant stockés sur un serveur dont Démon était le propriétaire, les adresses étaient du type *pascalertanger@demon.fr*), ou d'activer d'un *filtre parental*, qui bloquait l'accès à certains contenus — la présence de cette fonctionnalité, plus stratégique que morale, était surtout destinée à démontrer que Démon prenait son rôle de fournisseur d'accès et d'hébergeur de contenu (via le contenu des boîtes mail de ses clients) très au sérieux — l'un des concurrents de Pascal venait en effet d'être arrêté pour détention d'images pédopornographiques sur les serveurs de sa société.

Démon recruta, pendant l'année 1996, plus de 50 000 abonnés ; c'était un excellent score. Mais il existait encore près d'une centaine de FAI en France : la guerre des forfaits battait son plein, et il ne faisait aucun doute qu'il y aurait bientôt des morts.

Les différentes offres étaient extrêmement variées : premiers mois gratuits, heures de connexion offertes, forfaits mensuels avec quotas d'heures limités, surtaxes des dépassements horaires, forfaits anti-surtaxes, frais d'ouverture de compte offerts... Tout était à inventer, et Pascal se montra justement le plus inventif, avec une offre d'une redoutable simplicité : le forfait illimité à 99 francs par mois. Son calcul avait été simple : si la moitié de ses abonnés consommait moins de dix heures par mois, il rentrait dans ses frais. Cela comportait un risque, car Internet était alors très lent : les débits dépassant rarement les 14 kilobits par seconde, le chargement des pages Web pouvait prendre plusieurs minutes. Mais en contrepartie, la plupart des abonnés attendaient le week-end pour *surfer* tranquillement, et réservaient leurs soirées à la télévision — quatre fois deux-trois heures par mois : le calcul de Pascal était serré, mais jouable.

La consultation excessive d'images pornographiques risquait cependant de fausser ce calcul. Les images de femmes nues s'affichaient en effet très lentement, du haut vers le bas, comme dans un peep-show inversé et ralenti. Il fallait parfois plus d'une minute pour découvrir les seins, un quart d'heure pour accéder aux pieds. Afin de consolider son modèle économique, Pascal décida donc de sécuriser la filière d'approvisionnement érotique des abonnés de Démon : il fallait à tout prix que ses abonnés atteignent le plaisir en moins de vingt minutes. Pascal, devenu excessivement perfectionniste, réalisa le calcul lui-même pour se rassurer un soir d'inquiétude : à dix-neuf minutes par jour, il rentrait dans ses frais, à vingt et une, il perdait de l'argent. Il décida donc d'investir dans un moteur de recherche érotique, afin d'offrir à sa clientèle avertie, via une courte procédure de désactivation du filtre parental, une seconde fenêtre de recherche, surmontée celle-ci d'un petit démon lascif. Son choix se porta sur le moteur de recherche érotique Bomis.com, que Jimmy Wales, le futur créateur de Wikipédia, venait de lancer aux États-Unis. L'affaire fut conclue en un seul aller-retour à San Francisco. Pascal offrait à Bomis son premier débouché européen. Wales lui céda en retour quelques *stock-options*.

La théorie de l'information, Cyberpunk#5

À partir de sa formule initiale, Shannon décline une vingtaine de théorèmes. L'un des plus importants, le théorème *de* la voie sans bruit, *permet de calculer la meilleure manière d'encoder un message issu d'un alphabet à multiples symboles dans un alphabet moins riche : après plus d'un siècle d'approximations plus ou moins hasardeuses, le problème classique, qui datait de l'invention du télégraphe, du codage des vingt-six lettres du langage courant en symboles binaires trouva avec Shannon une résolution mathématique définitive.* Le théorème de la voie sans bruit *indique qu'il existe à chaque fois, quelle que soit la structure probabiliste du message de départ, un codage économiquement idéal — dont le morse représente, pour l'anglais, une assez bonne approximation.* Mais la voie de communication peut parfois détériorer les messages qu'elle transporte. Il est alors nécessaire d'introduire une certaine quantité de redondance pour rendre le message plus résistant : le théorème de la voie avec bruit indique comment réduire l'équivocation au maximum, afin que le message reçu soit le plus possible identique au message émis. Les caractères qui composent un message seront par exemple répétés plusieurs fois, ou organisés de telle sorte que toute substitution accidentelle d'un caractère par un autre soit aisément repérable. La conception de codes correcteurs efficaces, dont les plus simples se contentent d'additionner les digits*

*d'un message pour obtenir un caractère supplémentaire indi-
quant si cette somme doit être paire ou impaire, occupera, à
la suite de Shannon, des dizaines de milliers de mathématiciens, dont les travaux, qui permirent la construction de
microprocesseurs fiables ou de réseaux de communication
robustes, rendirent la révolution numérique possible.*

19

« Le Minitel, réseau uniquement national, et limité
technologiquement, risque de constituer un frein au
développement des applications nouvelles et promet-
teuses des technologies de l'information. »

Lionel JOSPIN

Entre 1996 et 2000, la France, ancienne grande puissance devenue une puissance moyenne, parvint *in extremis* à réaliser l'un de ses fantasmes économiques : elle
eut sa propre Silicon Valley (comme elle avait eu, avec
le quartier d'affaires de la Défense, son petit Manhattan). On baptisa ce miracle économique le *Silicon Sentier*.

Le quartier du Sentier, construit à l'emplacement de
l'ancienne cour des Miracles, demeurait une enclave
médiévale en plein Paris, aux immeubles hauts, étroits,
sombres et penchés. Économiquement, il s'agissait du
dernier quartier de Paris tourné vers un seul type d'activité : la confection textile. Cette spécialisation en avait
progressivement fait, au fil des vagues d'immigration
successives, un quartier juif ashkénaze, puis juif séfarade
après la guerre et la décolonisation du Maghreb.

L'industrie textile française était en crise depuis plus
d'un demi-siècle, mais Paris restait la capitale mondiale

de la mode. Ainsi, le Sentier avait su plutôt bien négocier sa mutation postindustrielle : si le gros de la confection avait été délocalisé vers des pays à faible coût de main-d'œuvre, les activités à forte valeur ajoutée, comme la conception de prototypes, le montage final des vêtements ou leur commercialisation, s'étaient maintenues. Les *showrooms* des grossistes remplaçaient progressivement les ateliers.

Cependant le quartier subissait une mutation sociologique plus rapide. Comme tous les descendants d'immigrés de deuxième ou de troisième génération, les héritiers du textile avaient tendance à se détourner du mode de vie traditionnel de leurs parents : ils voulaient *réussir*. Le film de 1997 *La vérité si je mens* parvint partiellement à refléter ce fait générationnel et communautaire : il montrait de jeunes Séfarades devenus des *entrepreneurs* qui, pour se distancier de la petite bourgeoisie artisanale de leurs origines, se livraient à la comédie grande bourgeoise des voitures de luxe et des boîtes de nuit. Le film, amusante comédie basée sur le cliché, échouait cependant à leur imaginer un destin non lié au textile.

Le Sentier réunissait pourtant, à la fin des années 1990, des conditions particulièrement propices à l'apparition d'une révolution économique et sociale : une jeunesse éduquée et plutôt aisée se cherchait un avenir, dans les espaces laissés vides par les anciens ateliers. Le capital existait, mais rêvait d'aventure, au milieu des ruines de la société industrielle.

Le *data center* Telehouse de la rue des Jeûneurs servit d'étincelle à la révolution : le Sentier fut le premier quartier de Paris connecté à Internet par fibre optique. Le coût du mégabit par seconde y devint l'un des moins chers de France. En quelques mois, plusieurs centaines de *start-up* furent créées. L'Internet commercial était quasi vide, ce vide devait être comblé au plus vite.

Internet était une vitrine, et pas encore un magasin. Il existait des sites institutionnels, représentant des marques, des musées ou des associations, des sites d'informations officielles et des sites d'informations pratiques, des sites d'avant-garde, graphiquement révolutionnaires mais presque entièrement vides, et enfin, de plus en plus nombreux, des *sites personnels*, dont les pages, en dégradés arc-en-ciel passant du violet irisé au mauve fluo, illustraient les passions de leurs possesseurs — c'étaient surtout des sites de fans, avec leurs écritures enfantines et leurs photographies encadrées comme dans des chambres d'adolescent, ou des sites de collectionneurs, dont les gros boutons gris imitaient l'interface de Windows et dont les éléments typographiques tridimensionnels pivotaient sur eux-mêmes.

Il n'existait en revanche aucune société *Web native*, née sur le réseau et destinée à y opérer la totalité de ses activités, sinon dans le secteur de la pornographie, éternel marché pionnier, où de multiples *pure player* s'affrontaient déjà. Mais dans tous les autres domaines, l'offre était bien plus pauvre que celle que proposait, depuis plus de dix ans, le Minitel : il n'y avait ni supermarchés, ni librairies, ni agences de voyages *on line*, ni même de courtiers en assurances, de banquiers ou d'agents de change dématérialisés. Internet était un kiosque 3614 compétitif, mais pas encore un kiosque 3615 : il y avait beaucoup de noms de domaine en *.fr*, mais encore très peu en *.com*.

La première vague des *dotcom* françaises partit du Sentier. Le *business model* de ces entreprises étant calqué directement sur celui des start-up de la Silicon Valley, le Sentier se rebaptisa, un peu ironiquement peut-être, *Silicon Sentier.*

Parties d'une simple idée, sans fonds propres ni capitaux de départ, ces start-up ne pouvaient être viables avant plusieurs mois ou plusieurs années. Le pari économique était d'autant plus risqué qu'il s'agissait de vendre des produits plus ou moins virtuels, parfois sophistiqués et souvent inintelligibles, à une clientèle encore largement inexistante — la majorité de la population ne disposant pas encore d'un accès à Internet. Le taux d'échec attendu était donc important, mais l'échec était en contrepartie perçu comme quelque chose de positif et de formateur.

Ces particularités expliquaient, sinon justifiaient, la frilosité des organismes de crédit traditionnels. On importa donc le système de financement quasi coopératif de la Silicon Valley, qui faisait appel à des *business angels* ; il s'agissait d'investisseurs, le plus souvent recrutés au sein même de la nouvelle économie, qui prenaient le risque de perdre leurs mises plus de neuf fois sur dix, sachant qu'un succès leur permettrait peut-être de les multiplier par mille. Le recours systématique aux *stock-options*, des promesses d'actions, constituait l'autre particularité des start-up, qui leur permettait de rémunérer leur personnel à moindre coût, tout en lui garantissant une forme d'intéressement exponentiel en cas d'introduction en Bourse.

Les start-up furent bientôt considérées comme des produis financiers particulièrement attirants. Le rendement était à la hauteur du risque. Les capital-risqueurs, spécialisés dans ce type d'investissements, entraînèrent avec eux les banquiers d'affaires, traditionnellement plus prudents, qui parlèrent à leur tour de ces produits aux rendements exceptionnels à leurs meilleurs clients.

La nouvelle économie inventa alors de nouvelles habitudes de socialisation. Chaque premier mardi du mois, le Silicon Sentier organisait un *First Tuesday*, qui permettait à des entrepreneurs et à des investisseurs de se rencontrer, sur le mode du *speed-dating* : les premiers exposaient leurs idées aux seconds, qui changeaient de table toutes les cinq minutes. On mit en place, avec le soutien des élus locaux et des chambres de commerce, des *pépinières du talent*, véritables Bourses de la connaissance, qui permettaient de cultiver sous serre les jeunes pousses de la *netéconomie* en multipliant les conseils, les parrainages et les facilitations administratives.

Le Silicon Sentier joua un rôle d'avant-garde, puis la France entière suivit le mouvement. La nouvelle économie était en marche. Les écoles de commerce et d'informatique perdaient en cours d'année leurs étudiants, qui abandonnaient tout du jour au lendemain pour *monter leur start-up*. Des lycéens, épuisés par leurs nuits blanches passées à programmer et leurs journées de rendez-vous d'affaires interminables, ne se présentèrent pas aux épreuves du bac. Vingt villes eurent leurs *Silicon quartiers*. Les médias traditionnels accumulèrent les sujets sur la nouvelle économie.

Capital, pour M6, et *Envoyé spécial*, pour France 2, rivalisèrent ainsi d'émissions « spécial start-up ». Les *voix off* des journalistes commentateurs accélérèrent, pour ne rien perdre de cette fin de siècle frénétique. *Capital* parvint presque à réformer la prononciation de la langue française : scansion obligatoire entre le verbe et son sujet, triomphe des appositions, tonalité descendante pour le complément d'objet : « Stéphane, vingt et un ans, a monté *(voix subitement plus grave)* sa propre start-up. » Un reporter d'*Envoyé spécial* eut l'idée de filmer un *First Tuesday* avec une caméra thermique pour montrer, avec des images qui rappelaient la guerre du Golfe, que les nouveaux entrepreneurs avaient remplacé les échanges traditionnels de cartes de visite par des communications infrarouges : c'était l'une des fonctions les plus appréciées de l'organisateur de poche Palm Pilot. La civilisation numérique atteignait là l'ultime foyer de résistance de la civilisation du papier, et l'un des objets fétiches du capitalisme avancé.

Démon était au cœur géographique de la nouvelle économie, et son fondateur, ancien héros du Minitel et pionnier d'Internet, était devenu une célébrité locale. On connaissait son combat contre l'ogre monopolistique France Télécom. Chacune de ses victoires, en faisant baisser le prix du kilobit par seconde sur les boucles locales, était aussi une victoire pour Internet, qui garantissait l'arrivée d'*internautes* toujours plus nombreux. Si la nouvelle économie se développait de plus en plus hors-sol, et devenait un jeu financier aérien, les FAI lui servaient de racines : ils étaient à l'origine de toute création de valeur.

Pascal était, pour la première fois de sa vie, regardé comme un aîné. À tout juste trente ans, il n'avait plus le profil d'un créateur de start-up, mais, déjà millionnaire, celui d'un *business angel*. Pascal hésitait pourtant à financer des start-up. Il recevait plusieurs dizaines de *netentrepreneurs* par semaine, et prenait à chaque fois le temps de leur apporter des conseils, mais cela ne débouchait jamais sur un engagement financier. Un événement d'ordre privé l'avait en effet rendu extrêmement prudent.

L'un des derniers cinémas pornographiques de Paris, le Beverley, situé rue de la Ville-Neuve à moins de cinquante mètres d'Ithaque, menaçait de fermer. Houillard avait laissé entendre à son actuel propriétaire que Pascal Ertanger pouvait être intéressé par une éventuelle reprise. Contacté par le vieillard libertin et cinéphile, Pascal visita les locaux : c'était assez sale, et plutôt collant, mais la manière dont l'espace se distribuait était intéressante. L'affaire aurait cependant été difficilement rentable, même en envisageant une reconversion en salle art et essai. Mais Pascal imagina de faire du Beverley sa salle de projection privée : l'équivalent vertical d'une piscine, un pur objet de luxe, un caprice de milliardaire. Il était sur le point de présenter une offre quand *Le Parisien* raconta, dans un court article, que Pascal Ertanger, « ancien petit prince du Minitel rose en passe de devenir l'un des empereurs d'Internet », investissait à présent dans le Paris libertin. L'article terrorisa Pascal. Personne, à l'exception de Houillard, ne pouvait connaître ses liens avec le Sexy Vegas. Leur dernière rencontre avait d'ailleurs été plutôt gênante : Houillard, assis à la terrasse du Petit Veneur, sentait l'alcool et voulait absolument montrer à Pascal des photos d'une strip-teaseuse nommée Candy. L'enveloppe d'argent liquide, tachée et ouverte, était posée sur la table. L'espace d'un instant Pascal avait même pensé que Houillard voulait le faire chanter — Émilie l'avait plusieurs fois incité à la prudence. Comme l'enveloppe contenait la somme d'argent attendue, Pascal ne se méfia pas plus longtemps — mais il évoqua néanmoins à demi-mot son désir de se retirer du Sexy Vegas.

Houillard se montra cette fois particulièrement rassurant au téléphone : le journaliste du *Parisien* ne savait probablement rien du tout. C'était bien la façade du Beverley qui illustrait l'article, pas celle du Sexy Vegas — et l'association d'Émilie n'était même pas évoquée. L'article était même plutôt ironique, voire bienveillant : son auteur se réjouissait de voir « la nouvelle économie enfin servir à quelque chose : à la protection du patrimoine coquin de la Ville lumière ». C'était une fausse alerte. Leur *association de malfaiteurs* était encore secrète. Houillard avait choisi l'expression parfaite : Pascal sentit un frisson sur sa nuque. Il abandonna l'idée dangereuse d'intenter un procès au journal, mais parvint à se procurer le numéro de téléphone de l'auteur de l'article : il voulut d'abord le menacer de mort, puis faire pression sur lui pour qu'il livre le nom de son informateur. Il ne l'appela finalement jamais, et ne racheta pas le Beverley.

Pascal se recentra dès lors sur son activité principale : privilégiant le long terme à l'argent facile, il investit dans ses infrastructures réseau sans participer au financement d'aucune start-up ni d'aucune autre activité qui présentait un risque. Il se barricada dans les locaux d'Ithaque, aux allures de manoir fortifié, et commanda un audit à la société Arthur Andersen. Les jeunes auditeurs arrivèrent un matin et commencèrent à vérifier les comptes d'Ithaque. Le troisième jour, le plus jeune auditeur vint trouver Pascal dans son bureau pour obtenir des éclaircissements sur une mystérieuse filiale nommée SV, qui ne rapportait rien, et dont l'activité lui semblait opaque. Pascal le pria de bien vouloir refermer la porte, et confessa le Sexy Vegas comme une erreur de jeunesse. L'auditeur montra beaucoup de tact et une compétence certaine en ingénierie comptable : moyennant quelques modifications, la chose pouvait être beaucoup mieux cachée.

Houillard fut informé de ces modifications le jour même. Pascal et lui dînèrent au coin de la rue du Caire et de la rue Saint-Denis, dans le café qui servait la journée de Bourse du travail aux porteurs du Sentier, dont les diables étaient à cette heure attachés ensemble dans la rue déserte.

Pascal et Houillard s'étaient entretenus au téléphone, mais ne s'étaient pas vus depuis plusieurs mois : la métamorphose du comptable véreux stupéfia Pascal. Rajeuni, bien habillé et sobre, il portait des lunettes sans monture et ses cheveux gris taillés court le faisaient ressembler à un cadre ordinaire, soigneux et combatif : il faisait beaucoup plus Défense que Sentier.

Il valida, en connaisseur, les artifices comptables imaginés par l'auditeur d'Andersen, saluant au passage la réputation d'excellence inusurpée du géant américain. Pascal le reconnaissait à peine. Il parlait du Sexy Vegas comme d'une sympathique distraction, qui lui permettait de décompresser : il en parlait comme un cadre aurait parlé de son club de sport.

Pascal finit par comprendre l'origine de cette métamorphose, quand Houillard lui demanda s'il désirait « court-circuiter le fisc dans les grandes largeurs ». Peu intéressé par une fraude massive, Pascal demanda néanmoins des précisions. Il découvrit ainsi que le comptable était le cerveau d'un vaste réseau de blanchiment. Il était parvenu, en jouant avec les normes comptables et l'incurie des banques, à presque entièrement épurer le Sentier des liasses d'argent liquide qui circulaient de main en main. Cet argent, au terme d'une longue cavalerie de dépôts en espèces et de factures à échéances payables par chèque, était désormais parfaitement propre, aux yeux de l'administration fiscale. Le circuit que Houillard avait mis au point transitait par une filiale israélienne de la Société générale : « C'est un alya comptable ! Le meilleur, ajouta-t-il, c'est que je n'existe pas, moi, Houillard, dans le système que j'ai inventé. Je ne perçois pas un centime, je suis intouchable. J'ai créé une sorte de fondation entièrement dévouée au développement de la comptabilité créative. Le Sentier me devra un jour sa survie : j'ai sauvé sa part irréductible d'économie informelle, son génie de souk oriental, de marché médiéval aux étoffes, en le mettant en conformité avec l'économie moderne. L'alchimie mystérieuse de l'argent doit rester la création des hommes, non celle des logiciels de comptabilité. »

Houillard jouait en réalité un jeu encore plus subtil, et plus intéressé : il cherchait à obtenir la recommandation des familles, pour atteindre leurs enfants *netentrepreneurs*. Il était ainsi devenu, de façon improbable, le comptable d'une bonne vingtaine de start-up, présentes dans tous les secteurs de l'économie dématérialisée : vente en ligne, gardiennage d'enfant à domicile, achat groupé de produits biologiques, autopartage, cybersécurité, etc. Il put ainsi acquérir un portefeuille de stock-options qui le rendait potentiellement multimillionnaire.

Pascal comprit qu'il faisait lui-même partie du plan de Houillard. L'affaire du Beverley avait été un avertissement : le comptable disposait, grâce au Sexy Vegas, d'un accès à Démon.

Pascal voulut repasser à son bureau, le seul endroit au monde où il se sentait en sécurité. Il fit plusieurs détours avant de rejoindre Ithaque. Hormis les prostituées du passage Sainte-Foy, le Sentier était désert. Pascal arriva sur une place minuscule, qui servait de décharge provisoire à des mannequins transparents et décapités ; elle ne portait pas de nom, et aucune voie importante ne débouchait sur elle, à l'exception de l'une des entrées latérales du passage du Caire — qui formait, avec le passage du Ponceau dans son prolongement, un télescope à renvoi coudé pointé sur la Gaîté-Lyrique, où Planète magique continuait son sommeil.

Pascal pensa à Émilie. Elle ne désirait pas avoir d'enfants, et lui n'en voulait pas pour le moment. Ils n'en avaient de toute façon pas le temps, et n'avaient pas abordé le sujet depuis longtemps. Ils ne se parlaient d'ailleurs plus beaucoup. Internet intéressait peu Émilie, et lui détestait quand elle évoquait les *filles*. Au début, quand Émilie faisait des permanences nocturnes dans un petit local que son association louait rue d'Alexandrie, Pascal restait dormir dans les locaux d'Ithaque, et ils se retrouvaient au milieu de la nuit. Mais ils avaient progressivement espacé ces rendez-vous secrets. Pascal avait trop de travail, tandis qu'Émilie, dont l'association avait ouvert d'autres antennes, sur les boulevards des Maréchaux et près du bois de Boulogne, s'éloignait du Sentier. Ils se voyaient moins.

Le quartier, ce soir-là, évoqua à Pascal le Vélizy 2 de son enfance : il ressemblait à un centre commercial à ciel ouvert, dont les enseignes lui parlaient un langage connu, jailli de la nuit noire. Il reconnut ainsi, dans les colonnes tronquées et blanches d'un magasin d'usine, les ruines mélancoliques de la boutique *Un jour ailleurs*, dont il gardait une image précise. L'activité commerciale était cependant désactivée, et les êtres humains remplacés par des mannequins acéphales.

Simple rectangle d'une vingtaine d'hectares, le Sentier, à moitié bâti sur le remblai, fait d'ordures accumulées, d'une enceinte disparue, se déformait par endroits sous la pression de son sous-sol incertain. Des singularités urbanistiques déchiraient alors son quadrillage serré : la double diagonale des rues de Cléry et d'Aboukir, le méandre aveugle de la rue des Forges, lointain souvenir de la cour des Miracles, la rue des Degrés, rue la plus courte de Paris et inutile escalier inhabité de quatorze marches, qui donnait sur un immeuble en pointe où un homme n'aurait pas pu tenir allongé — ce qui produisit une impression désagréable à Pascal, quand il lut la plaque signalant que le poète André Chénier avait vécu là, juste avant d'être guillotiné.

Le désordre apparent dissimulait pourtant l'ordre caché d'un remplissage socio-économique optimal. Pascal repensa à une expérience de physique amusante qu'il avait faite au lycée : quelle que soit la complexité d'une structure métallique, elle donnait toujours naissance, quand on l'immergeait dans de l'eau savonneuse, à la bulle la plus économique et la plus resserrée. Les tensioactifs du savon résolvaient des équations de géométrie spatiale qu'aucun ordinateur n'était capable de résoudre. Ces résolutions brutales avaient cependant une durée de vie très limitée.

La théorie de l'information, Cyberpunk#6

Un an après son article pionnier, qui ouvrait une ère nouvelle, baptisée ère de l'information, Shannon publia un autre article important, Communication in the Presence of Noise, *qui allait faire basculer l'humanité dans l'âge numérique. Shannon y démontrait en effet, en s'appuyant sur la théorie de l'information, la validité du théorème d'échantillonnage de Nyquist, qui expliquait comment décrire une fonction continue avec des données discrètes. Il ouvrait ainsi la voie aux multiples méthodes de codage qui allaient permettre de transformer les phénomènes du monde physique en données informatiques binaires. Bientôt, le Compact Disc imposera la révolution numérique au grand public. Les téléphones portables sauront à leur tour, malgré leurs dimensions réduites, convertir les nuances de la voix humaine en longues suites de 0 et de 1. Les capteurs CCD des caméras et appareils photo numériques serviront enfin d'interface entre le monde visible et le monde sans lumière des données informatiques. Progressivement, les humains abandonneront leur vie terrestre au profit d'un voyage immobile dans les silos de données des grands* data centers. *Œuvre d'un ingénieur, la théorie de l'information remodela le monde comme aucune autre théorie avant elle. Hésitant entre les mathématiques pures et la physique théorique, elle fut surtout comprise comme un programme accéléré de désapprentissage de la réalité — elle substituait à l'encombrant concept de causalité le concept plus souple de communication à distance entre objets séparés.*

20

« Putain, je suis heureux. »
Jean-Marie MESSIER en juin 2000, à l'annonce de
l'acquisition de Seagram par Vivendi.

Les comptes d'Ithaque furent certifiés, et la société fut jugée solide, quoique perfectible : ce fut la conclusion de l'audit commandé par Pascal à Arthur Andersen. Une équipe de consultants prit alors le relais des jeunes auditeurs (le groupe américain exerçait les deux activités). Ils évoquèrent, à mots couverts, les fragilités structurelles de la nouvelle économie. Son taux de RSI (retour sur investissement) était très bas. Mais les marchés adoraient les paris risqués, et il était à peu près certain que la nouvelle économie allait engendrer une bulle spéculative. Seuls les meilleurs sauraient s'y retrouver. Mais Ithaque, qui n'était pas présente en Bourse, n'était pour l'heure pas exposée à de tels risques. En revanche, la société avait tout à craindre du mouvement de concentration qui affectait alors le secteur des télécoms. Si l'activité de FAI était l'une des branches les plus solides de la nouvelle économie, les places étaient de plus en plus chères. Il ne resterait bientôt plus aucune place pour un FAI indépendant, après Wanadoo, le leader incontesté, et ses trois ou quatre challengers, tous appuyés sur des groupes internationaux : Cegetel et AOL France étaient des filiales du groupe Vivendi, Neuf Télécom appartenait à Bouygues et à Telecom Italia, Club Internet était détenu par Lagardère. Les consultants d'Andersen Consulting conseillèrent en ce sens à Pascal de vendre Démon, à horizon maximal de trois ans. En attendant, pourquoi ne pas développer une filiale spécialisée dans le télémarketing ou l'assistance téléphonique, pour devenir, à terme, le sous-traitant privilégié des deux ou trois FAI qui survivraient à la guerre tarifaire ?

Pascal écouta ces recommandations, qu'il avait payées très cher, en présentant un visage impassible. Il surjoua même à plusieurs reprises la naïveté et l'admiration, puis reconduisit les trois cadres aux costumes indiscernables. Il ne laissa pas, à sa propre surprise, sa colère éclater dès qu'il se trouva seul. Il se concentra au contraire, froidement, sur l'avenir de Démon, ne retenant qu'une seule chose parmi toutes celles qu'il venait d'entendre : il n'existait de place que pour trois FAI en France. La stratégie à appliquer était donc très simple : devenir l'un d'eux. Il n'allait ni diversifier Ithaque, ni procéder à des acquisitions de start-up. Il détenait, depuis la vente de ses activités télématiques, un *pure player*, orienté sur une seule activité, la fourniture d'accès à Internet. Il était déjà parvenu à être le moins cher du marché : c'était la seule donnée pertinente. Il avait de plus en plus d'abonnés. Ces abonnés finançaient l'amélioration de son réseau qui, après Paris et les grandes villes de province, était devenu national. Démon rapportait de l'argent, et les banques ne lui avaient encore refusé aucun prêt ; le FAI était en ordre de bataille pour conquérir la place de numéro trois, puis de numéro deux.

Pascal se procura les CD promotionnels de ses concurrents, avec leurs dépliants publicitaires, ainsi que tous les catalogues tarifaires de France Télécom, et s'enferma dans son bureau. Il étudia leurs offres, une à une, les reportant toutes dans les colonnes de son tableur Excel. Il reparut, le surlendemain, avec une offre révolutionnaire : le premier forfait Internet gratuit. À l'exception du coût des communications locales entre les abonnés et Démon, que ces derniers continueraient à acquitter à France Télécom, Démon prendrait tout à sa charge. Le financement de cette offre était particulièrement audacieux : Pascal inversait le rapport de dépendance à France Télécom.

Si les FAI avaient obtenu, grâce à des directives européennes, un accès facilité au consommateur final et une baisse des tarifs de location de la boucle locale, ces frais de location constituaient encore une grave distorsion de la concurrence. Il ne faisait aucun doute, pour Pascal, qu'ils finiraient par être déclarés illégaux. Il avait demandé à des juristes de travailler sur cette question : les câbles de cuivre installés par France Télécom à l'époque où elle était une société publique pouvaient-ils demeurer sa propriété exclusive, maintenant qu'elle était devenue une entreprise privée ?

Mais n'attendant pas son inéluctable victoire judiciaire, Pascal avait pour l'heure imaginé de faire payer l'opérateur historique, au lieu de le payer. Il exigea que France Télécom lui reverse un pourcentage sur le prix des communications locales, acquitté par les usagers de Démon à chaque fois qu'ils se connectaient à Internet : Démon générait du trafic, et devait désormais être rémunéré pour cela. Les frais de location de la boucle locale seraient largement couverts par ces reversements, qui permettraient même de financer, de l'autre côté, les frais de transit sur le réseau international : le système mis au point par Pascal était d'une ingéniosité prodigieuse. France Télécom ne pouvait refuser une telle offre, à moins de se voir intenter un procès pour concurrence déloyale. Quelques semaines plus tard, un accord fut effectivement signé entre Démon et France Télécom. L'année qui suivit, Démon multiplia par dix son nombre d'abonnés.

Fin 1999, le premier spot de publicité de Démon fut diffusé juste avant le 20-heures de TF1 : un démon gentil et faiblement cornu, qui n'évoquait pas plus l'enfer que l'eunuque M. Propre n'évoquait la virilité agressive, jonglait avec des kits de connexion tout en tapant avec ses pieds sur un clavier d'ordinateur. Le slogan, « Démon : diaboliquement rapide et divinement gratuit », nécessitait ensuite un plein écran d'explication, pour éviter toute publicité mensongère. Malgré cela, le petit démon s'imposait aussi facilement à l'esprit que la vache qui riait d'un célèbre fromage.

Pascal mit alors à contribution l'écosystème qui l'entourait, en utilisant le Sentier comme un vaste réservoir de ressources humaines. Il n'avait qu'à attendre qu'une start-up s'effondre pour récupérer, au choix, un directeur financier, un ingénieur réseau ou un développeur Web. Démon prit ainsi l'apparence d'une entreprise ordinaire, avec plusieurs services et plusieurs directeurs. Cette nouvelle organisation devait décharger Pascal d'un certain nombre de responsabilités — mais il continua en réalité à s'occuper de tout, et passait près de quatre-vingt-dix heures par semaine dans son bureau, où, pendant ses rares moments de détente, il exerçait encore des responsabilités : Pascal s'était en effet pris de passion pour le jeu SimCity, qui permettait de gérer une ville et d'y déployer toutes sortes de réseaux. Les nouveaux adjoints de Pascal étaient tous plus jeunes que lui. Ils avaient fait les meilleures écoles, avant de créer leurs start-up, qui avaient toutes fait faillite, à l'exception notable de Myrylion, la start-up fondée par François Elfassi, le nouveau directeur général de Démon, qui fut rachetée par Ithaque. Pascal réalisa en effet quelques achats ponctuels de start-up, non pour leur valeur propre, mais pour récupérer les brevets ou les licences qu'elles détenaient, et dont il avait besoin.

À sa sortie de Polytechnique, Elfassi s'était envolé pour San Francisco, où il avait été recruté par une petite start-up spécialisée dans les moteurs de recherche, nommée Google, dont l'unique serveur tournait alors sur une tour d'ordinateur bricolée en Lego. Ses deux fondateurs, Sergueï Brin et Larry Page, venaient de mettre au point un algorithme révolutionnaire, le *page rank*, qui classait la pertinence des pages Web en fonction du nombre de liens hypertextes qui pointaient vers elles. Il restait à inventer des robots capables de parcourir la totalité des hyperliens du Web pour établir le décompte permanent des votes de cette démocratie directe de l'HTML. Elfassi y travailla pendant six mois, avant de revenir en France, une licence d'exploitation en main, pour lancer Google sur le Vieux Continent. Il fonda en ce sens la société Myrylion. Mais Brin et Page le firent attendre trop longtemps, et il ne put bientôt plus tenir ses engagements financiers. C'est alors que Pascal racheta la start-up, juste avant que sa licence d'exploitation ne soit invalidée par un tribunal californien — Brin et Page, qui venaient de changer de stratégie, souhaitaient désormais assumer seuls le développement international de Google. Néanmoins, le recrutement d'Elfassi suffisait à faire du rachat de Myrylion une excellente affaire : Pascal s'entendait à merveille avec le jeune informaticien, brillant et imaginatif, qui devint très vite le numéro deux de Démon.

Ce furent des mois particulièrement heureux pour Pascal. Il se découvrait une nature charismatique, tandis que l'intelligence d'Elfassi subjuguait quiconque l'approchait. Pascal se vengeait, à travers lui, des polytechniciens arrogants de ses années Minitel.

Il était aisé de rendre Démon attrayant, tant il était moins cher que ses concurrents. Pascal et Elfassi se montrèrent pourtant excessivement perfectionnistes, et entreprirent de faire de Démon une marque de référence, en développant l'idée que souscrire un abonnement chez Démon, premier FAI indépendant de France, était une manière de se démarquer. Cette stratégie, qui devait conduire Démon à adopter un positionnement marketing novateur, entre le *low cost* et le luxe, aboutit dans un premier temps à la création d'une fondation d'entreprise venant en aide aux jeunes investisseurs : le premier étage des locaux d'Ithaque fut, concrètement, transformé en *pépinière d'entreprises*. La Fondation Démon prêtait de l'argent et sponsorisait largement l'accès à son réseau. L'idée n'était pas de transformer Démon en *business angel*, mais d'associer le produit Démon à une cible *geek*, particulièrement prescriptrice en matière de nouvelles technologies.

Elfassi organisa bientôt, dans ce cadre, de grandes conférences sur l'avenir d'Internet. L'invité du nouveau millénaire, en janvier 2000, fut Jean-Marie Messier.

Nommé P-DG de la Compagnie générale des eaux en 1996, Messier avait lancé la vieille société dans une aventure industrielle comme la France n'en avait encore jamais connu. Le groupe, fondé en 1853 sur des idéaux saint-simoniens, assurait depuis plus d'un siècle sa mission hygiéniste et quasi régalienne d'abduction et de retraitement de l'eau, quand Guy Dejouany, son directeur de 1976 à 1996, entreprit de le diversifier. Le processus avait commencé, de façon plutôt anarchique, par la cofondation de la chaîne Canal+ en 1984, via les participations de la CGE dans le groupe Havas, puis par la création en 1987 du groupe SFR, spécialisé dans les radiotéléphones de voiture, en passant par une importante activité dans le secteur du bâtiment, à travers le constructeur SGE et le bailleur Nexity, et par quelques intrusions dans le domaine médical, avec un certain nombre de cliniques. Jean-Marie Messier avait ainsi hérité d'un groupe tentaculaire, mais parfois incohérent, qu'il rebaptisa Vivendi. Il entreprit aussitôt de le reformer, en revendant ses branches immobilières et médicales pour mieux développer la branche communication. Vivendi était ainsi devenu, en 2000, l'un des fleurons du capitalisme français, et son P-DG faisait figure de star américaine. Il exposa, en un peu moins d'une heure, sa vision lumineuse du futur.

Vivendi était sorti de son écosystème traditionnel, et revivait l'aventure des premiers amphibiens qui devaient, par sauts évolutifs successifs, et par goût du *challenge*, donner naissance aux mammifères, aux primates et aux *Homo sapiens*. La branche la plus ancienne du groupe, concentrée sur l'eau, la gestion des déchets et l'écologie en général, continuerait cependant à croître. Vivendi garderait toujours un pied dans l'économie traditionnelle, celle des besoins vitaux élémentaires.

L'autre branche de Vivendi était l'activité média. Tout d'abord l'édition, qui malgré l'arrivée du numérique demeurait profitable — c'était un euphémisme — et qui comprenait tous les fleurons du groupe Havas, des dictionnaires Robert aux livres scolaires Nathan. Mais Vivendi, c'était aussi la télévision et le cinéma, grâce à Canal+, l'unique chaîne à péage de France, qui participait très largement au financement du cinéma français.

Vivendi possédait donc des *contenus*, et pas n'importe lesquels : c'était un catalogue de rêve. Mais, à l'image de l'eau qui n'était rien sans les tuyaux pour l'acheminer, ces contenus devaient transiter dans des tuyaux. La *convergence* entre tuyaux et contenus serait le paradigme central de l'économie du XXIe siècle : « Imaginez un instant les économies d'échelle et les synergies ! » AOL, le grand FAI américain, venait de réussir son OPA sur l'empire de l'information et du divertissement Time-Warner. Cette OPA, qui fut l'apothéose de la nouvelle économie, avait été le fait le plus marquant de l'année économique écoulée : « Un véritable coup de tonnerre ! » s'écria Messier, en écartant les mains et en ouvrant des yeux immenses. Or Vivendi avait les moyens de rééditer un tel coup — mais Messier ne pouvait en dire plus.

Le marché des télécommunications était, depuis son ouverture à la concurrence, un gigantesque gâteau que Vivendi allait dévorer. Messier s'en lécha littéralement les lèvres. Vivendi, via la holding Cegetel qu'il codétenait, concurrençait déjà frontalement France Télécom sur le marché du fixe. Mais Vivendi, c'était aussi SFR, le numéro deux français du téléphone portable, ou encore

AOL France, dont il détenait 55 % du capital, et qui était l'un des plus importants FAI de France, devant une société sympathique qui s'appelait Démon — le public, jusque-là captivé par Messier et fier d'assister au dévoilement d'aussi grands secrets industriels, rit largement. Il était désormais acquis à la cause de la convergence.

Messier continua. La convergence était déjà en route. À la sortie du film *Astérix contre César*, dont Canal+ était le coproducteur, un certain nombre d'abonnés SFR avaient reçu l'information sur leurs portables, et des abonnés d'AOL France avaient obtenu, après tirage au sort, des places gratuites. Pourquoi pas, demain, des achats de place à distance, suivis de l'envoi d'un SMS qui servirait de ticket ? Pourquoi pas la transformation du téléphone portable en terminal de télépaiement, voire en terminal audio capable de lire des *singles*, et, on pouvait rêver, en terminal vidéo capable de diffuser des bandes-annonces ?

Le pari de la dématérialisation était en passe d'être gagné. Mais seule la convergence des tuyaux et des contenus permettrait aux produits culturels de demeurer rentables, et aux fournisseurs d'accès de proposer des offres irrésistibles.

Messier reçut une ovation immense. Le petit homme joufflu agissait et parlait en prophète. Pascal était lui-même tombé sous le charme des visions de *J2M*. Il savait pourtant que Démon, qui était toutes proportions gardées un concurrent de Vivendi, s'appuyait sur une stratégie exactement inverse : c'était un *pure player*, un simple vendeur de tuyaux. Si Messier disait vrai, si l'avenir était à la convergence, Démon serait rapidement anéanti.

Pendant le dîner qui suivit, Pascal afficha donc une certaine morosité, face à un Messier triomphal. Mais d'étranges digressions du président de Vivendi rendirent progressivement un peu d'espoir au président d'Ithaque, en le conduisant à s'interroger sur la santé mentale de son interlocuteur.

Messier était toujours catholique, et même plus catholique que jamais. Il continuait à croire à la propagation du baptême du Christ par les tuyaux de Vivendi. Il avait créé en ce sens un laboratoire secret, dont il avait confié la direction à Benveniste, le découvreur de la mémoire de l'eau. L'idée était de faire, à terme, du réseau d'eau potable la source unique d'approvisionnement en information — Pascal savait qu'EDF tentait de son côté, sans succès jusque-là, de moduler son signal électrique pour lui permettre de transmettre plusieurs mégabits d'information par seconde. Si Internet arrivait un jour en même temps que l'eau courante, le secteur des télécommunications en serait bouleversé : toutes les infrastructures existantes — le cuivre, la fibre optique et les ondes hertziennes — deviendraient inutiles. L'hégémonie de Vivendi serait alors difficilement contestable.

Pascal se souvenait des polémiques sur la mémoire de l'eau. À l'époque du Minitel, ses serveurs paranormaux avaient accueilli de nombreux débats contradictoires sur le sujet. Face à l'absence de résultats incontestables, il était resté pour sa part plutôt sceptique. Et si l'idée de la convergence lui avait tout d'abord semblé excellente, il en apercevait soudain les limites. Bien avant Messier, Rockefeller avait réalisé l'intégration économique absolue dont rêvait le patron de Vivendi, en assurant la production et la distribution du pétrole, puis en investissant dans l'automobile et les infrastructures routières. Mais son empire finit par être démantelé. Messier ne pouvait réussir là où son prédécesseur avait échoué. Ayant hérité d'un empire composite, Messier s'était plu à en unifier les différentes régions. Il avait d'abord cherché leur dénominateur commun, jusqu'à découvrir l'astucieuse métaphore du tuyau et du contenu. Mais la métaphore s'était imposée à lui comme un fait réel, et une obsession dangereuse. Propulsé à quarante ans P-DG d'une multinationale, Messier avait, comme le lui suggéra Émilie à l'oreille, « complètement disjoncté ». Pascal prit cela comme un avertissement. Cependant, il se pouvait aussi que les intuitions de Messier se réalisent. La science et l'économie étaient parfois sujettes à des révolutions, qui étaient presque toujours fatales aux esprits et aux entreprises qui n'y étaient pas préparés. Aucun modèle économique n'était absolument pérenne.

Quand au printemps 2000 Messier connut son plus grand triomphe, en annonçant le rachat du groupe canadien Seagram, propriétaire des studios de cinéma *Universal* et de *Universal Music,* Pascal fut le seul à envisager sérieusement que l'ivresse de l'acquisition de l'un des plus prestigieux catalogues de contenu valait, aux yeux de Messier, moins que le flacon : Seagram était avant tout un empire des spiritueux, devenu grâce à la prohibition le premier distillateur du monde. Messier semblait poursuivre là un projet alchimique, celui de la transformation de tous les liquides en messages — les alcools forts promettant sans doute un accès haut débit et désinhibé à la conscience. La revente, pourtant immédiate, de l'activité spiritueux de Seagram au groupe Pernod-Ricard ne parvint pas à rassurer complètement Pascal. L'avenir de Vivendi, avec Messier à sa tête, lui semblait incertain.

Une affaire édifiante révéla cet été-là le mélange de fragilité et d'arrogance sur lequel Messier avait bâti son empire. Vivendi venait de lancer son portail généraliste Vizzavi, accessible depuis un ordinateur, un téléviseur ou un téléphone portable. Ce devait être le triomphe incontesté de la convergence. Le service juridique de la multinationale découvrit trop tard que le nom vis@vis avait déjà été déposé à l'Institut national de la propriété industrielle : c'était le nom du cybercafé solidaire qu'avait ouvert Ababacar Diop, un ancien porte-parole sénégalais du mouvement des sans-papiers de l'église Saint-Bernard. Vivendi dut verser la somme record de 24 millions de francs à Diop et à ses deux associés.

Ce fut alors que la nouvelle économie connut l'apocalypse. L'indice du Nasdaq, le marché américain des nouvelles technologies, s'effondra à partir du printemps 2000. Des milliers de start-up, subitement à court de financement, firent faillite. Du jour au lendemain, des centaines de milliers d'ingénieurs, de commerciaux, de financiers et d'informaticiens furent licenciés. Des dizaines de milliers de mètres carrés de bureaux se transformèrent en ruines tertiaires, dont les cloisons trop fines partirent en poussière une fois qu'on eut dégrafé les câbles Ethernet qui les reliaient au monde.

Les équipementiers enregistrèrent logiquement une chute vertigineuse de leurs commandes. Puis, à leur tour, les multinationales des télécommunications furent atteintes : leurs spectaculaires acquisitions des années précédentes, trop nombreuses et trop chères, déséquilibraient leurs trésoreries. Leurs pertes se chiffraient en milliards de dollars. On parla, pour la période comprise entre 2000 et 2004, d'un « hiver nucléaire des télécoms » :

baisse des investissements, reventes à moindre coût de start-up achetées à prix d'or, fusions-acquisitions de la dernière chance, faillites.

Ce furent tout particulièrement, à la grande satisfaction de Pascal, des années noires pour France Télécom : aucune entreprise au monde n'eut jamais à supporter une dette aussi élevée. Le cours de son action fut divisé par soixante-dix. Sans la participation encore majoritaire de l'État à son capital, la faillite aurait été inéluctable. Mais il n'était dorénavant plus tenable politiquement de garder une telle participation dans un groupe au bord du gouffre. La direction de France Télécom fut alors confiée à Thierry Breton, jusque-là président de Bull, puis de Thomson, qui venait justement, par deux fois, d'obtenir un redressement suffisant pour permettre à l'État de céder ses participations dans ces entreprises en difficulté. Son mandat à la tête de France Télécom était sensiblement le même : un sauvetage miraculeux, un redressement, un passage de l'État sous les 50 %.

La situation de Vivendi, à peine plus enviable financièrement que celle de France Télécom, fut aggravée par un scandale de dissimulation de résultats. Messier fut débarqué par son conseil d'administration à l'été 2002.

Pascal put entre-temps assister à la chute du groupe Andersen, dont il avait si poliment raccompagné les consultants qui le pressaient de vendre : après un siècle de leadership, la firme sombra avec le courtier en énergie Enron, dont elle avait aidé à couvrir les résultats douteux — Pascal chercha en vain le nom du jeune auditeur qui l'avait aidé à dissimuler l'existence du Sexy Vegas.

Démon résista bien. L'explosion de la bulle Internet avait précipité la fin d'un certain modèle économique, sans toucher à l'attractivité d'Internet. Son nombre d'abonnés continuait à progresser, alors même que ses coûts de fonctionnement baissaient : l'explosion de la bulle avait eu pour conséquence directe la baisse spectaculaire du prix des équipements réseau et des coûts de transit. Démon approchait les 15 % de parts de marché, et visait déjà les 20 %.

Quant à Houillard, il ne trouva dans le Silicon Sentier ni la fortune ni la ruine. Il redevint simplement Houillard. L'affaire de blanchiment d'argent qu'il avait imaginée finit par être découverte. Presque tout le Sentier fut perquisitionné, et plus de cent personnes furent mises en examen. Aucune charge ne put être retenue contre Houillard, modeste gérant d'un sex-shop, et victime ordinaire de la bulle Internet.

La ruine du Silicon Sentier entraîna enfin un krach immobilier local, qui permit à Pascal de tripler la taille des locaux de Démon en acquérant un immeuble mitoyen.

La théorie de l'information, Cyberpunk#7

Œuvre pragmatique destinée avant tout aux ingénieurs en communication, la théorie de l'information de Shannon connut un destin spectaculaire. Parfois reçue comme une théorie du Tout capable d'unifier sous un même paradigme des domaines aussi variés que l'étude du vivant, la théorie des probabilités ou la physique des trous noirs, elle fut à l'origine d'une révolution scientifique transdisciplinaire sans précédent, et encore largement inaboutie. Les linguistes, les cybernéticiens et les chercheurs en intelligence artificielle s'emparèrent d'abord du schéma de Shannon. Puis les biologistes, découvrant l'ADN, tentèrent de décrire la cellule comme une machine à traiter l'information contenue dans le code génétique. Un indice de Shannon, qui permettait d'évaluer la richesse des écosystèmes terrestres, fut également introduit. Les thermodynamiciens, explorant l'analogie entre la formule de Boltzmann et celle de Shannon, renouvelèrent leur compréhension de l'entropie, en la décrivant comme un déficit d'information sur l'état d'un système, et rebaptisèrent en ce sens l'information néguentropie. Les astrophysiciens Hawking, Thorne, Wheeler et Bekenstein engagèrent une longue controverse sur la thermodynamique des trous noirs, en se demandant s'ils pouvaient restituer de l'information. Certains des paradoxes les plus célèbres de la physique quantique furent presque levés quand ils furent réinterprétés en termes d'information perdue,

*échangée ou transmise. De nombreux scientifiques proposè-
rent enfin de substituer l'information aux concepts périmés et
ambigus de matière, d'énergie ou de temps, et entreprirent de
décrire l'Univers comme un ordinateur, ou comme une simulation informatique quasi parfaite — Wheeler allant jusqu'à
nier l'existence de toute autre chose : « it from bit ».*

21

La transformation des ondes sonores en ondes électriques est un problème classique en sciences de la communication, à l'origine du téléphone et de la radio, ainsi que de plusieurs avancées importantes dans les techniques du codage. Dans les années 1930, l'ingénieur Homer Dudley, des laboratoires Bell, inventa ainsi le *vocoder*, une méthode de codage qui permettait de reproduire la voix humaine de manière parfaitement claire et non équivoque, en diminuant par dix la taille de son signal. Le rendu sonore très particulier du dispositif, plutôt dérangeant, confrontait les auditeurs de ces messages à un objet hybride, d'expression humaine mais de nature incontestablement machinique — ces mots semblaient appartenir à une forme de vie nouvelle, capable de vivre dans les canaux étroits des appareils de transmission comme d'affronter le monde étouffant, sonore et moite de l'atmosphère terrestre.

Une dizaine d'années après l'invention du vocoder, les théorèmes de Shannon permirent de généraliser ce premier succès expérimental : il était désormais possible d'imaginer, pour toute voie de communication, un dispositif de codage qui optimisât son rendement, comme de convertir n'importe quel aspect de la réalité en une suite adaptée de zéros et de uns.

L'une des voies de communication les plus bruyantes est paradoxalement l'espace, dont le vide apparent dissimule des perturbations constantes. En 1965, la sonde martienne Mariner IV ne pouvait transmettre que 8 bits par seconde, ce qui interdisait toute transmission d'images. Onze ans après, et presque uniquement en améliorant ses procédures de codage, Viking 1 put transmettre 16 200 bits par seconde. La mystérieuse image d'une colline en forme de visage apparut alors sur les écrans de la NASA. La sonde Mars Global Surveyor viendra finalement dissiper l'illusion optique, en envoyant à la vitesse de 85 000 bits par seconde une image plus détaillée de la zone.

La mise au point des procédures de codage ADSL (*Asymmetric Digital Subscriber Line*), peu avant l'an 2000, fut une autre illustration de l'efficacité technique des formules de Shannon. À la fin des années 1970, les ingénieurs qui avaient mis au point le Minitel étaient certains d'avoir exploité au mieux le rendement des câbles de cuivre du réseau téléphonique. Le Minitel représentait un idéal théorique, et il semblait inimaginable qu'on puisse un jour faire mieux, en termes de vitesse, d'interactivité ou de rendu visuel ; seul le remplacement du cuivre par la fibre optique permettrait un jour de s'affranchir des limitations techniques de la boucle locale. Gérard Théry déplorait encore, en 1994, la faiblesse structurelle du réseau cuivré : « La capacité de transmission du téléphone reste limitée : le débit échangé est égal au huitième de celui de la voix dans un face-à-face et dégrade la qualité du son, empêchant une restitution fidèle de la voix. Face à un spectacle ou à un paysage, l'œil enregistre une quantité d'information mille à dix mille fois supérieure à celle d'une simple conversation orale. Ces images, porteuses de beaucoup d'informations, sont encore très imparfaitement transmises par nos réseaux de télécommunications. Enfin, transmettre le texte d'un livre par une ligne téléphonique prend au minimum une heure. » À quelques mètres des laboratoires du CCETT où fut inventé le Minitel, une équipe de chercheurs de l'École nationale supérieure des télécommunications de Bretagne venait pourtant de mettre au point les *turbo codes*, des codes autocorrecteurs d'une remarquable efficacité, qui permettaient d'augmenter considérablement la quantité et la qualité des informations transmises par une voie de communication quelconque. Ils furent bientôt utilisés par l'Agence spatiale européenne pour communiquer avec ses sondes spatiales, puis repris par les opérateurs de téléphonie mobile et les fournisseurs d'accès à Internet.

L'ADSL vint ainsi démentir, au début des années 2000, la vision pessimiste de Théry, en apportant des images et des sons d'excellente qualité à tous les abonnés téléphoniques, sans aucune modification des installations cuivrées de la boucle locale.

La technologie ADSL consistait à utiliser au mieux la bande du signal électrique que la plupart des circuits téléphoniques traditionnels étaient capables de transmettre. Cette bande, comprise entre 0 et 1,1 MHz, était subdivisée en 255 intervalles de 4,2125 kHz. Sur chacun de ces intervalles, la fréquence était modulée indépendamment ; à raison de 4 000 symboles par seconde et par intervalle, on atteignait facilement un débit très élevé. L'échange de signaux tests, en début de transmission, permettait d'évaluer le degré de redondance qu'il fallait apporter à chaque caractère pour lever les équivocations possibles. Ainsi, les transmissions ADSL étaient très fiables.

Le déploiement de l'ADSL fut une révolution discrète qui, parce qu'elle ne touchait qu'à l'architecture du signal, et non à celle de la voie, permit aux FAI de transporter des contenus de plus en plus lourds, sans avoir à répercuter des coûts trop importants à leurs clients. Internet était entré, insensiblement, dans une dimension nouvelle. Le monde entier, quelle que soit l'immensité de sa trame et la profondeur de sa texture, put emprunter un réseau qui avait été, à l'origine, déployé pour permettre à deux humains de se parler.

Démon allait enfin pouvoir concurrencer sérieusement France Télécom.

La législation obligeait désormais l'opérateur historique à louer, sans restriction, des espaces libres de 60 centimètres par 60 dans des salles dites *de cohabitation*, afin que ses concurrents y installent leurs propres routeurs. Ils pouvaient, de là, accéder aux boucles locales. On parlait de *dégroupage partiel* : les abonnés gardaient leur numéro et leur abonnement téléphonique, mais pouvaient choisir librement leur FAI.

Les boucles locales désignaient concrètement un enchevêtrement inextricable de câbles de cuivre fins comme des cheveux, tressés ensemble dans des gaines de plastique, et si nombreux qu'il avait fallu des dizaines d'années et plusieurs centaines de milliers d'hommes pour les interconnecter tous. Ce nœud impénétrable formait le cœur de la forteresse monopolistique de France Télécom. En 1995, Michel Bon, alors P-DG de France Télécom, avait ainsi déclaré que « l'accès à Internet [était] un métier d'opérateur de boucle locale ». Pendant les cinq années qui suivirent, Pascal s'était efforcé de démontrer l'inverse, au prix de nombreux sacrifices financiers et techniques, France Télécom ne lui garantissant, sur les portions de boucles locales qu'il louait, qu'un débit ridiculement faible de 3,6 Kbits par seconde. Pascal ne put jamais promettre beaucoup mieux aux abonnés de Démon.

L'arrivée de l'ADSL changeait brutalement cette donne. France Télécom garderait son lambeau de monopole sur les communications vocales, tandis que Démon allait pouvoir utiliser le reste de la bande passante pour vendre des accès haut débit à Internet.

Mais Démon ne pouvait se satisfaire du dégroupage partiel, qui entérinait sa dépendance vis-à-vis de France Télécom, tout en le privant arbitrairement de la téléphonie, une source de revenu substantielle. Pascal voulait à présent exploiter la totalité de la boucle locale pour commercialiser une offre *triple play* : téléphonie, télévision et Internet. Pascal exigea donc le *dégroupage total* : il réclamait le droit à la possession entière des boucles locales, parties vocales incluses. C'était la conclusion logique de l'ouverture du marché à la concurrence, la garantie d'une offre équitable. En cas de refus, il jura qu'il défoncerait tous les trottoirs de France pour y faire passer ses propres câbles. Ce serait la guerre des tranchées.

Le marketing de Démon instrumentalisa ce combat de David contre Goliath : dans les spots publicitaires, le démon se transformait progressivement en archange, tandis que le site officiel du FAI relayait, en temps réel, toutes les étapes du combat juridique et médiatique contre France Télécom. Pascal, qui se battait pour un Internet libre, rapide et bon marché, recevait, sur quantité de forums, soutiens et encouragements.

Ce fut à cette époque qu'Émilie et Pascal se séparèrent. Si Émilie avaient largement contribué à transformer Pascal en homme, la métamorphose suivante de Pascal lui échappa : il était devenu, à toute heure du jour ou de la nuit, le P-DG de Démon. Émilie ne le voyait plus, ne le reconnaissait plus, ne pouvait plus l'aimer. Elle avait d'abord été jalouse d'Elfassi et de Démon, et avait supplié Pascal de lui accorder un peu de temps, une journée par semaine, quelques jours de vacances. Il avait prétexté plusieurs rendez-vous stratégiques, et elle n'avait plus insisté. Peu à peu, elle avait alors cessé d'être jalouse. Pascal s'était comme effacé. Il ne représentait plus rien pour elle, il avait cessé d'être un homme.

La séparation survint, comme un désagréable contretemps, alors que le conflit avec France Télécom atteignait son paroxysme. Pascal se montra particulièrement froid et impatient. Incapable de lui exprimer en face son impuissance et son désespoir de la perdre, il passait pourtant tous les jours devant le chantier de démantèlement de Planète magique, qui avait enfin commencé — la mairie de Paris souhaitait transformer les lieux en musée des arts numériques. Assis sur un banc du square attenant, Pascal pleurait alors en regardant les pelleteuses et les bulldozers entrer au ralenti dans l'ancien théâtre.

Quand le divorce fut finalement prononcé, Émilie

obtint, sans les avoir demandés, 15 % du capital d'Ithaque, pris sur la participation majoritaire de Pascal.

Pascal négociait alors des accords de diffusion avec plusieurs groupes audiovisuels, pour remplir ses fréquences ADSL réservées à la télévision. Mais le plus important restait encore à faire pour rendre la nouvelle offre de Démon irrésistible : l'ADSL avait rendu les anciens modems obsolètes. Les modems ADSL étaient en effet constitués de 255 modems montés en parallèle, auxquels il fallait ajouter, pour l'offre télévisuelle, un décodeur. Il était peu probable que le grand public investisse spontanément dans un tel matériel.

La théorie de l'information, Cyberpunk#8

Malgré sa simplicité mathématique, la théorie de l'information demeure une théorie difficile et peu intuitive, qui fit l'objet de nombreuses interprétations. Shannon avait-il démontré la nature statistique indépassable de tous les systèmes physiques, en les présentant comme des boîtes noires presque opaques, quoique juste assez translucides pour laisser passer de l'information, ou bien en avait-il au contraire démontré la transparence absolue, faisant de l'Univers une machine à traiter de l'information ? Autrement dit, l'information devait-elle être comprise comme la mesure de notre ignorance, ou bien révélait-elle une nouvelle étape dans l'entreprise physique de dévoilement du monde ? Un siècle auparavant, la thermodynamique avait suscité un débat similaire : les théories physiques fondées sur une approche statistique dénonçaient-elles les limitations de nos approches expérimentales, ou bien révélaient-elles l'indétermination primitive de la réalité ? L'ordre et le temps sont inconnus. Les choses autour de nous se modifient et nous vieillissons sans leur imprimer aucun mouvement nouveau. L'indifférence du monde est notre seul apprentissage. Nous bougeons et il bouge, nous sommes coordonnés : l'Univers nous précède, nous met en vie et nous efface. Nous ignorons tout de ses mouvements exacts. Mais nous disposons, avec la théorie de l'information, d'un nouvel instrument de contrôle.

22

« Reflets du soleil sur la mer. Plan large sur un homme qui marche dans une forêt d'automne. Plan large sur un homme qui marche sur la Grande Muraille de Chine. Le premier homme est assis devant l'océan. Gros plan sur le soleil couchant. Gros plan sur l'homme, de type occidental. Gros plan sur le second homme, de type oriental. Plan large sur le soleil levant. Coucher de soleil avec l'épaule et la nuque de l'homme occidental en amorce. Il tient un téléphone cellulaire. Retour sur la Grande Muraille de Chine. Sonnerie de téléphone. L'homme oriental porte son cellulaire à l'oreille. Plan sur l'homme occidental. Voix (sans accent) : "Est-ce que tu l'as ?" Plan sur l'homme oriental de dos. Apparition complète du soleil. Gros plan. Voix (avec accent chinois) : "Oui, je l'ai." Retour au plan large, lever de soleil. Musique plus forte. Texte et voix off : "France Télécom. Nous allons vous faire aimer l'an 2000." »

Publicité France Télécom, 1996, 45 secondes

Pascal, à la recherche d'une solution technique grand public pour son offre ADSL, se souvint du Minitel, que la DGT avait fait fabriquer à grande échelle, pour le distribuer ensuite presque gratuitement. Il décida, lui aussi, de prendre à sa charge les équipements nécessaires aux connexions ADSL des abonnés de Démon. Il visualisa à cet effet une boîte, dépourvue de tout élément décoratif ou technique, qui servirait d'habitacle au démon de

Maxwell le mieux apprivoisé de toute l'histoire de la physique, capable de transformer le signal emmêlé du cuivre en sons intelligibles et en images lumineuses. Ce démon resterait caché : personne n'aurait jamais à ouvrir la boîte, ni même à savoir ce qu'elle contenait. Elle fonctionnerait, discrète, silencieuse et toujours un peu tiède, agissant comme un filtre entre le monde analogique et le monde numérique. Il n'y aurait que deux raccordements à faire, l'un à la prise téléphonique, l'autre à l'ordinateur, puis un simple bouton à presser, qui entraînerait l'allumage d'une diode de contrôle.

Pascal contacta aussitôt des équipementiers télécoms : Alcatel, l'entreprise que son père venait de quitter pour prendre sa retraite et où travaillait encore sa mère, Thomson, l'entreprise que Thierry Breton avait dirigée avant de prendre la direction de France Télécom, et Nortel, le groupe canadien qui avait racheté à Lagardère la branche communication du groupe Matra.

Sans y penser, Pascal réactivait là les vieux réseaux du Minitel, ceux du capitalisme dirigiste de la fin des années 1970 : Alcatel et Matra avaient remporté, avec la société Radiotechnique, l'appel d'offres de la DGT pour la construction de ses terminaux télématiques. Elles avaient également été, avec Thomson, des entreprises importantes du complexe militaro-industriel français, spécialisées dans les systèmes de guidage et les réseaux de communication militaires. Elles avaient partiellement fusionné, s'étaient diversifiées, concentrées, avaient été démantelées par branche ou consolidées par l'État, leur actionnaire de référence. Elles avaient financé des partis politiques français ou étrangers, dissimulé des pertes et remporté plusieurs fois chacune *le contrat du siècle*. Elles avaient enfin connu l'éclatement de la bulle Internet :

elles étaient arrogantes, mais fébriles, prestigieuses, mais commercialement exsangues. Programmées par la Cinquième République pour faire rayonner la France à travers le monde, elles étaient désormais considérées comme des enjeux strictement locaux par les députés et les maires des territoires où étaient situées leurs usines historiques. On débattait à l'Assemblée nationale et au Sénat de l'impossible fermeture de leurs sites de production hexagonaux. On invoquait le patriotisme économique d'un côté, et de l'autre la concurrence infernale des pays à bas coût. Mais on savait qu'à l'exception de quelques secteurs stratégiques, l'industrie française des télécommunications n'existerait bientôt plus. Comme avant lui Bull et Thomson dans le domaine des ordinateurs personnels, le groupe Alcatel commençait à rencontrer des difficultés dans celui des téléphones portables. On parviendrait, cependant, à sauver les activités à forte valeur ajoutée, comme la recherche et le développement ; le monde deviendrait alors le sous-traitant de notre intelligence.

Pascal entendit partout ce discours, mélange de fierté blessée et d'arrogance. Cela l'agaça : Démon connaissait un taux de croissance à deux chiffres, et personne ne semblait s'en apercevoir. Le plus petit des bureaux où il fut reçu faisait encore cinq fois la taille du sien, alors que celui qui l'occupait, et qui lui tendait presque à contrecœur sa main manucurée, n'était qu'au troisième ou au quatrième cercle de l'organigramme de sa société. Pascal vit beaucoup de costumes impeccables, et entendit beaucoup de sous-entendus sur sa solvabilité à moyen terme. Ses interlocuteurs, visiblement traumatisés par l'éclatement de la bulle, trouvaient extravagantes les plus prudentes de ses projections. Ils jugeaient sa boîte mal adaptée au marché, ou craignaient la foudroyante riposte de France Télécom, dont le redressement forçait le respect — alors que l'endettement de Démon ne représentait même pas le centième de celui de l'opérateur historique, et que ses retours sur investissement étaient parmi les plus élevés du secteur.

La plupart des équipementiers que Pascal rencontra acceptaient finalement de fabriquer la boîte, mais jamais à plus de 10 000 exemplaires, alors que Pascal se trouvait déjà trop prudent en s'interdisant d'en commander plus de 100 000. Il vit des dizaines de présentations PowerPoint, mais aucun laboratoire, ni aucun site de production : porteur d'un projet industriel fort, on lui opposait des arguments financiers rebattus, fondés sur des études de marché biaisées — il était évident que personne ne rêvait de posséder sa boîte, puisqu'elle n'existait pas encore.

Pascal finit par découvrir que la technique des terminaux domestiques ADSL était à sa portée. Il s'agissait essentiellement de réaliser l'intégration d'un grand nombre de modems. Les composants requis pouvaient être achetés n'importe où, tandis que le logiciel leur permettant de travailler en commun ne posait aucune difficulté conceptuelle majeure, et pouvait être codé par n'importe quel programmeur un peu sérieux.

Pascal décida donc de construire lui même sa boîte, du moins les premiers prototypes, avant de déléguer leur fabrication à grande échelle à un sous-traitant quelconque. Il recruta deux ingénieurs, transfuges de chez Thomson, qui recrutèrent à leur tour deux programmeurs. La grande salle de réunion attenante à son bureau fut transformée en laboratoire — Pascal gardait un bon souvenir de l'odeur de l'étain fondu. Il veilla également à ce que tous les colis de matériel électronique commandé transitent par son bureau, pour pouvoir découvrir en premier les composants qu'ils recelaient : insectes métalliques, hublots d'oscilloscopes, connecteurs dorés, machines à épissurer les fibres optiques, etc.

L'organigramme de Démon était en apparence extrêmement simple : Pascal était l'unique donneur d'ordre. Il laissait cependant à ses équipes la plus grande liberté possible.

Un étudiant en sociologie des organisations nommé Pierre Anbertin, qui faisait un stage chez Démon, montra, au terme de plusieurs semaines d'observation, qu'un type de management inédit était ici à l'œuvre. Il l'appela le *management en aiguilles*, et en fit un livre, qui devint un best-seller aux États-Unis.

De prime abord, la structure de Démon lui avait semblé incompréhensible. Démon n'existait à proprement parler même pas, comme entité économique, mais était la conjonction de plusieurs sociétés différentes, toutes détenues par la holding Ithaque : une société possédait les câbles, une autre les locaux techniques, une troisième les serveurs, une quatrième la base clients, et ainsi de suite. Par ailleurs, une dizaine de micro-équipes, regroupant de deux à vingt personnes, travaillaient indépendamment sur des projets dont elles n'avaient aucune vue d'ensemble — ce point de vue étant réservé à Ertanger, et dans une moindre mesure à Elfassi. Six personnes seulement avaient ainsi entendu parler de la boîte pendant les mois qui précédèrent son lancement commercial. La coordination entre les différentes entités qui composaient Démon était pourtant parfaite. Alors que chacune d'elles était libre d'aller dans toutes les directions, leurs travaux étaient mystérieusement aimantés vers une direction commune — sans presque aucune contrainte extérieure. Après deux chapitres d'un tel constat, Anbertin introduisait, dans le troisième chapitre, une comparaison éclairante : celle des *aiguilles de Buffon*. Le grand naturaliste avait en effet mis au point une méthode expérimentale pour calculer les décimales de π, qui consistait à jeter au hasard un grand nombre d'aiguilles sur un parquet aux lattes parallèles, puis à compter le nombre d'aiguilles qui étaient tombées à cheval entre deux lattes. Une formule mathématique simple permettait d'en induire une valeur approchée de π — plus le nombre d'aiguilles était important, plus l'estimation était précise. Les équipes qui travaillaient pour Démon étaient ces aiguilles, et la boîte, objet mathématique, était cette formule.

Dans le même temps, à cinq kilomètres de là, Thierry Breton dirigeait France Télécom par notes confidentielles et par rapports interposés — qui devaient être, impérativement, rédigés en anglais. À l'exception de la cérémonie annuelle des vœux, le P-DG de France Télécom restait invisible, et ses intentions réelles faisaient l'objet de multiples interprétations : le concept « d'amélioration des entités opérationnelles », bien que représentant un élément central du plan « Ambition FT 2005 », demeurait ainsi pour beaucoup des collaborateurs de Breton relativement obscur.

Démon n'était qu'une compagnie à bas coût, tandis que France Télécom était une gigantesque multinationale — les deux groupes n'étaient en rien comparables. C'était en tout cas ce que répétait Breton qui, tout en poursuivant une stratégie dynamique de désendettement, savait qu'il ne parviendrait pas à s'aligner sur les tarifs de son concurrent. D'ailleurs, expliquait-il, même s'il le pouvait, le faire aurait été une erreur stratégique : France Télécom demeurait, malgré la crise de la dette, une marque de prestige, un monument d'orgueil national, « un paquebot transatlantique, et non un ferryboat ». Le positionnement de France Télécom exigeait donc un certain standing, comme des boutiques en centre-ville ou des campagnes de publicité de qualité cinématographique, alors qu'on ne pouvait souscrire à une offre de Démon que par Internet ou par téléphone, et que le FAI se contentait de communiquer ses tarifs au moyen d'un simple écran explicatif de quelques secondes. Les téléopérateurs de France Télécom devaient par ailleurs parler un français parfait et sans accent, tandis que Pascal avait pu délocaliser ses plates-formes téléphoniques au Maghreb, et même en surtaxer l'appel pour les transformer en centres de profit.

Commercialement, Démon pouvait à peu près tout se permettre : ses forfaits Internet étaient les moins chers du marché. Si l'association *60 millions de consommateurs* dénonçait sans relâche certaines pratiques peu scrupuleuses — comme de faire payer aux abonnés des appels surtaxés vers des répondeurs qui leur expliquaient qu'en raison d'un trop grand nombre d'appels leur demande ne pourrait aboutir — Pascal savait que ses 800 000 clients, dans leur grande majorité, étaient des consommateurs comblés.

Le premier prototype de la boîte fut opérationnel en juillet 2002 ; il était beaucoup plus laid que la boîte idéale que Pascal avait imaginée. Ses ultimes tentatives pour parvenir à un design élégant furent rejetées par ses ingénieurs : il n'était pas possible, ou beaucoup trop cher, d'empiler cinq couches de circuits imprimés pour donner à la boîte l'aspect effilé du monolithe de *2001 : l'Odyssée de l'espace.* Il était possible, en revanche, de faire asseoir un petit démon en plastique sur le rebord de sa coque en plastique, et même de faire de ce démon une prise de raccordement détachable : le surcoût serait dérisoire, et l'effet marketing assuré.

La production en grande série de la boîte fut confiée au chinois Huawei.

Peu avant Noël, l'offre ADSL de Démon était disponible, au prix record de 29,90 euros par mois, location de la boîte incluse. Pascal avait d'abord pensé à un tarif de 39,90 euros, qui servit de base à toutes les études de faisabilité. Mais Démon était une redoutable machine à générer des économies. Le développement de la boîte avait coûté moins que prévu, tandis que le revenu moyen par abonné avait augmenté. Au tout dernier moment, Pascal refit donc des projections en indiquant un prix de 34,90 euros : cela dépassait encore largement le seuil de rentabilité. Il essaya 29,90 euros sans y croire : c'était encore possible, à condition de tripler la base clientèle en deux ans. Le pari était irrésistible. Les concurrents de Démon facturaient un service de qualité moindre autour de 60 euros par mois. Démon allait foudroyer le ciel bleu des télécoms.

Le succès fut immédiat : les délais d'attente pour la livraison de la boîte excédèrent rapidement les trois mois, tant la demande était forte. Démon n'arrivait plus à reconstituer ses stocks. Le personnel du service d'expédition travaillait vingt-quatre heures sur vingt-quatre. La *hot line* du service commercial traitait souvent plus de 10 000 appels par jour.

Ce fut dans ce contexte que Pascal partit pour Shenzhen avec Elfassi, au début de l'année 2003, pour accroître la pression sur son sous-traitant. Menées par interprètes interposés, les négociations furent serrées, mais Pascal ne céda pas un centime d'euro, et menaça même de délocaliser la production de sa boîte au Vietnam, où Foxconn, le principal concurrent de Huawei, venait d'ouvrir une usine. Il obtint ainsi l'ouverture d'une deuxième chaîne d'assemblage.

Elfassi et Pascal allèrent fêter cette nouvelle dans un restaurant du *quartier rouge* de Shenzhen, au sortir duquel le directeur général perdit son président. Elfassi, un peu vexé, imagina d'abord que Pascal s'était laissé tenter par une aventure érotique. Mais le lendemain, en fin d'après-midi, ne voyant toujours pas Pascal reparaître, il commença à s'inquiéter, et s'apprêtait à avertir Paris, ainsi que la permanence consulaire locale, quand il reçut le message suivant : « Tout va bien. Procédez à la clôture normalement. Je serai de retour pour la publication des résultats. »

Elfassi rentra donc seul à Paris. Après une courte réunion de crise, il fut décidé de garder secrète l'absence de Pascal Ertanger, au moins jusqu'à la publication des résultats, prévue pour le début du mois de mars.

Pascal s'était arrangé avec Huawei pour effectuer son voyage de retour dans le porte-conteneurs qui ramenait en France plusieurs milliers de ses boîtes. Il avait profité d'une cabine confortable et n'avait connu le mal de mer que les deux premiers jours et la dernière semaine. Les cinq semaines restantes furent très agréables.

Pascal avait beaucoup réfléchi, à sa vie comme à l'avenir de Démon. Il avait en ce sens inventé une sorte de jeu mathématique et existentiel, capable, peut-être, de prédire l'avenir de ses activités. Il avait d'abord reproduit sur une feuille le plan de chargement du navire, puis l'avait simplifié jusqu'à obtenir un simple parallélépipède de briques colorées. Il attribua, de 0 à 9, un chiffre à chaque couleur. Rangée après rangée, il transforma le chargement du navire en un nombre d'environ 2 000 chiffres, puis en une suite de caractères binaires. Sans autre support qu'une feuille de papier, il entreprit alors de chercher quels algorithmes pouvaient générer une telle suite.

L'une des plus puissantes définitions du hasard est due au mathématicien russe Kolmogorov : une suite de nombres est d'autant plus hasardeuse que l'algorithme capable de la générer tend vers la longueur de la suite. Autrement dit, le hasard est incompressible (les décimales de π n'étaient à cet égard pas aléatoires, le record du plus petit algorithme capable de les générer étant détenu par un programme de 158 caractères).

L'existence d'un algorithme simple aurait ainsi été une preuve quasi définitive du caractère rationnel de l'économie, et aurait même signifié son rattachement aux sciences physiques, tandis que son découvreur aurait, au passage, trouvé un moyen infaillible de faire fortune. D'ailleurs, toute aventure économique d'une certaine importance pouvait être ramenée à une méthode empirique permettant de calculer des fragments de cet algorithme : Pascal était en effet parfaitement en mesure d'expliquer la présence, sur le bateau, des trois conteneurs bleus alignés qui contenaient ses boîtes.

Or Pascal ne trouva aucun algorithme capable de générer la suite de nombres qui encodait le chargement du navire. Il savait pourtant que ce processus avait obéi à une rationalité stricte : le navire était inséré dans le système complexe, mais rationnel, du commerce mondial, dont le chargement constituait un échantillon statistiquement représentatif, sélectionné par un processus fiable appelé *logistique*. Il était également admis, c'était l'un des grands postulats de l'économie, que tous ses acteurs, du producteur au consommateur en passant par le transporteur, étaient rationnels. S'il existait des impondérables chaotiques, comme l'apparition de cyclones ou de crises économiques, chaque porte-conteneurs devait représenter, à son échelle, une enclave d'ordre : la disposition des conteneurs sur le navire avait ainsi obéi à des critères stricts d'optimisation — les compagnies maritimes utilisant même à cette fin des logiciels sophistiqués. S'il existait bien un niveau de complexité que les meilleurs logiciels ne pouvaient intégrer — c'était l'un des enseignements de Kolmogorov —, il était probablement exagéré de prétendre que l'humanité avait atteint ce seuil théorique. La seule trajectoire du bateau, et le calme des ports qu'il abordait, plaidait pour un niveau d'entropie plutôt faible : les affaires humaines étaient compliquées, mais pas impénétrables.

Le fait que Pascal, après plusieurs semaines de calculs, n'ait abouti à aucun algorithme satisfaisant n'apportait au final que peu d'information sur la nature exacte de l'économie : ses combinatoires colorées dissimulaient-elles, comme le Rubik's cube, un noyau ordonné et rationnel, ou bien recouvraient-elles un feu permanent, hostile et destructeur ?

L'unique information certaine que Pascal parvint à extraire concernait ses limites intellectuelles. Sa puissance de calcul était dramatiquement faible. Il jalousa le physicien américain Feynman, embauché sur le projet Manhattan pour ses capacités de calculateur prodige : on disait que la première bombe atomique de l'histoire n'avait pas explosé dans le désert du Nouveau-Mexique, mais dans le cerveau de Feynman.

Le mal au cœur des premiers jours revint après le détroit de Gibraltar. Pascal resta alors couché pendant des journées entières, et cessa complètement de s'alimenter. Les vibrations du navire lui communiquaient des sensations étranges. Il flottait dans un monde de chiffres. Émilie réapparaissait parfois dans des fragments de code.

En débarquant au Havre, Pascal recouvra pourtant très vite ses réflexes d'être humain, largement liés à la présence d'un champ gravitationnel stable. Le mal au cœur disparut. L'humanité, à défaut d'être rationnelle, lui était redevenue familière.

La théorie de l'information, Cyberpunk#9

S'il n'existe pas de psychologie du génie, on peut créditer les auteurs des grandes révolutions scientifiques d'une compréhension privilégiée et intuitive de leurs théories. Ces révolutions scientifiques se sont d'ailleurs rarement déroulées dans des laboratoires, et furent avant tout des expériences de pensée : c'est Galilée, remarquant que le canon d'un fusil s'ajustait sur les mouvements de sa cible en formant avec elle un référentiel immobile, c'est Newton, imaginant qu'un objet pouvait continuer sa route à l'infini avec une vitesse constante, c'est Einstein, se transportant avec un miroir sur un rayon de lumière. Si la plupart des théories scientifiques sont d'un accès mathématique facile, ces expériences de pensée originelles demeurent plus difficiles. Au-delà de leurs aspects techniques, les révolutions scientifiques sont rarement prises au sérieux en tant que révolutions spirituelles. La théorie de l'information n'échappe pas à cette règle : malgré le développement spectaculaire des technologies de l'information et de la communication, elle demeure une théorie mal comprise. Les expériences de pensée de Shannon, qui marquent les premiers pas de l'humanité dans un univers renouvelé, gardent une inquiétante fraîcheur. Shannon fut, au sens strict, le premier habitant de cet univers : qu'a-t-il ressenti, en découvrant que l'information était une grandeur physique calculable au même titre que l'énergie et que la masse, ou que le bruit du monde se résolvait dans le silence d'une équation ? Le spectacle avait sans doute quelque chose d'inhumain. Shannon déclara un jour : « Je me suis toujours mis du côté des machines. »

23

« J'attends Pierre le Romain. J'attends le phylactère et la fin de cette Église. J'attends les temps nouveaux. En sachant que les sept collines de Rome crameront, en sachant que toute une partie de ce que nous avons été brûlera. J'attends les accidents de l'histoire au sens de Virilio. Les déchirures de l'histoire. L'histoire est seule capable de t'offrir un bonheur extraordinaire comme à 15 h 30 le 11 septembre 2001. Je travaillais avec un CAC man. Les CAC men sont des mecs extrêmement bien payés. Il y en a une quarantaine en Europe, des mecs qui ne travaillent que les valeurs du CAC, des divas chargées et cokées jusqu'à l'os. Il se trouve qu'il travaillait sur une de mes valeurs et, avant tout le monde, on a eu tout le *backbone* de Wall Street qui s'est arrêté. On a immédiatement su qu'il y avait quelque chose. Lui avait compris. Et on l'a su 16 minutes avant tout le monde. Ce n'est qu'ensuite que nous avons eu l'image sublimée. Là aussi, je prends des précautions oratoires. On a eu quelque chose qui dépasse l'entendement, de l'ordre de l'acte artistique sublime. »

Thierry EHRMANN

Pascal réapparut le jour où Ithaque publia ses résultats. L'année 2002 avait été excellente. Démon confirmait toutes les promesses des années précédentes, et était devenu l'opérateur Internet le moins cher et le plus rentable de France — peut-être même du monde.

Démon comptait près de 1 million d'abonnés, qui déboursaient chacun 29,90 euros par mois. Ils généraient ainsi un chiffre d'affaires annuel de plus de 300 millions d'euros. Entre l'arrivée de la boîte et la fin de l'année 2002, plus de 90 % des nouveaux arrivants avaient fait le choix évident de l'ADSL : le pari industriel de Pascal était d'ores et déjà gagné. Enfin, la dette du groupe n'excédait pas les 10 millions, pour un résultat net plus de trois fois supérieur : Démon pouvait continuer à investir massivement dans son réseau sans augmenter ses tarifs.

Les prévisions pour 2003 étaient d'une simplicité redoutable : doublement de la base d'abonnés, doublement de la vitesse du haut débit, de 512 à 1 024 Kbits/s, doublement du chiffre d'affaires.

Pascal possédait, depuis son divorce, 55 % d'Ithaque, la holding qui détenait Démon. Il avait également investi, en nom propre, dans plusieurs sociétés amies. Il détenait des parts dans Skyblog, la plate-forme d'hébergement de sites personnels simplifiés — appelés *blogs* — que venait de lancer le groupe Skyrock, tout comme dans le groupe Serveur de Thierry Ehrmann, l'éditeur du site Artprice.com, qui était devenu le leader mondial de l'information sur le marché de l'art. D'autres participations liaient Pascal à divers pionniers d'Internet, comme Jean-Baptiste Descroix-Vernier, le créateur de la société Rentabiliweb, spécialisée dans la monétisation du trafic Web, ou encore Jacques-Antoine Granjon, le fondateur du site Vente-privée.com.

Ces barons du Web n'avaient pas quarante ans. Situés à l'avant-garde de la modernité technique et du capitalisme triomphant, ils refusaient pourtant les codes vestimentaires de la classe dominante, et ressemblaient, avec leur absence de cravate et leurs cheveux longs, à des chevaliers de jeux de rôle. Ils étaient, après tout, les décideurs économiques les plus purs de leur temps, à la fois maîtres des codes, fondateurs de royaumes, et détenteurs, en termes de rentabilité, de marketing ou d'innovation, de plusieurs Graals économiques.

Jacques-Antoine Granjon avait les cheveux très longs et délicatement bouclés d'un guerrier celte. Jean-Baptiste Descroix-Vernier, prêtre manqué et ancien plus jeune franc-maçon de France, portait des dreadlocks soignées et vivait dans une péniche. Thierry Ehrmann était, lui, devenu une sorte de chevalier de l'apocalypse, réfugié dans une ruine cyberpunk de la banlieue lyonnaise, La Demeure du Chaos, véritable Cthulhu de métal et d'écrans voué au culte et à l'exploration du chaos qui culminait dans une reproduction à l'échelle 1/1 d'une partie des décombres du World Trade Center.

De tous, avec ses cheveux mi-longs et ses vêtements sans style identifiable, Pascal était celui qui offrait l'apparence la plus simple et la vision du monde la moins travaillée. Il était pourtant le leader incontesté de la Web économie française. Ses forfaits illimités à 29,90 euros par mois furent bientôt repris par tous ses concurrents, de même que le principe de la boîte. Cette simplification et cette amélioration de l'offre couplée à une baisse significative des tarifs provoqua l'envolée du nombre d'abonnés à Internet. La France, lavée de son péché d'orgueil télématique, rattrapait enfin son retard sur les autres grandes économies avancées et redevenait une force motrice de l'histoire des réseaux. Pascal avait réussi à réimplanter la vie dans le paysage désolé de l'après-bulle. Tous les entrepreneurs français du Web lui étaient redevables d'une part de leur succès.

Un peu moins de vingt ans après l'Américain Bill Gates, le premier milliardaire de l'histoire de l'informatique mondiale, Pascal devint le premier milliardaire de l'histoire de l'informatique française. Sa richesse était cependant largement virtuelle, et dépendait, en tant que fortune professionnelle, du destin de Démon, qui était une entité plus symbolique que réelle — Pascal se représentait son groupe comme un gigantesque radeau constitué de plusieurs millions de boîtes. Sur chacune de ces boîtes, un petit démon en plastique avait trouvé refuge. L'entreprise Démon n'était que le rêve commun de ces créatures. Chacune de ces boîtes possédait également une adresse IP, qui encodait un morceau de la fortune de Pascal, fortune qui lui semblait légère et immatérielle — contrairement à l'argent liquide que Houillard continuait de lui remettre, comme prix de sa participation aux cambrures lascives et légèrement salées du Sexy Vegas.

Comme un instrument médical d'un type inédit, la boîte, qui transmettait à Démon les requêtes de ses abonnés, permettait à Pascal de voir à travers leur crâne, et lui révélait la fragilité de son empire. Il reposait, grâce aux pilotis des cinq sens, sur la matière molle et incolore de leur cerveau. Ce cerveau disposait d'une certaine faculté d'attention et d'un nombre limité de réponses : il traitait les signaux électriques du système nerveux et les signaux chimiques du système hormonal ; il délivrait des messages, qui prenaient parfois la forme d'actes ou de paroles, mais qui restaient le plus souvent des signaux électriques ou chimiques élémentaires — un travail de maintenance. Sans ce routage neuronal, ni Internet, ni aucun média, ni aucune chose connue n'aurait pourtant pu fonctionner.

Alors que les ingénieurs de Démon testaient les antennes Wi-Fi d'un nouveau prototype de boîte dans une chambre anéchoïque aux parois tapissées de pointes en mousse absorbante, Pascal avait demandé à passer une nuit à l'intérieur. Il avait longuement écouté son cœur, avant d'isoler un bruit plus sourd, et presque blanc, qui évoquait le long râle des anciens modems.

Après cinq siècles de navigation circumterrestre et cinquante ans d'exploration spatiale, le capitalisme retournait à son lieu d'origine. Il n'avait jamais été qu'une forme particulièrement sophistiquée d'idéalisme, doctrine philosophique qui défendait l'irréalité des phénomènes extérieurs à la pensée. Le cerveau humain, paradis financier à la chaleur adéquate, serait sa dernière frontière.

De fait, les principales armes de Démon avaient été psychologiques : la simplicité de la boîte, le forfait à 29,90 euros, la transformation d'une valeur relative, la vitesse, en absolu commercial. Chaque abonné de Démon avait servi de réceptacle à un miracle de persuasion. Pascal avait cependant toujours livré la bataille marketing avec sincérité : simple consommateur, il aurait ainsi toujours choisi Démon pour son usage personnel, plutôt que France Télécom, Cegetel ou Neuf Télécom, ses principaux concurrents.

Les véritables innovateurs ne sont pas des stratèges. Leurs conquêtes sont trop rapides, leurs cibles trop facilement prenables. Le champ de bataille est encore vide quand ils l'investissent. Les grandes innovations se résument souvent à des changements d'échelle : vu de très loin, les accidents du marché s'aplanissent — il n'existe plus d'obstacle entre une idée et sa réalisation. On raconte que Steve Jobs eut l'idée de l'iPod, objet techniquement à la portée de tous les constructeurs de baladeurs musicaux, en voyant la photo aérienne, et potentiellement illimitée, d'une banlieue américaine. C'était un paysage homogène et répétitif, l'épure d'un marché idéal, l'écosystème parfait. Une simple boîte, reliée à la main et à l'oreille, pourrait s'y démultiplier comme une chose nécessaire.

Pascal, au temps du Minitel, s'était perdu dans un lotissement crépusculaire. Jamais il ne comprit mieux la machine et son marché de masse qu'en tournant dans le labyrinthe des rues noires. Seules étaient visibles les fenêtres qui émettaient des variations bleutées : la télévision accomplissait là sa tâche d'occupation des espaces privés, en venant se refléter, à la recherche de leurs optiques liquides, sur les visages attentifs des humains. Repoussées dans un arrière-plan rêveur, au-delà des haies paysagères et sur le côté des structures d'habitation, des fenêtres plus petites rayonnaient d'une lumière plus faible : c'était d'anciennes chambres d'amis qu'un taux d'occupation très faible avait permis de transformer en bureaux, pièces officiellement réservées à la comptabilité du ménage et officieusement devenues, grâce au Minitel qu'on y avait installé, des lieux dédiés à la consultation extraconjugale des forums érotiques du terminal bureautique dévoyé.

La boîte de Démon avait permis de superposer ces deux types de fenêtres. Il était devenu techniquement possible, au début du XXIe siècle, de vendre ensemble toutes les techniques de communication du siècle passé : téléphone, radio, télévision et réseaux numériques. La boîte, le médium domestique terminal, ne fut pas inventée par Pascal, mais seulement découverte. C'était, comme l'iPod, la meilleure et la plus rentable des combinaisons techniques disponibles. Jobs et Ertanger furent traités comme des génies paradigmatiques dotés d'une faculté d'oracle. On voulut décrypter leur sens de la complexité. Mais du point de vue de l'innovateur, le monde doit être simple. L'innovation n'est qu'une guerre éclair visant à proclamer l'armistice des choses.

Démon était un jeu intellectuel qui opposait Pascal au monde depuis une dizaine d'années, qui l'avait entièrement absorbé, et auquel, il s'en apercevait enfin, il avait sacrifié Émilie. Ce jeu, commencé dans un rapport de pièces très défavorable et conduit avec maîtrise jusqu'au rétablissement de l'équilibre des forces, avait d'abord ressemblé à un combat d'échecs contre France Télécom. Puis le jeu avait changé de nature, s'était simplifié ; ses pièces s'étaient confondues avec l'échiquier, l'échiquier était devenu de plus en plus grand. Il chevauchait désormais le monde, combattant pour sa domination abstraite et cédant des zones blanches en échange de zones noires stratégiquement placées sur les points activables de ses structures répliquantes.

La théorie de l'information, Cyberpunk#10

Shannon poursuivit à côté de ses travaux théoriques une carrière d'inventeur, qui peut être rétrospectivement comprise comme une manière non mathématique d'expliciter les intuitions fondatrices et de définir les implications profondes de la théorie de l'information. Dans le texte qui servit de préface à l'article fondateur de Shannon, et qui fut rédigé par Warren Weaver, son supérieur hiérarchique aux laboratoires Bell, on trouve cette définition presque idéaliste de la communication : « Le mot communication sera utilisé ici dans un sens très large incluant tous les procédés par lesquels un esprit peut en influencer un autre. » L'année même où il écrivit son article majeur, Shannon construisit, comme pour souligner les propriétés télépathiques de sa théorie — ou du moins de sa faculté à rendre compte de phénomènes jusque-là imprédictibles —, une machine à lire les pensées (« mind reader machine »). Il s'agissait d'un dispositif capable de deviner les choix d'un cobaye qui tirait mentalement à pile ou face. La machine calculait, à partir de ses choix précédents, quel tirage était le plus probable, exploitant là l'incapacité du cerveau humain à générer des suites véritablement aléatoires. Il s'agissait de la toute première application pratique de la théorie de l'information, une théorie capable de discerner, derrière le bruit désordonné des choses, des structures invariantes. Shannon, attiré par l'étude des processus déterministes complexes, se tourna *alors naturellement vers le jeu d'échecs, dont il réalisa le premier simulateur électronique. Il calcula à cette fin le nombre de parties d'échecs possibles, qu'il estima à 10^{120}. Le physicien Seth Lloyd, assimilant l'Univers à un ordinateur et voulant en estimer la capacité mémoire, retrouva ce nombre, appelé depuis* nombre de Shannon. *Les inquiétudes formulées par Bobby Fischer quant à l'épuisement historique du jeu d'échecs se révélèrent alors paranoïaques — il faut cependant noter que l'adoption d'un échiquier hexagonal, solution que Fischer préconisait pour augmenter la complexité du jeu, fut parallèlement envisagée par Shannon, inventeur d'un jeu de stratégie aux cellules hexagonales et d'un simulateur électronique capable d'y jouer. La théorie de l'information rend familier avec des nombres si grands qu'elle banalise la taille de l'Univers. L'objet le plus célèbre inventé par Shannon est une simple boîte dotée d'un interrupteur, qu'il nomma* ultimate machine. *Quand on bascule l'interrupteur sur la position* on, *un bras articulé sort d'une trappe, vient remettre l'interrupteur en position* off, *et disparaît. L'Univers est peut-être une extrapolation de cette machine.*

24

« Pour grand nombre de professions, on n'a pas trouvé mieux. Un Minitel a plus que jamais sa place dans un atelier ou une arrière-boutique : il peut prendre l'eau et la poussière, on peut tapoter dessus avec des doigts gras, le faire tomber... Il fonctionnera toujours. »

Guy CRONIMUS, responsable
du kiosque Minitel chez Orange.

La guerre des fournisseurs d'accès à Internet était donc devenue, avec l'arrivée de la boîte de Démon, une guerre psychologique, qui rappelait le choc de civilisations, soigneusement entretenu, qui opposait depuis vingt ans les utilisateurs de PC aux utilisateurs de Mac. La boîte apparaissait en effet comme une machine du futur gracieusement prêtée aux hommes. C'était déjà le *storytelling*, largement emprunté au film *Terminator*, de la compagnie Apple, qui racontait l'intrusion d'une technologie future dans le temps présent — France Télécom, qu'il fallait depuis peu appeler Orange, jouant le rôle de Microsoft ou d'IBM : celui de la multinationale rivale, intellectuellement inerte et technocratique.

Mais deux autres opérateurs convoitaient eux aussi les 50 % de part de marché de l'ancien monopole téléphonique, et avaient à leur tour lancé leurs propres boîtiers

ADSL. Ils disposaient pour cela de moyens financiers considérables. Neuf Télécom et Cegetel avaient fusionné, au sein d'un groupe Vivendi restructuré, pour devenir le deuxième FAI français. Vivendi était également présent, avec SFR, sur le marché extrêmement porteur du mobile, qui échappait jusque-là à Démon, mais pas à son autre concurrent, le groupe Bouygues Télécom, qui recrutait, depuis sa récente diversification dans la fourniture d'accès à Internet, de plus en plus d'abonnés grâce à son offre *quadruple play* : téléphone fixe, Internet, télévision et téléphone portable.

Conscient que la guerre commerciale reposait, pour une large part, sur une guerre de communication, Pascal se montrait cependant détendu et magnanime. Fréquemment interviewé par la presse en ligne spécialisée, et de plus en plus par des magazines généralistes, il défendait Thierry Breton — un ami et une chance pour Orange —, rappelait qu'il avait été très lié à Jean-Marie Messier, le président déchu de Vivendi — un visionnaire — et soulignait qu'il n'avait aucun problème avec Bouygues, dont les filiales TF1 et LCI réalisaient de beaux scores d'audience sur le bouquet de chaînes numériques de Démon. Pascal déplorait par ailleurs le conservatisme des grands groupes, qui pouvaient se transformer en véritables machines à détruire les idées. Il notait enfin que Démon, moins qu'une entreprise, était une communauté et une philosophie.

Pascal savait qu'il était devenu une sorte de héros, de premier geek de France, voire de modèle existentiel pour toute une génération, née avec le Minitel et devenue adolescente avec Internet. Il avait, aux yeux de beaucoup, démantelé seul l'empire France Télécom. C'était un libéral, un libertaire et un pirate. Un indépendant.

Démon était génétiquement une entreprise différente. L'entreprise avait inventé l'Internet haut débit à bas coût et permis sa démocratisation rapide. C'était aussi une entreprise militante : on ne choisissait pas Démon car il était le moins cher — ses concurrents s'étaient d'ailleurs tous alignés sur son offre —, on le choisissait pour affirmer un refus ou une différence. On s'abonnait à Démon pour rompre avec France Télécom, et à travers elle avec la vision périmée de l'histoire d'une puissance moyenne, devenue presque stérile à force d'arrogance — ce que résumait parfaitement le vieux Minitel, qui était progressivement devenu, pour l'opinion éclairée, le symbole des égarements dirigistes de la France et de son rapport névrotique à la modernité. Orange continuait d'ailleurs d'en assurer, contre le sens de l'histoire, l'exploitation commerciale — le Minitel résistait dans quelques marchés de niche, et séduisait encore les personnes âgées, habituées à ses contours crénelés.

Pascal prit alors une décision remarquée : il rendit public le code source de la boîte. Chaque abonné pouvait désormais en modifier les réglages pour l'optimiser à sa guise, et reprendre ainsi le contrôle sur l'outil technologique.

Une communauté de développeurs vit instantanément le jour. Elle imagina rapidement des astuces qui permettaient de corriger le ratio entre les débits ascendant et descendant : l'ADSL restait asymétrique, mais chaque abonné pouvait désormais héberger à son domicile des pages Web en *.demon*, consultables à distance par n'importe quel internaute. Pascal encouragea ce mouvement de retour aux fondamentaux du Web — *open source* et décentralisation — en référençant sur le portail de Démon les meilleures mises à jour du système d'exploitation de la boîte, qui étaient téléchargeables gratuitement. Il réalisait ainsi une opération aux multiples bénéfices. Démon ne se posait pas en entreprise toute-puissante, mais valorisait le savoir-faire de sa clientèle et le rendait disponible à tous. Cela permettait également à Pascal d'externaliser, de façon absolument gratuite, une partie de son activité de recherche et de développement. Encourager le piratage des boîtes, et notamment celui qui permettait de les transformer en serveurs, constituait enfin une manière très ingénieuse d'optimiser les frais de *peering* de Démon : les pages personnelles de ses abonnés généraient beaucoup de trafic entrant, qui entraînait des compensations financières de la part des autres FAI (les pages personnelles pornographiques permirent par exemple à Démon d'équilibrer ses échanges avec l'Amérique du Nord).

Plusieurs versions de la boîte se succédèrent. Elles mélangèrent dorénavant les innovations techniques développées en interne, comme le Wi-Fi ou la transmission par câbles porteurs, avec des technologies développées en externe par la communauté des démonologues. Les limites techniques de la boîte furent repoussées en commun. Des fonctionnalités nouvelles, qui avaient trouvé une première expression conceptuelle sur le forum des développeurs bénévoles, furent souvent reprises par les ingénieurs de Démon, avant de subir des modifications d'utilisateurs en retour. L'exemple typique d'un tel cercle vertueux, qui fut repris dans de nombreux livres de management et cité dans toutes les écoles de commerce, fut celui de la boîte version 3.1, dotée, après plusieurs demandes faites en ce sens, d'un disque dur qui permettait aux pages personnelles des abonnés de rester actives quand leurs ordinateurs étaient éteints. Cette nouvelle version de la boîte à peine distribuée, des *hackers* transformèrent ce disque dur en magnétoscope numérique capable d'enregistrer des programmes télé. Le code et la procédure furent aussitôt rendus publique sur le portail officiel de Démon. Puis un module, développé en externe, qui permettait d'enregistrer un programme sans les publicités qui allaient avec fut proposé à son tour en téléchargement gratuit. TF1 menaça alors de se retirer du bouquet numérique de Démon si ce module n'était pas supprimé. Pascal résista, et TF1 ne se retira pas. L'épisode, qui survenait moins d'un an après une phrase malheureuse, mais sincère, du P-DG de TF1 («notre métier, c'est de vendre du temps de cerveau disponible à Coca-Cola»), fut largement commenté, et vint encore accroître la popularité de Pascal Ertanger — d'autant qu'on le soupçonnait d'être à l'origine du nouveau nom du module : *Cerveau libre*.

En quelques mois, Pascal sut ainsi créer autour de Démon un cercle de contributeurs passionnés et bénévoles, qui veillaient sans relâche à la suprématie technique de leur FAI. Dans le même temps, les concurrents de Démon, qui utilisaient pour sceller leurs boîtes des vis que seuls des tournevis spéciaux, brevetés et introuvables dans le commerce, pouvaient défaire, et qui avaient rendu les manipulations techniques ou logicielles de leur matériel passibles de poursuites judiciaires, dépensaient des centaines de millions d'euros en études stratégiques et en veille technologique.

L'«esprit Démon» était un mode de management inédit, entre le luxe, pour l'attention permanente accordée aux désirs des abonnés, et le *low cost*, pour la légèreté et la souplesse des infrastructures. Il était sans doute plus confortable d'avoir affaire, en cas de problème technique, aux concurrents de Démon, dont les *hot lines* saturaient beaucoup moins, et dont les dépanneurs se déplaçaient plus facilement. Cependant, comme le répétait Pascal, « les abonnés de Démon sont traités comme des adultes, et non comme des enfants ». Les abonnés motivés pouvaient en effet surmonter eux-mêmes la plupart des difficultés qu'ils rencontraient, à condition de passer du temps sur les forums, où l'entraide et la bonne volonté étaient manifestes. Pascal aimait dire que ces forums et leurs contributeurs représentaient le vrai trésor de guerre de Démon. Il y intervenait d'ailleurs fréquemment ; cela donna lieu à une réplique culte, qui circula longtemps, dans toutes ses versions possibles, et qui résumait parfaitement *l'esprit Démon* : « Je n'y suis vraiment pour rien si ça marche, alors ne m'accusez pas si ça plante. »

Avec son portail, ses chaînes de vidéo à la demande et les pages personnelles de ses membres, le fournisseur d'accès à Internet ressemblait de plus en plus à un média. Pascal évoqua, lors d'une réunion informelle, la « vivendisation » de Démon : la convergence tuyaux-contenus était en marche. Le rappel des années Messier était une invitation à la prudence. Mais Démon avait atteint une taille critique : il n'était pas question de ne pas l'assumer.

Pascal débaucha donc un cadre important du groupe TF1. La mission de Patrice Huet était simple : saturer les tuyaux de contenu multimédia, avec des films et séries en exclusivité pour la vidéo à la demande, comme avec les contenus théoriquement illimités de plusieurs chaînes à la mode, émettant en HD, en relief ou en coréen. En fédérant les contenus vidéo des pages personnelles des abonnés, Huet créa également un grand nombre de chaînes coopératives originales, et permit même aux abonnés de devenir eux-mêmes directeurs d'antenne — si les contenus qu'ils mettaient en ligne étaient le plus souvent pornographiques, des projets plus artistiques apparurent : la chaîne *Rayon vert* diffusait ainsi des images en temps réel de couchers de soleil autour du monde, la chaîne *Soft Apocalypse* des vidéos de surveillance de magasins au moment de leur fermeture — on entendait des annonces, souvent faites dans une langue inconnue, puis les lumières s'éteignaient dans le bruit des rideaux métalliques. Pour les chaînes *Démon Rouge* et *Démon Sport*, Huet acheta enfin plusieurs térabits de porno *premium*, et acquit les droits de diffusion de plusieurs sports extrêmes — ce fut ainsi que Pascal retrouva la trace de David Omenia, qui s'était lancé, après le Minitel, dans le parapente, et qui organisait depuis plus de quinze ans des stages de motivation en entreprise, tout en dirigeant la Fédération française de vol libre. Pascal envoya, au printemps, les cadres de Démon voler chez son ancien mentor.

Patrice Huet élargit également l'offre de Démon à quelques jeux interactifs et multijoueurs, achetés à des petits studios indépendants : la télécommande de la boîte 4.2, dotée d'un joystick, permettait en effet de déplacer des objets à distance — on était cependant plus proche de *Hugo délire*, un jeu télévisé, lancé en 1992, qui permettait à des téléspectateurs sélectionnés d'interagir avec un lutin à travers les touches de leur téléphone, que de *World of Warcraft*, le leader mondial des jeux de rôle massivement multijoueurs, commercialisé par une filiale de Vivendi. Le Taquin et le Memory, accessibles sur les canaux 901 et 902, remportèrent cependant un certain succès.

Ces nouveaux contenus, pour éviter les phénomènes de surpression qui avaient jadis ébranlé l'empire de Messier, devaient aller de pair avec l'amélioration constante du réseau.

Dans les villes, les réseaux Wi-Fi des abonnés de Démon rayonnaient bien au-delà de leur sphère privée, tandis qu'à la campagne le réseau Wi-Max, qui permettait de couvrir pour un faible coût de vastes portions de territoire, traçait des hexagones immenses : il y avait là l'esquisse d'un réseau cellulaire. Ainsi, les abonnés de Démon, moyennant un code, pouvaient accéder au réseau depuis leur ordinateur portable.

Mais Démon ne pourrait plus se passer très longtemps d'un authentique réseau de téléphone portable, d'autant que ses trois principaux concurrents disposaient déjà du leur. Pascal devait au plus vite obtenir une licence mobile 3G (téléphone et Internet haut débit) auprès de l'ARCEP, l'autorité de régulation des télécommunications. Par ailleurs, Démon devait aussi sécuriser son réseau fixe, ce qui impliquait le remplacement progressif des câbles en cuivre, sujets à trop d'interférences, par des fibres optiques : il s'agissait de déployer un réseau national *ex nihilo*, maison après maison, immeuble après immeuble, en passant par les égouts ou par la terre boueuse des trottoirs, pour venir déposer un fin faisceau de lumière dans les intérieurs délicats des abonnés. L'investissement, énorme, se chiffrait en milliard d'euros.

Démon changeait de dimension : sans de puissants appuis politiques, Pascal n'avait aucun espoir d'obtenir une licence 3G, tandis que pour financer le déploiement de la fibre, l'ouverture du capital et l'introduction en Bourse étaient inévitables.

De façon providentielle, Thierry Breton fut alors nommé ministre de l'Économie et des Finances : Pascal voyait son principal concurrent affaibli, et regagnait un ami, idéalement placé. Il n'avait en réalité pas revu Breton depuis plus de dix ans. En acceptant un poste important chez Bull, Breton était entré dans le monde compliqué et secret du grand capitalisme, et le pirate de l'annuaire avait cessé d'être fréquentable. Pascal obtint cependant sans aucune difficulté un rendez-vous en tête à tête avec le nouveau ministre. Breton connaissait parfaitement l'histoire de Démon : celle d'un challenger imprévisible et audacieux, d'une réactivité irritante, que personne n'avait vu venir, et qui avait souvent fait la leçon, en termes de tarif, de marketing et de management, à ses concurrents.

Démon, commença le ministre, avait été l'une des rares surprises du capitalisme français. Il y avait quelque chose de Marcel Dassault ou de Jean-Luc Lagardère en Pascal Ertanger. À son tour, Pascal félicita Breton, pour le sauvetage de France Télécom, son meilleur ennemi, qui sut rester un fidèle contre-modèle et un leader inimitable. Il était cependant assez intimidé. Le ministère de l'Économie avait été conçu comme une base secrète de super-héros. Le bureau du ministre, situé à la verticale de la Seine, communiquait par un ascenseur privé avec une vedette rapide, toujours prête à partir pour l'Assemblée nationale. Un autre ascenseur menait à un héliport, posé sur le toit du bâtiment. Mais un défaut de structure l'avait rendu inopérationnel, précisa le ministre, qui s'entretint avec Pascal pendant une dizaine de minutes. Il expliqua que Démon jouirait désormais de toute la considération de l'État. Les années à venir allaient être cruciales. France Télécom s'était toujours accommodé de Démon. Vivendi et Bouygues un peu moins. La Bourse, par ailleurs, était une épreuve de vérité qui comportait quelques risques.

Le nouveau ministre consacra l'un de ses premiers discours officiels à la nouvelle économie : « En quelques années, nous avons assisté à la naissance d'un nouvel espace : l'espace informationnel. Aujourd'hui, la richesse des nations ne se mesure plus seulement en termes matériels, mais aussi en termes de flux d'information, et de maîtrise de ces flux. Sans le port du Havre ou l'aéroport de Roissy-Charles-de-Gaulle, aucune entreprise française n'aurait pu commercer efficacement avec le monde. Aujourd'hui, à l'ère des flux immatériels, la France ne doit plus seulement capter une part du trafic portuaire et aérien. Elle doit exister et rayonner sur Internet. Les fournisseurs d'accès français ont construit les aéroports numériques qui seront au cœur de la croissance du nouveau millénaire. »

L'image des aéroports numériques fut largement reprise. La *success-story* de Démon intégrait peu à peu le roman national. La boîte, symbole d'indépendance et d'excellence, entrait dans une généalogie technique qui comprenait le chasseur Rafale, le lanceur spatial Ariane et l'avion Airbus. Le musée des Arts et Métiers, qui conservait les plus précieuses reliques du génie français, de la machine à calculer de Pascal à l'avion de Clément Ader, exposa bientôt la boîte, dans la continuité muséographique d'une maquette du télégraphe de Chappe et d'une réplique d'un satellite de télécommunication.

Pascal découvrit, sur les forums de Démon, que son statut avait changé. On mettait une certaine déférence à répondre à ses messages. On le tutoyait de moins en moins et on ne l'incriminait plus personnellement pour les dysfonctionnements techniques rencontrés. À la moindre réserve sur son intégrité, au moindre reproche de cupidité ou de machiavélisme, des dizaines de membres du forum s'improvisaient modérateurs pour prendre sa défense et harceler le sceptique, l'envieux, le *troll*, jusqu'à ce qu'il reconnaisse que le patron de Démon était un prophète et un visionnaire, ou qu'il se déconnecte.

L'ARCEP rejeta la première candidature de Démon : le soutien de Thierry Breton se révélait encore insuffisant pour l'obtention de la licence 3G. Il fallait viser plus haut. En mai 2007, Nicolas Sarkozy, à peine élu président de la République, organisa au Fouquet's un dîner de milliardaires. Pascal ne fut pas invité.

Misant dès lors sur une stratégie plus complexe que celle de la soumission courtisane, Pascal entra progressivement dans le capital de plusieurs sites d'information de la gauche antisarkozyste. Après ses prises de participation dans *Médiapart*, *Rue 89* et *Arrêt sur images*, on lui prêta l'intention d'entrer dans le capital de *Libération* ou dans celui du *Monde*. Son potentiel de nuisance commença alors à alerter l'Élysée, et il fut finalement convié à un sommet bilatéral France-Espagne. Ni Anne Lauvergeon, la présidente du groupe nucléaire Areva, en pleine négociation commerciale avec l'Espagne, ni Charles Beigbeder, le président de l'énergéticien Poweo, intéressé par le potentiel solaire hispanique, ni Vincent Bolloré, tenté par le rachat d'un constructeur de batteries madrilène, ni aucun autre des chefs d'entreprise présents dans l'avion officiel ne put s'entretenir avec le président pendant la durée du vol : seul Pascal eut ce privilège. De toutes, son affaire franco-espagnole était pourtant la mieux engagée et la moins politique : il s'apprêtait à racheter la filiale française du premier FAI ibérique, dont l'endettement, assez important, ne laissait planer aucun doute sur l'issue positive des négociations.

Pascal avait en effet, pendant les semaines qui précédèrent le vol, pénétré le premier cercle du capitalisme français : celui des fusions-acquisitions. Si Démon n'était pas encore présent en Bourse, ses excellents résultats lui avaient offert assez de liquidités pour réaliser des opérations de croissance externe. *Telefonica France*, largement déficitaire, était une cible abordable : 500 000 abonnés supplémentaires, pour un peu moins de 500 millions d'euros.

Le président engagea la conversation :

— Vous et moi, on est pareils. On est des hommes qui n'ont eu besoin de personne, qui se sont faits tout seuls. Attention, on n'est pas des solitaires. On a besoin des autres, comme tout le monde. Mais nous, on les attend pas. On va les chercher. On leur dit qu'on existe. On est tous les deux des entrepreneurs. Moi, mon entreprise, c'est la France. C'est plus gros que Démon, hein, mais ça gagne un peu moins... C'est injuste mais c'est comme ça. Quand on y croit, on y va. Et croyez pas que c'est tout le temps facile. Moi, je vous admire beaucoup. J'espère que c'est un peu réciproque. Là, on va leur vendre notre savoir-faire, aux Espagnols. Vous, dès que vous signez, c'est signé. Eh bien moi, j'y retournerai encore et encore, en Espagne et ailleurs. Vous savez, monsieur Ertanger, avec les électeurs, il n'y a jamais rien de signé.

Pascal jugea Sarkozy plutôt sympathique. Ils échangèrent des regards complices pendant la visite du Prado, qu'ils jugèrent tous deux interminable, et lors du dîner officiel qui suivit, Sarkozy se confia à Pascal : « C'est un pays ensorcelant, et j'en sais quelque chose : ma deuxième femme était à moitié espagnole. »

Ils atterrirent enfin à Vélizy-Villacoublay. Pendant la phase d'approche Pascal retrouva, grâce au château d'eau, la maison parentale, qu'il n'avait plus vue sous cet angle depuis l'échec de son père dans la photographie aérienne. Quand la délégation se répartit sur le tarmac entre plusieurs voitures officielles, Pascal, qui pensait s'inviter à dîner chez ses parents, alla saluer le président — mais celui-ci retarda le retour du fils prodigue : « Je vous dépose où à Paris ? »

Le président, ancien élu des Hauts-de-Seine, désira effectuer un détour souterrain. Le contournement de Paris par l'A86, commencé au tout début des années 1970, venait de s'achever, grâce à l'ouverture d'un tunnel à deux étages, le Dupleix, entre Vélizy et Rueil. Le président voulait voir à quoi ressemblait l'ouvrage d'art : « Ce sont 3 ou 4 milliards qui ont beaucoup fait parler d'eux, quoiqu'ils aient été largement avancés par la société Vinci contre un droit de concession, et qu'ils permettront à terme, grâce au cumul des temps de trajet économisés, de dégager un gisement non négligeable d'heures de travail supplémentaires. »

Le pays natal de Pascal était désormais entièrement bouclé, et il en connaissait tous les passages souterrains. L'entrée sud du tunnel, la plus monumentale, évoquait les tombes à flanc de falaise de la Vallée des Rois, ou la rampe d'accès à un abri antinucléaire. Le tunnel ressuscita même pour Pascal le mythique réseau RTSE (Réseau de transport sécurisé de l'État), qu'aucun cataphile n'avait jamais emprunté, mais qui était censé relier, loin au-dessous de la nappe phréatique, l'abri Jupiter de l'Élysée à l'extérieur de Paris — Pascal se retint d'interroger Sarkozy à ce sujet.

— Vous savez, le Sentier, continua le président, c'est pas super super. Il vous faut quelque chose de plus grand avec plus de standing. Je suis sûr que vous n'avez même pas de parking pour vos employés. C'est difficile de se garer dans le centre de Paris. Alors rien que pour eux, allez à la Défense. Et je ne vous dis pas ça parce que c'est les Hauts-de-Seine. C'est important aussi le standing. Vous savez, que vous le vouliez ou non, vous allez jouer un rôle de plus en plus important dans l'économie française. Les vrais aéroports, aujourd'hui, ce sont les fournisseurs d'accès à Internet. Vous allez entrer en Bourse dans pas longtemps. Il faut que les autres grands patrons français, ils vous connaissent. Il faut qu'ils sachent comment vous prendre. Reconnaissez que là, vous n'êtes pas facile : le Sentier, les jeans, les cheveux longs, vous voyez ce que je veux dire... On dirait un apache, un hippie, un chalala. Je vais vous faire une confidence : au début, quand je fumais des cigares, eh bien j'aimais pas ça. Mais je me suis dit : au moins les gens, les grands patrons, les vrais riches, ils sauront quoi m'offrir et on pourra parler de quelque chose pour se détendre avant d'aborder les choses sérieuses. Bébéar, le P-DG d'AXA, son truc, c'est la chasse. Il invite les gens à chasser, il raconte des histoires de chasse. Si ça se trouve il aime pas vraiment ça. Mais c'est utile à ses affaires. Oudéa, le P-DG de la Société générale, il collectionne les porcelaines de Delft. Là, la question ne se pose même pas, de savoir s'il aime ou s'il aime pas. Par contre je suis sûr que si vous lui en achetez une belle, une bien ancienne, toute bleue avec plein de petits détails, il sera enclin à vous prêter une partie des 200 millions qui vous manquent pour racheter Telefonica. Mais vous, personne ne sait comment vous gâter, ni de quoi il faut vous parler pour vous mettre à l'aise. Vous êtes grand. Vous devriez faire du golf. À Garches, là, juste au-dessus de nos têtes, le golf, il est à vendre. Je peux vous mettre sur le coup. Si vous achetez un golf, ça fera plaisir à tout le monde. Et c'est important aussi de faire du sport. Moi je ne pourrais pas m'en passer. Alors que le cigare...

La théorie de l'information, Cyberpunk#11

La théorie mathématique de la communication apporta à la cybernétique, science du contrôle des systèmes complexes, les fondements théoriques qui lui manquaient. Avec l'invention des gouvernails à servomoteur, qui permettaient à un seul opérateur humain d'influer sur la masse énorme d'un navire, on avait substitué au dispositif du levier — la démultiplication mécanique d'une action causale — un nouveau type de dispositif qui, séparant mieux la cause de l'effet, offrait une meilleure précision tout en permettant de manipuler des forces théoriquement illimitées : le gouvernail était alimenté en énergie par un moteur, et contrôlé par un humain, qui lui appliquait moins sa force que son intelligence. Il était dès lors tentant, pour décrire son fonctionnement, de ne plus recourir au vieux concept newtonien de force, dans la mesure où les mouvements de la barre transmettaient au gouvernail un ordre, bien plus que de l'énergie. De même, pour décrire les systèmes dotés de rétrocontrôle où, en vertu d'un mécanisme spécial, l'effet devenait sa propre cause, le recours au concept d'information permettait de lever les paradoxes temporels, sinon inévitables. L'information, capable de maintenir des systèmes complexes à l'équilibre ou de rendre manipulables des objets de masse infinie, se propagerait en ce sens comme un frisson d'ordre au milieu du chaos — et ce frisson serait contrôlable. Shannon construisit au moins deux objets explicitement cybernétiques : un petit camion-jouet radiocommandé et une souris mécanique capable d'évoluer, grâce à ses moustaches en cuivre tressé, dans un labyrinthe.

25

« Le dispositif de reconnaissance du réseau veineux doit présenter les caractéristiques suivantes :

— seul le gabarit du réseau veineux du doigt, clé biométrique résultant du traitement des mesures par un algorithme, est enregistré et non une image ou une photographie du réseau veineux ;

— le gabarit du réseau veineux du doigt de la personne concernée est exclusivement enregistré sous une forme chiffrée soit dans la mémoire du terminal de lecture/comparaison qui ne dispose d'aucun port de communication permettant l'extraction de ce gabarit, soit sur un support individuel sécurisé qui reste en possession de la personne devant être authentifiée par le dispositif ;

— l'enrôlement des caractéristiques biométriques des personnes s'effectue exclusivement à partir du terminal de lecture/comparaison ;

— le contrôle d'accès s'effectue par une comparaison entre le doigt apposé sur le lecteur et le gabarit du réseau veineux du même doigt enregistré dans la mémoire du terminal de lecture/comparaison ;

— d'autres données nécessaires à l'identification des personnes peuvent être enregistrées dans la mémoire du terminal de lecture/comparaison et associées au gabarit du réseau veineux de leur doigt. »

Commission nationale informatique et liberté,
*Autorisation unique n° 19 : réseau veineux de la main
sur les lieux de travail.*

Pascal prépara minutieusement l'introduction d'Ithaque en Bourse.

Il se résolut d'abord à quitter le Sentier pour déménager en proche banlieue, dans une friche industrielle d'Aubervilliers en pleine reconversion tertiaire. Sur un sol dépollué, la Bourse de Paris, devenue Euronext après son rachat par celle de Francfort, avait installé là son centre de traitement informatique. Extrêmement sécurisé, le bâtiment abritait les ordinateurs qui simulaient l'agitation fébrile du palais Brongniart, le site historique de la Bourse, maintenant abandonné — comme aux premiers temps de Démon cette proximité permit au FAI de bénéficier d'un câblage optique à très haut débit pour un coût de raccordement très faible. Le site d'Aubervilliers lui fut d'ailleurs suggéré par Thierry Breton, récemment promu P-DG du groupe Atos-Origin, la multinationale qui gérait l'informatique d'Euronext.

Le nouveau siège de Démon comptait six étages. Le rez-de-chaussée abritait le service d'intervention technique, dont les véhicules légers étaient prêts à partir, vingt-quatre heures sur vingt-quatre, pour effectuer des réparations d'urgence. La logistique — réception, configuration, *packaging* et réexpédition des boîtes — se trouvait également au rez-de-chaussée, où elle disposait d'un quai de livraison. On trouvait enfin à ce premier niveau, pour des raisons de charge au sol, la machinerie lourde de Démon : répartiteurs téléphoniques et groupes électrogènes. Démon était ainsi relié physiquement à toutes les lignes téléphoniques de ses abonnés, tout en demeurant théoriquement indépendant du réseau électrique : deux citernes de fioul assuraient au FAI plus d'une semaine d'autonomie. C'était beaucoup plus que pour un hôpital, et on approchait même des standards militaires, mais Pascal concevait de plus en plus Démon comme une république autonome — si les abonnés de

330

Démon sécurisaient à leur tour leur approvisionnement électrique, en implantant par exemple des éoliennes ou des panneaux solaires sur leurs toits, le réseau pourrait survivre à n'importe quel type de catastrophe. À la demande des assureurs, qui considéraient Aubervilliers comme une zone à risques depuis les émeutes urbaines de 2005, les vitres du bâtiment étaient d'ailleurs renforcées, tandis que ses pare-soleil, que l'architecte avait rendus mobiles pour optimiser la consommation d'énergie, pouvaient au besoin se refermer entièrement, transformant dès lors le siège vitré de Démon en cage métallique imprenable.

Des tourniquets à carte magnétique contrôlaient l'accès au bâtiment, dont les zones les plus sensibles étaient en outre protégées par un dispositif biométrique original, mis au point par la société Biovein : la reconnaissance, par un capteur infrarouge, du réseau veineux de l'index — trancher la main d'un employé accrédité n'aurait servi à rien.

Le premier étage abritait les archives électroniques de Démon : tous les sites visités par ses abonnés, tous leurs appels étaient référencés. De nombreux garde-fous juridiques empêchaient l'exploitation de ces données, qui devaient être régulièrement effacées. D'autres textes les rendaient consultables par les services de police et de renseignement. Le deuxième étage était, lui, occupé par les services commerciaux, comptables et administratifs, le troisième par un centre d'appels : ces deux *open spaces* rassemblaient près du tiers des mille employés de Démon.

Le quatrième étage servait de cantine pour les salariés des étages inférieurs, et d'espace détente pour les employés des étages supérieurs. Le self, confié à Sodexo, privilégiait le biologique, tandis que l'espace détente était pourvu de tous les raffinements propres aux entreprises de la nouvelle économie : jeux d'arcade, baby-foot, table de ping-pong, canapés *lounge*. Les services techniques, voués à la surveillance et à l'amélioration continue du réseau, occupaient le cinquième étage. Les pics de fréquentation étaient scrupuleusement examinés, et les scénarios d'urgence toujours mieux ajustés, de telle sorte que Démon n'eut jamais à connaître de panne importante. Le cinquième étage supervisait en outre plus d'une centaine de centres de traitement de données répartis sur tout le territoire français, et quelques salles d'interconnexion situées à l'étranger, notamment aux États-Unis et au Japon. Les espaces de réunion et les bureaux de la direction se trouvaient enfin au sixième et dernier étage, à côté des laboratoires de recherche. Les salles de réunion étaient quasi inemployées : tout se passait en fait dans le bureau de Pascal, qui supervisait tout. Son addiction aux mails et son aversion profonde pour les présentations PowerPoint simplifiaient beaucoup les choses, comme le tutoiement généralisé et l'absence de code vestimentaire.

L'absorption de Telefonica France avait par ailleurs permis à Ithaque de se diversifier. La filiale du groupe espagnol s'était en effet retrouvée, un peu par hasard, en possession d'un *data center* gigantesque, qu'elle avait largement sous-employé. Situé au sud-est de Paris, à Ivry, il s'agissait pourtant d'un équipement industriel à fort potentiel, situé tout près d'une centrale thermique dont les deux bras articulés venaient excaver, quand la consommation électrique parisienne atteignait un pic, deux collines artificielles de charbon — c'était la voisine idéale pour un *data center* appelé à consommer très vite autant qu'une ville de plusieurs dizaines de milliers d'habitants. Sur le toit, les hélices de refroidissement des groupes froids Carrier, d'une puissance de 1 mégawatt chacun, faisaient le bruit d'un avion de ligne au décollage — le bâtiment évoquait une soucoupe en vol stationnaire.

Jusque-là simple hébergeur, pour des raisons d'accessibilité et de redondance, des pages en .*demon*, Ithaque put ainsi devenir un acteur important sur le marché des *data centers*, en proposant, fidèle à sa stratégie, des tarifs sensiblement plus bas que ceux de ses concurrents. Il était dès lors de plus en plus avantageux, pour les entreprises comme pour les particuliers, de confier leurs données à Démon plutôt qu'à leurs disques durs — le haut débit permettant d'y accéder aussi vite. On appelait ce type de fonctionnement le *cloud computing*, l'informatique dans les nuages — le *Démon Center* générait d'ailleurs, à travers les cheminées de la centrale voisine, un nuage de fumée visible à des kilomètres.

Le *Démon Center* devint une reproduction fidèle de vastes régions du Web. Si, dans *Neuromancien*, le roman de Gibson, les différents secteurs de la matrice étaient matérialisés par des bâtiments, qui formaient une ville virtuelle, les deux principaux bâtiments de Démon, complémentaires et synchronisés, formaient une structure topologique complexe à travers laquelle le monde réel et le *cyberspace* communiquaient : le bâtiment d'Aubervilliers fermait comme un nœud le vaste filet cuivré qui encerclait la Terre, tandis que celui d'Ivry abritait une planète virtuelle. Mais Pascal refusait encore d'opérer un choix définitif entre ces deux territoires : la Terre réelle et sa reproduction technique. Cette indécision, qui mettait le FAI dans une position centrale et presque cosmogonique, avait en fait vocation, pour Pascal, à devenir le *business model* de Démon pour la prochaine décennie : en interconnectant Aubervilliers à Ivry, Démon pourrait d'un côté offrir à ses abonnés un Internet presque complet, et de l'autre vendre aux clients de son *data center* l'accès à sa base d'abonnés — Internet était désormais monétisable dans les deux sens, et privatisable.

Pascal emménagea à Garches, dans un manoir immense qu'il avait racheté aux héritiers d'un prince saoudien. Le bâtiment, extrêmement composite, évoquait une villa normande autant qu'un faux château fort de la Renaissance — ses quatre échauguettes tenues en porte-à-faux permettaient d'apercevoir tout Paris, de la Défense aux tours du XIIIᵉ. Il comptait dix-sept chambres et autant de salles de bains, dont les robinets figuraient des cygnes, des canards ou des lions. Son garage était immense : il fallait trois moteurs pour en soulever la porte basculante en chêne. Laissé depuis presque vingt ans sous la seule surveillance d'un jardinier, le manoir conservait le souvenir d'une époque révolue. Il datait des années 1970 et, presque toujours inhabité, n'avait depuis jamais été modernisé : c'était pour Pascal la concrétisation parfaite d'un paradis d'enfance.

L'escalier monumental en marbre comme plusieurs cheminées sculptées provenaient de châteaux authentiques, et plusieurs panneaux s'ouvraient sur des passages secrets reconstitués. On avait beaucoup fantasmé, dans les années 1980, sur les châteaux que des milliardaires japonais avaient achetés pour les remonter pierre par pierre dans leur archipel natal : l'ancien propriétaire du manoir avait à cet égard fait œuvre de précurseur, quoique le puzzle soit resté largement incomplet.

Le manoir avait par ailleurs accueilli plusieurs expériences d'avant-garde dans le domaine de la domotique : les haut-parleurs d'un équipement hi-fi centralisé transperçaient ici ou là les boiseries précieuses, dont les moulures dissimulaient parfois des écrans de projection enroulés et des projecteurs vidéo à tube cathodique, dont seuls les trois hublots, rouge, vert et bleu, étaient visibles, derrière une épaisse couche de poussière ; le visiophone du portail d'entrée communiquait avec un écran incrusté dans la table de nuit de la chambre principale.

Ces systèmes étaient, pour la plupart, encore en état de marche : les arbres trop grands déclenchaient incessamment les systèmes d'alarme et les éclairages à détecteurs infrarouges du parc, tandis que les arroseurs automatiques des pelouses se soulevaient à intervalles réguliers. Sur l'ossature des stores déchirés de la terrasse, des girouettes encore en mouvement venaient rappeler la mécanique des journées estivales déchues, quand des cellules photovoltaïques commandaient seules le déploiement de stores, et que des détecteurs de pluie et de vent surveillaient en silence les mouvements du ciel profond.

Le jardin donnait enfin sur un golf aux arbres tricentenaires, que Pascal racheta quelques mois après son installation dans le manoir. Le parc disposa ainsi de trente-six extensions successives, qui correspondaient aux deux parcours du golf. Le rez-de-chaussée du manoir, impeccablement restauré, se transformait le week-end en club-house. Pascal recevait quiconque pouvait, de près ou de loin, lui permettre d'obtenir sa licence de téléphonie mobile.

À la fermeture du golf et au départ des invités, Pascal et ses collaborateurs proches partaient explorer les grandes pelouses crépusculaires en voiturette électrique. Ils apercevaient parfois quelques cerfs égarés qui, alertés par le chuintement des roues sur l'herbe humide, disparaissaient aussitôt entre les rideaux d'arbres. En prise à la paranoïa du soleil couchant, Pascal organisait alors des réunions stratégiques secrètes dans les dépressions des bunkers. Le monde disparaissait au-delà de leurs lignes de crête poudreuses ; c'était l'endroit idéal pour lancer Démon par-delà le futur incertain. Assis en tailleur sur le sable encore chaud, connu pour générer des mirages sonores et lumineux, Pascal et ses collaborateurs étaient parfaitement protégés — d'autant que le sable volatil interdisait l'usage des portables et des téléphones.

L'hégémonie européenne était peut-être proche. Le marché intérieur américain n'était pas imprenable : Alcatel avait fusionné avec Lucent, l'ancienne branche d'AT&T, détentrice des merveilleux brevets des laboratoires Bell, qui avaient depuis un siècle quasiment tout inventé en matière de communication. Pascal nouait des contacts de plus en plus fructueux : il avait rencontré, en un peu moins d'un an, près de la moitié des dix hommes les plus riches du monde, dont les deux premiers du classement Forbes, Bill Gates et Carlos Slim, le magnat mexicain du téléphone. Des alliances se profilaient sans doute. La boîte réussirait là où le Minitel avait échoué.

L'introduction d'Ithaque en Bourse fut enfin décidée, comme préalable à tout projet futur. Pascal confia les aspects techniques de l'opération à Oddo & Cie, une banque spécialisée dans ce type d'opérations. Au milieu des grandes pelouses du golf, dans l'été finissant, Ithaque fut mise à nue par ses capitalistes experts. Le groupe allait émettre, dans un premier temps, une dizaine de millions d'actions et les proposer à la vente autour de 20 euros, pour lever autour de 200 millions. L'ouverture de capital ne dépasserait pas les 10 %, afin que la part de Pascal se maintienne au-dessus des 51 % — c'était une manière de rassurer le marché, de lui signifier la continuité — tandis que les trois autres actionnaires historiques descendaient eux à 13 % chacun. Il s'agissait donc d'une ouverture de capital très prudente, davantage destinée à attirer des investisseurs institutionnels que le grand public : acheter des actions Ithaque leur permettait de pondérer les risques qu'ils avaient déjà souscrits en achetant des actions Vivendi, Bouygues ou Orange.

Les dangers de l'opération étaient donc limités. Aucun retournement du marché ne pourrait en théorie déstabiliser sérieusement Démon, dont les infrastructures dessineraient bientôt, sous la France, une carte lumineuse à l'échelle 1/1, et au-dessus d'elle, une résille d'hexagones incassables.

Ithaque fit une entrée discrète sur la place de Paris. La courte cérémonie se déroula dans l'une des dernières salles actives du palais Brongniart, qui ne servait plus qu'à ce genre d'événements. Pascal portait, pour l'occasion, un costume presque complet à la place de son traditionnel jeans — l'absence de cravate constituant un rappel suffisant de « l'esprit Démon ». Les premières cotations furent satisfaisantes, et Ithaque termina la journée à + 7 %.

Avant de regagner Garches, Pascal fit un détour par Aubervilliers et s'arrêta devant le bâtiment d'Euronext. Il éteignit son moteur et essaya d'entendre le bruit des machines qui géraient dorénavant une partie de son destin — il finit par percevoir, au bout de quelques minutes d'immobilité totale, un tremblement léger, se propageant en cercle jusqu'au siège de Démon, qui entrait progressivement en résonance. Pascal tremblait également. D'un geste automatique, il passa la climatisation de sa voiture à 21°.

Il adopta, pendant tout son trajet de retour, une conduite prudente. Il redoutait par avance l'humidité silencieuse du golf et le marbre froid du grand escalier. Il eut un sentiment confus de fin du monde. Démon, sa créature, était en train d'acquérir une vie indépendante.

La théorie de l'information, Cyberpunk#12

Claude Shannon était un jongleur réputé. De nombreuses anecdotes le représentent en pleine activité sur un monocycle, dans les couloirs du MIT. Inventeur infatigable, il fabriqua plusieurs automates simples capables de jongler, avant d'imaginer, en recouvrant des massues et des anneaux avec du papier d'aluminium conducteur, un protocole expérimental permettant de quantifier l'art du jonglage. Shannon put ainsi faire entrer cette pratique dans le champ des sciences expérimentales. Il découvrit par exemple que le produit du nombre d'objets par la somme de leur temps de suspension et de leur temps de repos dans la main devait être égal, pour un jonglage réussi et rythmé, au produit du nombre de mains par la somme de leur temps de vacance et du temps de repos des balles : $(F+D)H = (V+D)N$. Il est remarquable que l'appareil sensori-moteur soit capable de résoudre presque instantanément des équations à variables si nombreuses — peu avant sa mort, survenue en 2001, Shannon, très diminué par la maladie d'Alzheimer, parvenait encore à jongler. Il avait eu un jour cette phrase mystérieuse : « La prochaine fois que vous verrez un jongleur, regardez bien ses mains : elles transportent un message. » Dans la symétrie presque parfaite des mains, les balles semblent échapper à l'univers de la physique classique. Elles ne se comportent plus comme des objets ordinaires, mais comme des abstractions mathématiques ; elles *décrivent moins des courbes paraboliques que des graphes insensibles à l'attraction terrestre. Les mains du jongleur ne s'échangent pas des balles, mais des informations. Elles tentent d'amorcer les algorithmes aériens du mouvement perpétuel. Shannon était fasciné par la robustesse du jonglage : passé un court temps d'apprentissage, les balles et les mains pénètrent dans une structure cristalline située hors du temps et de l'espace, dont la fragilité pourtant évidente dissimule une organisation complexe et autonome. Le jongleur tient alors un monde entre ses mains.*

26

« On obtient de l'or en creusant la terre quelque
part en Afrique ou ailleurs, on le fait fondre, on creuse
un autre trou pour l'enterrer à nouveau et on paie des
gens pour le garder. Quiconque observerait cela de
Mars se gratterait la tête. Si vous rassembliez tout l'or
qui a jamais été extrait du sol, vous obtiendriez un
cube de 20 mètres de côté. Au cours actuel de l'or,
vous pourriez alors acheter toutes les terres agricoles
des États-Unis, absolument toutes. En plus, vous
pourriez acheter 10 Exxon Mobil, et garder 1 000 milliards de dollars en cash. Ou alors vous pourriez avoir
un gros cube de métal. Lequel choisiriez-vous ?
Qu'est-ce qui produira plus de valeur ? »

Warren BUFFETT

Moins d'un mois après l'introduction d'Ithaque en
Bourse, alors que le cours de son action continuait à
monter, Pascal fut brutalement réveillé. Il était six heures du matin. Le moniteur vidéo de sa table de nuit affichait l'image de trois policiers.

Incapable d'imaginer la raison de leur présence, Pascal pensa à de faux policiers, à l'enlèvement du baron
Empain, à la torture et à la mort. Une porte dérobée,
dans la bibliothèque, donnait sur un escalier qui permettait d'atteindre le jardin. Il n'aurait alors que quelques
mètres à parcourir avant d'arriver au golf, dont certaines

haies étaient impénétrables. Passant de bosquet en bosquet comme dans un souterrain, il pourrait distancer ses poursuivants en restant à couvert.

Craignant les chiens, les armes à feu et les hélicoptères, Pascal s'immobilisa cependant devant les livres factices et alla ouvrir la porte d'entrée. Les policiers se montrèrent courtois, et le laissèrent s'habiller seul — Pascal arriva à peine à mettre une chemise, qu'il dut laisser entrouverte à cause du tremblement de ses mains. Il apprit dans la voiture, avec soulagement, qu'il allait être conduit devant un juge de la brigade financière de Paris : l'affaire concernait sans doute un délit d'initié commis par un cadre de Démon. Il n'avait rien à se reprocher.

Le visage du juge, qui avait instruit plusieurs affaires financières médiatiques, n'était pas étranger à Pascal ; cela avait quelque chose de rassurant. Il lui signifia aussitôt sa mise en examen pour proxénétisme aggravé, blanchiment d'argent et recel d'abus de biens sociaux. Il avait en sa possession des photos prises à la terrasse d'un café de la rue Saint-Denis qui montraient Houillard lui remettant une enveloppe.

Pascal réalisa soudain qu'il attendait ce moment depuis des années — peut-être même depuis le jour où il était venu seul au Sexy 2000, pour revoir Émilie.

Houillard, commença le juge, avait attiré l'attention du parquet pendant l'affaire d'escroquerie qui avait secoué le Sentier dix ans plus tôt : il avait fréquenté, sans aucune exception, tous les protagonistes de l'affaire, sans prendre part, en apparence, à aucune de leurs activités illégales — connaissant ses antécédents, on l'avait soupçonné de tirer les ficelles, mais rien n'avait pu être retenu contre lui. Son train de vie était d'ailleurs resté inchangé, celui d'un gérant de sex-shop vieillissant et sans gloire. Qui disait gérant, disait bien sûr actionnaire caché. N'importe quelle figure locale du grand banditisme, abritée derrière une société-écran, convenait pour le rôle. Mais ce n'était pas le sujet. Les comptes du Sexy Vegas ne présentaient pas d'anomalies grossières. Après, est-ce que le code du travail était respecté, est-ce que les cotisations patronales étaient à jour ? Cela n'intéressait personne. Le juge qui avait instruit l'affaire du Sentier avait laissé tomber Houillard. Jusqu'à ce qu'une lettre anonyme livre le nom de l'actionnaire caché du Sexy Vegas : Pascal Ertanger, milliardaire atypique, ancienne figure du Minitel rose et rescapé du Silicon Sentier. C'était absolument inattendu, et presque incroyable. Cela donnait à l'affaire — le juge d'instruction s'excusa d'employer une telle expression — un cachet balzacien. Le Sexy Vegas fit dès lors l'objet d'une enquête approfondie, qui se révéla édifiante. Des policiers, qui s'étaient présentés comme des clients ordinaires, s'étaient vu proposer explicitement des choses beaucoup plus sophistiquées que des massages à finition manuelle. Ces privautés, dès lors qu'elles étaient rémunérées et exercées à la demande de la direction du peep-show, étaient absolument illégales. Par ailleurs, le rôle de son ex-femme n'était pas clair. Son association pouvait avoir servi de couverture.

Pascal confessa le détournement d'argent, mais déclara tout ignorer de la prostitution. Il raconta sa rencontre avec Houillard et livra des explications claires et détaillées sur la manière dont Ithaque possédait une partie du sex-shop. Il jura qu'Émilie n'était concernée en rien par leur arrangement. Il contacta enfin un avocat, qui ne parvint pas à empêcher son incarcération.

Pascal ressentait de toute façon plus de sympathie pour son juge, moustachu et sévère, dont l'allure un peu embarrassée semblait sortir d'une archive VHS, que pour son avocat, dont l'aisance physique l'intimidait. D'ailleurs, les accusations du premier, circonstanciées et exactes, le soulageaient considérablement, alors que les dénégations confuses du second le mettaient mal à l'aise.

Pascal fut conduit, dans l'après-midi même, à la prison de la Santé. Il lui était interdit de communiquer avec les acteurs du dossier, interdiction qui s'étendait à tous les cadres de Démon.

Il était brutalement privé de son empire.

Passé le choc de son arrestation, Pascal ne se préoccupa plus que de Démon. L'écho médiatique de sa mise en examen et l'exposition boursière du groupe pouvaient mener à la catastrophe. L'auteur de la lettre anonyme conduisait une stratégie évidente de déstabilisation. N'importe quel opérateur concurrent pouvait l'avoir envoyée, tous désiraient depuis longtemps la chute de Pascal Ertanger.

Il passa un mois dans le quartier des personnalités de la prison de la Santé, où il reçut les visites embarrassées de sa sœur et de ses parents. Il lut beaucoup, et pleura chaque soir. Son avocat lui faisait part des avancées positives de l'enquête judiciaire : les charges de proxénétisme seraient probablement abandonnées, au vu de la déposition de Houillard, qui tendait à le dédouaner. Seul le recel d'abus de biens sociaux serait alors retenu.

Les nouvelles d'Ithaque étaient quant à elles exécrables. L'action avait déjà perdu la moitié de sa valeur, et la presse se déchaînait. On ironisait sur « l'empereur déchu du Minitel rose », le « Steve Jobs français devenu Larry Flint », le milliardaire « rattrapé par son passé sulfureux et confronté à ses premiers démons »...

Pascal disposait d'une télévision. Il regarda l'émission *C dans l'air* qui lui était consacrée : « Un milliardaire qui sent le soufre. » Yves Calvi, son présentateur, ouvrit l'antenne avec quelques questions naïves : « Que représente Démon ? Les charges qui sont reprochées à son fondateur sont-elles graves ? Qui est vraiment Pascal Ertanger ? Y a-t-il eu manipulation ou incroyable maladresse ? Pascal Ertanger mène-t-il une double vie ? A-t-il toute sa tête ? Y a-t-il eu des précédents d'hommes puissants pris, si je puis me permettre, la main dans la culotte ? » L'ancien président de Elf, Loïk Le Floch-Prigent, jadis incarcéré dans la même cellule que Pascal, décrivit les lieux en détail, et insista sur leurs effets ravageurs : « Le Pascal Ertanger qui en ressortira ne sera plus le même homme. » Le psychiatre Boris Cyrulnik évoqua « l'*hybris* des milliardaires, égarés dans leur tour d'ivoire, qui désapprennent tout de la vie pour rejoindre un monde d'argent à la douceur amniotique. » Pascal Ertanger, à sa sortie de prison, allait vivre le traumatisme d'une seconde naissance. La journaliste Ariane Chemin rappela le destin du baron Empain, menant jusqu'à son enlèvement la vie d'un play-boy jet-setteur, qui changea brutalement de mode de vie après sa libération. Elle cita également le parcours de Pierre Botton, homme d'affaires exubérant et gendre de l'ancien maire de Lyon Michel Noir, tombé pour abus de biens sociaux, incarcéré deux ans et devenu dépressif, mais qui avait entamé ensuite un lent travail de reconstruction, en militant d'un côté pour l'amélioration des conditions de vie en prison, en reprenant de l'autre son premier métier, l'aménagement de pharmacies — il était finalement parvenu à se refaire en fusionnant les deux activités pour devenir le leader français de la cellule humanisée clés en main. Le spécialiste de la communication politique Jacques Séguéla prit enfin la parole. Il déplora dans un premier temps le lynchage médiatique dont Pascal Ertanger faisait l'objet, pour condamner ensuite son avenir incertain. La Bourse n'était pas une instance morale, mais elle détestait les surprises : « Le retour d'Ertanger serait peut-être ce qui pourrait arriver de pire à Démon. » Yves Calvi conclut l'émission en tentant d'imaginer l'avenir de Pascal Ertanger : « Est-il un homme fini, comme on l'a dit jadis de Tapie ou de Messier ? Peut-il rebondir ? Il reste après tout l'un des hommes les plus riches de France. »

Pascal avait souvent tenté d'imaginer la forme de Démon, qu'il s'était d'abord représenté comme une entité *offshore*, véritable micro-État indépendant lancé à l'assaut des eaux internationales du Web, mais contrôlé depuis la terre ferme par Ithaque, un bunker comptable imprenable. Avec l'arrivée de la boîte, Démon était devenu plus liquide, et s'était transformé en un immense radeau fait de plusieurs millions de boîtes assemblées. L'introduction en Bourse avait offert à cette superstructure une liberté de mouvement inédite : Démon était devenu un organisme vivant autonome, une grande méduse complexe et vénéneuse, libérant ses toxines à quiconque tentait de l'aborder par surprise — commando d'hommes-grenouilles du fisc, concurrents en apnée, représentants syndicaux amphibies — mais réservant en surface un paradis souple et ensoleillé à ses abonnés. Démon n'était connaissable en totalité que par son actionnaire principal, Pascal Ertanger.

Cette place lui était désormais contestée de toutes parts. Démon se tordait sous une lumière trop forte.

Avec l'incarcération de son fondateur, Démon voyait ses chances d'obtenir sa licence 3G réduites à néant, alors qu'Internet devenait chaque jour plus nomade. Pascal connaissait maintenant bien le fonctionnement du capitalisme français, et savait que l'ARCEP, comme tout organisme indépendant et neutre qui voyait ses membres directement nommés par le pouvoir politique, présentait des garanties d'indépendance et de neutralité ajustables. Il avait probablement perdu le soutien du président très peu de temps après son épisode de faveur madrilène — il était également possible que l'amitié du président ait été commanditée par l'un des ennemis de Démon, pour que Pascal, se croyant protégé, s'expose un peu plus. Le P-DG du groupe Bouygues, Martin Bouygues, avait été le témoin du président, à son deuxième mariage, et était le parrain de son troisième fils. Le P-DG de Vivendi, Jean-René Fourtou, animait un groupe de réflexion plus ou moins secret qui s'était fixé comme objectif la réélection de Sarkozy en 2012. Quant à Stéphane Richard, le P-DG d'Orange, il était décrit par un journaliste économique — l'information figurait sur sa page Wikipédia — comme « emblématique d'une génération de hauts fonctionnaires, en passe de reléguer au rang d'anecdotes les problèmes déontologiques posés par le pantouflage à l'ancienne. Chez lui, le conflit d'intérêts n'est plus un risque à éviter, mais le moteur d'une carrière construite à la charnière du public et du privé ».

Sans la téléphonie mobile, Démon était à terme condamné. Pascal changea alors radicalement de point de vue sur la situation. Il n'était pas lié à Démon autant qu'il avait pu le croire. Il avait déjà acheté et revendu des entreprises. Il pouvait se séparer de Démon — tout en gardant Ithaque, le vaisseau mère, la nébuleuse de ses futurs projets. Vendre Démon, c'était transformer une fortune professionnelle virtuelle en argent réel. Ce serait comme si Houillard lui remettait une enveloppe contenant plusieurs milliards en liquide. Accessoirement, son retrait suffirait probablement à sauver Démon.

Le juge d'instruction convoqua enfin Pascal, au trentième jour de sa détention. Il lui fit part d'un rebondissement important, qui motivait sa remise en liberté immédiate. La nature des charges retenues contre lui venait en effet de changer. La charge de proxénétisme aggravé était abandonnée. Pascal n'était plus mis en examen que pour recel d'abus de biens sociaux — les fameuses enveloppes kraft. Mais l'affaire venait de changer d'orientation, avec peut-être l'ouverture d'une information judiciaire pour escroquerie, escroquerie dont Pascal Ertanger était la principale victime. Depuis le début, le juge trouvait que le capital d'Ithaque se répartissait d'une manière étrange : 51 % pour Pascal, 13 % pour son ex-femme, 13 % pour Houillard, 13 % pour un individu habitant Ajaccio et nommé Domique Fano — les 10 % restants étant dilués en Bourse. Le juge demanda à Pascal s'il avait déjà vu ce Fano, et si oui, à quoi il ressemblait. Pascal décrivit un vieillard parlant avec l'accent corse.

— Vous n'avez pas vu le vrai Dominique Fano. Ou plutôt, pas la vraie Dominique Fano. La vraie Dominique Fano vit bien à Ajaccio, mais c'est une femme. Houillard a inventé de toutes pièces son mystérieux investisseur corse. Mais le principal mensonge n'est pas là. J'ai fait pratiquer des analyses et la confirmation vient d'arriver : Michel Houillard est le père biologique d'Émilie Vier, et Dominique Fano, sa mère. Vier est le nom de son père adoptif. Quant à Houillard et Fano, ils n'ont jamais été mariés. L'ADN de votre ex-femme est peut-être même l'unique preuve matérielle attestant qu'ils se connaissent. Je ne suis pas sûr du rôle que celle-ci a joué dans tout cela, s'il est central ou secondaire. Je ne sais pas dans quelle mesure elle vous a menti. Grâce à vous, Houillard est presque milliardaire, mais si j'ai bien compris ce que vous m'avez dit, au sujet de votre rencontre dans les années 80, c'est vous qui êtes allé le chercher, vous qui avez eu l'idée d'Ithaque, puis de Démon — je sais ce qu'on dit des escrocs, que leur plus grand talent est de vous faire croire que l'idée vient de vous, mais dans ce cas présent, cela me semble impossible qu'il ait tout manigancé. Il a voulu vous prendre 100 000 francs avec l'affaire du Sexy Vegas. Il a probablement changé ses plans quand il a compris que vous pouviez lui rapporter beaucoup plus en lançant une messagerie rose. Mais ce qu'il n'avait absolument pas prévu, c'était que vous deviendriez si riche. C'est alors, sans doute, qu'il a forcé sa fille à réapparaître et à vous épouser. Ou bien l'idée venait d'elle. Il est impossible de savoir, à ce stade, qui manipule qui. Mais pendant ce temps-là, votre fortune a continué à grandir. Vous êtes, à ce jour, la septième ou sixième fortune française, et l'un des deux cents hommes les plus riches du monde. Ils ont dû devenir fous. Leur petite escroquerie est devenue l'une des plus grosses arnaques de tous les temps. Ils se sont retrouvés en possession de plus du tiers d'un groupe qui valait plusieurs milliards. Je vous ai finalement rendu service en vous arrêtant à temps.

Pascal écouta encore longtemps le juge lui raconter sa vie et donner de nouvelles interprétations de ses moments clés, tandis que son avocat lui soufflait les premiers éléments de sa future stratégie de reconquête.

Le mensonge d'Émilie ne le surprenait qu'à moitié. Elle semblait dépassée par un secret immense, qu'il avait toujours pris pour un secret mystique. Il lui pardonnait. Elle avait joué un rôle, incarné un personnage qu'elle n'avait pas choisi, et n'avait pas trahi sa mystérieuse fonction. Trahir n'était pas dans son programme. Leur histoire et leur séparation gardait pour Pascal une évidence surnaturelle. Les choses avaient été écrites ainsi.

Houillard et Fano étaient eux, plus prosaïquement, un couple d'escrocs, et il avait été leur victime. La chose avait quelque chose de honteux, à un détail près : ils s'étaient montrés des investisseurs remarquables, qui surent être présents quand aucune banque ne lui aurait prêté d'argent. Il pouvait leur pardonner aussi. L'affaire était ridicule, et même grotesque, mais objectivement moins grave pour Démon que la perte de sa licence 3G.

Libéré, Pascal refusa le plus possible les contacts humains, sans trop de difficultés, tant son incarcération avait fait le vide autour de lui : on avait logiquement profité de l'accusation de proxénétisme pour le punir de sa réussite insolente. Pascal ne vit bientôt plus personne, à l'exception d'Elfassi, son lieutenant, et de son inévitable avocat, à qui il fit savoir, de façon très ferme, qu'il n'engagerait aucune plainte contre la famille Houillard-Vier-Fano, à condition qu'ils ne s'opposent à aucune de ses futures décisions, qui devaient aboutir au démantèlement de Démon. Il ne haïssait définitivement pas Houillard, escroc surclassé par son propre génie, qui lui avait donné, il y a plus de vingt ans, les clés d'un monde dorénavant perdu.

Le Sexy Vegas, fermé sur décision de justice, ne réouvrirait pas. La rue Saint-Denis commençait justement à changer d'aspect. Ses sex-shops fermaient les uns après les autres, tandis que la mairie de Paris préemptait tous les locaux commerciaux abandonnés pour faire de l'un des derniers quartiers chauds de la capitale un écovillage modèle — bio, piéton et citoyen — sur fond de rénovation des Halles, qu'une canopée de métal vint progressivement recouvrir.

Pascal mit une énergie étonnante à démanteler Démon. Livrant une dernière fois bataille, il refusa de vendre le FAI à l'un de ses trois concurrents. Il réfléchit au contraire, avec Elfassi, à une dernière façon de leur nuire. Ancien employé de Google rémunéré en stock-options, le numéro deux de Démon possédait assez d'actions du géant californien pour racheter à Pascal la base d'abonnés de Démon, et ses millions de boîtes — il avait en tout cas les moyens de convaincre les banques de le suivre. Ses contacts chez Google lui avaient également appris que la firme cherchait à acquérir des tuyaux, un peu partout dans le monde, pour optimiser les flux grandissants générés par sa filiale YouTube, le plus gros hébergeur vidéo du Web. Il était possible, sans attenter à la popularité de la marque Démon, de céder les épines dorsales, les centres de traitement et le *data center* d'Ivry, qui valaient à eux seuls plusieurs milliards : Démon n'en affirmerait que plus son caractère d'opérateur *low cost*, puisqu'il deviendrait ainsi un opérateur virtuel, qui louerait les réseaux des autres opérateurs. Du seul point de vue comptable, le modèle était valide, et extrêmement rentable : un opérateur virtuel n'avait pas à investir chaque année plus de 10 % de son chiffre d'affaires dans le développement de ses infrastructures réseau. Un partenariat stratégique pouvait même être envisagé entre Google et Démon, pour proposer une offre *premium*, avec un accès préférentiel et très haut débit aux contenus de YouTube.

Elfassi prit donc la direction des branches commerciales de Démon et parvint, effectivement sans trop de difficulté, à réunir 4 milliards d'euros — d'Ehrmann à Bellanger en passant par Granjon et Descroix-Vernier, tout l'écosystème du Web français se mobilisa pour Démon et ses 6 millions d'abonnés. Ces 4 milliards d'euros permirent à Démon de racheter les parts de son capital détenues par Ithaque, et de devenir maître de son destin. La première décision de la nouvelle entité fut de céder, pour environ 2 milliards d'euros, ses grosses infrastructures physiques à Google, à commencer par le *Démon Center* d'Ivry.

Elfassi se montra un remarquable P-DG de Démon. Son partenariat avec Google fidélisa une clientèle jeune, pour laquelle la télévision avait cessé depuis longtemps de représenter le média dominant, et qui consommait des contenus vidéo presque exclusivement sur Internet.

Par ailleurs, Démon n'obtint pas, conformément aux prévisions de son ancien P-DG, sa licence de téléphonie mobile. Mais, fidèle à son nouveau modèle économique d'opérateur virtuel, le groupe put néanmoins proposer une offre mobile hyperconcurrentielle en louant les canaux de ses concurrents. Elfassi acheva ainsi de faire de Démon un opérateur *low cost* complet. La marque

Démon valait à présent beaucoup plus que ses infrastructures perdues. L'opérateur fit bientôt sa seconde entrée en Bourse, cette fois sous son propre nom.

La vente de Démon rapporta 2 milliards d'euros à Pascal. Émilie, Houillard et « le Corse » gagnèrent au final autour de 500 millions d'euros chacun : Émilie disparut, Dominique Fano resta invisible, et Houillard, fidèle à la stratégie d'investissement qu'il suivait depuis plus de vingt ans, investit massivement dans le nouveau Démon. Elfassi avait évidemment demandé à Pascal s'il devait accepter, mais Pascal n'y voyait aucune objection : il venait de prendre lui-même, un peu sentimentalement peut-être, une participation dans son ancien empire, qu'il continua à surveiller, plus par automatisme que par passion réelle. Démon s'éloignait, et Pascal n'en éprouvait presque aucun regret.

Shannon est l'inventeur d'une machine capable de résoudre un Rubik's cube (ainsi que l'auteur d'un poème résumant sa conception : « Can multibillion-neuron brains / Beat multi-megabit machines ? / The thrust of this theistic shisme — / To ferret out God's algorism ! »). On peut voir dans la théorie de l'information une abstraction et une généralisation de cette machine : elle permet de retrouver l'ordre qui caractérisait les choses avant leur chute dans le temps. Le plus grand hasard et le chaos le plus sombre sont même, pour Shannon, les états qui possèdent la quantité d'information la plus grande. Les silences infinis qui effrayèrent Pascal prennent fin dans l'œuvre de Shannon, théoricien du bruit. Les satellites gravent, dans le bruit blanc du cosmos, des signes ineffaçables. La Terre émet des ondes radio qui reformeront un jour les membranes humides de nos cordes vocales. Nous connaîtrons des résurrections profondes. La théorie de l'information dessine, dans l'arbre confus du déterminisme causal, des lignes claires et praticables. C'est un principe de conservation subtile des formes à travers leurs inexprimables métamorphoses. Il existera toujours des machines capables d'établir des transmissions dans la tiédeur finissante du cosmos. Les machines apprendront peut-être à ne jamais mourir ; c'est l'Univers alors qui dépendra d'elles. Il laissera, après son passage, une empreinte fragile et un dernier message, que ces machines autonomes sauront décrypter, pour remonter à travers lui jusqu'aux origines du temps. La source demeure, par-delà le temps, pure et accessible. La théorie de l'information oppose au mouvement perpétuel le cristal immobile de la disparition du temps.

TROISIÈME PARTIE

2.0

*En 1970, le mathématicien anglais John Conway inventa le Jeu de la vie (*Game of Life*), un automate cellulaire obéissant à quelques règles très simples, qui le rendaient facilement programmable. Sur un quadrillage théoriquement infini, des cellules sont activées ou éteintes, vivantes ou mortes. Chacune de ces cellules subit l'influence de ses huit voisines, qui déterminent son état à la génération suivante : si une cellule active possède deux ou trois voisines qui le sont également, elle survit, si elle en possède plus, moins ou aucune, elle meurt — intuitivement, victime de la surpopulation ou de la solitude ; les cellules éteintes parviennent elles à la vie quand trois cellules activées les entourent. L'application répétée de ces règles à des cellules dispersées au hasard sur un quadrillage donne l'illusion de la vie : les cellules clignotent, se déplacent, articulent et dissipent des formes complexes, comme dans une boîte de Petri. Conway testa alors différentes configurations primitives. Le carré de quatre cellules se révéla stable, la barre longue de trois cellules oscillait à chaque génération, celle de quatre cellules s'ouvrait comme une fleur, le carré de neuf cellules donnait naissance à quatre croix clignotantes coordonnées. Conway découvrit également des structures aux évolutions plus complexes, en dépit de leur simplicité de départ. Ainsi, si l'on ajoutait une cellule en face d'un L fait de quatre cellules, la structure, par extinctions et résurrections successives,* tournait sur elle-même en se décalant le long d'une diagonale infinie. *Conway baptisa ces proto-organismes des* planeurs.

Par ailleurs, en retournant vers l'extérieur la petite barre d'un F de cinq cellules, on constatait une efflorescence désordonnée et rapide ; le nombre de deux cents cellules était rapidement atteint, et la structure ne se stabilisait qu'à la 1 103ᵉ génération. Conway baptisa ce type de structure des mathusalems, *du nom du patriarche biblique mort à neuf cent soixante-neuf ans. Il se mit alors à rechercher des structures capables de croître éternellement. L'informaticien Bill Gosper construisit en ce sens un* canon à planeurs. *La structure, composée d'une trentaine de cellules aux interactions complexes, générait un planeur toutes les quinze générations.*

27

« Vous seriez vraiment surpris de tout ce que vous
pourriez internaliser si vous vous faisiez assez grand
pour cela, et de tout ce que vous pourriez externaliser
si vous vous faisiez vraiment petit. »

Daniel DENNETT

Souvent décrit comme un océan primordial sur le point
de donner naissance à la vie, Internet avait pourtant fini
par décevoir. Dix ans après la grande extinction de la
bulle, on avait affaire à un environnement stabilisé, mais
encore inapte à accueillir la vie. Les robots d'indexation
de Google exploraient un désert, et les tests de Turing,
installés un peu partout pour traquer la présence d'intelligences artificielles malveillantes, ne repéraient que des
algorithmes peu évolués, qui échouaient presque tous au
test primitif de la reconnaissance de caractères, ou *captcha*
(Completely Automated Public Turing test to tell Com-
puters and Humans Apart). Dans un dernier élan
d'enthousiasme, un théoricien du Web, certain que
l'émergence attendue s'était déjà produite, proposa, sans
succès, de retourner le programme SETI vers la recherche d'entités conscientes au sein du réseau.

Il apparut cependant assez vite que ces entités existaient
bien. Si elles n'étaient pas encore absolument indépen-

dantes, elles tentaient de s'accrocher, comme des plantes parasites, aux mailles du réseau. Ces entités, les premières capables de s'acclimater à un environnement numérique, étaient d'origine humaine. On désigna du nom de *Web 2.0* ce saut évolutif : l'homme avait colonisé un milieu nouveau et y avait transféré une part de sa vie terrestre.

Un quart de siècle après avoir fait de l'ordinateur sa personnalité de l'année, le magazine *Time* mit en couverture un ordinateur de type iMac, dont l'écran affichait : « *You.* » « *Yes, you*, était-il précisé en dessous. *You control the Information Age. Welcome to your world.* »

« *Broadcast Yourself* » : c'était le slogan de YouTube, la plate-forme de partage vidéo qui permettait à chaque être humain de devenir, simultanément, créateur et consommateur de contenu. Il était techniquement possible de devenir un écrivain reconnu, un réalisateur culte ou un chanteur à succès en diffusant soi-même ses travaux, sans passer par les circuits traditionnels de reconnaissance et de validation. Même le champ scientifique, traditionnellement très respectueux de ces procédures, s'essaya massivement à l'autopublication sur le site arXiv.org.

Généralisation des services gratuits financés par la publicité, monétisation des audiences infinitésimales, et surtout investissement narcissique presque illimité de ses contributeurs : le Web 2.0 trouva très vite son modèle économique.

Les réseaux sociaux, qui prônaient le remplacement des liens HTML par des liens d'amitié, et qui permettaient aux hommes de partager — et de sauvegarder — leurs expériences existentielles, se bâtirent, en deux ou trois ans, des empires aussi peuplés que des continents. Le réseau Facebook interconnecta, le premier, plus d'un milliard d'êtres humains.

L'humanité revivait l'épisode de Babel. Certains dénoncèrent alors les dangers du Web 2.0. L'arrivée massive des humains, au lieu de renforcer l'architecture décentrée d'Internet, en contribuant à maintenir l'intelligence à sa périphérie, l'avait paradoxalement affaiblie. Le Web 2.0 formait une nébuleuse au sein de laquelle certains sites purent atteindre la masse critique qui les transformait en étoiles — à peine attrapée dans le réseau, l'intelligence humaine était redirigée vers ces centres invisibles. Internet se concentra alors dans quelques fermes de serveurs, dont les espaces de stockage alignés, réunis à proximité des centrales électriques et refroidis comme des cœurs de réacteurs nucléaires, gardaient l'humanité en mémoire.

Un pionnier français d'Internet, Benjamin Bayart, qualifia ce babélisme architectural de « Minitel 2.0 » : en imposant un Web asymétrique (le A de ADSL), c'est-à-dire hébergé dans quelques salles interdites aux hommes et réfrigérées plutôt que dans les habitations tièdes des particuliers, on avait selon lui réinventé le Minitel, un système très facile à contrôler, et très fragile. L'humanité pouvait désormais perdre à tout moment sa mémoire numérique, comme lorsque l'incendie de la bibliothèque d'Alexandrie avait fait basculer l'Antiquité dans une nuit impénétrable. Il ne restait d'ailleurs rien, aucune trace, aucun souvenir des messages échangés sur les messageries poétiques ou coquines du terminal passif.

L'humanité alimenta massivement les pages exponentielles du Web 2.0, sans penser à cette éventuelle catastrophe de stockage, ni aux bouleversements politiques qui pouvaient en découler — les concepts de vie privée et de droits d'auteur subissaient alors des distorsions massives (la mémoire de l'humanité risquait à cet égard moins de disparaître que d'être piratée).

Les théoriciens les plus radicaux du saut évolutionniste et de l'*Homo numericus* virent au contraire dans le Web 2.0 une symbiose réussie entre le biologique et l'électronique, loin des technologies intrusives de type implant ou cyborg. Le Web 2.0 fonctionnait peut-être grâce à des centres lointains, mais il tenait, depuis le développement des *Smartphone*, dans le creux d'une main — et la main restait l'outil idéal pour interfacer les deux mondes. Apple connut, grâce à l'écran tactile de l'iPhone, le plus spectaculaire de ses succès commerciaux. Le Web 2.0 était comme un nouvel organe humain, comme un corps plus léger, comme un cerveau immense. La fuite en avant technophile n'était pas vécue comme un mouvement tragique.

Grâce au Web 2.0, l'homme, être égoïste et borné, était devenu un animal intrinsèquement social. Le village global, la plus vieille utopie de l'histoire d'Internet, commençait enfin à être habité, tandis que la Terre, peuplée d'adolescents et d'adultes *no life* qui quittaient de moins en moins les chambres surchauffées où ils se connectaient, perdait peu à peu des habitants.

Pascal, pendant l'année qui suivit la vente de Démon, explora toutes les modalités de cette exfiltration. Il avait confié la gestion d'Ithaque, qui n'était plus qu'un fond d'investissement sans objet, à un gestionnaire de fortune et à un avocat fiscaliste. Il réduisit par ailleurs son personnel de maison au strict minimum. Le golf fut laissé à l'abandon : les *greens* se transformèrent en *fairways* et les *fairways* en *roughs*, puis des fougères firent leur apparition sur les parcours indiscernables. Seuls les *bunkers*, naturellement arides, demeurèrent visibles. Ils formaient comme des résurgences d'une couche géologique particulièrement meuble, au travers de laquelle il aurait été aisé de creuser des tunnels. Pascal esquissa le plan d'un labyrinthe tridimensionnel qui les mettrait tous en communication. Mais il ne mit jamais son projet à exécution et abandonna bientôt toute activité de plein air.

Pascal fit alors condamner les fenêtres d'une pièce de son manoir, qu'il fit également insonoriser, et ne la quitta pratiquement plus, comme à l'été de ses huit ans. Son monde, fait de la réunion de neuf écrans 27 pouces synchronisés, atteignait une diagonale de 210 centimètres. Il entama, avec cette voile primitive, une navigation de plusieurs mois.

Il découvrit d'abord *Chatroulette*, un *chat* vidéo inventé par un jeune Russe, qui permettait, peut-être pour la première fois, de communiquer réellement avec le monde entier, grâce au mode de sélection aléatoire des interlocuteurs — le site permettait ainsi d'évoluer dans un magasin IKEA ou GAP virtuel, peuplé d'anonymes portant des vêtements identifiables et entourés d'objets connus : « *Hey ! Where are you from ?* »

Pascal manifesta un réel intérêt pour l'humanité, proche de la fascination. Il se faisait néanmoins invariablement « *nexter* » au bout de quelques secondes — sa présence, alors qu'il avait largement dépassé l'âge moyen des usagers du site, était perçue comme malsaine, d'autant qu'il restait silencieux et qu'il manifestait quelque chose de triste, voire de suppliant. Il finit par être reconnu, et dut quitter précipitamment le site, sur lequel il n'osa plus retourner.

Cependant, la possibilité d'engager une conversation réelle avec des inconnus étant perçue comme légèrement traumatisante, le site connut, comme les messageries télématiques avant lui, une dérive rapide vers la pornographie ; vêtements et objets disparurent, remplacés par des milliers de sexes d'hommes, en gros plan, mal éclairés et agités d'un léger mouvement de va-et-vient, attendant l'arrivée improbable d'une stimulation érotique : seins nus, danses sexy, mouvements de lèvres. Le ratio pénis-seins, très déséquilibré, entraîna la désaffection rapide du site. L'âge d'or de *Chatroulette* dura beaucoup moins longtemps que celui du Minitel.

Pascal se créa alors des avatars et des pseudonymes pour pénétrer dans l'univers en expansion des jeux de rôle en ligne, qui proposaient des cartographies exhaustives de planètes habitables, ou des univers entiers de galaxies jouables.

Retranché dans ces arrière-mondes, il surveillait ce qu'il advenait de Démon, qui venait de réussir sa seconde introduction en Bourse. Ce monde lui paraissait lointain, abandonné et presque artificiel. Le Pascal Ertanger des deux dernières décennies avait été un avatar médiocre.

Pascal se souvint alors de sa jeunesse studieuse, avant l'argent du Minitel, avant qu'il ne voie Émilie danser : les premiers récits scientifiques qu'il avait lus, le club d'électronique, l'écriture de ses premiers programmes en BASIC. Il avait interrompu ses études après six mois de math sup et n'avait quasiment plus posé une équation depuis. Il avait eu sous son contrôle plusieurs millions de boîtes qui transformaient des signaux électriques en données binaires, mais n'était plus capable de manipuler leurs équations fondamentales, des transformées de Fourier, de niveau bac +1.

Le génie de Brin et de Page, les créateurs de Google, avait été de se représenter Internet comme un objet mathématique quasi pur, et d'imaginer un algorithme qui pouvait le casser. À côté d'eux, Pascal n'avait été qu'un bricoleur : ancien propriétaire d'un réseau théoriquement capable de faire plusieurs fois le tour de la Terre, il n'en connaissait que l'alchimie superficielle ; il avait extrait des milliards d'un long serpentin de cuivre et de lumière, mais son esprit était resté dans l'obscurité. La boîte, raccourci technologique anamorphosant diverses fonctions préexistantes, n'avait même pas eu l'impact de l'iPod ou de l'iPhone, qui opéraient pourtant sur un registre similaire. Pascal, contrairement à Steve Jobs, était resté un second rôle de l'histoire d'Internet : il était celui qui l'avait rendu plus accessible et moins cher, à sa périphérie.

Pascal s'intéressa alors à l'informatique théorique. Il lut avec difficulté le texte fondateur de Shannon, ainsi que celui dans lequel Turing introduisait ses machines mathématiques, dotées d'une tête de lecture et d'un ruban d'instruction. Il se documenta également sur Gödel, et découvrit que le logicien avait offert à Einstein, pour ses soixante-dix ans, une solution aux équations de la relativité générale qui rendait les voyages dans le temps envisageables : l'auteur du théorème d'incomplétude voyait-il là une manière de sauver la rationalité de l'univers, en permettant, à la première apparition d'une anomalie logique, d'en reprogrammer l'axiomatique ? Pascal repensa étrangement à Planète magique, avant de se formuler une hypothèse proche de celle du péché originel, impliquant Émilie.

Ces questions l'amenèrent à s'intéresser au concept d'entropie, unique représentation physique du Mal. Il parcourut l'histoire de la thermodynamique et s'intéressa à la question du hasard en mathématiques ; il lut des articles sur Carnot, Szilárd, Kolmogorov, Chaitin et Delahaye.

Il lut, pour finir, Wikipédia dans le désordre, activant sans fin le raccourci clavier « une page au hasard », jusqu'à tomber sur sa propre page : « [cet article concerne un événement actuel] [cet article provoque une controverse de neutralité (voir la discussion)] ». Pascal Ertanger restait, pour beaucoup d'abonnés de Démon, l'un des héros d'Internet. Le fil de discussion était interminable : Pascal Ertanger était un pornocrate, Pascal Ertanger avait été trahi par son ex-femme, par ses pulsions sexuelles, par son premier lieutenant ; Pascal Ertanger avait été victime d'un complot politico-financier, Pascal Ertanger attendait son procès dans la solitude et la résignation, Pascal Ertanger était un actionnaire historique de Wikipédia et comme tel toutes les informations ici présentes étaient contestables. Les débats étaient encore plus passionnés sur les forums de Démon. On attendait son fulgurant et messianique retour, ou sa lente et pathétique déchéance.

Pascal s'enfonçait de plus en plus profondément dans Internet. Devenu insomniaque, il regardait la Terre défiler à basse vitesse sur Google Earth. Ajustant sa vitesse au rafraîchissement des images satellites, il décrivit de lents vols orbitaux, à une altitude moyenne de 150 mètres, et tentait de retrouver le sommeil en survolant les zones océaniques ; il lui fallut un mois pour réaliser une circumnavigation complète. Il inversa alors son angle de vue, et zooma sur la nébuleuse du Crabe et sur le nuage de

Persée, qui ressemblait au duvet d'un chat, ou à un sexe de femme. Il fut le premier homme à contempler certaines étoiles.

Il entrouvrit enfin les millions de sphères de l'application Google Street View, à la recherche d'une scène de son passé, ou d'une image d'Émilie.

Il passa alors à l'exploration systématique des sites de *streaming* érotiques et pornographiques, de Absolugirl à Youporn, à la recherche des films amateurs dans lesquels Émilie avait tourné. Il tomba par hasard sur des vidéos curieuses au caractère cybernétique affirmé : dans l'une, une femme se contorsionnait dans l'habitacle étroit d'une Porsche 911 pour introduire le levier de vitesse dans son vagin, dans une autre, une femme parvenait à faire décoller de la même façon un Boeing 747 — mais au vu du caractère trop lisse de la piste, la scène se passait probablement dans un simulateur.

Pascal découvrit bientôt les légendes noires du Web 2.0 : l'existence d'un mot qui pouvait anéantir Google, l'enfant abandonné dans les ruines de *Second Life*, les vidéos de suicides, la vidéo coprophage *2 Girls 1 Cup*, le *snuff movie* ukrainien *3 Guys 1 Hammer*. Des adolescents, nés avec Internet, avaient par ailleurs pris plaisir à rassembler les images les plus terrifiantes du réseau. Le résultat de leurs recherches, une simple mosaïque d'images, s'appelait les *pain series*. Le jeu consistait ensuite à présenter ces images à des victimes choisies pour leur innocence, et à filmer leurs réactions horrifiées. On pouvait aussi se piéger soi-même, et faire apparaître ces *pain series* en activant un hyperlien d'apparence anodine. La plus célèbre d'entre elles était particulièrement ignoble. Pascal ne put tenir que quelques secondes.

Elle montrait, en recourant principalement à des photographies médicales, une humanité suppliciée et pourrissante : maladies vénériennes, mycoses, cancers de la bouche, malformations fœtales, difformités physiques, singularités tératologiques, blessures graves, visages arrachés, yeux brûlés à l'acide, etc. À l'exception des bébés informes et jaunâtres d'Hiroshima, conservés dans des fûts de formol, les sujets étaient en général vivants. Intercalées entre ces images médicales, des images pornographiques extrêmes — dilatations anales, infusions scrotales, incisions de clitoris ou régurgitation de ses selles liquides par un sujet particulièrement souple — valaient à cette mosaïque d'être accompagnée de l'avertissement suivant : « Si vous parvenez à vous masturber devant ces images, vous êtes un dieu. Ou bien vous méritez de mourir. »

Pascal fut finalement condamné à deux ans de prison avec sursis et au versement d'une amende de 1 million. Après l'énoncé de sa sentence, il traversa Paris en voiture. C'était l'été. La révolution des écrans LCD avait dû atteindre un stade critique pendant l'année qu'il avait passée hors du monde : la population s'était débarrassée précipitamment de ses vieux téléviseurs à tube cathodique, qu'on retrouvait partout, abandonnés, leur face la plus lourde, côté écran, posée à même l'asphalte. C'était l'un des derniers objets techniques domestiques, avec les réfrigérateurs, dont le fonctionnement demeurait intuitif : des électrons, émis au fond d'un tube cathodique en verre, étaient d'abord focalisés en un point précis de l'écran, puis déviés par un champ magnétique ; le faisceau d'électrons traçait ainsi des lignes parallèles, activant des cellules luminophores rouges, vertes ou bleues, qui formaient des images. Pascal remarqua que la plupart de ces téléviseurs avaient vu leur boîtier éventré et leur tube cathodique sectionné, dans sa partie la plus fine, afin que les fils de cuivre de leurs bobines soient plus faciles à arracher. La volatilité du cours du cuivre avait été un problème récurrent pour Pascal, à l'époque de Démon. Il réalisa soudain que cette époque de sa vie était révolue. Les tubes cathodiques ébréchés lui rappelèrent alors les fleurs du chèvrefeuille qui montait à l'un des murs du pavillon de Vélizy, fleurs dont il tranchait avec les dents l'extrémité pour en aspirer le nectar sucré — après avoir vérifié qu'elles ne dissimulaient aucune abeille.

Le soir même Pascal découvrit, comme un souvenir d'enfance en réalité augmentée, la vidéo d'un père et de son fils qui avaient accroché, aux États-Unis, un iPhone à un ballon d'hélium. L'iPhone avait filmé son ascension en continu. Au bout de quelques minutes, le ciel autour de lui était devenu noir, et la courbure terrestre apparaissait clairement : le dispositif avait pénétré l'espace. Privé de la pression de l'air, le ballon finit par éclater, et l'iPhone ne put profiter de l'inertie acquise pour continuer son voyage. Retenu par un parachute, il retomba sur Terre à quelques dizaines de kilomètres de son lieu de départ — les jet-streams l'avaient largement déporté. Grâce à un signal GPS, le père et le fils retrouvèrent facilement l'appareil. L'ensemble des opérations, que la vidéo ramenait à sept minutes, avait été d'une simplicité absolue. L'espace était devenu un jouet et une application téléchargeable.

Le Jeu de la vie, révélé au monde par le mathématicien Martin Gardner dans sa chronique de mathématiques amusantes du magazine Scientific American, *acquit une popularité rapide auprès de la communauté informatique, qui en fit un de ses rites initiatiques. « Le Jeu de la vie, expliquait ainsi Bill Gosper, permettait de construire une science dans un univers nouveau, où personne avant vous n'avait pu pénétrer — c'est une déception classique dans la vie des mathématiciens : à chaque fois qu'on croit découvrir une merveille, on s'aperçoit que Gauss ou Newton l'avait découverte au berceau. Avec le Jeu de la vie, vous êtes un pionnier sur une terre inconnue, et il ne se produit que des événements nouveaux. Vous pouvez tout faire, de la théorie des fonctions récursives comme de l'élevage. Il existe toute une communauté qui partage vos expériences. Et cela questionne votre relation à votre environnement. Votre ordinateur n'a plus de limites. Où commence le monde extérieur, où finit le Jeu de la vie ? » Les informaticiens rejouèrent sans fin la création du monde, l'apparition de la vie et la découverte des mathématiques. Ils découvrirent ainsi des conditions initiales auxquelles aucun processus d'évolution ne pouvait conduire, et les nommèrent* jardins d'éden *: si la vie et l'intelligence, par recombinaisons successives, devaient réellement émerger sur la grille* *du Jeu de la vie, alors ces créatures pensantes, remontant jusqu'aux origines figées de leur univers, comprendraient aussitôt que celui-ci avait été la création d'un dieu extérieur, solitaire et informaticien.*

28

« Il n'y a qu'une seule manière de définir le capital d'une entreprise : c'est d'énumérer la gamme complète des processus temporels que ses ressources actuelles permettent de générer. »

Friedrich HAYEK

Jean-Marie Messier fut le premier à se souvenir des milliards que Pascal gardait en réserve. Privé de sa multinationale depuis bientôt dix ans, l'ancien P-DG de Vivendi s'était d'abord spécialisé dans la gestion de portefeuilles d'actions, avant de se lancer sur le marché très porteur des start-up environnementales. Associé à un ingénieur en génie climatique, il avait monté un projet à la Jules Verne : recueillir des icebergs près des pôles pour les remorquer jusqu'aux zones tropicales arides. En utilisant les courants océaniques, 4 000 tonnes de fioul étaient suffisantes pour déplacer 4 millions de tonnes d'eau douce sur plusieurs milliers de kilomètres — Messier saisit un glaçon dans son whisky et le fit glisser du bout du doigt sur la table. Amarré près de son lieu de destination, l'iceberg, jusque-là recouvert d'un tissu argenté isotherme, serait progressivement dévoilé. Le soleil le transformerait alors en lagon d'eau douce — Messier approcha lentement son cigare du glaçon, qui commença à se creuser. Il ne resterait plus qu'à pomper l'eau jusqu'au rivage. Des repérages par hélicoptère avaient déjà permis d'identifier un iceberg susceptible d'être utilisé comme prototype. Il restait à trouver des investisseurs et une destination. Avec l'ancien P-DG de la Générale des eaux à sa tête, Icewater parviendrait facilement à séduire des collectivités locales.

Ce projet d'ingénierie climatique intéressa aussitôt Pascal, qui régnait alors, dans un jeu en ligne, sur un empire stellaire hyperévolué — l'avant-dernier *upgrade* défensif que le jeu proposait était justement la construction d'une sphère de Dyson, qui permettait d'isoler définitivement son empire dans une bulle étanche, afin de collecter assez d'énergie pour actionner le canon destructeur d'étoiles — la destruction instantanée d'une étoile ennemie constituant l'*achievement* ultime. Pascal entra donc dans le capital d'Icewater, à hauteur de 3 millions d'euros. Les îles Canaries s'étant montrées intéressées, le remorquage de l'iceberg put commencer à la fin de l'hiver. Mais Icewater visait déjà le marché des pétromonarchies du golfe Persique.

Ce retour aux affaires réanima Pascal, qui se remit progressivement à fréquenter des Web-entrepreneurs. Il accepta plusieurs invitations à La Cantine, une résurgence du Silicon Sentier, version 2.0, située passage des Panoramas. On était loin de l'ambiance électrique des *First Tuesdays* de la bulle : la nouvelle génération était plus prudente et plus raisonnable. Née avec Internet, elle en connaissait la volatilité et les pièges. Elle bénéficiait en outre du retour d'expérience des vétérans de la nouvelle économie. Pascal Ertanger, pionnier du Minitel et rescapé de la bulle Internet, était pour elle une légende vivante. La plupart des développeurs que Pascal rencontra avaient fait leurs premiers pas de programmeurs sur les forums de Démon, à l'époque où ils étaient l'un des foyers de la culture du *hacking* en langue française.

Paradoxalement, l'époque évoquait pourtant plus les années 1985-1988 que l'époque 1996-2001 — un donneur d'ordre presque hégémonique avait généré, autour de son produit phare, un écosystème enthousiaste : le triomphe de l'iPhone rappelait celui du Minitel.

Le Smartphone d'Apple était devenu le terminal Internet de référence, en lieu et place de l'ordinateur personnel. Le réseau était ainsi devenu disponible partout, tandis que ses usagers étaient partout disponibles au réseau : la portabilité entraîna la géolocalisation instantanée de tous les possesseurs de Smartphone. Les opportunités économiques apportées par cette omniscience étaient illimitées. Mais l'iPhone était porteur d'une révolution plus discrète, qui touchait aux fondements même de l'architecture d'Internet. Pour la première fois, l'accès au réseau mondial ne passait plus par des navigateurs, mais par des applications dédiées à l'extraction ou à l'inscription d'un type précis de données sur le réseau mondial, en fonction d'un besoin prédéfini. Les fenêtres d'accès à Internet étaient devenues très étroites, mais très fiables ; chaque application effectuait à la perfection la tâche pour laquelle elle avait été conçue, et rien d'autre que cette tâche. C'était, à moyen terme, la fin des longues navigations incertaines dans l'océan des hyperliens. C'était la fin programmée du Web.

Il se créait alors des centaines d'applications par jour. Apple mettait, comme la DGT à Vélizy, sa plate-forme de développement à disposition des programmeurs, et assurait, comme le kiosque du 3615, la commercialisation exclusive de leurs réalisations sur une boutique en ligne nommée l'*AppStore*. Et de même que les PTT prenaient jadis 40 % de l'argent généré par les serveurs du kiosque 3615, Apple s'octroyait 30 % du prix de vente des applications.

Ce modèle économique permit à Apple de devenir la première entreprise mondiale, en termes de capitalisation boursière. La firme, convoitant un monopole de type Minitel, commença alors à racheter des opérateurs téléphoniques, et s'apprêtait à lancer son propre réseau. Parallèlement Google, qui commercialisait déjà le système d'exploitation pour Smartphone Android, et qui investissait dans des infrastructures réseau sur les cinq continents, venait d'accéder à un niveau d'intégration similaire en rachetant le fabricant de téléphones portables Motorola. Le paysage mondial des télécommunications ressemblait de plus en plus à la France de 1985.

Pendant quelques mois, Pascal put ainsi rejouer ses années Minitel, en finançant des start-up opérant sur le marché fermé et ultra-rentable des applications iPhone. Il soutint par exemple une start-up de reconnaissance musicale qui se voulait un concurrent francophone de Shazam, l'une des applications iPhone les plus populaires, capable de reconnaître, grâce à un algorithme ingénieux, des morceaux de musique après seulement quelques secondes d'écoute. Pascal investit également, avec Marc Simoncini, le fondateur du site de rencontre Meetic, dans le réseau social Ubik, qui tirait profit de la géolocalisation pour rapprocher les utilisateurs d'iPhone. Ils voulaient ainsi concurrencer Grindr, une application très populaire dans la communauté homosexuelle, qui permettait de *chatter* avec des membres du réseau situés à proximité immédiate, et qui était devenue l'un des produits stars de l'AppStore.

Pascal parraina également un grand nombre de start-up spécialisées dans les applications jouables. À la suite du succès planétaire d'Angry Birds, un jeu finlandais, des milliers de développeurs s'étaient mis à la recherche de la formule ludique idéale : malgré ses graphismes 2D sommaires et son *gameplay* simplissime, qui consistait à catapulter des oiseaux sur des cochons, le jeu fut en effet téléchargé plusieurs dizaines de millions de fois en seulement quelques mois.

Mais la mode, depuis l'apparition sur la console Nintendo DS de la méthode d'entraînement cérébral du docteur Kawashima, était de plus en plus aux *jeux sérieux*. Pascal fut ainsi amené à rencontrer les fondateurs de la start-up lyonnaise SBT (*Scientific Brain Training*), qui désiraient lancer leur première application iPhone. La société présentait des garanties sérieuses : Bernard Croisile était un neurologue spécialisé dans le vieillissement du cerveau, Franck Tarpin-Bernard était docteur en informatique et Michel Noir possédait un DEA en psychologie cognitive ainsi qu'un doctorat en sciences de l'éducation. Michel Noir était aussi l'auteur du livre *Réussir une campagne électorale : suivre l'exemple américain ?*, qui était paru en 1977, et dont il avait brillamment illustré les thèses : d'abord en se faisant élire député, puis en devenant, sous l'étiquette RPR, maire de Lyon en 1989, avant de démissionner du parti chiraquien pour fonder « Force unie », un mouvement destiné à promouvoir sa carrière nationale jusqu'à l'investitre suprême. Mais Michel Noir, soupçonné de trafic d'influence et de recel d'abus de biens sociaux dans l'affaire Botton, s'était vu condamner à une peine d'inéligibilité de cinq ans. Passionné de littérature, de théâtre et d'échecs, le présidentiable brisé écrivit quelques thrillers et tenta une courte carrière theâtrale avant de rédiger une thèse intitulée *Le développement des habiletés cognitives de l'enfant par la pratique du jeu d'échecs : essai de modélisation d'une didactique du transfert.* La conception, à fin expérimentale, d'un didacticiel permettant d'évaluer ces mécanismes cognitifs ouvrit de nouvelles perspectives à Michel Noir, en l'initiant au concept de *jeu sérieux.*

La société SBT put ainsi proposer, près de cinq ans avant Nintendo, les premiers jeux thérapeutiques : énigmes, puzzles et jeux de lettres destinés au quatrième âge ou aux malades souffrant d'Alzheimer. SBT élargit ensuite son domaine de compétence, en devenant « le spécialiste européen de l'ingénierie cognitive au service de la prévention santé et des ressources humaines ». Avec le lancement de la plate-forme HAPPYneuron, SBT avait enfin ouvert son offre au grand public, permettant « à plus de 50 millions de performances d'être archivées dans [ses] bases de données, ce qui constitu[ait] une ressource unique pour l'analyse et la fiabilité des outils élaborés ». Issus du champ médical, les « moteurs d'exercices » de SBT purent ainsi bénéficier au plus grand nombre, améliorant la vie de ceux qui s'y adonnaient, et trouvant là matière à s'améliorer eux-mêmes. Pour sa mise en œuvre concertée de ce cercle vertueux de l'homme et du didacticiel, comme pour son approche optimiste des pathologies liées au vieillissement du cerveau, SBT pouvait être considérée comme la première start-up transhumaniste française.

— Nous nous sommes tous deux heurtés à des entreprises puissantes, commença Michel Noir, qui fit d'emblée un rapprochement entre ce qui lui était arrivé vingt ans plus tôt et ce qui venait d'arriver au fondateur de Démon.

Noir, bien qu'il soit devenu une figure maudite de la droite française, avait probablement encore quelques amis bien informés. Pascal ne jugea pourtant pas utile de l'interroger à ce sujet, et préféra en venir directement au sujet de leur rendez-vous : la portabilité sur iPhone de la plate-forme HAPPYneuron. Noir insista pourtant, et devint théâtral :

— Malgré les obstacles, nous avons su nous réinventer un destin en apparence plus modeste. Mais en réalité, quiconque connaît le monde des jeux sait que tout est faux, illusoire et lointain, à l'exception de la matière repliée et terne du cerveau. La politique ne procure pas plus de jouissance que le jeu d'échecs, la direction d'une entreprise s'apparente à un jeu de rôle. En renonçant à nos grandeurs d'apparat, nous avons simplement choisi de préférer l'original à la copie, la sensation cérébrale à sa simulation mondaine. On peut définir le jeu vidéo comme une expérience anthropologique radicale, qui confronte, pour la première fois, l'homme à sa nature brute, qui n'est ni sociale, ni économique, ni sexuelle, ni symbolique d'une quelconque autre manière. L'homme est une machine qui explore à l'aveugle les circuits compliqués de son propre cerveau, un labyrinthe de plaisirs et de peines, de récompenses et d'obstacles. En jouant, l'homme rabat sa vie sur cette cybernétique implacable. Il devient une machine dirigée vers sa propre satisfaction : rien d'autre n'existe, rien d'autre ne compte. Jouer, c'est plonger son corps dans un acide qui en dissout, couche après couche, tous les tissus et membranes, toute la nature organique et sensible, jusqu'à ce que le cerveau soit mis à nu, comme machine électrique autonome et comme réseau logique terminal. Nous venons de signer un partenariat avec la société australienne Emotiv, le leader des interfaces par acquisition de signaux neuronaux, pour lancer un jeu de réflexion contrôlable immédiatement par la pensée, une sorte de casse-tête tridimensionnel ; d'ici peu, le cerveau, court-circuitant le corps, sera capable de jouer avec lui-même. SBT peut devenir, d'ici dix ans, le leader mondial de la convergence NBIC : nanotechnologies, biotechnologies, infotechnologies et sciences cognitives. Le but ultime de SBT n'est déjà plus de soigner, ni même de prévenir ou de retarder le déclin des capacités mentales. C'est d'ores et déjà d'offrir au cerveau un programme d'entraînement qui le rendra, à terme, capable d'organiser sa sécession.

Pascal investit 4 millions d'euros dans la société SBT. Il prenait goût à sa nouvelle activité de capital-risqueur, et n'exerçant plus d'autre activité que celle-ci, se définissait comme « un investisseur pirate », ou même comme « un capital-risque vivant ».

Les fondateurs de la start-up Montaigne & Turing, deux normaliens qui venaient de mettre au point un protocole très novateur d'intelligence artificielle, contactèrent Pascal : il s'agissait d'utiliser les compétences humaines, dans le cadre gratuit du déchiffrage des captchas, pour numériser les mots qui avaient jusque-là résisté aux programmes de Google Books, la filiale de

Google qui s'était donné moins d'une décennie pour numériser tous les livres existants. La démarche, qui se nommait le *crowdsourcing*, ou *l'externalisation ouverte*, consistait à aller chercher l'intelligence là où elle se trouvait : pour le moment, parmi les usagers d'Internet. Il fallait agir vite, Amazon, avec son projet Mechanical Turk (du nom d'un célèbre automate joueur d'échecs dissimulant un homme), tentait déjà d'industrialiser cette démarche, en transformant les internautes en esclaves intellectuels volontaires — on disait aussi que certains des avatars qu'on rencontrait dans World of Warcraft étaient en réalité des détenus chinois exploités par leurs gardiens. Pascal investit dans la start-up littéraire.

Il fut à la même époque contacté par Henri Seydoux, qui avait cofondé le groupe Parrot en 1993. D'abord spécialisé dans les répertoires électroniques à reconnaissance vocale, Parrot était devenu le leader mondial des technologies sans fil *bluetooth*, et commercialisait notamment des kits mains libres pour téléphones portables. Mais Seydoux voulait diversifier Parrot, et cherchait des financements pour lancer sur le marché un drone contrôlable par iPhone. Le prototype de l'appareil enchanta Pascal ; ses quatre hélices lui assuraient une stabilité suffisante pour prendre des photographies aériennes de bonne qualité, tandis qu'une application faisait apparaître sur l'iPhone des ennemis virtuels en réalité augmentée. Pascal initia bientôt un autre projet, directement inspiré de la vidéo qu'il s'était repassée en boucle quelques mois plus tôt : un kit d'exploration spatiale grand public pour iPhone, qui comprendrait un ballon, une bouteille d'hélium, un parachute et une coque de protection caoutchoutée. Pascal recontacta David Omenia, devenu fabricant de parachutes. Il confia également à son père un rôle de consultant, en mémoire de leur ancien projet aéronautique. Frédéric Ertanger n'avait pas volé depuis les années 1970, et le projet l'intéressa assez peu. Il soutint ainsi, alors que Pascal lui montrait la vidéo inspiratrice, que la rotondité du sol était due à la distorsion optique bien plus qu'au caractère sphérique de la Terre. Il négligea ensuite les essais en vol des premiers prototypes, auxquels Pascal l'avait pourtant convié.

Pascal se tourna enfin vers un projet aux frontières de la science-fiction. Une équipe de chercheurs venait d'inventer une machine monotherme, de type *démon de Maxwell*, capable d'offrir un rendement énergétique presque infini en générant elle-même, pendant son cycle de fonctionnement, le dipôle thermique nécessaire à son fonctionnement : la chaleur ambiante suffisait à la faire fonctionner, sans qu'il soit nécessaire de lui adjoindre une source froide. D'après les schémas descriptifs que Pascal avait lus, une telle machine semblait possible : « La source froide n'aurait pas de chaleur à absorber en provenance de la source chaude. Elle n'aurait pas besoin de puissance pour être maintenue à une température basse. La température de la source froide serait comparable à une information capable de se maintenir pour un coût énergétique nul. Ce serait une source froide interne, déconnectée du monde réel. »

Les inventeurs de ce dispositif révolutionnaire, bien que tous les quatre d'origine française, vivaient en Inde, dans la cité expérimentale d'Auroville, près de Pondichéry. Soutenue par l'Unesco comme par le dalaï-lama, Auroville était moins une ville qu'une machine spirituelle, construite autour d'un ashram. Sa fondatrice,

Mirra Alfassa, dite Douce Mère, avait été l'élève de Sri Aurobindo, l'inventeur du yoga intégral, une forme de spiritualisme évolutionniste qui entendait réconcilier la matière inerte et l'énergie mentale. Mais l'enseignement spirituel de Sri Aurobindo se voulait avant tout pragmatique : « Tout le monde sait maintenant que la science n'est pas un énoncé de la vérité des choses mais seulement un langage pour exprimer une certaine expérience des objets, leur structure, leur mathématique, une impression coordonnée et utilisable de leurs processus — rien de plus. » Auroville resta cependant un projet bancal et indécis, entre ville nouvelle, Silicon Valley indienne et paradis new age resté au stade du camping.

Pascal, qui fit le voyage jusqu'à Auroville, fut déçu de ne pouvoir manipuler aucun prototype de la machine monotherme. On lui montra en revanche des maquettes de fours solaires et de toilettes sèches, dispositifs humanitaires *open source* mais techniquement rudimentaires — « Auroville sera le lieu des recherches matérielles et spirituelles qui donneront un corps vivant à une unité humaine concrète. » Pascal fit néanmoins un don de 10 000 euros, qui furent aussitôt convertis dans la monnaie virtuelle propre à Auroville — à terme, la cité utopique entendait remplacer l'argent par des cercles d'entraide. Mais dès son retour en France, Pascal se vengea en attribuant la même somme à un jeune Américain, héros du *do it yourself*, qui tentait de construire un réacteur à fusion froide dans son appartement de Brooklyn.

Malgré l'échec de l'iceberg prototype d'Icewater qui, en raison d'une mauvaise modélisation de sa partie immergée, vit son lagon artificiel d'eau douce brutalement inondé par la mer, les investissements de Pascal se révélèrent presque tous extrêmement profitables : une application iPhone sur cinq généra des bénéfices (c'était du point de vue d'un capital-risqueur un ratio excellent), l'application HAPPYneuron fut traduite en vingt langues et le *Space Explorer* Parrot connut un succès mondial.

Devenu le parrain officieux de la nouvelle économie à la française, Pascal put accéder pour la seconde fois au monde fermé du haut capitalisme. Il revit Thierry Breton, qui lui suggéra quelques investissements stratégiques. Pascal rencontra ainsi le P-DG de Nexans, une ancienne filiale d'Alcatel spécialisée dans les câbles. Nexans venait de déployer à Long Island, sur six cents mètres, le premier câble commercial supraconducteur, dont le cœur en alliage cuprate-bismuth était maintenu à − 170 °C par une enveloppe d'azote liquide. Ithaque prit une participation importante dans Nexans.

Thierry Breton poursuivait son parcours exceptionnel dans le secteur *high-tech* : il dirigeait à présent STMicroelectronics, cinquième plus gros fabricant mondial de semi-conducteurs, et premier fabricant européen. Pascal fut invité à visiter les sites grenoblois du groupe. La visite commença par celle du laboratoire : c'était un immense glacier rectangulaire situé en contrebas du massif de la Chartreuse, qui n'était accessible qu'en combinaison blanche. Breton initia Pascal à la culture et à la découpe des cristaux géants de silicium, puis à leur gravure micrométrique. Chaque chaîne de production coûtait plusieurs milliards, et ne durait que le temps d'un saut technologique. La loi de Moore, selon laquelle la puissance des microprocesseurs doublait tous les dix-huit mois, représentait un défi industriel permanent. Chaque changement d'échelle appelait des investissements plus lourds — le passage des 200 nanomètres aux 32 nanomètres avait presque été fatal à STMicroelectronics. À l'exception de la Chine et des États-Unis, plus aucun État n'était capable de supporter de tels investissements. STMicroelectronics s'était évidemment mondialisé, mais demeurait fragile. Par chance, la multinationale demeurait leader sur de nombreux marchés de niche, dont celui des microprocesseurs pour Smartphone, qui s'était mis à croître exponentiellement. Mais l'industrie électronique avait atteint, comme l'aéronautique avant elle, une taille critique. Les chaînes d'assemblage de l'A380 avaient même coûté beaucoup moins cher que la nouvelle usine Intel, qui devait atteindre une finesse de gravure de 22 nanomètres. L'époque où Pascal avait pu révolutionner l'histoire économique de la France en bricolant une simple boîte était désormais révolue.

Breton et Pascal remontèrent ensuite la vallée du Grésivaudan sur quelques kilomètres pour se rendre sur le site de Crolles, où STMicroelectronics fabriquait des composants pour iPhone. Breton évoqua alors le degré d'intégration inédit des unités de productions de son groupe. Toutes les machines et tous les employés du site, comme absolument tout ce qui pénétrait dans ses locaux immaculés, devaient porter une puce RFID — un système d'identification par radiofréquence. Tous les flux étaient ainsi traçabilisés en temps réel. C'était une nécessité, quand on savait la pression qu'Apple, qui possédait moins de quelques heures de stock, faisait peser sur ses sous-traitants. Les usines de STMicroelectronics avaient ainsi la capacité de se réapprovisionner seules.

Breton évoqua alors l'Internet des objets, qu'on appelait le *Web 3.0* : alors que le premier Web avait relié les machines, et le deuxième les hommes, le troisième relierait les objets. Tout avait commencé dans les années 1990 avec un frigo domotique expérimental, capable de recommander seul les aliments manquants : ceux-ci cédaient de la chaleur au fluide frigorigène, et de l'information au réseau. L'Internet des objets proposait de généraliser ce fonctionnement à tous les flux de marchandises — supermarchés à réassortiment automatique, usines autonomes, autoroutes intelligentes — comme à tous les écosystèmes — contrôle instantané des ressources halieutiques, gestion des forêts ou surveillance des oiseaux migrateurs. Les applications étaient infinies. À terme, les scientifiques n'auraient plus besoin de modéliser les échanges physiques, qui seraient devenus leurs propres modélisations. Le monde atteindrait alors le fonctionnement exact d'un programme informatique. Les lois de l'Univers se confondraient avec un algorithme unique. La distinction classique entre réel et virtuel, analogique et numérique serait abolie.

L'Internet des objets, précisa Breton, rendait urgent et nécessaire le remplacement des adresses IP traditionnelles, dites IPv4, porteuses de 32 bits d'information. Il pouvait en exister 4 milliards : c'était, dans les années 1990, un chiffre astronomique, bien supérieur au nombre d'ordinateurs connectés. L'arrivée des Smartphone, puis celle des objets connectés, avait pourtant presque entièrement épuisé cet immense répertoire. Il fallait désormais basculer vers le répertoire incommensurablement plus vaste des adresses IPv6, au nombre de $3,4 \times 10^{38}$. Si l'on était encore loin du nombre de Shannon, c'était beaucoup plus qu'il n'existait d'étoiles dans l'Univers : l'adressage IPv6 suffisait en théorie aux besoins d'une civilisation galactique. Pourtant, certains théoriciens de l'Internet des objets trouvaient ce répertoire beaucoup trop limité : cela correspondait au nombre de molécules d'air comprises dans un cube de 23 kilomètres sur 23. Si l'on parvenait un jour à identifier par résonance chaque atome comme une puce RFID naturelle, l'adressage IPv6 serait très vite saturé. Il ne permettrait même pas de modéliser à l'échelle 1/1 l'atmosphère terrestre. La numérisation ultime du monde était donc repoussée à l'adoption d'une nouvelle norme Internet.

Les deux hommes arrivèrent enfin dans l'usine de Crolles, où presque toutes les salles étaient interdites aux humains, non pas à cause de leur dangerosité intrinsèque, comme dans l'industrie nucléaire, mais en raison de la dangerosité des humains pour les objets qui s'y fabriquaient.

Le Smartphone d'Apple était alors le chef-d'œuvre incontestable de la miniaturisation et de l'optimisation des performances énergétiques. Tous ses composants avaient été conçus pour occuper le moins d'espace possible et pour consommer le minimum d'énergie. L'iPhone était d'une certaine façon l'objet le plus immobile du monde. Machine informationnelle à peu près pure, il était un trou béant dans la physique de Newton : une boîte miraculeuse où les lois de la masse et du mouvement ne s'appliquaient plus. L'iPhone embarquait pourtant un ultime composant newtonien : un gyroscope, fabriqué par STMicroelectronics.

La gamme iNEMO (iNErtial MOdul) de STMicroelectronics, à laquelle appartenait la puce L3G4200D de l'iPhone, repoussait toutes les limites de la mécanique. C'était le dernier échelon des machines, telles que l'homme les avait connues jusque-là. De la taille d'un globule rouge, le gyroscope n'était pas visible à l'œil nu. Aucun être vivant ne pouvait par ailleurs pénétrer au cœur du labyrinthe de silicium au fond duquel il bougeait faiblement, aucune main humaine n'en avait jamais parcouru les contours : pour optimiser le remplissage des plaques de silicium, on avait confié leur architecture à des intelligences artificielles spécialisées en dallages mathématiques.

Elles avaient imaginé un parcours de cauchemar, proche d'un temple sacrificiel maya, mais de la taille d'un grain de pollen. La civilisation jadis conjecturée par Maxwell, capable de s'ériger des palais sans effort en utilisant l'énergie infinitésimale du mouvement brownien, prenait forme ici. L'Univers entier était ici réduit aux mouvements de roulis, de tangage et de lacet du processeur gyroscopique, qui rappelaient l'océan primordial du mouvement brownien, dernière limite approchée du hasard et frontière au-delà de laquelle un monde sans loi commençait peut-être.

De retour à Garches, Pascal découvrit les deux objets étranges que Nexans lui avait fait parvenir pour sceller leur partenariat stratégique. Le premier était un tableau chronologique composé de petits disques de cuivre et de caoutchouc, qui représentaient des sections de plusieurs câbles sous-marins historiques, le second était un cristal de bismuth coloré, qui ressemblait, avec sa succession de faces cubiques et évidées, à l'explosion d'un Rubik's cube. Pascal, averti de la possible dangerosité du caillou par une note manuscrite du P-DG de Nexans, découvrit sur Internet que la demi-vie du Bismuth 209, estimée à 19 trillions d'années, le rendait plus stable que l'Univers. Le nombre de combinaisons possibles d'un Rubik's cube dépassait lui les 43 trillions.

Au fond, l'Univers commençait à avoir, pour Pascal, quelque chose de décevant.

Il avait également reçu, pendant son absence, un exemplaire de la revue *Esprit* qui contenait un article de Xavier Mycenne. Mycenne, d'après ce que Pascal comprit, avait fini par abandonner la littérature pour enseigner la philosophie de la technique à Nanterre, avant de devenir consultant en risque industriel auprès de quelques grands acteurs du Web. L'article avait pour titre « La singularité française ».

Le Jeu de la vie, laboratoire créationniste et darwinien, concurrença bientôt les écosystèmes terrestres. On vit des propriétés nouvelles émerger sur les propriétés binaires des cellules : mutation, reproduction, prédation ou symbiose. Puis ce fut l'âge des machines et des artefacts. En 1990, Paul Rendell parvint à construire une machine de Turing, l'automate mathématique dont tout ordinateur n'est qu'une extrapolation, grâce à un gigantesque assemblage de canons à planeurs dont les tirs balistiques, qui généraient des bits d'information capables de s'annihiler deux à deux ou de donner naissance à des planeurs nouveaux, dessinaient des portes logiques. Le Jeu de la vie était donc capable d'implémenter dans sa trame la structure même de l'ordinateur qui l'hébergeait. Il pouvait dès lors se répliquer à l'infini, dans les limites autorisées par la puissance de calcul de cet ordinateur originel. Leibniz avait déjà imaginé, en mettant Dieu à la place de cet ordinateur, que notre monde puisse être une machine similaire : « Chaque corps organique d'un vivant est une espèce de machine divine, ou d'automate naturel, qui surpasse infiniment tous les automates artificiels. Parce qu'une machine faite par l'art de l'homme n'est pas machine dans chacune de ses parties. Par exemple : la dent d'une roue de laiton a des parties ou fragments qui ne nous sont plus quelque chose d'artificiel et n'ont plus rien qui porte la marque de la machine par rapport à l'usage où la roue était destinée. Mais les machines de la nature, c'est-à-dire les corps vivants, sont encore machines dans leurs moindres parties, jusqu'à l'infini. »

29

LA SINGULARITÉ FRANÇAISE

Xavier Mycenne

RÉSUMÉ :

La singularité technologique est une notion californienne : c'est la pointe extrême du développement humain, et sa fin brutale : l'assomption des machines. Google organise chaque été, dans la Silicon Valley, une Singularity University : on y parle d'intelligence artificielle et de robots pensants, d'interfaces homme-machine et d'apocalypse numérique. Mais les conditions d'existence d'une singularité technologique ont peut-être été réunies pour la première fois en France dans les années 1960-1970, quand les grands programmes de modernisation du pays croisent un champ intellectuel entièrement préoccupé par la question de la modernité.

I. INTRODUCTION

1.1 Perspectives futuristes

Dans le dernier *Terminator*, on découvre enfin la capitale des machines : c'est une usine qui fabrique des robots. La guerre qui oppose les hommes et les machines est la plus effrayante de toutes : elle vise à la destruction des propriétés intentionnelles. L'homme désire toujours quelque chose et se forme des représentations du monde. Les machines ne veulent rien, et ignorent l'existence du monde. Du point de vue des machines, l'idée même de victoire n'a aucune signification. Livré à la paix perpétuelle du chaos atomique, l'Univers sera redevenu éternellement neutre.

Des intellectuels américains ont inventé, au début des années 1980, le concept de *singularité technologique*. Une singularité physique est un point à partir duquel certaines quantités deviennent infinies ; la relativité générale décrit ainsi des objets, appelés *trous noirs*, qui possèdent un champ gravitationnel infini : rien de ce qui y pénètre ne peut en ressortir. Par analogie, la singularité technologique est décrite comme le point de non-retour du progrès technique, et comme son éventuel changement de régime, quand il cesse d'être conduit par les hommes pour être conduit par les machines. La loi de Moore serait la première confirmation expérimentale de l'inéluctabilité d'un tel phénomène.

Les films de la série *Terminator* ont popularisé cette théorie. On y voit le monde entièrement dominé, dans un futur proche, par des calculateurs électroniques. Le réseau Skynet, qui supervisait la défense américaine, est devenu autonome et s'est retourné contre les humains. Mais la série des *Terminator* met également en scène le caractère contre-intuitif de la notion de singularité, qui se produit hors de la série des effets et des causes que les humains sont habitués à manipuler. La singularité, en effet, ne survient pas exactement au terme de l'histoire humaine, mais prend plutôt la forme d'un paradoxe temporel insoluble. Le Terminator est un robot envoyé vers le passé depuis l'autre côté de la singularité. Mais c'est grâce à l'étude d'un microprocesseur, récupéré sur son avant-bras après sa destruction, que le saut technologique qui permettra à la singularité d'apparaître a été rendu possible. La singularité technique marque l'avènement du temps des machines, aux propriétés radicalement différentes de celles du temps humain. Le caractère exponentiel de leurs capacités à traiter l'information abolit les contours stricts du présent. Le passé et le futur se rejoignent, le déterminisme causal s'efface.

1.2 La singularité de type leibnizien

On trouve, dans la littérature singulariste, des preuves circulaires de l'existence de la singularité dignes de celles de l'existence de Dieu par saint Anselme. Anselme expliquait que l'idée de l'être le plus parfait impliquait l'existence de cet être, car s'il n'existait pas, l'être qui lui serait identique et qui existerait serait supérieur : l'idée d'un être parfait inexistant est donc contradictoire, et l'existence de Dieu était ainsi démontrée par l'absurde. Le singulariste Nick Bostrom pose lui comme point de départ un calculateur assez puissant pour opérer des simulations complètes et détaillées de tous les univers concevables. Si l'on postule qu'une telle simulation est possible, il est statistiquement beaucoup plus probable que notre monde soit l'une d'elle, plutôt que le monde réel. Dès lors, la question de l'origine du monde est statistiquement résolue : il existe un seul monde dont l'origine reste inexplicable, pour une infinité d'autres qui sont des simulations menées au sein d'une singularité technologique. En posant la singularité comme possible, on la rend nécessaire.

Il est cependant étrange qu'une machine éprouve le besoin de mener des simulations ou de conduire des expériences. Mais après tout, Dieu a bien créé le monde. On retrouve ici la grande question métaphysique : pourquoi y a-t-il quelque chose plutôt que rien ? Tout comme la question centrale de la théologie : quel rapport Dieu entretient-il à sa création ? La réponse le plus couramment admise généralise l'argument d'Anselme : les individus possibles, tels qu'ils sont présents dans l'entendement de Dieu, sont incomplets s'ils n'existent pas. Pour concevoir les individus avec toute la perfection dont son entendement infini est capable, Dieu devait les faire exister.

La plupart des auteurs singularistes sont liés au mouvement transhumaniste. Ils défendent ainsi une conception positive de la singularité, qu'ils définissent comme un saut évolutionniste majeur. Ils décrivent la singularité comme l'avènement d'individus parfaits, incarnés et divins. Une singularité de ce type serait une singularité *leibnizienne*. Pour Leibniz, les individus existent. Après avoir parcouru la totalité des possibles, Dieu a entrepris de créer un monde beaucoup moins physique que moral : le meilleur des mondes possibles. Au sein de ce monde, les individus sont des collections de propriétés. Mais Leibniz précise qu'il doit s'agir de collections *complètes* : chaque individu reflète la totalité des autres individus, et n'est donc pas un ensemble fermé de propriétés, mais un dosage subtil du maximum de propriétés compossibles. Il est un point de vue sur le monde, et presque un monde à lui tout seul. Les individus sont comme des meurtrières enfoncées dans l'esprit de Dieu. Une singularité leibnizienne déploierait, à l'infini, toutes les propriétés enfouies dans les individus qui le composent.

1.3 La singularité de type russellien

Mais Dieu conçoit-il vraiment des individus ? Bertrand Russell a soutenu que le monde ne contenait aucun individu véritable. Sa théorie des descriptions définies réduit les individus à des ensembles de propriétés conjointes, réunies en faisceaux. Une singularité russellienne ne serait que la combinatoire exhaustive des propriétés susceptibles de s'attacher ensemble à travers l'espace et le temps. L'histoire physique du monde serait rapidement épuisée, laissant place à des propriétés de plus en plus seules, qui clignoteraient faiblement dans l'éternité — si la main d'un dieu équanime ne vient pas fermer les yeux effrayés de cet univers sans vie.

Ce cauchemar singulariste est évoqué en 2000 par Bill Joy, cofondateur de la société informatique Sun Microsystems, dans un article de la très technophile revue

Wired, intitulé « *Why the future doesn't need us* ». L'accroche du texte est remarquablement efficace. C'est un pamphlet luddiste, un appel à la destruction des machines : « À mesure que la complexité de la société et des problèmes auxquels elle doit faire face iront croissant, et à mesure que les dispositifs deviendront plus "intelligents", un nombre toujours plus grand de décisions leur sera confié. [...] Un jour, les machines auront effectivement pris le contrôle. Les éteindre ? Il n'en sera pas question. Étant donné notre degré de dépendance, ce serait un acte suicidaire. [...] Dans une telle société, les êtres manipulés vivront peut-être heureux ; pour autant, la liberté leur sera clairement étrangère. On les aura réduits au rang d'animaux domestiques. »

Ces réflexions ne sont pas de Bill Joy, mais de *Unabomber*, qui fut pendant vingt ans l'homme le plus recherché d'Amérique. Unabomber envoya une dizaine de colis piégés à différents acteurs de la révolution informatique américaine, faisant trois morts et plusieurs blessés graves. Bill Joy note qu'il était une victime possible de cette campagne d'attentats ciblés. Il reconnaît pourtant la validité de certaines des analyses qu'Unabomber a développées dans son manifeste, « La société industrielle et son avenir », publié dans le *New York Times* en échange de sa renonciation au terrorisme — publication qui permit à son frère d'identifier Unabomber comme étant Theodore Kaczynski, un mathématicien brillant et sociopathe vivant dans une cabane. Selon Kaczynski, la guerre de l'homme contre les machines a commencé, et n'est déjà plus une guerre de position ou de mouvement, mais une guérilla. Dans le film *2001*, le cosmonaute finit par débrancher HAL. Ce geste, au regard de notre degré de dépendance, nous est désormais interdit : on ne coupe pas l'électricité dans un hôpital — l'humanité s'est laissé conduire dans un hôpital.

2. LA MODERNISATION DE LA FRANCE : UNE APPROCHE UCHRONIQUE DE LA SINGULARITÉ

La France a longtemps occupé la place de cinquième puissance économique mondiale. Par rapport à la faiblesse de ses ressources naturelles, à l'exiguïté de son territoire et à son faible poids démographique, il s'agit d'une performance remarquable, que l'histoire glorieuse du pays explique, et relativise — la France, après la Révolution, a incontestablement décliné. Par rapport à l'Angleterre du charbon, aux États-Unis du pétrole ou au Japon de l'électronique, la France a toujours fait figure de pays moyennement moderne. La modernisation de la France a été, dans cette perspective, un objectif, plus qu'une réalité — objectif qui a souvent pris la forme de programmes symboliques, véritables allégories techniques de la modernité.

2.1 Un colbertisme révolutionnaire

La Résistance prend le contrôle de la France à partir de 1944. Pendant quelques mois, les clivages partisans sont abolis. Il n'y a plus ni droite ni gauche. Il faut libérer et épurer la France, réorganiser et reconstruire. La redistribution des richesses est désormais au cœur d'un pacte républicain renouvelé, fondé sur l'idée de progrès social : l'économie de marché n'est défendable que si elle garantit la démocratisation rapide des biens matériels et culturels. L'État se réserve à ce titre le droit d'intervenir largement dans l'économie, pour veiller à la juste redistribution des richesses. Rapidement mis en place, la Sécurité sociale, les comités d'entreprise et de la retraite par répartition demeureront. Malgré la guerre froide, qui viendra durcir les positions idéologiques intérieures, et la proclamation de la Cinquième République, qui viendra changer la nature du régime, une troisième voie est ainsi ouverte en France, entre communisme et capitalisme.

Le Commissariat général du plan, créé en 1946, et l'INSEE, l'Institut national de la statistique et des études économiques, fondé la même année, vont incarner pendant plus d'un demi-siècle cette politique.

Avec le Commissariat général du plan, la France de l'après-guerre et des Trente Glorieuses dispose d'un gouvernement technocratique occulte. Les politiques démographiques, sociales, énergétiques et industrielles de la France sont directement sorties de ses bureaux de l'hôtel de Vogüé, dans le VIIe arrondissement de Paris. Le remodelage des paysages agricoles comme l'apparition des grands ensembles urbanistiques, les centrales nucléaires, le Minitel, le tunnel sous la Manche, le TGV, Airbus ou la fusée Ariane sont des programmes plus ou moins directement initiés par ses hauts fonctionnaires.

Parallèlement l'INSEE invente de nouveaux outils de calcul, pour quantifier et diriger l'action de l'État providence : il s'agit de « mettre les mathématiques au service de la démocratie ». L'INSEE va ainsi permettre au Commissariat général du plan d'établir ses plans quinquennaux sur des bases statistiques solides. Il ne sera bientôt plus possible de gouverner sans cet institut. Le Plan Calcul est initié, pour le doter de machines numériques adaptées.

Le Commissariat général du plan ressuscite alors les doctrines colbertistes. L'État devient le principal donneur d'ordre du secteur industriel. Le rail, l'électricité et les télécommunications, au même titre que les secteurs régaliens de la justice, de la santé ou de l'éducation, sont considérés comme des services publics, dont les missions seront assumées par des *régies* monopolistiques, ce qui n'empêche pas l'État, à travers des entreprises nationalisées comme Air France ou Renault, de jouer également un rôle de premier plan dans les domaines fortement concurrentiels et internationalisés que sont l'aéronautique ou l'automobile.

À côté de ces participations directes, l'État demeure un acteur économique prépondérant. Il définit, par les subventions qu'il alloue à la recherche, par les programmes de défense qu'il initie, par les grands appels d'offres qu'il lance, les orientations de la politique industrielle nationale. Aucun groupe industriel important, quelle que soit la manière dont son capital se répartit, n'est indépendant. L'industrie est la continuation de la politique par d'autres moyens. Le capitalisme français est un capitalisme d'État. Les dirigeants des principales banques, les administrateurs des sociétés d'État, les membres des cabinets ministériels et ceux des conseils d'administration des sociétés du CAC 40 reçoivent la même formation, et sont interchangeables.

Les grandes écoles d'ingénieurs, comme Polytechnique, les Mines ou les Ponts et Chaussées, préparent aux carrières ministérielles. Inversement, les hauts fonctionnaires, formés à l'ENA, sont des recrues de prix pour le secteur industriel. Ces transferts incessants, souvent accélérés par les alternances politiques, rendent la frontière entre les deux mondes particulièrement poreuse : les énarques « pantouflent », les ministères « s'ouvrent à la société civile ». La modernisation de la France exige une coordination parfaite. Si quelques self-made-men apparaissent et forment des empires industriels en apparence indépendants du domaine régalien, ils demeurent des grands féodaux. Vivant des commandes de l'État, Bouygues, Dassault et Lagardère doivent assumer des fonctions stratégiques. Ce sont des sous-traitants de la puissance nationale.

2.2 La modernisation industrielle

Le Rafale, chasseur high-tech d'un pays qui ne fait presque plus la guerre, symbolise parfaitement l'omniprésence de l'État dans les grands consortiums industriels français. Le programme a été presque entièrement financé par les promesses d'achat de l'armée de l'air. Plus d'une dizaine de milliers d'emplois hautement qualifiés ont été ainsi pérennisés par le Rafale, véritable écomusée industriel. Le Rafale permet également à la diplomatie française de se donner une contenance : on a vu le président Sarkozy se rendre au Brésil ou dans le Golfe à seule fin de proposer le Rafale à la vente. Il importe peu que le groupe Dassault réalise au final la majeure partie de ses bénéfices en vendant, via sa filiale Dassault Systèmes, des produits dérivés de ses logiciels industriels. La France, pays du Concorde et de Clément Ader, se doit de demeurer un acteur aéronautique de premier ordre.

Au sommet de l'édifice technologique français, on trouve la bombe, les 58 réacteurs nucléaires qui fabriquent le plutonium nécessaire à son fonctionnement et les engins capables de la lancer, missiles, bombardiers et sous-marins furtifs. La théorie des jeux a montré que la dissuasion nucléaire n'était pas rationnelle. La dissuasion nucléaire est cependant extrêmement rentable. La bombe est un produit de luxe. Le bouton rouge de l'abri Jupiter, sous l'Élysée, concentre presque toutes les richesses de la France. Un pays capable de détruire la Terre doit avoir acquis des capacités d'organisation supérieures, des capacités d'organisation qu'aucune intelligence humaine ne peut plus maîtriser.

La France est devenue ainsi un pays moderne : un pays en état de veille permanente. La grève générale est de facto interdite, et toute révolution aurait des conséquences instantanément dévastatrices : les réacteurs nucléaires commenceraient à fondre, leurs déchets ne seraient plus surveillés, l'électricité manquerait dans les hôpitaux. Les numéros d'urgence ne répondraient plus.

Les capacités techniques du pays ont atteint leur plus haut niveau historique. L'économie française est devenue une économie intégrée ; à titre individuel, personne n'est plus capable de rien — c'est un choix réfléchi, exigé par la division rationnelle du travail.

Les circuits d'abduction d'eau potable et de retraitement fonctionnent parfaitement, les services de voirie ou de ramassage des déchets également. Les denrées alimentaires transitent par des marchés d'intérêt national, comme celui de Rungis. Elles ne possèdent alors qu'une valeur d'échange, et demeurent longtemps symboliques avant de redevenir comestibles. Il faut manier beaucoup de symboles pour obtenir des légumes. Les objets, même naturels, sont devenus complexes. La France est de plus en plus abstraite. Paris possède moins de trois jours de réserves alimentaires.

Le TGV, inauguré en 1981, anamorphose les paysages, mettant Marseille à trois heures de Paris, Londres à deux heures. Lyon et Turin se rapprochent. Les frontières naturelles sont abolies. La ville imaginaire de La Défense apparaît dans le prolongement du Louvre et des Champs-Élysées. À l'entrée du Valois et du pays de France, plusieurs centaines d'hectares de terre sont arasés pour construire l'aéroport de Roissy. Les plus anciennes roches métamorphiques de France, âgées de près de deux milliards d'années, supportent, dans le nord du Cotentin, l'usine de retraitement des déchets nucléaires de La Hague.

À partir des années 1970, alors que la RDA essaie de devenir la première démocratie cybernétique du monde, en mettant littéralement ses citoyens en fiches, la France se gouverne déjà presque seule. Dans son discours de Quimper, de Gaulle résume parfaitement la situation : « Un pouvoir systématiquement centralisé dans tous les domaines, une politique constamment tendue vers le danger, une défense excluant tout ménagement et tout délai furent bien longtemps les conditions nécessaires de l'unité de la France. Mais il se trouve qu'à présent celle-ci est resserrée, pour ainsi dire automatiquement, par les éléments nouveaux de l'évolution moderne : communications rapides, transmissions instantanées, information partout répandue. »

Il s'agit là d'un véritable discours d'adieu au pouvoir. De Gaulle démissionne effectivement trois mois plus tard, laissant les institutions technocratiques qu'il avait contribué à mettre en place se refermer derrière lui. Quand la gauche arrive au pouvoir, en 1981, la quasi-totalité des hauts fonctionnaires restent en place. La stabilité du système politique français est désormais acquise, le suffrage universel n'en constituant plus qu'une variable infinitésimale. Le Commissariat général du plan est à l'apogée de son règne. La France s'installe dans un futur proche et paisible, décidé cinq, dix ou vingt années à l'avance. Les structures technocratiques de l'État ont atteint leur plein déploiement. La modélisation commence à remplacer l'histoire.

3. LA MODERNITÉ COMME RELIGION SINGULARISTE

La France est le seul pays où la modernité a fait l'objet, à côté des grands programmes industriels communs à tous les pays développés, d'une idéologie propre. La France a été le pays où la pensée elle-même, après l'État et l'économie, est devenue moderne.

3.1 Structuralisme, cybernétique et fin de l'histoire

La mise en place d'une industrie spirituelle progressiste a répondu, après guerre, au redressement spectaculaire des industries matérielles. Les intellectuels français sont devenus les ingénieurs de l'âme moderne. L'influence intellectuelle d'Alexandre Kojève est ici déterminante. Probable agent du KGB, haut fonctionnaire européen et architecte du GATT, un accord international sur les tarifications douanières à l'origine du processus de mondialisation, Kojève est d'abord un philosophe, spécialiste de Hegel. Son séminaire d'introduction à *La Phénoménologie*

403

de l'esprit, qui s'est tenu de 1933 à 1939, a popularisé, dans un cercle restreint, mais influent, le concept de « fin de l'histoire ».

Jean Hyppolite, un élève de Kojève, sera ainsi le maître des trois plus illustres représentants de la *French Theory* : Foucault, Deleuze et Althusser.

Le psychanalyste Jacques Lacan, après avoir lui aussi fréquenté le séminaire de Kojève, constitue à son tour son propre séminaire dans les années 1960. Il y développera une théorie mathématique de l'inconscient, véritable travail d'avant-garde qui fera entrer la pratique psychanalytique dans le domaine de la cybernétique.

Raymon Queneau, qui assurera la publication des séminaires de Kojève, fonde l'Oulipo, un mouvement littéraire à forte composante mathématique.

La France possède alors une école mathématique florissante. Le groupe Bourbaki axiomatise les mathématiques de façon rigoureuse et systématique, à partir de la théorie des ensembles. Il atteint une certaine notoriété, et la reconnaissance de l'État quand, au début des années 1970, les programmes d'enseignement des mathématiques en classe de primaire sont réformés, afin que les élèves abordent les mathématiques par la théorie des ensembles plutôt que par l'arithmétique. C'est la première fois qu'un État intervient d'aussi près dans l'épigenèse du cerveau humain. La réforme comprend en outre une initiation des enfants, dès leur plus jeune âge, aux systèmes numériques en base 2 : c'est le langage des machines.

Les années 1960 voient aussi l'apogée d'un mouvement intellectuel transdisciplinaire, le structuralisme, qui tente d'unir et de refonder les sciences humaines, en dégageant leurs paradigmes communs. Nés dans la linguistique, ces paradigmes stipulent que toutes les activités humaines obéissent à des structures profondes dénuées de signification propre — c'est un fatalisme halluciné. Le structuralisme triomphe rapidement, et vient constituer une axiomatique générale commune à l'anthropologie, à la philosophie, à la sociologie et à la critique littéraire. À la lumière du structuralisme, toutes les activités humaines ne sont que des jeux formels inconscients, opposant leur organisation éphémère au chaos avoisinant. L'inspiration thermodynamique est évidente. Le structuralisme est, fondamentalement, une pensée du machinisme. L'anthropologue Lévi-Strauss décrit ainsi les sociétés modernes comme des machines à vapeur, fortement entropiques.

3.2 La French Theory, le devenir-machine de l'homme et sa libération

Les deux héros du mouvement moderniste seront incontestablement, à la décennie suivante, Gilles Deleuze et Michel Foucault. Deleuze est d'abord un métaphysicien sévère, qui s'intéresse aux aspects les plus *hardcore* de sa spécialité : l'harmonie préétablie de Leibniz, le nécessitarisme de Spinoza, l'ontologie du procès de Whitehead. Mais ces visions du monde se transforment entre ses mains en une gigantesque machine de combat. Avec le psychanalyste Félix Guattari, il va pousser l'hypothèse de l'inconscient et du déterminisme, du machinisme et de la cybernétique, vers des horizons nouveaux et révolutionnaires : le capitalisme mourra de schizophrénie, la technique deviendra nietzschéenne et le désir engendrera des mondes en nombres illimités.

Les appareils de pouvoir traditionnels apparaissent soudain plus limités qu'excessifs. La politique est en deçà de la complexité du monde. La brutalité des États classiques est une forme de bêtise et d'imprévoyance, un déficit d'expertise.

L'existence de nouveaux pouvoirs, fins comme des membranes et légers comme des tissus, fascine justement Foucault, qui s'attache à montrer le caractère plastique et fragile des réalités humaines auxquelles ils s'appliquent. La dernière phrase du livre de Foucault *Les Mots et les choses* vient rappeler le caractère éphémère de l'homme et sa disparition possible « comme à la limite de la mer un visage de sable ». Ce penchant transhumain amènera le philosophe jusqu'au concept de *biopolitique*.

Derrière les deux représentants les plus connus de la *French Theory*, un grand nombre de petits maîtres et d'universitaires prosélytes s'activent. La passion de l'analyse critique et de l'exégèse structurale triomphe dans tous les domaines. L'époque est babélienne. Les outils informatiques, qui commencent à émerger, sont accueillis avec bienveillance. En 1974, le projet *Monado 74* est par exemple lancé : il s'agit de mettre *La Monadologie* de Leibniz sur fiches perforées pour dresser le tableau statistique des co-occurrences de ses philosophèmes. On projette de fabriquer à terme, alors que l'époque proclame la mort de l'auteur, des robots philosophes.

Presque tous les intellectuels français des années 1960-1970 sont révolutionnaires. L'époque est révolutionnaire. C'est un stade du capitalisme, une étape nécessaire de la modernisation du pays. Car c'est au sein de l'État que les grands intellectuels français de l'après-guerre expriment leurs convictions révolutionnaires. Les penseurs les plus radicaux sont ainsi des fonctionnaires : Deleuze enseigne à Vincennes, Foucault au Collège de France, Derrida à l'École des hautes études. Rue d'Ulm, Louis Althusser initie ses élèves à la révolution culturelle chinoise.

Mais les grands modernes manifestent aussi un conservatisme paradoxal. Deleuze est cinéphile. Le cinéma est l'art du XXe siècle. C'est l'art de la passivité par excellence : des hommes se rassemblent pour contempler des archives animées. Ils s'oublient comme on disparaît dans l'alcool. Deleuze teste sa faculté d'immersion dans un dispositif technique. Il se prépare à une forme de vie nouvelle : celle de programme captif d'une simulation parfaite. Le cinéma nous initie à la vie de bienheureux, à la communion des saints et aux existences angéliques.

Philosophe, Foucault se définit comme historien, et même comme archiviste. Une part essentielle de son travail en tant qu'intellectuel engagé consiste en effet à perfectionner et à compléter les archives existantes, afin qu'elles n'omettent aucune catégorie d'hommes ni aucun événement, si discrets et souterrains qu'ils aient pu être. L'activisme des modernes n'a qu'un seul but : achever et verrouiller le vieux monde. On proclame la fin de tout : de la philosophie, de la politique, de l'art et de l'histoire. Il faut que le monde se termine, et que tout ce qu'il contient se mette en posture muséale. Au moment de mourir, Foucault se rêve en héros grec.

3.3 La singularité comme théorie littéraire

Bien avant les *Principia Mathematica*, quand il était encore un jeune hégélien enthousiaste, Bertrand Russell a rédigé une « théorie dialectique des nombres ». Un demi-siècle plus tard, dans *L'Histoire de mes idées philosophiques*, Russell note perfidement que « bien que Couturat ait qualifié cet article de "petit chef-d'œuvre de dialectique subtile", il me semble aujourd'hui n'être que pure absurdité ». Il ajoute : « J'avais un optimisme presque incroyable quant au caractère définitif de mes propres théories. » Russell aura ainsi été, adolescent, un métaphysicien français : une figure intermédiaire entre le romancier, le prophète, le poète et le révolutionnaire.

Après avoir exclu *Être et Temps* du champ de la philosophie sérieuse, Rudolf Carnap sauvait néanmoins l'œuvre maîtresse de Heidegger, comme poème lyrique. Les philosophes français de la seconde moitié du XXᵉ siècle produisent à leur tour des poèmes et des romans pleins de rebondissements dont les personnages, directement allégoriques, sont l'Être, l'Esprit, le Temps, l'Histoire, la Multitude ou la Nécessité. C'est une littérature quasi épique.

L'homme cultivé moyen peut citer plus de philosophes français vivants que de romanciers. Il est également capable de se rappeler deux ou trois concepts aux noms compliqués — la déterritorialisation, le Panoptique, le Pli — mais il est incapable de citer le nom d'un seul personnage de roman français contemporain. Tout de suite après la télévision, et bien avant la littérature, le récit national français est porté par cette métaphysique, devenue une littérature de substitution.

Pour Jacques Derrida, l'inventeur de la *déconstruction*, la philosophie doit d'ailleurs se laisser interpréter comme un discours littéraire. Le monde lui-même est un discours de ce type. Ni la réalité ni la vérité n'ont de pouvoir véritable sur le discours, devenu omniscient — déjà Lacan, après avoir identifié le langage et l'inconscient, prétendait que ce dernier savait tout, et ignorait le temps, comme une structure mathématique.

Sur le point de basculer alors dans la théorie singulariste pure, les intellectuels français se sont paradoxalement retranchés dans la théorie littéraire, et se sont pris de passion pour un objet presque parfait, et si complexe que plus personne n'était capable de le fabriquer depuis près d'un siècle. Cet objet, le roman, était le laboratoire de la singularité à venir, en ce qu'il confrontait deux descriptions du monde : celle de Leibniz, centrée sur le personnage, et celle de Russell, moins héroïque mais peut-être plus poétique, car centrée uniquement sur les propriétés des choses.

4. CONCLUSION :
LA RELIGION SINGULARISTE

La seconde moitié du XXᵉ siècle aura été, avec le XVIIᵉ siècle, l'un des grands âges religieux de la France. Ces renouveaux mystiques sont tous deux nés de la contemplation craintive des machines, de leur beauté implacable et de l'oppressante nécessité de leur fonctionnement. C'est en taillant des lentilles destinées à équiper des télescopes que Spinoza composa *L'Éthique*, long chant d'adoration du caractère coordonné et nécessaire des choses. L'Univers était une horloge aux mouvements de balancier hypnotiques, la nécessité était une drogue et la prédestination une grâce. On peut aussi voir en Pascal, entrepreneur prodige, ingénieur janséniste et précurseur de l'informatique, le premier adorateur des machines. L'État a conservé celle qu'il avait religieusement conçue, et l'a placée dans une ancienne église, devenue le Conservatoire national des arts et métiers.

On a souvent comparé la modernité à un dogme, avec ses prêtres, ses prophètes et ses excommunications. La nature de son culte est plus difficile à identifier : la modernité s'est vécue comme une guerre permanente, qui ne devait jamais aboutir à la constitution d'aucun empire ni d'aucune idéologie fixe. La modernité devait conduire à la surchauffe fiévreuse de toutes les facultés humaines : il s'agissait d'être absolument moderne, jusqu'au point de non-retour. Foucault et Deleuze consacreront des ouvrages entiers à la réhabilitation de la folie, dernier mode de conversion accessible à des esprits athées. À ces études hérétiques s'ajoutent aussi des obsessions machiniques de plus en plus prégnantes : machines à vapeur pour Lévi-Strauss, machines littéraires pour Foucault, exégète de Roussel, machines désirantes pour Deleuze. L'ordinateur, machine terminale, incompréhensible et magique, fera bientôt l'objet d'un culte syncrétique, proche des religions du cargo des peuplades mélanésiennes.

Jansénisme modernisé, ayant mis la programmation à la place de la prédestination et ayant fait de la grâce une fonction calculable, la modernité a été le culte, inconscient et primitif, de la singularité technologique. Dieu n'est pas mort au XXe siècle, il est devenu un objet technique.

Dans le roman La Cité des permutants, *l'auteur de science-fiction Greg Egan imagine l'exfiltration de quelques milliardaires hors du monde physique, dans une simulation éternelle. Le créateur de ce monde, Paul Durham, a longtemps souffert d'une forme extrême de schizophrénie : il se percevait comme un ensemble d'événements dissociés, éparpillés dans l'univers et incohérents entre eux. Guéri par une opération de nanochirurgie, Durham entreprend des expériences pour retrouver le sens métaphysique de sa pathologie disparue. Il formule alors « la théorie de la poussière », selon laquelle la vie n'est qu'une compilation de hasards, capables de se poser sur la chimie complexe d'un corps comme sur les fragments glacés des particules cosmiques. Durham lance alors des copies de lui-même dans les simulateurs bon marché du commerce afin de tester son hypothèse : « Dans l'essai final de la deuxième expérience, il s'était assemblé lui-même, avec son environnement — sans effort —, à partir d'une poussière d'instants dispersés, à partir de ce qui, en temps réel, avait semblé du bruit blanc. » Quelques minutes de calcul sur un ordinateur plus puissant, capable de générer une trame auto-réplicative de dimension infinie, suffiront à faire de la cité des Permutants une Jérusalem céleste, et de ses habitants fortunés, les Élyséens, des créatures éternelles. Pour parfaire l'ameublement de ce monde anagrammatique, Durham con-*

tacte alors une joueuse du Jeu de la vie et lui demande de dessiner la configuration jardin d'éden *d'une planète lointaine, susceptible d'engendrer une espèce intelligente, avec laquelle les Élyséens pourront ultérieurement entrer en contact. Plusieurs milliards de cycles-machine plus tard, des insectes sociaux apparaissent sur cette planète. Communiquant et raisonnant par des danses aériennes, ces insectes élaborent une cosmologie non créationniste, qui vient menacer l'architecture logique de la cité des Permutants : ils refusent radicalement l'idée que leur monde serait un automate cellulaire. Le roman d'Egan se transforme dès lors en fable épistémologique. Notre monde, quoi que nous en pensions, pourrait être un automate cellulaire d'une simplicité atroce, ou pire, un simple nombre parmi une infinité d'autres nombres :* « *Un univers entièrement sans structure, sans forme, sans connexions, un nuage d'événements microscopiques, tels des fragments d'espace-temps, sauf qu'il n'y a ni espace ni temps. Qu'est-ce qui caractérise un point dans l'espace, à un moment donné ? Uniquement les valeurs des champs de particules élémentaires, rien qu'une poignée de nombres. Maintenant, enlevons toutes les notions de position, de configuration, d'ordre, et qu'est-ce qui reste ? Un nuage de nombres aléatoires. C'est tout. Il n'y a rien d'autre. Le cosmos n'a pas de forme du tout, ni rien qui ressemble au temps ni à la distance, ni lois physiques, ni cause ni effet.* »

30

« Lorsqu'on lui fit remarquer qu'Apple avait acquis un Cray pour développer son nouveau Mac, Seymour Cray répliqua qu'il s'était lui-même muni d'un Mac pour créer le nouveau Cray. »

Christian WURSTER

Pascal retrouvait, entre deux voyages d'affaires, son manoir protégé de Garches et sa timidité de paysage. Bien que ces sorties se soient le plus souvent résumées à des usines monochromes et à des bureaux d'une extrême simplicité — un canapé, un bureau, quelques ordinateurs portables —, elles lui étaient devenues de plus en plus pénibles. Pascal escaladait, dans des cauchemars de plus en fréquents, les parois verticales de la Chartreuse et succombait à des vertiges mortels, ou se perdait dans des labyrinthes étroits qui ressemblaient au passage des Panoramas. Il était aussi fréquemment reconnu, dénoncé et poursuivi dans des zones industrielles illimitées. Le montage financier du Sexy Vegas aurait dû rester à jamais secret. Pascal avait eu terriblement peur, et avait encore extrêmement honte. Il refusait toute interview et aurait voulu qu'on ne s'intéresse qu'à son argent. Il réfléchit aussi à une manière d'atténuer la présence du monde pendant ses inévitables déplacements professionnels.

Il envisagea d'abord de prendre des cours de pilotage, hésita entre jet privé et hélicoptère, et faillit requalifier son golf en piste de décollage. Il acquit, plus modestement, une Bentley noire, et embaucha un chauffeur. Il en fit réhausser l'habitacle pour le transformer en bureau — en prenant soin de ne pas dépasser les deux mètres, limite au-dessus de laquelle l'accès au tunnel Dupleix de Vélizy lui aurait été interdit —, et fit monter un pan de sa carrosserie sur des charnières invisibles. La Bentley, parvenue tout au fond du garage en marche arrière et délicatement entrouverte, s'ajustait étroitement à une pièce recouverte de boiseries d'une essence similaire aux siennes, pièce dont un angle avait été découpé selon un dessin bizarre. Pascal put ainsi traverser l'Europe sans sortir de son bureau, en silence et sur coussins d'air. Il arrivait souvent que, concentré sur une analyse financière ou sur un rapport comptable, il oubliât même qu'il était en mouvement — son chauffeur excellait à transformer la Bentley en référentiel inertiel. Un jour, Pascal arriva ainsi dans les ruines de la Demeure du Chaos, que Thierry Ehrmann continuait à construire près de Lyon, et crut un instant à la fin du monde.

L'ancien P-DG de Démon était devenu une sorte de super-héros. Le magazine *Challenge(s)* le mit en couverture : « L'homme qui réinvente le capitalisme français ». « Après le scandale qui a mis brutalement fin à son irrésistible ascension, Pascal Ertanger a pris la décision la plus radicale de sa carrière : il a vendu son entreprise pour racheter sa liberté. L'entrepreneur star des années 2000 ne pouvait plus se satisfaire d'un seul empire. Soutenir l'innovation, préparer l'avenir, introduire des liquidités dans les secteurs les plus stratégiques : c'est le rôle des banques ou des marchés. Pascal Ertanger en a pourtant fait une affaire personnelle. Il n'existe pas de *Silicon Valley* française ? Ne dites pas ça à Pascal Ertanger. Il vous répondrait que la *Silicon Valley* française, c'est lui. Pas de Nasdaq en France ? Il répondrait qu'il est à lui tout seul la Bourse des valeurs technologiques. [...] La valeur du portefeuille d'actions du Warren Buffett des nouvelles technologies a été multipliée par deux en un an. Ertanger est l'inventeur de la première société virtuelle. C'est le premier P-DG fantôme, un P-DG doué d'ubiquité : il est partout où quelque chose se passe. L'ancien petit prince du Web a tissé sa toile sur toute la high-tech française. Il est devenu en quelques années l'une des personnalités les plus influentes, les plus respectées et les plus craintes du capitalisme français. »

Pascal lut avant tout l'article de Xavier Mycenne comme un manuel de stratégie. Pour sauver la cohérence de ses activités, il devait leur donner une orientation commune : l'avènement de la singularité technologique représentait à cet égard un excellent *storytelling* — ce que Google avait parfaitement compris. C'est dans cette perspective que Pascal décida de créer, sur le modèle de la *Singularity University* du groupe californien, une Fondation singulariste, dont il confia la direction à Mycenne.

Après des études de philosophie, interrompues plusieurs fois pour écrire des romans qu'il laissa tous inachevés, Mycenne avait fini, à presque quarante ans, par soutenir sa thèse, qui se voulait transdisciplinaire : *Du concept de personnage à celui de machine. Du roman considéré comme un test de Turing : l'exemple de Julien Sorel dans « Le Rouge et le Noir » et de Muetdhiver dans « Neuromancien ».* Mycenne était depuis maître de conférences à l'UFR de

Philosophie, Information-Communication, Langage, Littérature et Arts du spectacle de l'université de Nanterre-la Défense. Il avait également collaboré avec des sites de rencontres, qui l'avaient chargé de rédiger un protocole déontologique leur permettant d'utiliser des robots pour animer leurs forums, sans pour autant risquer d'être accusés de tromperie. Mycenne était ainsi devenu « consultant en risque industriel ». Il tenait aussi le blog *hapaxetqualia.tumblr.com*. La majorité de ses articles portait sur l'histoire des sciences, avec une prédilection marquée pour les sujets polémiques, qui généraient de gros pics d'affluence : mémoire de l'eau, traces de vie extraterrestre, anachronismes archéologiques, intelligences artificielles, cerveau global et singularité technologique. C'était un vulgarisateur assez doué et un esprit plutôt brillant, mais son absence de connaissances fondamentales se ressentait assez vite. Mycenne était un intellectuel mineur. Il avait d'ailleurs développé une théorie qui rendait parfaitement compte de son double échec, philosophique et littéraire : le grand roman comique, le théâtre tragique et le poème épique s'étaient réfugiés, en France, dans la philosophie. Mycenne était parvenu, toutefois, à composer quelques poèmes.

Xavier Mycenne n'avait pas revu Pascal depuis son mariage, mais projetait depuis longtemps d'écrire un récit de science-fiction inspiré par la vie de son ami d'enfance, dont il connaissait des détails inconnus du grand public. Surpris et flatté d'être l'invité personnel de l'un des hommes les plus riches de France, il crut à cet égard que Pascal allait lui demander d'écrire sa biographie. La proposition que lui fit le milliardaire se révéla beaucoup plus intéressante, et présentait même pour Mycenne une opportunité majeure.

Pascal félicita longuement Mycenne pour son article sur la singularité. Il pressentait lui aussi l'arrivée de quelque chose d'immense, et se retrouvait, grâce à ses investissements dans les nouvelles technologies, dans une position idéale pour parachever « cette œuvre démoniaque ». Il avait besoin d'un plan d'action précis, d'une aide à la gouvernance. Il ne cherchait plus à s'enrichir, mais à se fixer un but précis pour unifier ses forces. Ce pouvait être un but religieux. La dernière phrase de l'article l'avait beaucoup troublé.

Pascal démontra sa totale absence d'ironie en récitant de mémoire le poème que Mycenne avait posté sur son blog quelques jours après la parution de son article sur la singularité :

Posée contre le ciel comme une cuve d'acide
L'humanité creusait son cercueil idéal,
L'humanité rêvait d'être la chrysalide
De l'esprit mécanique du dieu de la cabale.

L'homme attendait que les machines
Lui communiquent le bonheur
Des labyrinthes anonymes
De Pacman et Space Invader.

Toutes les données du monde sont déjà rassemblées
Dans des hangars dédiés à la métempsycose
Où des bras mécaniques rassemblent par octets
Les voix et les messages, le savoir et les choses.

Les pales lentes des barrages
Tournent près des bases de données

Comme des hélices en plein naufrage :
Notre vie terrestre est condamnée.

Nous traversons des zones où des humains s'aimèrent
Et les chansons défilent sur radio Nostalgie ;
Mise à l'écart du temps dans son tombeau de verre
L'application Shazam se souvient de la vie.

Les hommes rassemblés et nus
Subissent une ultime sélection
Dans un paradis parcouru
Par des robots d'indexation.

Mais aucune machine ne sait le sentiment
Qui nous unit alors à la tombée du jour
Quand la chanteuse reprit le refrain lentement :
« C'est le temps de l'amour, c'est lent et c'est court. »

La Terre infuse nos voix au ciel
À chaque appel téléphonique ;
Nous deviendrons des logiciels
Sur des Saturnes magnétiques.

Après le grand transfert de nos intelligences
Quand nous aurons perdu la guerre des machines
Il y aura un matin de la réminiscence
Et Christophe reviendra pour embrasser Aline.

En ralentissant le rythme et en prononçant le dernier vers d'une voix solennelle, Pascal en anéantit le caractère comique. À partir de cet instant, Xavier Mycenne, fasciné, comprit que Pascal était réellement sérieux. Du reste, il était méconnaissable. Obèse, mais tellement blanc qu'il semblait translucide, assez sûr de lui pour rester, entre deux phrases prononcées lentement, silencieux pendant de longues minutes, mais pas assez pour regarder ses interlocuteurs en face, Pascal mettait Mycenne mal à l'aise. D'autant que s'il mentionnait souvent les écrits de son ami d'enfance, il ne faisait jamais aucune référence à leur passé commun.

La Fondation singulariste, dirigée par Mycenne, finança tout d'abord des projets de recherche, en partenariat avec l'université de Nanterre-la Défense. La première thèse ainsi subventionnée, *Pilotis, pilotage, âge sans pilote*, établissait un parallèle entre les premières civilisations humaines lacustres, l'urbanisme sur dalle du quartier d'affaires de la Défense et la cybernétique, comparée à un élevage hors-sol des populations humaines.

L'organisation de conférences devait constituer l'autre grande activité de la Fondation. Mycenne fit en partie débroussailler le golf — les ronces avaient succédé aux fougères — pour y installer de grandes tentes. On accédait aux tentes par des allées découpées à travers le maquis impénétrable, qui formait parfois une voûte au-dessus des dépressions du sol — on marchait alors sur le sable des anciens bunkers. Quant au contenu des conférences, Mycenne s'inspira largement des conférences Macy, qui avaient confronté après guerre les partisans les plus radicaux des thèses cybernétiques, comme Wiener, von Neumann, Shannon et Licklider, à des spécialistes des comportements animal et humain.

Le financement très généreux du projet permit à Mycenne de recruter les plus grandes stars américaines des mouvements post-humains et singularistes : Ray Kurzweil, Nick Bostrom, Daniel H. Wilson et Melvin Vinsky. Il fit également venir le théoricien du logiciel libre Richard Stallman, ainsi que les fondateurs du collectif de bio-hackers californiens « AND what ? », Adam Castlelap et sa sœur Lilith. Pascal avait de son côté réuni tous les dirigeants des entreprises dans lesquelles il avait investi. Les conférences eurent pour sujet : L'Univers est-il une simulation ? La théorie de l'information est-elle une nouvelle théorie du Tout ? L'informatique détient-elle les clés du mouvement perpétuel ? Peut-on programmer Dieu ? Peut-on contre-attaquer Skynet ? Les réponses apportées furent compilées sur le site *Fondationsingula-riste.org*. D'un excellent niveau intellectuel, la plupart de ces contributions furent rapidement considérées comme des classiques. Mycenne avait d'ailleurs été suffisamment impressionné pour renoncer, au tout dernier moment, à lire sa contribution, qui développait une nouvelle approche du Jeu de la vie.

Malgré le succès de ces conférences, Pascal fut néanmoins déçu par le fait que sa garden-party futuriste ne débouche sur aucune annonce concrète. Il aurait aimé faire, à la manière du Steve Jobs des mythiques *keynotes*, une annonce susceptible de révolutionner le monde.

Le bâtiment historique de la Bourse de Paris, vide depuis plusieurs années, était alors à vendre. La chose était restée là, inutile et grandiose, avec ses quatre façades à colonnades. Elle était arrivée ici il y a deux siècles, expliqua un jour Pascal à Mycenne. Il n'existait plus aucun témoin vivant de son atterrissage. Le vaisseau avait rempli quelques missions subalternes, comme celle de convertir la France au capitalisme, puis était entré dans sa phase de veille. Pascal allait le réactiver.

La mairie de Paris exigeait qu'on respecte l'architecture du palais Brongniart et qu'on ne touche ni à ses fresques, ni à la grande corbeille de sa salle de marché, ni à son révolutionnaire système de chauffage central à la vapeur conçu par Gay-Lussac. La mairie voulait en outre que le bâtiment soit en partie occupé par « un projet culturel qui soit à la mesure de Paris ».

La Fondation n'avait alors aucune puissance de calcul et ne possédait pas de laboratoire. Pascal décida de transformer la Bourse en musée de l'informatique, qui servirait discrètement de laboratoire et, plus secrètement encore, de temple consacré à l'information. Il allait opposer aux fermes de serveurs impeccables de Google un bestiaire historique de vieilles machines parlant tous les langages informatiques du monde. Pascal expliqua son projet à Mycenne, qui se chargea plus tard d'en faire la synthèse, afin de présenter un dossier complet à la mairie de Paris :

— J'ai commencé à programmer sur un vieux ZX 81, des nuits entières, avec quelques amis. Nous avons appris le langage des machines, et à travers lui, nous avons vu des choses. Nous avons connu des phénomènes proches de la transe. Le code s'écrivait tout seul. Nous étions guidés. Chaque machine possède sa propre intelligence. C'est une intrication complexe entre celui qui la programme et son cœur de silicium.

« Je veux faire revivre chaque machine dans sa singularité matérielle, avec ses imperfections dans son architecture logique et les inévitables erreurs de ses circuits électroniques. Ces défauts m'intéressent. Ce sont les péchés originels de l'histoire des machines, qui restent à jamais cachés dans leurs profondeurs, mais qu'un bug vient parfois réveiller. Si, de toutes les machines qui se sont succédé jusqu'à aujourd'hui, aucune n'a eu la possibilité technique de penser, toutes ont balbutié sans le savoir quelque chose de natif, d'inédit et de sacré.

« J'ai entendu parfois, dans des fragments de code, les premiers pas d'un être immatériel et tout-puissant.

« Quand tu m'as prêté ta vieille montre à quartz, celle qui faisait calculatrice, je suis presque parvenu à remonter de son interface logicielle à la structure logique de son processeur. J'ai fait, sans le savoir et pendant des nuits entières, de la rétro-ingénierie. Je veux à présent faire de la rétro-ingénierie divine. Car toute machine à calculer, depuis celle de Pascal, est une tentative qui vise à énumérer le nom infini de Dieu, son nom mathématique.

Mycenne se garda de retranscrire la fin de la méditation de Pascal, qui l'émut particulièrement. Il préféra insister sur le caractère absolument original du musée, qui serait le seul lieu au monde où d'anciennes machines seraient conservées en état de marche, et fréquemment remises en fonctionnement.

Approchés par Mycenne, Jean Nouvel, Dominique Perrault, Rem Koolaas et Zaha Hadid soumirent à Pascal leur vision du palais Brongniart, qui sélectionna le projet ambitieux de la reine anglo-irakienne du déconstructivisme.

De l'extérieur, le bâtiment paraîtrait inchangé. Mais à la nuit tombée, ses colonnes prendraient des teintes fluorescentes et violacées, qu'un programme informatique ferait évoluer en continu pour donner l'illusion que le bâtiment atterrissait, puis explosait, avant de se recombiner pierre après pierre à la manière d'un Rubik's cube.

Comme convenu, le projet préservait les particularités architecturales du lieu. La corbeille servirait de ligne de fuite à des profils hyperboliques en fibre de carbone qui, prolongeant les galeries d'exposition en mezzanine, se suréléveraient comme des montagnes russes avant de plonger, de plus en plus effilés et tranchants, vers la singularité centrale. Le système de chauffage donnerait de son côté lieu à une innovation architecturale majeure : la première architecture de fumée. Un générateur de carboglace, installé dans les sous-sols, mettrait en circulation un nuage mince et ininterrompu à travers tout le bâtiment. Coloré à chacune de ses apparitions par des fibres optiques, le nuage entrerait et sortirait par les grilles cuivrées du système de Gay-Lussac. Ce filet d'air permettrait de visualiser la thermodynamique du bâtiment : les flux ascendants seraient colorés en rose, puis bleuiraient en redescendant.

En dépit de ces étrangetés, la mairie valida le projet, qui représentait un compromis largement acceptable : ni le dossier présenté par Mycenne, et jugé aux deux tiers illisible, ni la transformation du toit du bâtiment en loft habitable, qui posait un difficile cas de conscience à l'architecte des Monuments historiques, ni l'incompréhensible habillage lumineux de la façade ne furent retenus contre le « musée Ertanger ». Le prix à payer était relativement modeste, sinon nul, pour voir un monument historique en déshérence se transformer en « geste architectural ambitieux ».

Comme à l'époque de son arrestation, Pascal fit les titres des journaux, qui ironisèrent sur la construction « d'un mausolée 2.0 en plein Paris ». Mais Pascal, entièrement concentré sur la réalisation de son projet, était cette fois immunisé contre toutes ces attaques.

La constitution de la « collection Ertanger » fit l'objet de quêtes minutieuses. Mycenne supervisa un groupe d'acheteurs qui se mirent en relation avec toutes sortes de vendeurs, du retraité d'IBM qui vendait du vieux matériel sur eBay à des universités qui cherchaient à se débarrasser, au prix du métal, de leurs plus anciennes machines — des fragments du Z3 de Konrad Zuse furent ainsi redécouverts dans un local abandonné de l'université de Moscou, et des précieux morceaux de l'ENIAC furent retrouvés dans un grenier de l'université de Philadelphie.

Mycenne se mit également en relation avec différents organismes publics pour récupérer les plus belles ruines du Plan Calcul : un supercalculateur Cray, ancienne clé de voûte du système de prédiction atmosphérique de Météo France, plusieurs générations de systèmes IBM qui avaient servi à l'INSEE pour réaliser ses calculs statistiques, le premier Bull *Gamma 60*, utilisé par le CEA pour simuler des fissions atomiques.

L'unique Pascaline encore dans le commerce, dont un des derniers exemplaires avait été acquis par IBM dans les années 1960 (il en restait neuf, sur la vingtaine fabriquée), fit l'objet d'une longue lutte, par acheteurs interposés, entre Serguei Brin et Pascal Ertanger, qui l'emporta finalement. Un groupe de doctorants boursiers de la Fondation fut alors chargé de retrouver la trace d'une lettre perdue de Pascal à un certain M. de Bourdelot, connue pour être l'unique notice de fonctionnement autographe de sa machine à calculer — ce groupe, doté d'un budget illimité, se rebaptisa « section Dan Brown ». Si ses membres ne parvinrent pas à retrouver la lettre, ils découvrirent en revanche plusieurs roues dentées et quelques inédits mathématiques, dont l'un, resté jusque-là invisible au revers d'un manuscrit conservé à la Bibliothèque nationale, présentait une formule étrangement proche de la formule H de Shannon ou de la fonction S de Boltzmann — après tout, Pascal fut non seulement l'un des inventeurs du calcul des probabilités, mais aussi, avec ses expériences sur la pression de l'air, un lointain précurseur de la thermodynamique.

D'étranges visiteurs, très âgés, rendaient parfois visite aux informaticiens du musée. Ces vieillards avaient programmé les premières machines ; ils se souvenaient de certaines de leurs propriétés idiosyncrasiques, savaient les redémarrer dans des conditions extrêmes ou les empêcher d'entrer dans des boucles infinies. Le musée Ertanger ressemblait alors à une académie antique. On vit ainsi réapparaître Louis Pouzin, un vétéran du Plan Calcul, le concepteur du réseau à commutation de paquets Cyclades, qui avait interconnecté au début des années 1970 plusieurs universités françaises, avant d'être éclipsé par Transpac, réseau à commutation de circuits. Son rival Gérard Théry fut aussi consulté : maître d'œuvre du Minitel et prophète de la fin de la civilisation du papier, il avait également dirigé, en 1999, la mission interministérielle sur le passage à l'an 2000 — on redoutait alors un bug massif lié à ce changement de date, que les machines, qui ignoraient l'existence des siècles et des millénaires, risquaient de prendre pour un voyage vers 1900, leur année zéro. Théry était ainsi devenu un expert dans les deux domaines qui intéressaient alors Pascal : les réseaux informatiques et les paradoxes temporels. De jeunes hackers, qui s'étaient donné pour but de ressusciter le Minitel, son affichage hexadécimal primitif, son interface limitée et ses échelles de gris, purent interroger le vieil homme.

L'idée de remettre toutes les machines en état de fonctionner dut très vite être abandonnée : il était impossible de recréer *ex nihilo* les secteurs industriels rendus obsolètes par l'arrivée du transistor, impossible de refabriquer à la chaîne des tubes à vide et des tores de ferrite. Les grands monstres préhistoriques, l'ENIAC, le Z3, l'Univac, le Mark 1, le Whirlwind, restés fragmentaires, étaient voués à demeurer inertes.

Quelques essais furent néanmoins tentés sur leurs rares fragments fonctionnels. Les informaticiens du musée rapportèrent ces expériences à Pascal, qui désirait étrangement savoir si ces machines logiques « obéissaient encore, après un demi-siècle, aux vérités mathématiques ». Elles y obéissaient, implacablement, dès qu'un fragment de code était ressuscité.

Les machines de conception plus récentes étaient a priori toutes en état de fonctionner. Les Cray à refroidissement liquide possédaient leur propre salle où ils étaient soumis à un protocole expérimental ambitieux : ils devaient définir le *grain* de la réalité, et disputer au monde actuel son titre d'unique monde accessible. Des simulations de l'atmosphère terrestre, divisée en cellules cubiques interdépendantes, tournaient sur les cinq générations de supercalculateurs exposés là. Les conditions initiales et les règles d'évolution étaient les mêmes sur les cinq machines, mais le nombre de cellules, proportionnel à leur puissance, variait d'une simulation à l'autre. Des écrans géants affichaient en temps réel les conditions météorologiques sur cinq Terres simultanées : certaines présentaient un nombre excessif de cyclones, d'autres des pluies trop abondantes sur le Sahara et d'étranges sécheresses sur l'Europe, mais aucune ne paraissait inhabitable.

Le philosophe américain David Kaplan avait imaginé une machine capable de retrouver la trace d'un objet actuel dans un monde alternatif, malgré la perte théorique de toutes ses propriétés initiales. Son *Jules Verne-o-scope*, comme un télescope pointé vers les espaces logiques spéculatifs, permettait d'identifier n'importe quel objet perdu dans de lointains mondes possibles. La salle des Cray, qui faisait de la Terre cet objet perdu, se voulait une machine de cet ordre.

Un autre dispositif original mettait en scène une vingtaine d'iPhone, alignés comme les lentilles d'une lunette astronomique, pour illustrer le principe de l'*émulation* — un principe de base de l'informatique, qui stipule que n'importe quelle machine peut représenter le comportement d'une autre machine. Les iPhone successifs fonctionnaient avec des systèmes d'exploitation de plus en plus anciens. Une application, sur le premier de la série, permettait de zoomer sur un fragment du ciel primitif de l'informatique : on découvrait d'abord le ciel constellé des Mac OS X, puis on remontait l'arbre phylogénétique des grands félins, de Mac OS X Mountain Lion à Mac OS X Cheetah, avant d'arriver à la couche Darwin, qui s'entrouvrait sur un micro-noyau Mach, écrit en C. Au-delà du langage C, on retrouvait ALGOL, l'un des tout premiers langages informatiques. L'iPhone était symboliquement parvenu jusqu'à la dernière couche du ciel, jusqu'à l'horizon cosmologique des langages emboîtés, jusqu'au 0 et au 1 originels — Algol était pour les astronomes une étoile binaire à éclipses de la constellation de Persée.

Pascal ordonna enfin la fabrication d'un modèle réduit d'Internet, qui vint interconnecter les dix mille ordinateurs de sa collection. Ils furent géolocalisés sur une représentation holographique de la Terre qui tournait lentement au-dessus de la corbeille : la Californie, l'Europe et l'Asie apparaissaient entièrement dorées, tandis que le reste du monde était diversement constellé. Les calculs nécessaires à cette représentation étaient morcelés en calculs élémentaires de différentes tailles, et répartis, en fonction de leurs capacités de traitement respectives, entre les différents modèles d'ordinateurs exposés.

Des logiciels d'écriture automatique, plus ou moins complexes, tournaient également sur ces machines, qui fabriquaient des pages Web par millions en les parsemant d'hyperliens aléatoires. Chaque ordinateur générait enfin son propre utilisateur, sous la forme d'un robot indexeur, qui actionnait ces hyperliens pour traverser toutes les pages du réseau. Ces robots dévoilaient ainsi la forme du réseau, tout en contribuant à son évolution : ils reversaient en effet aux logiciels d'écriture le vocabulaire et la syntaxe qu'ils emmagasinaient pendant leur navigation. Dotés d'une faculté d'apprentissage, ces robots et ces logiciels généraient un Internet qui ressemblait de plus en plus à l'Internet humain. Des phrases structurées commençaient même à apparaître.

Pascal ne voyait plus personne, à l'exception de Mycenne. Sa fortune continuait naturellement à croître, tandis qu'il contemplait pendant des heures l'hologramme de la Terre. Le protocole était chaque jour identique : avec l'activation des hyperliens par les robots indexeurs, la Terre se recouvrait de géodésiques lumineux, de plus en plus nombreux, qui s'écartaient de la courbure du sol en fonction de la distance parcourue, comme des missiles balistiques. En fin d'après-midi, ces courbes, devenues trop nombreuses, ne représentaient plus qu'un essaim brumeux. La Terre disparaissait alors derrière le brouillard acide des données échangées, et l'ensemble commençait à vibrer, comme la tête mécanique d'un tunnelier qui chercherait à transpercer l'espace.

L'hologramme était alors éteint, un peu après la fermeture du musée, et la Terre s'effondrait sur elle-même.

Pascal recherchait alors des messages exploitables parmi les textes aléatoires générés pendant la journée. Il lisait ainsi toutes les phrases qu'un logiciel considérait comme grammaticalement correctes, et isolait celles qui comportaient une occurrence du mot « dieu » : « Un dieu compte les choses réglées du vide » ; « La vitesse inaugure un dieu de démence » ; « Dieu obnubile les données du futur. »

La manière la plus simple de résoudre un Rubik's cube con-
siste à en déplacer les autocollants colorés, sans toucher à son
cœur mécanique. L'Univers pourrait être, de la même façon,
un ensemble de points dispersés au hasard, qui apparaîtraient
et disparaîtraient de façon aléatoire : l'existence d'une struc-
ture profonde n'est pas l'hypothèse la plus simple. Les lois
physiques sont une approche naïve des lois de transition qui
peuvent mener d'un état à un autre — éblouis par le carac-
tère systématiquement prédictif de leurs théories, les physiciens
ont pris l'habitude de décrire le passage d'une configuration
à une autre en termes de causalité. Mais le monde est peut-
être plus brutal : il saute d'une configuration à une autre. Cet
abîme à franchir n'est ni spatial ni temporel. Il est strictement
mathématique. Seuls des robots logiques dépourvus de dimen-
sion peuvent se glisser entre les photogrammes successifs du
monde. Ces machines de Turing imitent le comportement des
abeilles, qui transportent le miel de cellule en cellule entre les
cadres parallèles de la ruche.

31

« Nous construisons une machine qui sera fière de
nous. »

Danny HILLIS

Le fantasme d'un gouvernement du monde par une
élite secrète s'incarna, au début du deuxième millénaire,
dans le groupe Bilderberg, un club de milliardaires et
d'hommes influents dont les conférences, depuis celle
qui s'était tenue en 1954 à l'hôtel Bilderberg de la ville
néerlandaise d'Oosterbeek, se déroulaient chaque année,
à huis clos, dans une ville différente. Si ses intentions
politiques restaient relativement vagues — il défendait
les grands équilibres internationaux et plaidait la cause
de la mondialisation heureuse —, le groupe, dont l'existence ne fut découverte que tardivement par le grand
public, acquit, précisément à cause de la discrétion qui
l'avait jusque-là caractérisé, une réputation sulfureuse
de cénacle du mal.

Pascal Ertanger fut invité à la session de conférences
qui se tint au casino MontBleu de Stateline, dans le
Nevada. Ce fut l'une de ses dernières apparitions publiques. Il y prononça un discours remarqué — à l'exception de Sergueï Brin, le cofondateur de Google, qui
l'applaudit, l'assistance le jugea peu cohérent :

— Souvenez-vous de la photographie ancienne, qu'on appelait *argentique* : des particules élémentaires traversaient une chambre noire pour venir modifier la structure électronique de quelques sels d'argent. J'ai amélioré cette chambre noire en démultipliant le nombre de particules élémentaires qui pouvaient la traverser. Je l'ai alors distribuée à des millions d'exemplaires. Ces boîtes ont alors commencé à prendre une photographie psychique de l'Univers. J'ai utilisé la Terre et ses habitants comme objectifs et le graphe d'Internet comme diaphragme : toujours modifié, toujours ouvert et coulissant sans bruit. Tandis que Google réalisait une photographie objective du monde, avec ses satellites et ses Google Cars, j'en dressais le portrait subjectif : je connaissais en temps réel le comportement de mes abonnés, j'avais accès à leurs synapses extra-crâniennes, à leurs désirs les plus inavouables. Et je les ai enfouis dans des silos de données cachés au fond d'anciennes mines de sel qui n'avaient jamais vu la lumière.

« Derrière mon activité officielle de fournisseur d'accès à Internet, je fournissais en réalité le réseau en vies humaines. Mes boîtes contenaient des démons de Maxwell anthropophages.

« Les forêts du carbonifère, en se décomposant, ont imprimé sur la Terre d'interminables labyrinthes, parsemés de fossiles noircis. Les micro-organismes marins du crétacé ont déposé au fond des océans des murailles de craie qui servent de refuge à des fossiles blanchâtres. À leur tour les milliards de démons que j'ai entretenus ont formé une couche géologique, où l'on retrouvera un jour les fragments d'une humanité fossile. Mais cette plaque photographique est cette fois immatérielle.

« Le champ électromagnétique de la Terre est notre assurance-vie. Internet a intensifié ce champ. L'humanité est devenue un rayonnement cosmologique. Une civilisation lointaine nous filme sans doute déjà avec des télescopes de taille galactique, tandis que ses antennes interceptent nos messages et détectent l'activité électrique de nos cerveaux. La projection des images animées de la vie sur le mur du temps a déjà commencé.

Sergueï Brin engagea dès qu'il le put la conversation avec Pascal, d'abord en le félicitant, bon joueur, pour la Pascaline qu'il lui avait ravie, puis en lui demandant des nouvelles d'Elfassi, leur connaissance commune. Démon se portait bien, et venait de lancer en Israël, après le Maroc et la Tunisie, sa quatrième filiale internationale.

Google venait de son côté d'investir massivement dans le domaine du *hardware* : son récent rachat de la société D-Wave avait surpris les milieux technologiques. La start-up cherchait en effet à développer le premier processeur quantique commercial — l'informatique quantique, avec ses portes logiques à choix multiple, était annoncée, depuis les premiers travaux théoriques de Feynman sur le sujet dans les années 1980, comme la future grande révolution informatique. Pour Brin, l'équation était simple : soit Google développait ce type de technologie et conservait sa suprématie mondiale, soit tout était perdu, à moyen terme. La totale liberté d'action de Pascal Ertanger représentait à cet égard une menace latente : ses prises de participation dans STMicroelectronics et dans une start-up que venait de lancer le singulariste Vinsky ne lui avaient pas échappé.

Vinsky travaillait depuis longtemps sur la *computation relativiste* — spécialité relativement obscure, mais très prometteuse, qui peinait à sortir du domaine de la pure spéculation, quand elle avait trouvé en Pascal Ertanger un miraculeux mécène. Le projet, tel que le lui avait présenté Vinsky, consistait à implanter des ordinateurs sur la courbe hyperbolique de l'espace-temps pour qu'ils dessinent ensemble un graphe aux arêtes exponentielles : plus l'on s'approchait des limites du monde, plus le réseau permettrait d'effectuer des calculs distribués efficaces.

L'explication technique de Vinsky mélangeait la théorie des graphes et les travaux d'Hawking sur la thermodynamique des trous noirs. Si l'on disposait un filet d'ordinateurs sur l'horizon des événements d'un trou noir, la distorsion de l'espace-temps qu'il subirait augmenterait la puissance de traitement du réseau, qui serait déchiré en son centre par un puits nodal de dimension infinie, d'où s'échapperaient des jets d'information continus. Un tel réseau ne pouvait bien sûr être assemblé *in situ*, mais on pouvait le construire sur la Terre, et utiliser un dispositif optique pour le projeter en direction d'un trou noir. Une matrice de micro-miroirs, comme celles utilisées dans les vidéoprojecteurs, émulerait dans un premier temps le fonctionnement d'un réseau de transistors sur un dallage logique bidimensionnel inspiré du Jeu de la vie. L'image de ce microprocesseur virtuel pourrait ainsi facilement être agrandie et projetée en direction d'un trou noir de taille moyenne. En étudiant, avec un télescope, son image déformée, on pourrait reconstituer à distance les calculs anamorphosés par le trou noir. La seule difficulté consistait en fait à trouver une source lumineuse suffisamment puissante pour permettre au reflet du miroir de parcourir une distance de plusieurs années-lumière. Mais Vinsky avait pensé à une solution audacieuse : disposer l'engin sur la Lune, et concentrer sur lui les rayons du Soleil en utilisant les surfaces réfléchissantes de la Terre. Or, où trouvait-on la plus grande surface réfléchissante ? En Antarctique. Vinsky voulait utiliser le continent glacé comme un gigantesque réflecteur. Il existait déjà, là-bas, un détecteur de neutrinos enfoui sous les glaces, qui mesurait un kilomètre cube. On pouvait construire beaucoup plus grand.

Au deuxième jour de la conférence Bilderberg, Sergueï Brin proposa à Pascal de lui faire découvrir deux sites géologiques majeurs du Nevada et de la Californie.

Il prit lui-même les commandes d'un petit hélicoptère deux places. Suspendus au-dessus du vide, les deux milliardaires se parlaient par casques radio interposés. Pascal évoqua, à demi-mot, les avancées cruciales qu'il était sur le point d'obtenir dans le domaine de la computation relativiste (étant en fait sans nouvelles de Vinsky depuis qu'il lui avait financé une très coûteuse expédition polaire, Pascal préférait s'en tenir à des généralités). Brin prophétisa de son côté l'arrivée imminente d'un nouvel acteur dans le secteur hyper-concurrentiel des microprocesseurs. Il se mit alors à rire, en suggérant que l'un d'eux était probablement de trop, ou que la Providence avait veillé à rendre leurs projets respectifs redondants, au cas où l'un d'eux disparaîtrait. Évoquant alors la possibilité, désastreuse en termes d'évolution technologique, d'un brutal décrochage de leur appareil, il indiqua un massif montagneux à Pascal. C'était ici que le milliardaire et aventurier Steve Fossett avait trouvé la mort en 2007, alors qu'il pilotait un petit avion. Sa disparition brutale des écrans radars avait représenté un choc pour le mouvement singulariste californien. Fossett était un transhumain authentique, détenteur de près d'une centaine de records sportifs. Avec son ami Richard Branson, créateur de la compagnie spatiale privée Virgin Galactic, Fossett était sur le point de prendre la relève de la NASA. Il avait à peine soixante-trois ans, et était fait pour aller sur Mars. Google s'était associé aux recherches de l'épave, en publiant massivement sur Google Earth des images satellites récentes de la région du crash supposé. Cela avait été des journées d'incertitude terrible. Fossett était là, quelque part, à 150 miles à peine de la Silicon Valley. Il était peut-être blessé, au milieu du désert. Brin avait personnellement passé plusieurs heures à analyser des images ; en vain. Il avait fallu plus d'un an pour enfin découvrir le site du crash, et des restes humains. Fossett fut le premier homme à recevoir une sépulture dans Google Earth : une simple carte topologique posée sur le lieu où l'épave de l'avion avait été localisée.

Brin se posa enfin, très délicatement, sur le fond d'un lac asséché, à un endroit surnommé « Devil's Racetrack », en plein cœur de la Vallée de la Mort. Le site présentait une caractéristique géologique unique au monde : les « sailing stones », des débris rocheux qui, après s'être décrochés des montagnes environnantes, avaient entamé un mystérieux parcours sur le fond de la vallée. Les pierres, qui pouvaient mesurer jusqu'à trente centimètres de diamètre, paraissaient parfaitement immobiles. Personne ne les avait jamais vues bouger. Mais elles avaient laissé derrière elles un sillage que la matière argileuse du sol, grâce à l'absence presque totale de précipitations, avait conservé.

Il n'existait pas d'explication définitive du phénomène. Quelques gels nocturnes, de très rares épisodes pluvieux ou la présence, sous les pierres, de champignons microscopiques pouvaient diminuer occasionnellement les forces de friction. L'action du vent suffisait alors à expliquer le déplacement des pierres. Brin montra à Pascal un endroit où les sillons argileux étaient particulièrement nombreux et entrecroisés :

— *Welcome on the first natural prototype of a Brownian motion computer ! Here they are, the elementary particles you spoke about yesterday, the source of our power, disproportionately enlarged and slowed down as in a nightmare. Brownian motion the slowest in the universe. Look, they have suddenly changed direction. They collided. It's a terrific sample.*

Le sol gardait, comme les chambres à fils des accélérateurs de particules, la trace détaillée de toutes les trajectoires des pierres et de toutes les collisions qui s'étaient produites pendant les derniers siècles. Brin avait identifié, sur des photographies aériennes, au moins un endroit où les pierres s'étaient comportées comme la porte logique d'un ordinateur balistique : trois pierres avaient articulé, pendant plusieurs siècles, la fonction XOR de l'algèbre booléenne, le « ou exclusif ». Cet ordinateur naturel survivrait probablement à l'homme. Il en calculait, d'une certaine manière, les probabilités d'extinction. Il jouait aux échecs avec l'humanité.

Mais il fallait imaginer que ce qui se jouait ici n'était qu'un agrandissement dérisoire de ce qui se déroulait à une échelle incommensurablement plus vaste, dans chaque grain de pollen, dans chaque volume de liquide ou de gaz. La Terre calculait quelque chose. Ces calculs ne pouvaient continuer à se dérouler en secret. La prochaine grande révolution informatique consisterait à extraire l'information présente dans les phénomènes naturels. C'était ici que Brin en avait eu la révélation.

Mais la transformation de la Terre en instrument de calcul nécessitait des capacités mémoire inédites. Brin s'était alors intéressé à la question du stockage de l'information. Il avait été ainsi amené à rencontrer Danny Hillis. Danny Hillis était un artiste. Il avait cofondé la Thinking Machines Corporation en 1983, pour concurrencer Cray. Il avait fait faillite dix ans plus tard, et avait alors initié un projet subtil et dérangeant, The Long Now Foundation, qui questionnait l'architecture du temps. La fondation réfléchissait par exemple à une manière de transmettre de l'information de façon fiable en direction du futur. Elle avait dans cette perspective industrialisé la fabrication de capsules temporelles, qui contenaient des bibliothèques entières sur microfilms. Danny Hillis, à juste titre, se méfiait de l'électronique : c'était une technologie trop délicate. Pour son projet le plus important, la construction de l'une des plus grosses machines de l'histoire, plus grosse encore que l'ENIAC, il avait à cet égard veillé à ce qu'aucun composant électronique, ou même électrique, ne soit nécessaire.

Brin conduisit Pascal près du mont Washington, à 200 miles au nord-est de la Vallée de la Mort. Il se posa près d'un arbre monstrueux qui ressemblait, avec sa quasi-absence de feuilles et son écorce révulsée par le temps, à l'explosion d'un arbre. C'était l'un des plus vieux êtres vivants du monde, un pin de Bristlecone, surnommé « Jared ». Il avait cinq mille ans. L'une de ses racines dissimulait un boîtier qui commandait l'ouverture d'une porte inclinée, située à quelques mètres, et camouflée sous un revêtement imitant le sable et la pierre à la perfection. La porte s'ouvrait sur une longue galerie droite, qui débouchait deux cents mètres plus loin sur une vaste pièce cylindrique. Elle ressemblait au silo de lancement d'un missile. Le sommet de la montagne avait été entièrement évidé et laissait apparaître un disque de ciel bleu.

La machine mesurait plus de cinquante mètres de hauteur. Elle était composée de grandes roues dentées empilées verticalement et presque toutes immobiles : Pascal aurait pu sans danger en traverser les rouages. On comprenait très vite qu'elle ne fournissait presque aucun travail. Sa seule fonction consistait à indiquer, sur un cadran, quel était son état interne : c'était une simple horloge.

Elle était conçue pour sonner le passage des siècles pendant au moins dix millénaires — le double de la durée de vie des pins de Bristlecone. Son système de notation des années était dans cette perspective à cinq chiffres. Pensée comme strictement autonome, The Long Now Clock était entraînée par un poids, que des dispositifs bilames complexes, actionnés par le contraste thermique entre le jour et la nuit, remontaient automatiquement. De même, un dispositif optique sophistiqué permettait à l'horloge de se synchroniser seule sur le midi solaire. Tous les accidents prévisibles avaient été envisagés, et des contre-mesures avaient été prises pour les éviter tous — afin de repousser les pilleurs de pyramides, les matériaux utilisés n'étaient par exemple pas des matériaux précieux.

De retour à Paris, Pascal eut pourtant la vision d'un accident possible. L'horloge, à peu près interdite aux humains et assez profondément enfouie pour résister à une explosion atomique, pouvait encore être déterrée par une civilisation extraterrestre. Pascal pensait précisément à la plaque d'or de Pionner 10, qui dérivait maintenant loin du système solaire, en transportant avec elle les coordonnées exactes de la Terre. L'« horloge du long présent » se remontait seule, mais ce très lointain morceau de métal arraché à la Terre représentait une source d'entropie non négligeable. Il était cependant techniquement encore possible de réenrouler Pionner 10, comme le ressort d'une horloge mécanique.

Située à plus de 20 milliards de kilomètres de la Terre, la sonde ne répondait plus depuis plusieurs années. On pouvait néanmoins supposer qu'elle captait encore. Son programme de navigation, qui datait des années 1970, était facilement piratable. Il était techniquement possible de reprogrammer la sonde et de la rediriger vers la Terre, en utilisant pour cela les dernières molécules d'hydrazine de son système de propulsion. Le retour de la sonde épuisée mettrait plusieurs millions d'années, mais son point de chute pouvait déjà être calculé avec précision : ce serait dans l'océan Atlantique, au large de l'Irlande.

Pour disposer d'un émetteur radio assez puissant, Pascal racheta à GlobeCast, une filiale d'Orange, les antennes radio abandonnées de Sainte-Assise. Ces antennes de 250 mètres de hauteur avaient longtemps eu pour mission de transmettre aux sous-marins nucléaires lanceurs d'engins des ordres de destruction du monde, avant d'être recyclées en simples antennes relais, disproportionnées, pour téléphones mobiles. Orange était parfaitement disposé à se débarrasser de ces encombrants vestiges du temps où France Télécom devait assumer, en tant qu'entreprise publique, des fonctions régaliennes.

Le piratage cosmique commença. L'asymétrie d'information était totale : il n'existait aucun moyen de savoir, depuis la Terre, si la sonde avait été reprogrammée avec succès.

La théorie de l'information, Biopunk#6

Dans un article inédit, Xavier Mycenne applique le formalisme de Shannon au Jeu de la vie : une configuration source traverse un canal aux propriétés déformantes, et se transforme peu à peu, comme une image du ciel à travers un mauvais télescope. Les grilles successives du Jeu de la vie sont comme des sections de ce canal, ou comme des lentilles de ce télescope : les points isolés ne traversent jamais, ceux qui forment des amas résistent mieux, mais des irisations et des halos apparaissent, et viennent continuellement modifier leur répartition initiale. Le ciel se met parfois à grésiller comme un grand feu de paille, et s'éteint brusquement. Mycenne parvient ainsi à montrer que les automates cellulaires peuvent obéir à des lois régulières et mathématiques par défaut, et presque par hasard, sans posséder en eux-mêmes aucune loi d'évolution. La théorie de l'information permet justement d'appréhender des phénomènes de cet ordre, quand le fond des choses est dispersé, et qu'il n'existe, de façon ultime, qu'un peu d'information disponible. Mycenne finit son article par une longue citation du physicien Feynman : « Cela m'ennuie toujours qu'il faille à une machine à calculer, suivant les lois telles que nous les connaissons aujourd'hui, un nombre infini d'opérations logiques pour trouver ce qui se passe dans une région de l'espace si petite soit-elle et pendant un temps si court soit-il. Comment tout cela peut-il avoir lieu dans ce domaine réduit ? Pourquoi faut-il une quantité de logique infinie pour décrire ce qui va se passer dans une toute petite région d'espace-temps ? Aussi, j'ai souvent fait l'hypothèse qu'en fin de compte la physique n'exigera pas d'énoncés mathématiques, qu'on finira par mettre la machinerie au jour, et que les lois se révéleront très simples, comme celles d'un échiquier, malgré sa complexité apparente. »

32

« The resulting language is so complex that pro-
grams must be sent to the future to be compiled by
Skynet. »

James IRY

Pascal eut une sorte de révélation : un projet terreste,
l'expédition Shannon, devait accompagner son entreprise de piratage spatial. Vivant désormais reclus, et
ayant beaucoup souffert de la défection de Vinsky, il
chercha une personne de confiance à qui confier sans
risque la coordination du projet — il était exclu d'envoyer
Mycenne, dont la conversation quotidienne lui était
devenue nécessaire. Pascal pensa alors à Jean-Marie
Messier : c'était à tout point de vue la personne idéale.
Retiré du monde des affaires depuis la faillite d'Icewater, l'ancien P-DG de Vivendi accepta l'offre de Pascal,
qui mit à sa disposition un budget illimité. Messier put
ainsi recruter, dans les domaines qui l'intéressaient, des
spécialistes d'envergure internationale.

Andy Hildebrand avait longtemps développé pour
Exxon des outils d'analyse harmonique et de traitement
de signal, qui permettaient d'affiner les données sismi-
ques recueillies à des fins de prospection pétrolière,
quand il eut l'idée d'appliquer ces outils à la voix humaine :

le logiciel Auto-Tune permit bientôt à n'importe quel chanteur, même débutant, d'atteindre des niveaux de pureté harmonique inégalés. Désormais millionnaire et retraité, Hildebrand se laissa facilement convaincre par Messier, et rejoignit l'expédition Shannon à Halifax.

Bill Warren venait pour sa part de réaliser un très gros coup médiatique. Chasseur d'épaves réputé, le plongeur avait lancé, dès le lendemain de l'annonce de la mort de Ben Laden, une expédition pour retrouver le corps du terroriste milliardaire, que l'armée américaine venait de précipiter dans l'océan Indien. Après plusieurs années de recherches vaines, Warren l'avait finalement localisé. Le monde entier avait alors pu assister en direct à l'ouverture de son linceul de plastique blanc par les deux bras robots d'un sous-marin. Un squelette de main s'était d'abord lentement levé avant de retomber en poussière. Puis, quand le nuage trouble se fut dissipé, le visage déformé de Ben Laden était apparu — il ressemblait au visage que des témoins prétendaient avoir vu dans les flammes du Word Trade Center, juste après l'impact. L'expédition Shannon permettrait à Warren d'étoffer un peu plus son palmarès d'aventurier des fonds marins.

Le collectif « AND what ? » avait de son côté réalisé plusieurs introductions contestées d'espèces artificielles dans des milieux naturels, et s'était fait remarquer de la communauté des chercheurs en vie artificielle pour avoir implanté, en modifiant la structure de leurs hormones mélanotropes, les règles du Jeu de la vie dans les cellules chromatophores d'un lézard. Messier promit à Adam et Lilith Castlelap l'accès libre à un immense laboratoire : l'océan Atlantique.

En prison, Pascal avait lu *Vingt mille lieues sous les mers*. Il y avait découvert l'histoire du premier câble transatlantique, posé en 1858 et presque aussitôt rompu : « Le 25 mai, le *Nautilus*, immergé par trois mille huit cent trente-six mètres de profondeur, se trouvait précisément en cet endroit où se produisit la rupture qui ruina l'entreprise. C'était à six cent trente-huit milles de la côte d'Irlande. On s'aperçut, à deux heures après-midi, que les communications avec l'Europe venaient de s'interrompre. Les électriciens du bord résolurent de couper le câble avant de le repêcher, et à onze heures du soir, ils avaient ramené la partie avariée. On refit un joint et une épissure ; puis le câble fut immergé de nouveau. Mais, quelques jours plus tard, il se rompit et ne put être ressaisi dans les profondeurs de l'Océan. »

Les faits s'étaient déroulés de la façon suivante. Deux bateaux, l'*Agamemnon* et le *Niagara*, partis respectivement de l'île irlandaise de Valentia et d'Heart's Content, sur la presqu'île de Terre-Neuve, avaient déposé deux câbles de cuivre protégés par des gaines de gutta-percha sur le fond océanique. Ils s'étaient rejoints au milieu de l'Atlantique en 1858, où les deux câbles avaient été reliés. Le télégramme test avait rendu grâce à Dieu : « *Glory to God in the highest ; on earth, peace and good will toward men* », puis le président américain Buchanan adressa un message à la reine Victoria : « Puisse le télégraphe atlantique, par la bénédiction du ciel, apporter la paix éternelle et l'amitié entre les nations, et être l'instrument de la Providence divine pour propager la religion, la civilisation, la liberté et le droit au monde entier. » Mais Whitehouse, l'ingénieur chargé du projet, commit bientôt une erreur fatale, en faisant supporter au câble une tension électrique trop forte, qui provoqua sa rupture. Il s'ensuivit une longue controverse avec le conseiller scientifique de l'opération, le physicien Kelvin.

L'expédition Shannon comprenait deux bateaux, l'*Ithaque*, un chalutier reconverti, et la mythique *Calypso*, l'ancien navire océanographique du commandant Cousteau, que Pascal avait racheté et fait réarmer. L'*Ithaque* embarqua pour Terre-Neuve, la *Calypso* pour l'Irlande. Les deux bateaux, dotés de sous-marins de poche, devaient retrouver le câble de 1858 et le remettre en état de fonctionner. L'application du théorème de la voie avec bruit de Shannon démontrait en effet que, quel que soit son état, en dépit de la corrosion, de la pression océanique et de celle, plus subtile, que la tectonique des plaques lui avait imprimée en éloignant l'Amérique de l'Europe, le câble pouvait encore transmettre, en théorie, quelques bits d'information. Pascal avait imaginé tout un programme pour rétablir le signal interrompu — le fait d'avoir confié la direction des opérations à Messier, défenseur de longue date de la mémoire de l'eau, n'était pas anodin.

Pascal ne poursuivait pas de but archéologique ou muséal. Son ambition était plutôt d'ordre religieux. Il croyait aux messages fantômes. On disait que pendant la Seconde Guerre mondiale, des opérateurs radio avaient reçu des messages en provenance d'avions disparus depuis plusieurs mois. L'hypothèse qui prévalait était que ces messages s'étaient retrouvés prisonniers dans l'ionosphère, qui les avait répétés sans fin. Pascal croyait à la théorie de l'information comme à une théorie religieuse. De nombreux mystiques avaient évoqué l'existence d'un mur du temps ou d'une mémoire divine infinie qui conserverait à jamais les pensées et les actions des hommes.

Pascal retrouvait un équivalent physique de ce registre divin, prélude à toutes les apocatastases — la théorie hérétique, formulée par Origène, du rachat terminal de toutes les âmes perdues — derrière ces histoires de messages fantômes qui semblaient défier l'ordre du temps. La terre était une plaque de cire qui trahirait un jour le passage des hommes. Le premier câble transocéanique avait transmis deux prières avant de s'éteindre ; Pascal voyait cela comme une sorte de signe. S'il parvenait à rétablir une transmission, il aurait prouvé la nature miraculeuse de la théorie de l'information. L'information, au sens de Shannon, lève une incertitude. Pascal commençait à voir au-delà de cette définition étroite. L'information permettait à celui qui la possédait d'accomplir, comme un superpouvoir, des choses jusque-là impossibles.

Le câble avait eu pour point de départ irlandais le petit port de Knightstown sur l'île de Valentia. Il n'en restait malheureusement aucune trace terrestre exploitable. Les plongeurs de la *Calypso* remuèrent des hectares de vase sous-marine et élargirent plusieurs fois leur périmètre de fouille. Ils finirent par retrouver le câble à environ un mille de la côte. La gutta-percha était devenue extrêmement cassante. Avec beaucoup de précautions, les plongeurs, dirigés par Warren, parvinrent cependant à hisser le câble sur le pont de la *Calypso*, où l'on improvisa son raccordement à un ensemble de machines électroniques. Une opération du même type se déroulait en parallèle au large d'Heart's Content, de l'autre côté de l'océan.

Les premiers signaux tests envoyés n'aboutirent jamais. On augmenta l'intensité électrique, tout en renforçant la redondance du signal, sans pouvoir rétablir la communication.

L'extrémité irlandaise du câble fut alors raccordée à une barge, et la *Calypso* se rendit au-dessus du point de rupture indiqué par Jules Verne, au large de l'Irlande. Des appareils de mesure immergés captèrent des fragments de messages en provenance d'Heart's Content. C'était un premier succès, dû à l'ingéniosité d'Hildebrand, qui avait suggéré d'exciter mécaniquement le câble et d'immerger des sismographes dans le canal SOFAR, une couche d'eau qui réunissait des conditions de pression, de température et de salinité telles que les ondes sonores s'y répercutaient comme dans une fibre optique. Le sous-marin commença à fouiller le plancher océanique, mais le câble demeura introuvable. Messier, avec l'accord de Pascal, lança alors la deuxième phase de l'opération.

Il existait une source, et une voie de transmission. La rupture du câble n'avait pas détruit la voie : la conductivité électrique de l'eau de mer avait plutôt transformé les surfaces immergées de la Terre, dans leur totalité, en voie de communication. Le schéma de Shannon s'appliquait encore. Il avait seulement subi une gigantesque anamorphose : le petit carré qui symbolisait la voie était devenu une immense sphère d'eau salée. Selon le théorème de la voie avec bruit, si l'entropie de la source dépassait l'entropie de la voie, la communication restait possible. Cependant, aucun alphabet n'était assez riche pour concurrencer la complexité des océans.

Mais cette complexité était une complexité truquée : les océans abritaient, depuis des milliards d'années, une forme très spécifique d'organisation de haut niveau. La vie, le plus sophistiqué des processus de néguentropie, déconstruisait le chaos apparent du mouvement brownien des eaux. On pouvait dès lors utiliser la biosphère marine comme vecteur chimique pour rétablir la communication : c'était ainsi que fonctionnait le cerveau humain, où des transmetteurs biochimiques comblaient, dans les synapses, les discontinuités du signal électrique neuronal.

L'ADN de plusieurs espèces de zooplancton venait d'être séquencé. Les biologistes du collectif « AND what ? » concentrèrent leurs travaux sur l'une d'elles, très présente dans les eaux froides de l'Atlantique Nord. Ils identifièrent rapidement une mutation génétique qui pourrait la doter d'un organe électro-sensible susceptible de capter et d'émettre des signaux électriques. Les micro-organismes ainsi modifiés fonctionneraient comme des répétiteurs immergés.

Pour produire la mutation attendue à très grande échelle, Messier exhuma des expériences inédites de Benveniste, qui montraient qu'un signal électrique pouvait modifier la signature quantique de l'eau et transformer ses molécules inertes en drogue mutagène.

Il suffirait alors de transmettre un message qui contiendrait de longues portions d'un tel code pour que les micro-organismes présents près du lieu où le câble s'interrompait commencent à muter. L'onde de choc génétique se propagerait alors de façon autonome, et grâce à la rotondité de la Terre le zooplancton se comporterait bientôt comme une antenne parabolique géante, capable de renvoyer le message jusqu'aux abysses où pendait l'autre extrémité du câble. La communication serait alors rétablie.

À moyen terme, Pascal comptait utiliser une méthode similaire pour fondre tous les océans en un seul supercalculateur, faisant des mythes de Gaïa et de celui du cerveau global des réalités concrètes. Les technologies de l'eau domineraient le troisième millénaire. Puis la Terre entière, de son noyau ferro-magnétique à ses derniers branchages de carbone, servirait d'instrument de calcul. Pendant les premières décennies de leur existence, les supercalculateurs avaient simulé la thermodynamique complexe de la Terre pour en modéliser l'évolution climatique. La Terre, en tant que machine thermodynamique complexe, allait dorénavant pouvoir devenir elle-même un outil informatique. Elle ne serait bientôt plus qu'une tête de lecture, ou qu'un cerveau rêvant du reste de l'espace.

Après un mois de transmission du code mutagène, les premiers échantillons de plancton analysés présentaient un ADN intact, tandis que la mer demeurait électriquement inerte. Pascal pria Messier d'insister encore.

Mais au même moment, sur la terre ferme, l'association de défense de l'environnement Greenpeace déclenchait une campagne médiatique contre l'expédition Shannon. Sa potentielle dangerosité fut à peu près démontrée par des experts en écosystèmes marins, tandis que des physiciens, visiblement accablés, recommencèrent à débattre publiquement de la mémoire de l'eau avec des non-spécialistes. On fit de Pascal Ertanger un savant fou, un apprenti sorcier et un eugéniste. On le compara au milliardaire fou Howard Hugues (quoique celui-ci, qui avait également lancé une mission océanographique secrète, en 1972, l'eût fait en liaison étroite avec la CIA, qui désirait récupérer un sous-marin nucléaire russe échoué au milieu du Pacifique).

La *Calypso* fut finalement arraisonnée dans les eaux internationales par un commando de Greenpeace, avec l'aide probable des services secrets français. Pascal n'opposa, de Paris, aucune résistance.

On disait qu'il avait pu, in extremis, rétablir la liaison à travers les ruines du câble déchiqueté. Le bruit blanc de la mer avait laissé passer un unique message test. Il se disait aussi, mais la chose semblait extravagante, que ce message avait été suivi d'une réponse. Cette réponse était codée de telle sorte que seul Pascal, qui supervisait tout depuis Paris, pût la décrypter. Il obtint, sans surprise, le message suivant : « 00110110010001010101000 0101010101010010101000110101. »

Pascal, qui ne donna que très peu d'explications à Mycenne, considéra dès lors l'expédition Shannon comme un succès complet : « Le grand défi, pour la cosmologie, n'est pas d'expliquer la forme de l'Univers ou la formation des galaxies ; c'est de parvenir à rendre compte de l'existence des sondes intersidérales dans les plis de l'espace-temps. Leur apparition est inexplicable — de l'ordre de l'incarnation d'un dieu. Toute civilisation confrontée à l'un de ces météores subira un ébranlement spirituel profond. Mais passé le premier instant de choc — qui pourra durer plus d'un millénaire — cette civilisation devra admettre que l'événement était programmé depuis le début dans son histoire biologique. »

Mais il apparut, après cet épisode entrepreneurial complexe, définitivement changé : plus calme, plus fermé que jamais, et d'une résolution extrême à mener jusqu'à son terme ce qui allait devenir son dernier projet : l'opération Canopée.

L'univers est un quadrillage serré ; certaines positions sont occupées, d'autres non : le Jeu de la vie a montré qu'il s'agissait là d'une trame suffisante pour supporter l'histoire de la vie et l'histoire des machines. Le métaphysicien David Lewis soutenait une thèse proche : pour lui, l'Univers est le résultat d'un tirage au sort massif, un assemblage de piles et de faces obtenus au hasard. Ces tirages binaires constituent le niveau atomique de la réalité. À son échelle la plus fine, l'Univers délivre une quantité d'information égale à un bit. Il existe, poursuit Lewis, autant d'univers qu'il existe de tirages possibles. Lewis appelle espace logique *cette collection immense. Certains univers sont situés à quelques pas logiques de nous, d'autres, situés beaucoup plus loin, sont inimaginables. Ces mondes sont indépendants et inaccessibles. L'espace logique est par ailleurs entièrement saturé. Il existe ainsi un monde de lumière dont toutes les cellules sont activées, et un monde de nuit dans lequel elles sont toutes éteintes. Notre monde est un morceau de la mosaïque de tous les mondes possibles. C'est un simple cadrage, qui isole sur l'échiquier un tirage aléatoire complet de 0 et de 1. Parfois, la photographie s'anime ; rien n'a pourtant changé, à l'exception du cadre. Ces recadrages incessants sur la mosaïque des mondes, qui nous font basculer d'une configuration à une autre, sont similaires au passage du temps. Des cellules allumées s'éteignent à la génération* suivante, d'autres apparaissent, et le planeur se met soudain à bouger. L'Univers pourtant ne bouge pas ; il se rafraîchit simplement. Nous ne vivons que par transparence. Nous croyons au vertige, au passage d'une grille à une autre. Mais il n'existe qu'un seul espace. Nous sommes écrasés sur la mosaïque des mondes.

« function R(a,i,j,m,g){for(i=80;a[i];i--||+a);for(m=
10;g=a[i]=--m;g&&R(a))for(j in a)g*=a[j^i==j]^m|
|i/9^j/9&&i%9^j%9&&i/27^j/27|i%9/3^j%9/3} »

Algorithme de résolution de sudoku
en 140 caractères et en javascript posté
sur Twitter par HTeuMeuLeu.

Darwin consacra la fin de sa vie à l'étude des vers de terre. Les vers de terre sont des animaux relativement simples, et peu évolués, essentiellement structurés autour d'un appareil digestif qui se confond presque avec leur corps, et qui définit leur activité principale : les vers de terre creusent des galeries, se nourrissent de terre et remontent leurs déjections à la surface ; ils n'ont pas à proprement parler de cœur, de reins ou de poumons, mais des dispositifs longilignes qui remplissent ces fonctions, tandis qu'un long nerf central leur tient lieu de cerveau. Alors que l'homme est fait pour vivre dans un univers à quatre dimensions, les vers de terre pourraient, en théorie, survivre dans un monde filaire réduit à une seule.

Darwin conclut pourtant ses analyses du ver de terre par cette phrase : « Il semble qu'aucun autre animal n'ait joué un rôle plus important dans l'histoire de la Terre que ces créatures rudimentaires. » Les vers de terre représentent, après le plancton pour les parties immergées du globe, la deuxième plus grande réserve de biomasse animale : on en compte à peu près deux tonnes par hectare. La totalité des terres arables est déjà passée plusieurs fois par leurs systèmes digestifs. Toute pierre posée sur le sol est progressivement engloutie par les courants de convection qu'ils génèrent. Darwin entreprit un voyage à Stonehenge, qui confirma cette hypothèse : le site préhistorique s'enfonçait inexorablement sous terre. Les vers de terre ont au total digéré un volume de terre supérieur au volume total de la planète sur laquelle ils vivent.

Bien qu'il n'ait jamais lu *The Formation of Vegetable Mould Through the Action of Worms*, Pascal développa des analyses assez proches de celles de Darwin. Elles le conduisirent à lancer l'opération Canopée, un vaste piratage de Facebook.

Facebook avait été créé en 2004 par Mark Zuckerberg, un étudiant de Harvard âgé d'à peine vingt ans. Il s'agissait d'un réseau social : un graphe dont les nœuds étaient des êtres humains et dont les arêtes représentaient leurs liens d'amitié. Ces êtres humains étaient, par défaut, représentés par leurs *profils publics* : un nom et une photographie (celle-ci étant facultative, de nombreux humains avaient conservé une silhouette prédéfinie, blanche sur un fond bleu ciel — daltonien, Mark Zuckerberg avait privilégié ces teintes pour l'habillage de son site, ce qui l'avait rendu un peu glacé, quoique élégant et fluide). Quand deux membres du réseau revendiquaient un lien d'amitié, ils accédaient, de façon réciproque, à leurs *profils complets* : informations personnelles, préférences sexuelles et artistiques, réseaux d'amitié, photographies et vidéos devenaient dès lors des biens partagés.

Facebook offrait quelques fonctionnalités originales. On pouvait par exemple définir son *statut*. Ce nouveau cadre d'expression permettait d'exprimer son humeur, de donner sa localisation ou de communiquer une option métaphysique. Il était également possible d'y insérer un lien vers une page Web. Sous ces commentaires et publications, une touche « J'aime » autorisait les amis de l'auteur du statut à manifester leur éventuelle approbation, approbation que la touche « Commenter » permettait de mieux spécifier. Facebook était un projet optimiste : malgré de nombreuses requêtes, qui prirent souvent la forme du commentaire « Je n'aime pas » écrit en toutes lettres — c'était le pendant du commentaire fréquent : « Je n'aime pas, j'adore », ou de l'anglophone « je surlike », vestige du temps où Facebook n'était disponible que dans une seule langue —, la fonctionnalité « Je n'aime pas » ne vit jamais le jour (des hackers encodèrent cependant un logiciel espion dans une fausse touche « Je n'aime pas », mais elle fut rapidement désactivée).

Il était également possible de créer des groupes ou des événements, sur un mode sérieux ou humoristique. À chaque fait divers important, des dizaines de groupes apparaissaient ainsi, ironiques ou compassionnels : si le groupe « Dans la famille Dupont de Ligonnès, je voudrais le fils. Pioche ! » venait rappeler certains aspects sordides d'une affaire de quintuple meurtre familial, un autre groupe s'appelait, plus sobrement, « Hommage à la famille de Ligonnès, qu'ils reposent en paix à présent ». Facebook fut de la même manière à l'origine des regroupements apparemment spontanés qui se formèrent dans plusieurs villes : les révolutions arabes du printemps 2011 rivalisèrent ainsi, si l'on s'en tient au nombre de participants annoncé sur le site, avec les *apéros géants* organisés au même moment dans plusieurs grandes villes européennes ; les polices intéressées purent, dans les deux cas, recueillir des informations précieuses.

Facebook émulait en fait toutes les fonctionnalités d'Internet : les boîtes mail, les liens hypertextes, les messageries instantanées, la vidéo en *streaming*, les albums de photographies en ligne, les forums, l'agrégation automatique de contenu, etc. En externe, des développeurs conçurent enfin une multitude d'applications supplémentaires, du jeu de simulation *Farmville* à l'applet permettant de savoir qui regardait le plus souvent son profil.

Facebook permettait à chacun de transformer son profil en médium personnel interactif, à la fois blog, chaîne de télévision et portail Internet généraliste. Facebook parachevait le Web 2.0.

C'était un univers vide, mais accueillant : une grille amusante à remplir, un sudoku narcissique. De tous les sites sociaux, Facebook était le mieux préparé à accueillir la vie. Il transformait les protocoles informatiques les plus austères en aventures humaines. Si la fonction « poke », qui permettait à deux amis de s'envoyer de brefs saluts numériques dépourvus de contenu, ne générait qu'un bit d'information, l'être humain avait la capacité d'y implémenter tout son système symbolique : « Nous avons créé le poke, déclara Zuckerberg, en pensant qu'il serait cool d'avoir une fonctionnalité sans aucun but précis. Les gens interprètent le poke de plein de manières différentes, et nous vous encourageons à y mettre vos propres significations. »

Facebook distança rapidement ses deux concurrents principaux, Myspace, qui permettait d'individualiser sa page personnelle jusqu'à la faire ressembler à une chambre d'adolescent, et Second Life, qui consistait à faire vivre un avatar dans un monde tridimensionnel presque uniquement composé de boutiques de marque et de grands espaces impersonnels.

Facebook était simple et fonctionnel. Facebook reproduisait strictement l'abstraction mathématique de l'univers relationnel humain.

Cinq ans après sa création, le site revendiquait déjà plus d'un demi-milliard d'inscrits, tandis que Mark Zuckerberg devenait le plus jeune milliardaire de l'histoire. Facebook reçut bientôt autant de visiteurs que Google — des visiteurs qui y passaient plus de temps, et qui s'y amusaient bien plus : ils préféraient la composition de statuts et de commentaires sémantiquement articulés à l'usage moins réfléchi, et purement syntaxique, de mots-clés dans le moteur de recherche, dont la force brute les fascinait moins.

À peu de chose près, Facebook était devenu Internet — un Internet humanisé, amical et privé, une métaphore opérationnelle d'Internet.

L'humanité déposait massivement des commentaires et des images sur le mur éternel du réseau social. Alimenter sa page Facebook était vécu comme une activité sérieuse, la plus sérieuse de toutes. Entre affirmation identitaire et relâchement narcissique, les éléments postés acquirent très vite une importance déterminante. La sélection naturelle des qualités morales opérée par le réseau était impitoyable.

Facebook était un monde concave et bouclé. Coupés du sol, les branchages algorithmiques de Facebook formaient pourtant une résille capable de capturer la vie. Les hommes étaient devenus des robots calculateurs, susceptibles et sociaux. On assistait à des tests de Turing inversés : la vie articulait des petites portions de code automatisé en réaction à des stimuli simples, la vie se résolvait dans des constats électroniques. Les êtres humains, privés de leurs organes biologiques, n'y échangeaient plus que des informations. La touche « J'aime » était froide. Facebook s'était transformé en inconscient collectif, puis en tribunal du Jugement dernier. Les vies humaines, entrecroisées et névrotiques, y prenaient la forme d'un bûcher de bois sec.

La plupart des expériences conduites dans le domaine de l'intelligence artificielle avaient mobilisé des quantités énormes de calcul, pour des résultats relativement décevants : le champion d'échecs russe Kasparov avait été battu par l'ordinateur Deep Blue en 1997, les champions américains de Jeopardy, Jennings et Rutter, avaient été défaits par le logiciel Watson en 2011. Facebook ne prétendait nullement être compétitif dans ce domaine élitiste et relativement morose : c'était une simple base de données animée par une vie extérieure, un long code sans possibilité d'évolution autonome. La chose était pourtant d'une humanité incontestable.

Les milliards de pages Facebook offraient un résumé complet de l'humanité, et garantissaient, dans l'hypothèse de son extinction soudaine, sa restitution complète.

Mais Facebook n'était pas une machine entière : c'était le ruban perforé, le disque magnétique ou la carte mémoire. L'autre partie de la machine, sa tête de lecture-écriture, restait à construire pour pallier les défaillances de son moteur actuel, trop profondément lié au caractère périssable du corps humain.

On appelait *vers*, en informatique, les logiciels capables de se répliquer à travers les réseaux. Ils furent souvent décrits comme une forme de vie numérique élémentaire. Si les vers observés par Darwin fabriquaient le substrat sur lequel la vie terrestre s'enracinait, les longues lignes de codes qui constituaient Facebook avaient creusé les galeries qui allaient permettre à la vie de franchir un nouveau seuil, et de venir coloniser l'espace vierge des *data centers* et l'immensité neigeuse du nuage informatique.

Pour Pascal, la vie pourrait connaître ici, dans cette canopée virtuelle, loin du terreau humide et flou de ses origines, une nouvelle évolution. Le réseau était prêt à prendre feu et il allait provoquer l'étincelle.

Pascal admirait Mark Zuckerberg, mais trouvait le jeune milliardaire un peu timide.

Il avait réussi, en seulement quelques années, à devenir le premier éditeur de contenu d'Internet et à rassembler la base de données la plus complète qui ait jamais existé sur la vie humaine. Il était même parvenu à s'en rendre propriétaire : toute image ou tout texte publié sur Facebook était légalement sa possession. L'exploitation de ces données ne dépendait que de lui.

Mais Zuckerberg se révélait à cet égard décevant. Devenu, après Google Earth, l'unique photographie d'un écosytème entier, Facebook laissait la vie moléculaire cristalliser en silence dans ses grands réservoirs de silicium. Zuckerberg semblait, au mieux, ne poursuivre qu'un but relativement mesquin : monétiser au plus vite ce stock incommensurable. Il était, à sa décharge, obligé de rentabiliser Facebook, pour apporter un démenti rapide aux analystes qui prophétisaient l'explosion de la *bulle 2.0.* Pour se prémunir contre une telle catastrophe, Facebook devait devenir la plate-forme publicitaire de référence : un *social media* capable de succéder aux *mass media* traditionnels.

Tandis que les milieux politiques virent dans ce *social media* l'incarnation la plus aboutie du *soft power*, allant jusqu'à évoquer, avec un enthousiasme mêlé de crainte, la naissance d'une citoyenneté numérique mondiale — Facebook compterait bientôt plus d'habitants que la Chine —, la communauté informatique, d'obédience plutôt libertaire, accusait, elle, Facebook de dévoyer les idéaux libéraux et décentralisateurs d'Internet, et jugeait la politique de confidentialité du site, qui revendait les données personnelles de ses membres à des tiers, opaque et liberticide.

Pascal déplorait au contraire la prudence excessive de Facebook — car il avait pris la mesure exacte de ce que Facebook était : un projet biopolitique. Il avait compris l'objectif messianique de Zuckerberg : Facebook devait permettre d'opérer la conversion numérique de la vie, et d'établir ainsi la *version bêta* du paradis. Zuckerberg s'était d'ailleurs montré très explicite à ce sujet : « Selon la croyance populaire, quand on va au paradis, on y retrouve tous ses amis, et tout ressemble à ce que l'on espérait. Ensemble, faisons un monde aussi bien que ça. »

Zuckerberg était de toute évidence dans une impasse. Il envoya alors un signe à Pascal. Le nouveau héros des systèmes propriétaires, après Bill Gates et Steve Jobs, accomplit un geste d'ouverture en direction de la communauté des libristes, les partisans des systèmes ouverts : Zuckerberg, après avoir inauguré son *data center* amiral, en rendit publiques toutes les spécifications techniques. Quiconque disposait de moyens financiers adéquats était désormais en mesure de fabriquer un miroir de Facebook, pour en continuer les expérimentations posthumaines.

Ni Google, ni Apple, ni même RenRen, le clone chinois de Facebook, ne pouvaient bien sûr se permettre une telle opération de piratage, contraire à toutes les législations du monde. L'annonce de Zuckerberg ne pouvait intéresser que des mécènes milliardaires singularistes : Pascal parvint facilement à se convaincre qu'elle lui était destinée.

Il accepta le défi que Zuckerberg lui proposait de relever. Il allait désormais engager sa fortune à jouer le *business angel* d'un paradis électronique pirate.

Sur les documents rendus publics, le *data center* de Prineville, dans l'Oregon, était disséqué à toutes ses échelles, de l'architecture de ses cartes mère, construites autour de la dernière génération de processeurs Intel Xeon et AMD Opteron, à celle de son système de refroidissement. Facebook était entré dans le domaine des expériences reproductibles.

Pascal recruta des ingénieurs en génie climatique et des ingénieurs réseau. Thierry Breton lui fit également rencontrer Serge Dassault, le fils de Marcel Dassault, qui avait hérité du groupe familial avant de ravir au parti communiste la mairie de Corbeil-Essonnes. La ville abritait un vestige encombrant de la révolution informatique : une ancienne usine IBM de cinquante-cinq hectares, située au bord de l'autoroute A6. L'usine avait été, en 1964, l'une des plus modernes du monde, mais

IBM avait ralenti ses investissements au début des années 1990. Elle avait alors été reprise par le groupe Altis, une *joint-venture* réunissant IBM et Infineon, une ancienne filiale de l'allemand Siemens. Devenu dès lors une simple fonderie de silicium, le site avait progressivement fermé. Pascal négocia sans difficulté son rachat, et y installa son *data center* miroir, qu'il fit relier, par fibres optiques, aux antennes de Sainte-Assise, situées à seulement quelques kilomètres de là.

L'opération Canopée put alors commencer.

Les équipes de Pascal commencèrent par créer une application Facebook nommée *Six Degrees*, qui permettait à celui qui l'installait de connaître son degré de séparation avec n'importe quel inconnu qui l'avait également installée. *Six Degrees* fournit très vite des données expérimentales sur la structure mathématique de Facebook. La séparation moyenne entre deux membres du réseau était ainsi de 5,73 — chiffre qui avait tendance à baisser.

Six Degrees permit de partiellement reconstituer le graphe de Facebook, et de calculer quelles étaient les meilleures stratégies pour pirater le site, en implantant le nombre exact d'artefacts humains nécessaires à la capture complète de tous ses membres dans des liens d'amitié imaginaires — seul le lien d'amitié permettait en effet d'accéder au profil complet d'un utilisateur de Facebook. Sans ce lien, aucun robot indexeur ne pouvait pénétrer à l'intérieur du site — ces abysses informatiques étaient appelés le *Web profond*.

Les programmeurs de Pascal simulèrent donc la population d'une métropole moyenne. Ils générèrent pour cela des profils aléatoires probables, allant jusqu'à réactiver, dans une vieille unité mémoire que Pascal avait gardée, la base de données du 3615 INVERSE pour y rechercher des noms propres crédibles et des prénoms adaptés. La solution retenue pour doter ces créatures virtuelles de visages humains acceptables, qui ne soient ni trop synthétiques ni trop caractérisés, fut de prendre le visage de Pascal, et de l'anamorphoser à plusieurs milliers d'exemplaires.

Pascal fit défiler, pendant des jours entiers, ces faces homéostatiques et androgynes qui lui ressemblaient toutes, mais qui ne se ressemblaient pas entre elles. La supercherie était indétectable. Le logiciel de modélisation avait par ailleurs été programmé pour éviter le phénomène que les roboticiens appelaient *Uncanny Valley* : quand un visage synthétique tentait de ressembler à un visage humain, son degré de familiarité chutait brutalement juste avant le stade de la ressemblance parfaite — ce phénomène expliquait le trouble provoqué par les *pain series*, qui présentaient le visage supplicié d'une humanité dangereusement proche. Mais l'étrangeté un peu répugnante de ces visages destinés à tromper Facebook demeurait sensible pour les proches collaborateurs de Pascal, qui commençaient à trouver effrayantes les apparitions silencieuses du milliardaire dans les couloirs de l'ancienne usine IBM.

Les clones de Pascal s'emparèrent en quelques semaines de plus de 80 % du réseau social, grâce à leurs recherches inlassables d'amis. À chaque fois qu'une personne réelle acceptait la requête amicale d'un de ces clones, un logiciel recopiait aussitôt toutes les informations de son profil. Chaque Ertanger-robot atteint très vite le seuil des cinq mille amis — limite arbitraire fixée par

Facebook — grâce à des taux de refus étrangement faibles des personnes qu'ils sollicitaient.

L'homme était, au fond, une espèce un peu naïve. Le *spamming*, qui pouvait servir de paradigme à l'étude des rencontres entre hommes et robots, demeurait ainsi une activité rentable, un message sur 12 millions recevant une réponse. En remplaçant ces robots par des hommes, comme le montrait l'exemple du porte-à-porte pratiqué par les Témoins de Jéhovah, on atteignait facilement des taux de réussite plus élevés — de l'ordre d'une conversion toutes les huit mille heures de prédication. La méthode de recrutement de l'opération Canopée combinait astucieusement la force de frappe massive des logiciels robots, et le côté humain du porte-à-porte.

Le piratage de Facebook fut un succès complet. Pascal était parvenu à échantillonner, grâce aux photographies qu'ils avaient prises et aux énoncés qu'ils avaient écrits, les vies d'un milliard d'êtres humains.

Pascal possédait désormais un univers, au sens de Leibniz : un tout coordonné de monades logiques se reflétant entre elles. C'est d'ailleurs la poursuite inconsciente d'un idéal de perfection typiquement leibnizien qui le conduisit à supprimer la seule monade qu'il jugeait imparfaite, celle d'Émilie, et celle qui la reflétait le plus : la sienne.

Existe-t-il, comme aux échecs, des lois de déplacement sur la mosaïque des mondes ? Si l'on représente sur un échiquier toutes les configurations possibles du Jeu de la vie, il n'existera, à chaque case, qu'une seule case accessible : le Jeu de la vie est déterministe. On trouvera, à l'origine de ces séries de mouvements, des configurations jardin d'éden, *et à leur extrémité des structures stables ou périodiques. Mais si les règles du Jeu de la vie de Conway sont parfaitement connues, celles de la mosaïque des mondes ne le sont pas encore. Notre monde est une série dont les propriétés demeurent problématiques, si elles existent. On postule tout au plus, sans en avoir jamais apporté de démonstration suffisante, que la série n'est pas périodique : le mouvement perpétuel comme le voyage dans le temps sont des hypothèses le plus souvent rejetées. Peut-il exister des mondes pour lesquels le mouvement perpétuel et le voyage dans le temps existent ? La question de la validité locale ou universelle des lois de la physique est une question ancienne. Mycenne a tenté, dans sa « Théorie générale des mouvements impossibles », d'apporter une réponse mathématique à cette question. La mosaïque des mondes est pour lui identique au ruban lu par une machine de Turing. Considérant une configuration entière comme un programme de tâches à accomplir, les machines livrent une réponse, sous la forme d'une configuration nouvelle de cases allumées et* éteintes. *Ces machines de Turing sont les dieux mathématiques de notre monde. Exister, pour une grille de la mosaïque, c'est être lue.* Or l'analyse des machines de Turing a livré depuis un siècle quelques résultats cruciaux. *L'un des plus célèbres est le* problème de l'arrêt *: il n'est pas possible de savoir a priori, pour un programme quelconque, si la machine qui en exécute les instructions s'arrêtera ou continuera toujours (la programmation n'est dès lors qu'une science expérimentale — comme peut-être les mathématiques).* La première antinomie kantienne : « Le monde a un commencement dans le temps » / « Le monde n'a pas de commencement dans le temps », trouve là, pour Mycenne, une formulation mathématique rigoureuse. Il suggère également que les trois autres antinomies, qui portent sur la nature analogique ou binaire de la réalité, sur la liberté de l'homme et sur l'existence de Dieu, pourraient être résolues de la même manière.

34

L'expédition Shannon avait en partie démontré à Pascal les limites techniques de la Terre : bien qu'à certains égards elle se soit comportée comme un appareil d'enregistrement exceptionnel, la planète générait trop de bruit pour conserver longtemps les messages qu'on lui confiait. C'était un canal de communication de qualité moyenne, parasité par les mouvements incessants de ses propres molécules. L'homme était l'exemple emblématique de cet échec : être organisé, intelligent et précis, il s'était révélé très vite d'une complexité contre-productive, en termes de quantité d'information produite par quantité d'entropie générée — le réchauffement climatique l'attestait.

La première idée de Pascal, inspirée par des projets de géo-ingénierie climatique qui proposaient de lutter contre l'effet de serre en repeignant les toits des maisons en blanc ou en répandant des microbilles de plastique réfléchissantes sur les océans, fut d'exfiltrer l'humanité pour rééquilibrer les écosystèmes terrestres — c'était un projet authentiquement écologique.

Les antennes de Sainte-Assise commencèrent bientôt à émettre des signaux incompréhensibles, qui saturèrent l'ionosphère : c'était les données binaires de l'opération Canopée, la vie intime d'un milliard d'êtres humains. Pascal, qui cherchait à échapper au champ magnétique terrestre pour émettre en direction du cosmos, contacta EDF et proposa de cofinancer, avec la société Nexans, la pose d'un câble supraconducteur entre la centrale nucléaire de Nogent-sur-Seine et Sainte-Assise : les antennes devaient émettre au maximum de leur puissance. Toute l'énergie de la Terre pouvait en théorie être transformée en ondes hertziennes — les antennes crèveraient la Terre, comme des aiguilles enfoncées dans un ballon, pour laisser le petit filet de vie consciente qu'elle contenait s'épancher dans l'espace. Quand la Terre aurait disparu, cette sphère d'information continuerait à s'étendre — l'opération Canopée avait au passage cessé d'être un projet écologique, pour devenir une ambitieuse entreprise d'ingénierie spatiale.

La théorie de l'information stipule que, derrière des messages atténués et partiels, la fraîcheur de la source peut, à certaines conditions, demeurer accessible : les données fragmentaires de Facebook, si elles n'encodaient pas les vies humaines en totalité, constituaient encore des marqueurs d'individualité assez puissants pour qu'il n'existe, derrière chaque suite de 0 et de 1 émise, qu'un seul être accessible.

Ces signaux fantômes devaient être, aux yeux de Pascal, interceptés par des machines extraterrestres couplées à des bioréacteurs. Ou bien, si l'Univers était vide,

Pascal imaginait que ces longues vagues de zéros et de uns rentreraient seules à l'intérieur des machines célibataires du cosmos — poussières polarisées, labyrinthes de gaz, systèmes planétaires booléens —, où elles programmeraient, patiemment, l'évolution de futures planètes susceptibles d'accueillir la renaissance de la vie. Mais il se pourrait aussi, comme l'avait montré l'expédition Shannon, que le message revienne — Pascal commença alors à réfléchir à une structure capable de le recevoir.

Mais il fut forcé d'arrêter ses transmissions avant d'avoir pu ensemencer le cosmos : elles menaçaient de perturber les télécommunications terrestres. L'alerte fut paradoxalement lancée par des blogs conspirationnistes, qui rapprochèrent les antennes de Seine-Port des antennes du projet américain HAARP (*High Frequency Active Auroral Research Programm*). Derrière ce programme scientifique d'étude de l'ionosphère, on suspectait le gouvernement américain de tester, depuis près d'un siècle, les armes secrètes à micro-ondes imaginées par Tesla, qui permettaient de détruire des missiles ou des avions en plein vol (le vol TWA 800), de déclencher des séismes à distance (Fukushima), ou de contrôler le climat (la grande tempête de 1999).

Pascal était visiblement devenu incontrôlable, et peut-être dangereux. Les pouvoirs publics, qui ne pouvaient cette fois ni arraisonner Pascal dans les eaux internationales ni l'expulser d'un lieu qu'il possédait légalement, firent valoir la dangerosité des antennes géantes pour les avions qui se posaient à Orly, ainsi que l'appartenance des bandes de fréquence utilisées à un domaine public inaliénable. Pascal reçut donc l'ordre d'abattre ses antennes.

Leurs haubans furent successivement sectionnés, et les antennes géantes disparurent derrière les arbres de la forêt environnante, puis dans l'herbe de la clairière où elles s'abattirent. Pascal assista, fasciné, à cette opération. Les antennes, tombant toutes dans la même direction, devaient rester parallèles. Mais l'une d'elles pivota lentement dans le ciel avant de venir heurter, comme au jeu de mikado, sa voisine déjà couchée sur le sol. Le choc provoqua une onde sonore prodigieuse, dont les modulations métalliques, comme un cri inarticulé, se propagèrent pendant plusieurs minutes. Seul Pascal, qui ne portait pas de casque de protection, entendit ce signal dans toute sa complexité. Le bruit résonna d'ailleurs assez longtemps dans ses oreilles pour qu'il puisse en analyser toutes les couches mélodiques. C'était un bruit d'une extrême et inquiétante beauté.

Pascal dut alors profondément remanier l'opération Canopée. Depuis longtemps lassé des messages contradictoires que sa collection d'ordinateurs lui fournissait, comme du système thermodynamique parfait de Gay-Lussac, il abandonna définitivement son loft muséal. L'air était plus désordonné et plus souple dans l'ancienne usine IBM, où les milliers d'ailettes de refroidissement des microprocesseurs lui communiquaient la chaleur de l'humanité pirate, tandis que l'eau climatisée qui ruisselait au cœur des machines, comme dans une forêt tropicale humide, entrait presque en ébullition dès qu'elle rencontrait des données vivantes. La Canopée était comme un organisme immobilisé dans un coma profond, mais qui respirait et s'alimentait encore. Pascal voulut restaurer ses autres fonctions vitales.

Le Génopole d'Évry, premier technopôle français spécialisé dans les biotechnologies, était tout proche. Il s'était constitué autour du Généthon, un centre de recherche sur les maladies génétiques financé grâce à l'argent recueilli par plusieurs téléthons (« Contre les maladies génétiques, l'amour ça ne suffit pas »). Le Généthon avait participé, dans les années 1990, au séquençage du génome humain. Il s'était depuis fait largement distancer, de telle sorte que Mycenne parvint sans difficulté à recruter des équipes complètes de chercheurs. Il mit à leur tête les fondateurs du collectif « AND what ? », Adam et Lilith Castlelap.

Les théoriciens de l'évolution manifestaient souvent leur prédilection pour les insectes, qui formaient un embranchement particulièrement solide et fiable du vivant. Ils se reproduisaient vite et étaient ainsi capables de muter sur des échelles de temps très courtes : en Angleterre, la phalène du bouleau passa, en un demi-siècle, du blanc au noir, demeurant ainsi invisible sur les troncs salis par la révolution industrielle. Les insectes pouvaient marcher, voler et nager. Ils résistaient aux radiations, à l'écrasement et aux famines. Doués d'une exceptionnelle capacité d'évitement, pourvus de systèmes de défense moléculaires et mécaniques redoutables ainsi que d'un sens aigu du mimétisme, ils échappaient le plus souvent à leurs prédateurs. Ils connaissaient enfin les lois mystérieuses de la vie en société et maîtrisaient les trois langages : sonore, chimique et gestuel.

Pascal allait implanter les données humaines de l'opération Canopée dans leurs carapaces, comme dans des petits *data centers* volants, réplicatifs, et autonomes.

Des études avaient montré que les capacités mémoire du cerveau humain étaient comprises entre 200 mégaoctets et 1 gigaoctet — les jeunes Grecs, en apprenant l'*Iliade* et l'*Odyssée* en totalité, avaient presque atteint cet ordre de grandeur. On estimait par ailleurs qu'un gramme d'ADN pouvait contenir $4,2 \times 10^{21}$ bits d'information, soit environ 500 milliards de gigaoctets. Théoriquement, la mémoire de l'humanité tenait dans les brins d'ADN d'un seul insecte.

En pratique, les choses se révélèrent plus complexes, et les ressources en mémoire dont disposait Pascal s'amenuisèrent très vite. L'ADN était par exemple le même dans toutes les cellules d'un organisme donné, ce qui en divisait massivement la quantité utilisable. De plus, pour éviter tout désastre génétique, seules les parties non codantes de l'ADN, surnommées ADN-poubelle, pouvaient être utilisées sans risque pour stocker de l'information : c'était les portions fossiles et redondantes de la molécule, qui ne jouaient aucun rôle dans la synthèse protéique, ou un rôle seulement structurel, complexe et méconnu, lié au pliage tridimensionnel des molécules produites.

Obligé de composer avec la nature du canal, Pascal dut également améliorer la qualité des messages. Les données humaines rassemblées sur Facebook étaient terriblement déstructurées. Mycenne imagina de transformer ces récits chaotiques et bègues en biographies lisibles, et surtout faciles à compresser. Avec l'aide d'un programmeur, il conçut un algorithme capable de les transformer en épopées compactes. Les textes générés allaient être mélangés à chaque cycle reproductif. Néanmoins, le recours à une forme littéraire était la meilleure solution, en termes de théorie de l'information : contrairement à une assertion célèbre de Deleuze affirmant que l'art ne contenait pas la moindre information, la littérature n'était en réalité rien d'autre que de la théorie de l'information appliquée — le roman et la poésie n'étaient, selon Mycenne, rien d'autre que des tentatives obstinées pour parvenir à encoder le maximum d'information dans le minimum de mots (un roman réussi développant, dans cette perspective, un ratio parfait entre équivocation et redondance, tandis que la poésie, à travers l'usage ancestral de la métaphore, faisait une application naïve du théorème d'échantillonnage de Nyquist-Shannon).

Les biographies ainsi obtenues faisaient 100 kilooctets : c'était la taille d'un petit roman. Un logiciel de reconnaissance des visages se chargeait ensuite de sélectionner une dizaine de photographies, puis il les compressait, afin que l'ensemble ne dépasse pas les 200 kilooctets.

Les généticiens, par habitude, aimaient travailler avec la mouche drosophile, dont l'ADN avait été séquencé trois ans avant celui de l'homme. Pascal considéra cependant que l'abeille présentait plus de garanties.

Les abeilles possédaient en effet des caractéristiques sexuelles intéressantes, qui en faisaient des supports mémoire idéaux. Le mâle, ou faux bourdon, jouait par exemple un rôle de duplicateur plus que de reproducteur : il était un clone génétique de sa mère, dans la mesure où les œufs que pondaient les reines donnaient systématiquement naissance à des mâles quand ils n'étaient pas fécondés. Ces mâles ne possédaient de fait qu'un seul jeu de chromosomes, au lieu de deux, ce qui rendait tous leurs spermatozoïdes identiques. Les faux bourdons ne servaient qu'à transmettre ce code, et mouraient après l'accouplement — sur le plan génétique, la reine s'unissait en fait avec une abeille femelle de la génération précédente. Les œufs fécondés donnaient, eux, naissance à des abeilles femelles, programmées pour devenir des ouvrières ou, dans de très rares cas, destinées à remplacer la reine.

Le patrimoine génétique d'une ruche aurait été ainsi relativement stable, les descendantes d'une reine possédant 75 % de leur génome en commun, si la reine n'avait pas manifesté un comportement sexuel exubérant, en s'accouplant pendant son vol nuptial avec plus d'une dizaine de mâles et en stockant leur sperme dans un organe dédié, la *spermathèque*, afin de générer ultérieurement plusieurs fratries.

De toutes les espèces sexuées, les abeilles se révélaient néanmoins l'une de celles qui offraient le meilleur rapport signal / bruit. Le nombre d'ancêtres que possédait chaque abeille ne doublait pas à chaque génération, mais décrivait plus élégamment une suite de Fibonaci, à la croissance moins rapide (les mâles étant toujours dépourvus de pères) : 1, 2, 3, 5, 8, 13... En termes de génétique des populations, les abeilles n'exigeaient pas une trop grande puissance de calcul pour remonter jusqu'au patrimoine génétique de leurs ancêtres lointains. D'autant plus que Pascal projetait de recourir au génie génétique pour réaliser l'ablation définitive de la spermathèque, l'organe du désordre.

Les abeilles entretenaient aussi une relation intime avec l'éternité des grains de pollen. En collectant le nectar des fleurs pour réaliser la synthèse du miel, les abeilles emportaient avec elles ces solides translucides qui enveloppaient des mondes assujettis au mouvement brownien. Ce pollen jouait, dans la ruche, un rôle important dans le développement larvaire des abeilles.

Devenues adultes, ces abeilles produisaient un kilogramme de miel tous les 40 000 kilomètres parcourus : les trajectoires ramassées du mouvement brownien, qu'elles avaient ingérées pendant leurs premières heures de vie, se retrouvaient ainsi dépliées dans toute l'immensité du ciel.

Les abeilles pratiquaient enfin une forme de communication particulière : elles échangeaient, en dansant en rond devant la piste d'envol de la ruche, des informations sur l'emplacement des sources de nectar avoisinantes. Pascal voulut ouvrir ce langage fermé. Il désirait que ce langage d'abondance soit contaminé par des éléments métaphysiques humains, qu'il évoque les limites du monde, le passage douloureux des saisons, la mortelle incertitude du soleil couchant. Il demanda à Mycenne de lui fournir également des récits de vie limités à 140 caractères. Il interrogea alors les Castlelap sur une possible utilisation de ces données comme paramètres de vol. Il n'existait à proprement parler ni gène du langage ni gène du vol. En introduisant ces données sur les parties codantes de leur ADN, on pouvait tout au plus espérer une légère inflexion de la danse frétillante de l'abeille — schématiquement, les 0 feraient pencher l'abeille à droite, les 1 la feraient pencher à gauche. Le vol codé des ouvrières subirait sans doute des interférences, responsables d'un imperceptible mouvement de roulis. Le signal, sans être brouillé, serait un peu plus bruyant. Ces hésitations représenteraient la clé qui permettrait d'accéder au contenu romanesque caché dans leur génome. Les abeilles elles-mêmes n'y seraient peut-être pas insensibles.

La partie proprement biologique de l'opération Canopée put alors commencer : il s'agissait d'implanter, en prenant de nombreuses mesures de redondance, 200 kilooctets d'information entre les 10 157 gènes codants de l'*Apis mellifera*, parmi les 200 millions de paires de bases qui restaient disponibles sur son ADN. Coincés entre les parties fonctionnelles du génome de l'abeille, les hommes seraient ainsi retenus au-dessus du vide.

Les abeilles montraient à cet égard une adresse à peu près unique dans le règne animal. Elles étaient capables de former des pelotes de pollen, de les retenir en plein vol dans l'articulation creuse de leurs pattes postérieures et de les en décrocher avec leurs pattes médianes : les abeilles savaient presque jongler (cependant, l'implantation de 140 octets d'information dans certaines des portions cruciales de leur génome risquait de perturber ce mécanisme subtil).

L'*Apis mellifica syriaca* était la plus agressive des abeilles. Mais, étant également la plus petite, elle fut sélectionnée pour servir de support à l'opération Canopée, dont les dimensions étaient devenues énormes : il s'agissait de créer un milliard d'essaims, un par être humain sauvegardé. La dimension des ruches devait être réduite au minimum.

La production des reines commença. De longues et coûteuses manipulations génétiques furent répétées des milliers et des milliers de fois dans des réacteurs biochimiques assemblés en chaînes de fabrication robotisées.

Ces reines étaient, à l'exception des poussières d'information humaine qu'elles contenaient, parfaitement identiques. Elles régneraient dans un premier temps sur une colonie d'ouvrières non reprogrammées — les ouvrières étant stériles. Puis ces reines donneraient naissance à des ouvrières, à quelques faux bourdons et à de futures reines. Des parades nuptiales commençeraient alors à desserrer et à entremêler les essaims primitifs.

Les questions logistiques et techniques furent longuement débattues. La taille des ruches pouvait être réduite, au minimum, à un décimètre cube. À raison de mille ruches par mètre cube, le milliard de ruches de l'opération Canopée occuperait un volume compris dans un parallélépipède occupant une surface au sol de dix hectares et montant à une hauteur de dix mètres. L'usine IBM, avec ses divers bâtiments géants, convenait parfaitement.

Pascal conçut sa mégaruche sur le modèle d'un *data center*. L'architecture traditionnelle des ruches, avec leurs cadres mobiles, était d'ailleurs très proche de celle des *data centers*, faits de serveurs plats insérés dans des *racks*.

Pascal se rendit, anonymement, dans les locaux commerciaux de la société Efirack, près du magasin IKEA d'Évry. Pascal avait traversé, quand il démarchait d'éventuels clients pour sa société Minicom, ce qui était encore un plateau agricole désertique, situé aux confins de l'agglomération parisienne et seulement éclairé la nuit par les quatres lettres géantes du nom de la multinationale. Elles formaient l'unique mot, visible à des kilomètres, d'une langue inconnue. Pascal s'était alors souvenu de l'un des projets précurseurs du programme SETI, qui prévoyait de creuser de gigantesques lettres dans un désert, de les remplir de pétrole et d'y mettre le feu, pour signaler notre présence.

Il y avait alors moins de cinq magasins IKEA en France — celui de Vélizy n'ouvrirait qu'en 2003. Le magasin d'Évry, un immense hangar bleu, appartenait à l'avant-garde de cette flotte futuriste. Il avait produit sur Pascal une sensation désagréable. Rempli d'objets d'ameublement parfaitement ergonomiques, ce magasin semblait pourtant, de l'extérieur, inadapté aux hommes. Quand il avait vu *Terminator 2*, Pascal avait inconsciemment rapproché IKEA de Skynet, le nuage informatique qui propageait la mort.

Des centaines d'entreprises s'étaient installées, depuis 1988, autour de la mégastructure, qui s'était même vu dépasser en taille par les immenses entrepôts du groupe Eurologistic. Mais la société Efirack occupait un bâtiment de taille moyenne. Pascal allait perturber à jamais la quiétude tertiaire de la PME, symbolisée devant lui par le geste paisible d'une employée qui versait le contenu d'un gobelet en plastique dans les billes d'argile d'un ficus ; il allait, dans un instant, commander 266 kilomètres de racks informatiques. L'onde de choc conduirait probablement à l'abandon rapide de ces velléités de jardinage, puis atteindrait l'unité de production bourguignonne du groupe. Pascal et le directeur d'Efirack visitèrent d'abord le *showroom*, qui ressemblait, avec ses grands meubles noirs allongés et vides, à celui d'un magasin de pompes funèbres. Puis, pendant la négociation commerciale qui suivit, Pascal Ertanger redevint une dernière fois le *cost-killer* qui avait fondé Démon et imposé sa loi au capitalisme français. Son interlocuteur mit cependant quelque temps à reconnaître l'ancien P-DG de Démon : si ses qualités hors pair de négociateur étaient intactes, l'opération Canopée, telle que Pascal la lui décrivit, ne pouvait qu'entraîner la ruine de son promoteur. Pascal, bien conscient de cette difficulté, obtint d'importants rabais commerciaux en échange de paiements anticipés. Il exigea aussi qu'Efirack signe une clause de confidentialité très stricte : le matériel commandé n'était absolument pas conventionnel.

Il s'agissait de racks de largeur et de profondeur standards (48 × 43 cm), mais d'une hauteur portée à dix mètres. Chacun de ces meubles contiendrait cent cinquante tiroirs de six centimètres de hauteur. Ces tiroirs contiendraient à leur tour douze cadres parallèles disposés verticalement. Ces cadres, représentant un volume individuel d'un décimètre cube, devraient être isolés, et reliés à l'extérieur du tiroir par des conduits d'aération.

Chacun de ces cadres deviendrait bientôt une ruche indépendante, destinée à accueillir un seul rayon à miel. Pascal pourrait ainsi bientôt stocker 1 800 personnes par rack, 3,75 millions de personnes par kilomètre, un milliard de personnes dans 266 kilomètres.

Les premières abeilles génétiquement modifiées furent délicatement installées dans les premiers racks livrés. Pascal avait recruté des apiculteurs pour cette phase délicate du projet Canopée. Habillés de blanc et portant des casques de cosmonaute, ils circulaient entre les allées étroites des ruches, et déposaient les reines au milieu des ouvrières endormies. Ils assemblaient également des conduites de plastique transparent qui menaient jusqu'à des prairies artificielles, situées dans les zones encore vides de l'usine IBM, et compartimentées par des voiles de gaze.

Pascal passait des journées et des nuits entières allongé dans ce paysage bourdonnant et moiré, dormant sur le sol de vastes prairies fluorescentes au milieu desquelles des fleurs cristallines et pâles poussaient par millions. Parfois, des abeilles venues jusqu'à lui pour s'alimenter en nectar le piquaient, mais leur venin n'était pas douloureux, ou contenait des drogues apaisantes. L'éclairage était artificiel, et l'arrosage, automatique. Pascal ne revit plus jamais ni la lumière du jour ni la pluie.

Il refusa bientôt de manger autre chose que du miel. Après de longues heures de rêverie et de contemplation, il demandait à Mycenne de le rejoindre, pour lui transmettre des ordres ou s'enquérir de l'avancée des opérations. Pascal voulait tout savoir, des chiffres de la consommation électrique du bâtiment aux retards de livraison des nouvelles ruches, en passant par les pannes informatiques causées par des intrusions d'abeilles.

Il lui dictait ensuite un texte, qu'il appelait son mémorial et qui aurait pu être une nouvelle de science-fiction, s'il y avait eu des personnages, ou un article scientifique, s'il n'y avait eu d'étranges digressions mystiques. Il l'avait intitulé *La Théorie de l'information*.

Pascal était devenu le premier apiculteur du monde. La culture intensive de fleurs dans des prairies artificielles se révéla alors incapable de nourrir les nouvelles colonies d'abeilles que les robots assembleurs continuaient à produire. Un tunnel de communication fut alors établi entre l'usine IBM et la forêt de Sainte-Assise. Les parties boisées que Pascal possédaient ainsi que l'immense clairière où s'étaient élevées les antennes furent entièrement recouvertes d'un filet aux mailles serrées. Les abeilles arrivaient là au terme d'un parcours de plus de dix kilomètres à travers un tuyau déposé sur le lit de la Seine — elles étaient entraînées, sans avoir à fournir d'effort, par un flux d'air continu. Quand les abeilles avaient assez butiné, le filet se contractait et les redirigeait vers l'embouchure du tuyau, qui les aspirait dans l'autre sens. Mais la forêt de Sainte-Assise, à son tour, commença à se montrer trop limitée. Pascal fit venir du sucre pur de la raffinerie d'Artenay.

Il se composa dès lors un monde complet, qu'il dessina lui-même et qui tenait du parcours de golf ou du paysage ferroviaire miniature. Toutes les prairies figuraient désormais des vallées étroites qui serpentaient entre les cônes parfaits des montagnes de sucre. Il était le seul à pouvoir accéder à certains endroits particulièrement reculés, où poussaient des fleurs rares et des cristaux de sucre.

Il lui arrivait de faire fondre ces cristaux pour y vitrifier, vivantes, des abeilles égarées.

La théorie de l'information, Biopunk#9

On peut considérer chaque fragment de notre monde comme une table d'instruction lue par une machine de Turing. Parfois, ces instructions conduisent la machine à s'arrêter, au bout d'un certain nombre de pas logiques sur l'échiquier des mondes ; d'autres fois la machine ne s'arrêtera jamais. Savoir si la machine qui lit un programme s'arrêtera ou continuera toujours est une question théoriquement indécidable. On peut cependant imaginer un protocole pour tester expérimentalement ces programmes (notre monde est probablement une expérience de ce type, menée par nos lointains successeurs). Le mathématicien Gregory Chaitin a défini, à la fin des années 1970, une classe de nombres appelés les nombres oméga. Ces nombres sont définissables, mais incalculables. Ils expriment la probabilité qu'une machine de Turing s'arrête quand elle lit un programme obtenu par tirage au sort. Si l'on pouvait énumérer les bits de ce nombre, on saurait, a priori, pour chaque programme imaginable, s'il a une chance de s'arrêter. Étant donné que ces programmes peuvent être de tous les types et de toutes longueurs, certains se présentent, par le plus grand des hasards, sous la forme de programmes qui cherchent à produire des exemples invalidant des conjectures mathématiques. Or, si l'on sait à l'avance que ces programmes ne s'arrêteront jamais, c'est que ces contre-exemples n'existent pas, et donc que la conjecture est vraie :

si le programme qui recherche un nombre pair qui n'est pas la somme de deux nombres premiers possède une probabilité d'arrêt de 0, alors la conjecture de Goldbach, qui stipule l'inverse, est valide. Toutes les vérités mathématiques sont donc contenues, sous une forme indirecte, dans le nombre oméga. « Oméga, écrit Chaitin, est un objet qui convient pour l'adoration dans des cultes mystiques car en un sens oméga contient toute la vérité mathématique constructive. » L'un des fragments de la mosaïque des mondes est une représentation d'oméga lui-même. Quand nous atteindrons cette singularité mathématique, les rectangles amovibles de l'espace et du temps, qui formaient jusque-là le visage décharné du diable, s'entrouvriront pour laisser passer le souffle vivant de Dieu.

ÉPILOGUE

Le bruit que les antennes mourantes avaient transmis aux oreilles de Pascal revint et s'aggrava. Il fit venir, dans son paradis sucré, plusieurs médecins, qui lui diagnostiquèrent des acouphènes.

Les vibrations de l'air, après avoir parcouru le labyrinthe superficiel du pavillon, pénétraient à l'intérieur du crâne, où elles parvenaient jusqu'à la fine membrane du tympan. Un monde liquide commençait alors. Plongés dans une lymphe bienfaisante, des os minuscules et sonores entraient en résonance et se mettaient en mouvement. Leurs vibrations aquatiques atteignaient enfin le limaçon, une grotte en spirale creusée dans la paroi crânienne, et recouverte de cils qui convertissaient ces ondes en signaux électriques. Le nerf auditif collectait alors ces messages enroulés, que le cerveau dépliait pour les attribuer, avec précision, à l'espace extérieur.

Quand des cellules nerveuses étaient endommagées, le cerveau, habitué aux objets complets, savait reconstituer les fréquences manquantes. Les acouphènes se produisaient généralement à cette étape quand, échouant dans son processus de simulation d'un objet extérieur acceptable, il greffait sur les parties entaillées du limaçon des excroissances monstrueuses.

Pascal entendrait jusqu'à sa mort un bourdonnement

continu, transpercé de quelques sifflements. Il connaîtrait des troubles de l'attention et des troubles du sommeil. Les médecins lui prescrivirent toute une gamme de somnifères et d'antidépresseurs. Il existait cependant un protocole thérapeutique expérimental, qui consistait à corriger les circuits neuronaux défaillants par l'intromission, au-dessus des oreilles, d'électrodes dans les parties du cerveau spécialisées dans le traitement du son. Pascal partit une nuit effectuer un examen préparatoire. Les médecins lui révélèrent alors que son oreille interne était intacte, mais que son cerveau souffrait de nombreuses lésions. Ils évoquèrent une forme nouvelle de la maladie de Creutzfeldt-Jakob. Les acouphènes augmenteraient, jusqu'à l'intolérable, puis les centres de la vue seraient atteints. Il aurait des vertiges, puis il perdrait la mémoire ainsi que le contrôle de son corps.

Pascal remonta, à son retour, la vallée la plus reculée de son territoire. Arrivé tout au fond, il enfouit son visage dans la paroi sucrée, mais retint ses larmes pour ne pas abîmer la substance cristalline.

Le projet Canopée était rapidement devenu autonome. Les premiers essaims avaient été relâchés dans la nature, et l'*Apis mellifica ertangeria* avait colonisé le monde.

L'état de Pascal se dégrada très vite. Mycenne lui fit part, profitant de l'un de ses derniers intermèdes conscients, d'une découverte terrifiante. La maladie d'Ertanger — cela allait devenir son nom officiel — avait pour vecteur un prion, transmis à l'homme par le venin des abeilles génétiquement modifiées. Une protéine de l'abeille se repliait mal, sans doute à cause de la réécriture de son ADN non codant. Cette protéine, une fois qu'elle pénétrait l'organisme humain, déréglait de manière irréversible le fonctionnement des cellules nerveuses. Il n'existait pas de remède. L'abeille d'Ertanger se révélait en outre particulièrement robuste, et très résistante aux insecticides. Il était trop tôt pour parler d'épidémie, mais des cas d'amnésie mortelle avaient été signalés en de multiples endroits.

Le bruit, dans les oreilles de Pascal, s'amplifia. Le monde pénétrait dans son crâne. Tout était aspiré, jusqu'à la lumière. Puis ce fut un silence absolu, et l'absence définitive des formes. Pascal articula ses derniers mots dans le plus grand vide qu'on puisse concevoir — ces mots s'étaient comme formés d'eux-mêmes, sans support physique ni intellectuel : « J'ai réussi. »

Pascal était en effet parvenu à projeter la société humaine sur une société animale. Les souvenirs d'enfance, les messages d'amour et les photographies prises devant des couchers de soleil volaient désormais dans l'air humide du soir sur une large bande de terre comprise entre 60° de latitude nord et 60° de latitude sud. Des variations infinitésimales affectaient déjà le langage volé des abeilles, qui basculaient, lentement, dans l'ombre portée de la civilisation humaine.

L'humanité survivrait ainsi, dans les recombinaisons ailées de ses derniers messages, et pourrait renaître à tout moment. La théorie de l'information serait une machine à voyager dans le temps.

Composition Nord Compo
Achevé d'imprimer
sur Roto-Page
par l'Imprimerie Floch
à Mayenne, le 4 juillet 2012.
Dépôt légal : juillet 2012.
Numéro d'imprimeur : 82765.

ISBN 978-2-07-013809-8 / Imprimé en France.

243527